NARRATORI MODERNI

Dello stesso autore in edizione Garzanti:
Eppure cadiamo felici
Tutta la vita che vuoi
Più forte di ogni addio
Dormi stanotte sul mio cuore
L'arte di sbagliare alla grande
Felici contro il mondo
Scuola di felicità per eterni ripetenti
Geografia di un dolore perfetto

ENRICO GALIANO

UNA VITA NON BASTA

Garzanti

Prima edizione: aprile 2024

Per essere informato sulle novità del Gruppo editoriale Mauri Spagnol visita:
www.illibraio.it

Illustrazioni di Marco Ugoni

ISBN 978-88-11-01174-3

Finito di stampare nel mese di aprile 2024
da Grafica Veneta s.p.a., Trebaseleghe (PD)

Printed in Italy

www.garzanti.it

UNA VITA NON BASTA

A chi si sente sbagliato
a chi ha preso brutte strade
a chi ha preso brutti voti
ai bocciati e alle bocciate, dalla scuola o dalla vita.

A chi non sa dove andare,
a chi lo sapeva, ma poi a un certo punto non lo sapeva più
e a chi, pur sapendolo, è andato dall'altra parte.

E, infine,
a chi si sta cercando:
spero che in queste pagine vi possiate ritrovare.

«La tua visione diventa chiara solo quando guardi dentro al tuo cuore. Chi guarda fuori, sogna. Chi guarda dentro, si sveglia.»

CARL GUSTAV JUNG, *Lettera a Fanny Bowditch*, 22 ottobre 1916

«E siamo solo mostri con una grande paura di trovare un bambino sotto al letto.»

PINGUINI TATTICI NUCLEARI, *La storia infinita*

Un consiglio.

Se sei fra quelle persone che non ci credono più, metti giù questo libro.

Se sei fra quelli che Ma sì, ma che me ne importa, tanto ormai: lascia stare, non fa per te.

Se poi pensi di non avere niente di speciale, di non avere nulla di prezioso dentro di te, nessun talento particolare, o se da anni quel qualcosa di speciale lo hai appoggiato sullo scaffale dei ricordi a prendere polvere, non andare avanti a leggere. Ti faresti male.

Infine.

Se pensi che la poesia, l'arte, la bellezza siano solo dei corollari divertenti ma non fondamentali, che le cose importanti della vita siano altro – l'economia, il lavoro, la casa – e che tutto sommato l'importante è star tranquilli e sereni, evita di perdere tempo e torna alle tue occupazioni.

Ma.

Se anche tu senti che c'è qualcosa. Come una voce che ti sta chiamando, da anni. Se anche tu percepisci dentro di te una specie di sete, sì, di sete che finora nessuno è riuscito a placare.

Se hai come la sensazione che dentro di te ci sia un bambino lasciato da solo davanti a scuola, al freddo, e nemmeno quasi ti ricordi più che faccia abbia però ti manca, ti mancano da morire la sua curiosità, la luce nei suoi occhi, il suo coraggio, la forza dirompente dei suoi sogni: allora, be', sappi che queste pagine sono state scritte per te.

Queste pagine sono qui perché tu lo possa rincontrare.

Il Colibrì di Anna, o *Calypte anna,* appartiene alla famiglia degli uccelli mosca, i più piccoli al mondo. Questo uccellino delle dimensioni di un insetto è famoso per un record unico in natura: riesce a toccare la velocità di 98 km/h, più veloce del ghepardo!

Quando e, soprattutto, perché va così veloce? Gli serve per il corteggiamento, per far capire alla femmina che possiede coordinazione, forza, insomma per far mostra dei propri geni e ottenere quello che tutti i mammiferi in natura bramano ardentemente: fare sesso. La particolarità è che questo volo supersonico il Colibrì di Anna lo fa in picchiata, per poi all'ultimo ridispiegare le ali e risalire.

Morale: quando vuoi qualcosa, e la vuoi tanto, fai come il Colibrì di Anna.
Non aver paura di cadere.
Anzi, impara a farlo a tutta velocità, per poi risalire.

1.
IL TEMA

Teo guarda il foglio. È ancora tutto bianco.

È passata mezz'ora da quando la prof ha dato il via e lui non ha scritto una parola.

Peach gli dà un colpo con il gomito: «Ti muovi o cosa?».

Peach è la sua migliore amica, nonché compagna di banco. Capelli castani sempre raccolti e tenuti fermi con una matita, occhiali tondi dietro cui si intravedono due occhi color tè verde, felpa di cotone di una taglia più grande, arriva spesso a scuola con le mani sporche perché ha aiutato suo padre, che fa il meccanico in officina. Il suo nome sarebbe Silvia, ma fin da piccola i suoi hanno iniziato a chiamarla Peach perché le potevi togliere tutto, ma non le pesche. E da allora, per tutti, è Peach.

«Vuoi che te lo scriva io?» gli suggerisce. Lo fa perché se Teo prende un'altra insufficienza è la fine. E lei non vuole perdere il suo migliore amico proprio nel passaggio in terza, lo sanno tutti che è l'anno più difficile.

«Oh certo, non si nota proprio la differenza di stile!» le fa lui, sarcastico. «D'improvviso la prof si ritrova un tema scritto da Stephen King e non sospetta nulla!»

Teo dice così perché Peach è l'esempio vivente del famoso detto «l'apparenza inganna»: il suo aspetto trasandato, le mani sporche e l'aria di quella che ha dormito con i vestiti addosso possono confondere, ma in italiano ha nove e i temi li scrive direttamente in bella, con grafia perfetta e zero errori. Mentre Teo… meglio lasciar perdere. Cioè: scrivere gli piace, pure tanto, ma quando lo deve fare a scuola è un disastro. Ha uno stile strano, tutto suo, fa casino con la punteggiatura, o meglio si scorda della sua esistenza: quando gli parte la mano lui va e scrive tutto senza virgole senza punti senza niente, un groviglio di frasi che esaspera gli insegnanti. E, soprattutto, Teo non è scientificamente in grado di non andare fuori tema. Dagliene da scrivere uno sulla crisi climatica ed entro cinque righe massimo lui finirà per parlare di insetti sconosciuti, del suo gruppo musicale preferito, dei cartoni animati. Garantito.

«Ma che hai capito, deficiente! Te lo faccio che sembra scritto da te!» insiste Peach.

«Quindi che sembra scritto da un deficiente?»

Peach gli dà un pugno sulla spalla.

«Ma hai sempre voglia di scherzare tu?»

Teo annuisce sorridendo.

«Dopo facciamo i conti!» gli fa lei.

Teo Limiti ha sedici anni. Pelle bianchissima, due occhi castani grandi così. Avrebbe anche i capelli dello stesso colore, anche più chiari, ma da un anno circa se li tinge sempre di nero; un ciuffo gli ricade sopra gli occhi fino a coprirli quasi del tutto, la gente lo guarda e gli fa sempre la stessa domanda: «Ma ci vedi?». Sì, ci vede. Come ci riesca non si sa, ma ci vede. E se se li mette davanti alla faccia è perché là dietro si sente al sicuro. Il mondo, da un po', non è più un posto in cui è saggio uscire allo scoperto. A mostrarsi troppo non ci si fa quasi mai un buon affare, quindi preferisce così.

Vive da solo con il padre, perché da quando non stanno più insieme sua mamma è tornata in Islanda, dove adesso vive con Steve e i suoi bambini, due gemellini insopportabili che seviziano Teo di continuo. Gli accordi sarebbero di trascorrere le estati e le vacanze su da loro e il resto dell'anno qui, ma da un paio d'anni non vengono rispettati alla lettera: Steve non è esattamente un campione di simpatia, e infatti Teo e Peach non lo chiamano Steve ma *Stipsi*, che è il nome di un disturbo gastrointestinale ma anche la reazione tipica che viene a Teo quando passa troppo tempo con lui e i suoi due malefici gemellini. Motivo per cui Teo preferisce stare qui e con la mamma ci parla più che altro in videochiamata.

Okay, *parlare* è una parola grossa.

È che da un po' Teo ha smesso di farlo. Cioè, lo fa: ma solo con certe persone. Più precisamente *una certa persona*, e cioè Peach. Con lei, lui tira fuori il sole che tiene nascosto dentro un sacco di silenzi, sguardi persi e nuvole scure. È difficile da spiegare, ma con tutti gli altri, i suoi, i professori e anche la maggior parte dei suoi amici, ogni volta che Teo prova a dire qualcosa, poi si sente addosso una sensazione che non gli piace. Come se all'improvviso si sentisse etichettato: un quadro incorniciato prima ancora di essere finito. Peach no: a lei non frega niente di cornici ed etichette. A lei basta che Teo sia Teo. E che possibilmente non si faccia bocciare.

È difficile che alla gente basti che tu sia tu. Sembra sempre che voglia qualcosa in più, o qualcosa di diverso. Ed è per questo che Teo, da un po', dalla gente si nasconde.

Suo padre ormai non sa più che pesci pigliare, non capisce che ne è del bambino così vitale e gioioso che era, e più lo cerca più si arrabbia con questo estraneo che ha preso il posto suo.

Anche Teo si manca, solo che suo padre non lo sa. Manca anche a lui il bambino che era solo fino a un attimo fa, quando tutto era un gioco da scoprire e non una partita da vincere o perdere. E il colore che dà ai suoi capelli è sempre più spesso lo specchio di come si sente.

«Eddai!» insiste Peach. Ora prova un'altra tattica: gli occhi in modalità cagnolino bagnato, ma non funziona neanche così. Teo si mangiucchia la penna come fa sempre quando la sua testa sta andando da tutt'altra parte.

«E a Sofia, non ci pensi?» Peach tenta l'estremo tentativo, l'arma finale. «Credi che a lei piacciano i tipi che si fanno bocciare in seconda superiore?!»

Niente da fare. Se neanche il nome di Sofia lo smuove un pochino, vuol dire che non ce n'è proprio.

«Uff, solita testa di caz…!» sbotta, ma la prof li redarguisce: «Voi due laggiù: la finite di fare sempre mercato?!».

«Scusi, prof!» fa Teo, che poi bisbiglia a Peach: «Lo sapevi che in realtà cazzo viene da *caput*, cioè "testa" in latino?».

Peach lo scruta due secondi, con la bocca mezza aperta, ma Teo prosegue: «E quindi dire a qualcuno "testa di cazzo" è un po' come dirgli testa di... testa!» fa, e poi sorride.

Peach lo fissa con ostilità. Teo intanto conclude il suo discorso con stampato in faccia un sorriso totalmente fuori luogo per chi ha sotto il mento un compito ancora in bianco: «Sì, insomma: se vuoi insultarlo è molto meglio dirgli testa di minchia, o di pene, o...».

Peach gli afferra il braccio, come per stopparlo.

«Tu non sei normale», gli dice, guardandolo negli occhi.

«Grazie del complimento», risponde Teo. Se lo dicono sempre: «Tu non sei normale», fa uno dei due. «Grazie del complimento», risponde l'altro. Ma stavolta lei scuote la testa e prosegue: «È tutto molto interessante, amore mio. E mi fa piacere che tu riesca a pensare a queste *minchiate* mentre stai per essere bocciato, ma *io* dovrei finire il mio tema!» e si rituffa dentro il proprio secondo foglio protocollo, sotto lo sguardo severo della prof.

«Scusa», sussurra Teo, alzando le spalle.

«Scusa un cazzo!» gli dice lei. «O scusa una minchia, o scusa un pene, se preferisci!»

È proprio arrabbiata, stavolta. Teo lo capisce dal fatto che si tocca compulsivamente il lobo dell'orecchio sinistro e sbuffa aria calda dalle narici. Lo fa sempre, quando è nera per qualcosa, solo che di solito le cose che fanno arrabbiare Peach sono i *razzistidimèrda*, come li chiama lei, o la gente che ti ruba il cibo dal piatto. Non il suo migliore amico che consegna un compito in bianco.

Ma lo stesso, Teo non ce la fa.

Il fatto è che non gli va proprio di scriverlo, questo tema. Non perché non ne sarebbe capace: è che non gli sembra *giusto* farlo. È proprio la traccia che non va bene.

Tema: Scrivi una lettera a un tuo amico che vuole lasciare la scuola per convincerlo a cambiare idea.

In teoria sarebbe la prova finale sul testo argomentativo. Teo ha anche memorizzato alla perfezione lo schema con tutte le fasi essenziali di questo tipo di testo: tesi, antitesi e sintesi. Quattro frasi fatte, poi, le dovrebbe tirare fuori facilmente: *Caro amico non dovresti lasciare la scuola perché potrà darti una buona preparazione per affrontare il mondo del lavoro con consapevolezza* e altre gigantesche bugie ben confezionate.

Insomma: con un piccolo aiuto di Peach nella correzione, avrebbe tutto per portarsi a casa un onesto sei e forse anche un sette, infilando un paio di quelle paroline ricercate che piacciono tanto alla prof.

Ma non vuole. È questo il problema: non vuole proprio.

La traccia gli chiede di convincere un amico a non lasciare la scuola, e tutto quello che lui vorrebbe fare invece è scrivergli una lettera per dargli la spinta definitiva a farlo. Una lettera per dirgli con tanto affetto quanto fa bene ad alzare i tacchi e ad andarsene. Una lettera dove mettere nero su bianco ogni singola volta in cui ha pensato di farlo anche lui, e dove spiegare per filo e per segno perché la scuola è stata la più grande delusione della sua vita dopo la visione dell'unico film girato da Stephen King come regista, *Brivido.* Il tutto in un bel foglio protocollo a righe piegato a metà.

Sa che non deve farlo. Sa che piuttosto è meglio non scrivere niente. E per un po' riesce anche a trattenersi, ma poi no, non si trattiene più.

Ed è tutta colpa della *Cosa.*

Nessuno sa cosa fa Teo certe sere, quando è abbastanza lontano dagli occhi di tutti. E nessuno lo deve sapere.

Perché succede? Lui non lo sa: sa solo che è lei, la *Cosa.*

La chiama così perché non sa come chiamarla.

C'è, tutto qui.

Come fai a spiegare una roba del genere? Non puoi, e infatti questo è l'unico modo in cui Teo ci riesce. Perché perfino lui fa fatica a capire cosa gli succede, ogni tanto.

È come una presenza. Una forza. Un istinto. E non c'è verso di tenerla a bada, quando si presenta.

La *Cosa.*

Animale silenzioso, vive e respira dentro di lui. Per un paio di secondi, per cinque minuti, a volte anche per un'ora intera, decide lei cosa dire, cosa pensare, cosa fare. E lo fa. Sta lì, nascosta al buio, ma da quel buio schiaccia pulsanti, suggerisce idee, è una mano che spinge.

Sente i suoi passi, ogni tanto, a volte quasi l'odore, ma Teo non l'ha mai vista. Si muove nell'ombra, e da quell'ombra muove lui.

La chiama la *Cosa* perché è un po' come dire *It,* in inglese, un neutro che indica ciò che non è ben definito. E poi It è il personaggio del suo romanzo preferito, anche se la *Cosa* non assomiglia a un pagliaccio coi denti aguzzi nascosto nello scolo di un marciapiede. Non assomiglia a niente perché non ha proprio forma, non ha dei contorni: o, se ce li ha, Teo non li ha mai visti. È un'orma sulla sabbia, un rumore di fondo. Sai che è lì, ma non sai dove.

Non è proprio come avere un amico immaginario: è più

come un ospite che vive dentro di lui, inquilino abusivo della sua casa. A volte è una voce, a volte una sensazione, a volte niente di tutto questo. Semplicemente, è qualcuno che prende possesso della sua torre di controllo. E da un po' gli fa fare anche cose che Teo non ha il coraggio di confessare nemmeno a Peach.

Un giorno gli passerà e soprattutto capirà cos'era questa *Cosa* che gli si agitava dentro: e allora forse potrà dire a qualcuno che cosa faceva quando aveva sedici anni e soprattutto perché. Adesso, quel perché, non lo sa nemmeno lui.

Ma quand'è che è apparsa la prima volta?

Teo ha un ricordo molto preciso. È successo un giorno, a tredici anni.

Tornando da scuola a piedi da solo, verso casa di sua zia Guglielmina – zia Gu per lui –, Teo aveva deviato per una stradina laterale di sassi che portava a una vecchia casa abbandonata. Perché non era andato dritto dalla zia, che lo aspettava come tutti i giorni con un piatto fumante di pasta? Non lo sapeva: aveva sentito una specie di richiamo, e lo aveva seguito.

E poi?

Poi lo aveva fatto. Lo aveva fatto davvero.

Sapeva che era sbagliato, eppure non si era fermato. Quando si era accorto di ciò che era appena accaduto, era stato come essere capitato lì e aver trovato il guaio combinato da un altro: solo che quell'altro era sempre lui, era sempre Teo. Era scappato via, con tutte le forze che aveva in corpo. Era arrivato da zia Gu col fiatone così forte da farla preoccupare. Ma era quasi più spaventato lui: spaventato ed eccitato insieme. Si sentiva allo stesso tempo in colpa e felice di quello che era appena successo.

Ma perché?

Perché aveva fatto una cosa così stupida, così sbagliata? Che senso aveva?

E soprattutto: perché non riusciva a starci solo male, ma percepiva anche quel fremito piacevole scuotergli le viscere?

Non ne aveva idea.

Curiosità, forse, desiderio di infrangere le regole, certo: ma anche altro, di più profondo, che nemmeno lui avrebbe saputo dire.

Ora lo sa. Ora ha imparato a darle un nome.

Era stata lei: era stata la *Cosa.* Per la prima volta l'aveva percepita come una presenza, dentro di lui e al tempo stesso staccata da lui. Da allora è sempre stato così.

E adesso?

Adesso Teo ha sotto gli occhi un foglio protocollo ancora intonso e poco più di un'ora per scrivere una lettera a un amico che vuole lasciare la scuola. Sarebbe tentato di consegnarlo in bianco, ma alla fine la *Cosa* prende il sopravvento, e Teo la penna in mano.

E scrive.

«Pronto, buongiorno, qui la dirigente scolastica. Parlo con il padre di Teo Limiti?»

«Ehm, sì, sono io. Mi dica.»

«Sono qui con la docente di italiano di suo figlio, la professoressa Marchi. Avremmo piacere di parlarle. Potrebbe farcela? Anche in videochiamata, ma preferiremmo di persona.»

«Sì, certo, posso venire, ma... è successo qualcosa?»

«In un certo senso sì, ma, le ripeto, è meglio se ne parliamo *vis-à-vis*, lei mi capirà.»

«Mi scusi, ma non può anticiparmi niente?»

«Preferiremmo di no. La professoressa, qui, è ancora abbastanza scossa. Teo oggi ha avuto una reazione un po'... un po' troppo sopra le righe, diciamo.»

«Ma a causa di cosa?»

«Da quel che ho capito c'era da scrivere un tema, e Teo ha voluto leggerlo ad alta voce. La professoressa, come saprà, prende sempre con molto entusiasmo gli slanci dei suoi studenti, in particolare di Teo che sappiamo quanto abbia bisogno di essere supportato...»

«Ha scritto qualcosa di offensivo?»

«Ecco, appunto. In parte sì, se vogliamo. Offensivo verso il nostro lavoro, ecco. Ma il problema vero è stato quando la docente lo ha giustamente interrotto e lui...»

«E lui?»

«Davvero, signor Limiti, parliamone di persona.»

«Va bene. Quando posso venire?»

«Il prima possibile. Oggi può?»

Teo è in macchina. Suo padre al volante.

Non si sono detti una sola parola da quando sono saliti. Lo ha aiutato a montare, ha messo la sua sedia a rotelle nel bagagliaio, e poi più nessun tipo di interazione. La radio è pure spenta, il che amplifica il silenzio e lo fa diventare solido.

"Una volta ho letto che la parola soldi deriva da *solidus*, che era la moneta d'oro dei bizantini", pensa Teo, guardando fuori.

Stavolta non è come le altre volte. Era già successo che Teo desse piccoli fastidi ai suoi insegnanti, ma mai niente del genere. Fin dalle elementari, il suo grande problema era la distrazione, senza che però sfociasse in comportamenti aggressivi. Una maestra aveva consigliato di fare qualche accertamento, ed era emerso soltanto un leggero deficit di attenzione, ma nemmeno così grave da giustificare controlli successivi. I suoi non potevano che essere d'accordo: era molto difficile che Teo riuscisse a stare concentrato per più di qualche minuto su qualcosa. Tranne che sui libri di animali, quelli no: in quelli era in grado di perdercisi per delle ore. Mistero.

Alle medie era peggiorato: la distrazione lo portava a disturbare la classe e Teo tornava a casa con una nota sul diario un giorno sì e uno no.

Niente a che vedere però con quello che ha fatto oggi, e che è stata la goccia definitiva che farà traboccare il vaso della sua bocciatura. Un conto è uscire dalla classe arrabbiato o avere qualche difficoltà a seguire le lezioni, un conto è insultare un'insegnante. E così, poi.

Teo ancora non ci crede di averlo fatto davvero: e non riesce a capire se è incredulità bella o brutta, se deve andarne fiero o vergognarsene.

Sorride, e poi si sente in colpa per aver sorriso. La *Cosa* ha colpito ancora.

Questa gli verrà rinfacciata per anni e anni, probabilmente. Ma il problema è che suo padre non dà segno di nessun sentimento sul volto. Marmo puro.

È strano, ma da un po' è come fosse sempre di spalle, suo papà. Anche se ce l'ha di fronte, o di fianco come adesso in macchina, ai suoi occhi è come quando, da piccolo, entrava in cucina o nel suo studio e lo trovava lì, intento a fare qualcosa di molto importante e gli rispondeva solo «dopo». La schiena che non accennava a voltarsi era un muro e adesso quel muro Teo lo vede sempre lì, troppo duro da scalfire, troppo alto da scavalcare.

"Io non so più che cosa fare con te", vorrebbe sentirgli dire. O una qualsiasi delle altre frasi di rito che i genitori dovrebbero dire in questi casi, quando tuo figlio è appena stato sospeso da scuola e ti è stato detto che al novantanove per cento verrà bocciato: "Sono profondamente deluso!", "Questa da te non me l'aspettavo!", andrebbe bene tutto, ma non questo freddo artico dentro l'abitacolo che segna 25 °C.

In ogni caso, anche se non avesse fatto quello che ha fatto, con la sua media di voti il suo destino era già segnato, specie dopo la brillante idea di scrivere un tema come quello che ha cercato di leggere alla classe e che poi lasciato sul banco quando è uscito sbattendo la porta.

Passa un'ambulanza. D'istinto Teo si chiede se c'entri qualcosa con il verbo *ambulare*, e poi si domanda anche che storia abbia, il tizio che c'è dentro: è un incidente o qualcuno che si è sentito male?

Gli capita di continuo: vede persone e gli parte tutta una serie di domande su che vita possano avere, da dove vengono, se hanno figli, di tutto.

Non importa, comunque: in questo momento Teo sta toccando il fondo così da vicino che preferirebbe essere il tizio dentro l'ambulanza, piuttosto che sé stesso.

Ora si volta, facendo finta di seguirla con lo sguardo, e invece è solo una scusa per guardare per un istante il volto di suo padre: cerca di lanciare un segnale, o di coglierlo.

Niente.

È deluso come non lo è mai stato. Così tanto da non provare più nemmeno dei sentimenti.

Chissà perché non capisce.

Chissà perché suo padre non gli chiede come si è sentito, a scrivere quel tema.

"Bene, papà, anzi di più, mi ha fatto sentire vivo! Mi ha fatto correre il sangue nelle vene, mi sentivo ridere dentro, mi sentivo elettrico!" gli direbbe.

No, non è vero: non ne avrebbe il coraggio. Sa che deve solo vergognarsi di quello che ha fatto, soprattutto davanti a suo papà che la vita è stata così stronza con lui da spezzargli le gambe e i sogni quando aveva vent'anni.

«Tu non apprezzi la fortuna che hai!» Quante volte se l'è sentito dire, da lui e da sua mamma. Però lo stesso, ecco: gli piacerebbe avere un padre a cui poter dire anche queste cose senza sentirsi uno schifo, come si sente adesso.

Gli parlerebbe della scarica di adrenalina che avvertiva nei polpastrelli mentre scriveva quelle parole, lui lo sapeva che stava per farsi del male da solo, lo sapeva che era come lanciare un mattone contro una finestra eppure, ehi: ma che brivido è stato? Dire finalmente quello che lui e moltissimi suoi compagni pensano della scuola, dirlo in quel modo lì, senza giri di parole, senza frasi addomesticate per far piacere ai prof, ma proprio come gli venivano in mente. Il rumore, soprattutto: gli piaceva il rumore che faceva la penna muovendosi liquida sul foglio, i piccoli ticchettii che dava toccandolo, come un picchio che scava una tana nel tronco. Perfino il dolore alla mano, che era arrivato già dopo la prima facciata, perfino quello era bello, appoggiare la penna per un secondo e poi scrollare la mano veloce per ricominciare subito a scrivere.

No, decisamente non potrebbe dirlo a suo padre. Gli farebbe venire un infarto, come minimo. Però se potesse, se davvero potesse, sarebbe un fiume in piena e non in secca come sono entrambi adesso.

Gli direbbe che a lui non succede mai di alzare la mano e chiedere di leggere la sua roba davanti a tutti; si vergogna troppo, ma era sicuro di aver fatto qualcosa di bello, a modo suo, e ci è voluto un grande coraggio per farsi avanti, un coraggio che Teo non ha mai. Ecco perché ha reagito così, ecco perché le ha detto quelle parole, ecco perché l'ha mandata affanculo davanti alla classe: non era rivolto *a lei*, quel vaffanculo Teo lo stava dicendo *a tutti*. Accidenti, sono anni che la gente gli dice «parla Teo, dicci cos'hai!», che gli chiede perché si tinge i capelli, lui che li ha così belli chiari, o perché questo e perché quello, anni che i prof, i suoi e tutti i grandi in generale lo fanno sentire che ha qualcosa che non va se non parla con loro ma poi, quando alza la sua manina, quando prova a dire qualcosa, qualcosa in cui crede per di più, non lo fanno neanche finire; allora vuol dire che a loro non interessa davvero quello che ha da dire, che fa bene a starsene zitto e a essere sé stesso solo con Peach. Questo gli direbbe: "Sai, papà, per quei trenta secondi in cui stavo leggendo il mio tema ero finalmente io, è fighissimo sentirsi *sé stessi*, non mi succede quasi mai, tu ti sei mai sentito… te? Cioè non un altro: proprio *te*?".

Quanto vorrebbe potergli descrivere i trenta secondi in cui ha letto il suo tema, il silenzio dei compagni: fino a un attimo prima c'era il solito leggero casino, ognuno si faceva i fatti suoi, ma quando ha cominciato a leggere non volava mezza mosca, gli sembrava quasi di vedere le loro bocche aprirsi leggermente di stupore.

"Sai papà, ti giuro non so, davvero non so, se mi sono mai sentito così bene in vita mia", pensa Teo, guardando davanti a sé, ma senza aprire bocca.

Ecco perché ha risposto così male alla prof.

Sbagliato, sbagliatissimo, non ci vuole un genio.

Ma gli è salito da dentro, forte come un urlo, spontaneo come il battere del cuore. E anche se quasi sicuramente gli ha rovinato l'anno e forse anche di più, Teo non sa se non lo rifarebbe.

Vorrebbe dire tutto questo a suo padre, ma sa che non può. E in ogni caso, adesso è come se fosse in macchina da solo: guarda dritto davanti a sé, accelera e frena usando i comandi manuali, ogni tanto sbatte le palpebre. E anche Teo si sente come se fosse a bordo di una macchina automatica.

Entrano nella loro via. Rallentano. Parcheggiano.

Teo allora butta lì una domanda totalmente senza senso, dopo quello che è successo.

«Posso uscire con Peach, stasera?»

In un universo normale la risposta normale sarebbe "te lo scordi, resterai in punizione per i prossimi settecento anni": ma non è questo quell'universo. Suo padre, infatti, lo guarda solo per un istante, poi torna a spostare gli occhi dritto davanti a sé e gli dà una risposta peggiore di uno schiaffo: «Fa' quello che vuoi», gli dice.

«Insisto nel dire quello che ho detto.»

«E sarebbe?»

«Che sei un idiota!»

Peach non l'ha presa bene. Sono circa due ore che sono al telefono e la parola *idiota* è sopraggiunta esattamente novantaquattro volte. Gli arriva intervallata da qualche nota al pianoforte, su cui Peach sta cercando di imparare *My Future* di Billie Eilish, che suona al posto di ciò che dovrebbe, cioè Mozart o Bach o qualcun altro di quelli lì.

«Dai, ancora sei e arriviamo a cento!»

«Cento cosa?»

«Cento volte che mi dai dell'idiota.»

«Le stai contando?»

«Sì, amore. Ho fatto una *x* per ogni volta che me l'hai detto, qui sull'*Ombra dello scorpione.*»

«L'ombra del…? Eh?!»

«Il Re.»

«Tu non sei normale.»

«Grazie del complimento.»

Il Re starebbe per Stephen King, ovviamente, lo scrittore di cui Teo ha una foto autografata sulla porta di camera sua. Cioè, non è proprio che la foto sia stata autografata da lui in persona, dato che Teo non è mai uscito dall'Italia se non per andare a trovare sua mamma in Islanda, e Stephen King raramente si allontana dalla sua casa nel Maine. Ma Teo ha preso la sua firma da qualche parte e poi l'ha copiata sulla foto, uguale identica, e ora finge di averla trovata in mezzo alle pagine di uno dei suoi libri, in biblioteca. Ha raccontato talmente tante volte questa bugia in giro che ora ci crede perfino lui.

«Vedi, è questo che mi fa incazzare di te, brutto idiota!»

«Novantacinque!»

«Ascoltami, per un minuto. Tu scrivi da dio, ma ti rifiuti di ammetterlo perfino con te stesso!»

«Certo, come no.»

«Ecco, appunto. E poi hai letto ottocentomila libri in vita tua, sai Stephen King a memoria, conosci mille cose strane sugli animali e capisci tutto tre anni prima di qualsiasi persona io conosca!»

«Stai cercando di dirmi che sono un nerd?»

«No, che sei un idiota!»

«Novantasei!»

«Ti basterebbe sforzarti un millesimo di quanto mi sforzi io o chiunque altro, e avresti tutti otto. Perché non lo fai?!»

«Dai Peach, non ti ci mettere anche tu!»

«A fare cosa?»

«*Il bambino è intelligente ma non si applica.*»

Peach non può vederlo, ma Teo fa proprio la smorfia con la faccia, piegando la bocca, e le virgolette con le mani.

«Casomai è: "Il bambino è *idiota.* E per questo non si applica!".»

«Adesso lo stai facendo apposta per arrivare a cento, ti ho beccata.»

«Vedi? Ti ho detto che capisci sempre tutto!»

Peach sospira. Teo sospira.

«Scusa», le dice.

Lei dà un pugno sui tasti del pianoforte. «Insomma, Teo! È tutto il giorno che mi chiedi scusa! Non devi chiedere scusa a me… anzi sì, ma soprattutto lo devi a te stesso!»

«Eh? Lo devo a me stesso? Ma ti stai sentendo? Mi sembri mia mamma!»

Stanno zitti, adesso. Lei non sta neanche più suonando. Lo fanno un sacco di volte: riescono a stare zitti anche per minuti interi al telefono.

«Se ci pensi è quello il top dei top», fa poi Teo. Così, dal nulla. Lo fa spesso: se ne esce con affermazioni slegate dal contesto, punte dell'iceberg di un discorso che si è fatto tutto nella sua testa, e così poi la gente è costretta a chiedere quello che gli chiede ora Peach.

«Eh? Di cosa stai parlando ora?»

«Dai, quella frase che si legge sempre in giro, che capisci di stare bene con qualcuno solo quando riesci a starci in silenzio e sentirti tranquillo e bla bla bla! Hai presente no?»

«Eh. E quindi?»

«Dico, sì, è vero: ma se con qualcuno riesci a stare in silenzio anche *al telefono*, se perfino lì ve ne state zitti come facciamo io e te ogni tanto senza farci nessun tipo di problema, be' quello vale molto di più!»

Peach tace due secondi, ma è come prendere la rincorsa. «Bello, tutto molto bello, ti amo anch'io. Ma un giorno mi spiegherai com'è che con te è impossibile parlare della stessa cosa per due minuti di fila!»

Teo sorride. Anche Peach, ma non vuole farsi sentire. Stanno zitti ancora un po'.

«Mi suoni ancora quella cosa?» le fa lui, a un certo punto.

«Che cosa? Billie?»

«Sì, per favore.»

Ogni volta che Teo sta male, c'è solo una cosa che lo riesce a mettere in pace: Peach che suona il pianoforte. Non importa cosa: basta che sia lei. Potrebbe anche mettersi a suonare *Fra Martino* o una canzoncina di Natale, la musica come la fa Peach lo calma perché lei ha un modo tutto suo di toccare i tasti, come se non li schiacciasse mai fino in fondo, ma li sfiorasse soltanto. Quella che sta suonando ora è una canzone lenta, quasi una ninnananna, e arriva all'orecchio di Teo sotto forma di carezza, solo che è una carezza che fa anche un po' male, perché Peach sa fare bene mille cose e lui sa solo fare schifo, la adora e tutto ma invidia il fatto che lei abbia un papà e una mamma che ci sono sempre stati e che l'hanno sempre lasciata libera di essere quello che vuole, nella vita. Mentre lui: lasciamo perdere.

«Cazzo, che brava che sei», le sussurra. Lui non può vederla, ma lei arrossisce e smette subito di suonare.

«Anche tu lo sei, merdaccia», replica lei.

«Come no, certo.»

Peach sbuffa: se potesse, ora, passerebbe attraverso il telefono per presentarsi in camera di Teo e prenderlo a coppini con il libro di Stephen King che lui ha in mano. E poi fa: «Non so. Sembra quasi che tu ci goda a complicarti la vita. E mi fa star troppo male pensare di non averti più in banco con me, l'anno prossimo!».

«Lo so. Anche a me. Anche perché mi sa che non ci torno più, a scuola.»

Dall'altro lato del telefono Teo riesce a sentire Peach che chiude il coperchio del pianoforte e si alza in piedi.

«Puoi ripetere, per favore?»

«Hai sentito bene.»

«No, non ho sentito bene. Ripeti, se hai coraggio!»

«Ho detto che mi sa che non torno più a scuola.»

Peach tace, però si sentono distintamente le imprecazioni dentro la sua testa.

«No, idiota non è più la parola giusta! Ma che cavolo dici?!»

«Davvero Peach. Ultimamente ci venivo solo per te, sappilo. E per vedere Sofia, anche se lei non sa nemmeno della mia esistenza.»

«Ma sei serio?!»

«Sì, Sofia non sa nemmeno che io appartengo al suo stesso ecosistema.»

«Ma no, deficiente! Sei serio che non torni?!»

Teo non risponde. Peach sospira.

«Ma vedrai che è solo un momento», gli fa.

«Non è solo un momento, Peach.»

«Cioè?»

«Ho deciso. Davvero. Non torno più.»

Di nuovo, silenzio. E poi Peach dice: «Allora era vero».

«Che cosa?»

«Quello che hai scritto nel tema. Eri serio.»

«L'hai riletto?»

«Sì, l'hai lasciato sul banco, ricordi? È stato un po' difficile decifrare la tua scrittura tutta sbilenca, ma l'ho letto, sì.

Anzi, quando sei uscito sbattendo la porta me lo sono preso io, per paura che andasse perso.»

«Ecco dov'era finito.»

«Già. A un certo punto mi serviva una bombola d'ossigeno perché tu le virgole non sai neanche che sono state inventate, lo sai vero?»

Ancora silenzio. Fuori la macchina del papà di Teo si accende, parte.

«Ehi, Peach», le fa.

«Dimmi, idiota.»

«Sei a novantanove, ancora uno e fai cento.»

«Okay, idiota, che c'è?»

Teo sorride, abbassa un po' la voce e le chiede: «Ti va di leggermi cos'ho scritto, che non me lo ricordo nemmeno io?».

Caro amico che vuole mollare la scuola

Prima di tutto non so neanche come ti chiami quindi secondo me ti chiami Lorenzo, Lollo per gli amici. Quindi ricomincio.

Caro Lollo

Vuoi andartene, eh?
Che ti posso dire: che fai bene. Grande Lollo. Sei tutti noi!
Mi hanno detto che devo scriverti una lettera per convincerti a cambiare idea ma la vedo dura perché secondo me la tua è una bellissima idea.
Sì sì.
Vorrei avercelo io il tuo coraggio; il problema è che poi mio padre mi inseguirebbe col forcone come minimo; non ce la farebbe a prendermi perché lui è su una sedia a rotelle e probabilmente finirebbe per farsi male da solo così oltre al peso sulla coscienza che l'ho deluso per l'ennesima volta poi ho anche quello di avergli causato fratture e lesioni e non mi sembra il caso.
Anche Peach mi inseguirebbe col forcone ma lei mi prenderebbe subito. È più veloce di me. Non che ci voglia tanto.
Io sai perché lo farei? Perché ogni tanto anzi scusa ogni sempre ho la sensazione che la scuola mi voglia trasformare cioè ti spiego: a me sembra di essere entrato qui da bambino che avevo qualcosa di speciale e la scuola mi sta trasformando in uno… normale.
Anzi tutti sì tutti secondo me entriamo qui con qualcosa di speciale e usciamo da qui che siamo solo normali: uguali a tutti gli altri.
Non c'è niente di male a essere normale eh sia chiaro.

Però secondo me sì che c'è qualcosa di male a essere normale se invece in realtà sei speciale e normale ti ci hanno fatto diventare.
Anche per te è così, caro Lollo?

Sì: fai bene a levare le tende: fai bene perché non si sta bene: qui.

Fai bene perché a scuola ho passato due terzi della mia vita finora e credimi non ho ancora capito a cosa serva e giuro che non lo sto dicendo perché non mi va di studiare perché sono un bastian contrario come dice sempre mia mamma quando facciamo le videochiamate.
A me piace imparare cose nuove: dopo le crepes al cioccolato la musica leggere il Re gli animali *è la cosa che mi piace di più al mondo: mi piace non sapere qualcosa andare a cercare su internet o su un libro e poi dopo saperlo.*
Insomma studiare mi piace però proprio non ho capito a cosa serve venire qui.
Davvero.
Ho sedici anni oggi ci vengo da quando ne avevo sei e mai nessuno che mi abbia insegnato che ne so come si pagano le tasse perché ci sono più di quaranta guerre nel mondo proprio adesso che sto scrivendo in compenso però so scomporre un polinomio so declinare rosa rosae *e so perché gli achei e i troiani non si potevano vedere.*
Fai bene eccome se fai bene.
Mai nessuno che mi abbia aiutato a capire cosa devo fare quando mi viene l'ansia cosa posso dire alla ragazza che mi piace senza sembrare un idiota cosa bisogna fare quando ti senti perso però oh non scherziamo: so cos'è un'ipotenusa so riconoscere quasi sempre il predicato verbale e se mi metti vicine una colonna dorica e una corinzia le indovino quasi sempre pure quelle.
Okay: no: qui ho mentito: quelle le sbaglio: tutte le volte.

Comunque.
Vassalli valvassori e valvassini? Miei fratelli praticamente.
Tundra taiga muschi e licheni fotosintesi clorofilliana area del trapezio cos'è un endecasillabo? Se ci penso: cavolo: quanta roba hanno messo dentro la mia testa!

Ma cosa mi è rimasto?
Cosa ne saprei tirare fuori?
Cosa me ne farò di tutto questo, quando sarò grande?
Per dire: non so se anche tua mamma ti chiedeva tutti i giorni, da piccolo «com'è andata oggi?».
«Bene.»
«Cosa avete fatto?»
«Solito.»

A volte con me si spingeva a farmi anche una terza domanda: cos'hai imparato di bello? e a me non veniva mai la risposta tornavo a casa e mi sembrava sempre di non aver imparato molto e da allora non è cambiato un granché.
Sì: informazioni: ma me le tenevo lì fino al giorno del compito: e poi puf: via: sparivano.

Mio papà dice che la scuola deve servirmi per trovare un lavoro e lui me lo dice fin da quando ero piccolo che la cosa più importante del mondo è trovare un posto di lavoro un posto sicuro insomma: un posto.
Lui dice che studiando io lo troverò questo posto e lui dice così perché a diciotto anni ha mollato la scuola per concentrarsi solo sullo sport e poi però si è fatto male e così è rimasto con un pugno di mosche in mano e ancora oggi lo rimpiange tantissimo anche se cerca di non darlo troppo a vedere.
E io lo capisco eh Lollo? Ti giuro lo capisco ma da un po' di tempo mi chiedo se davvero quello che voglio è trovare un posto; cioè: e se fosse che il mio posto è in realtà tanti posti?
Forse quello che mi interessa di più prima di tutto è altro e io non lo so cos'è questo altro ma appunto speravo che venendo a scuola in qualche modo lo avrei capito cos'è che voglio davvero.

Tu lo hai capito o lo stai ancora cercando come me?

Quindi è giusto quello che stai facendo hai proprio ragione e io ti voglio bene.
Anzi visto che siamo qui sono io che vorrei chiedere un po' di cose a te.

Vado?
Guarda che è tosta eh.
Okay io vado.
Perché per farmi studiare devono usare la paura?
Paura di andare male paura di un brutto voto paura di deludere i miei paura di restare indietro paura di essere da meno dei miei compagni? paura di non valere un granché paura di distrarmi paura di alzare la mano se voglio fare una qualche obiezione all'insegnante? E soprattutto: paura di sbagliare paura di sbagliare paura di sbagliare?
È come nel film Monsters & Co.*: accidenti Lollo ci hai mai fatto caso?*
Lì i mostri usano la paura dei bambini per produrre energia ma solo dopo si accorgono che se li fanno ridere di energia ne ottengono diecimila volte di più e lo stesso anche con noi uguale identico: quanta più energia ci sarebbe se invece della paura usassero che ne so: l'allegria?
Già ma il problema è che a scuola non si ride quasi mai e comunque sempre per cose che fai di nascosto dai professori.
Fai bene Lollo eccome se fai bene.
Vado a scuola da quando avevo sei anni e se mi chiedessero di descriverla non mi verrebbe da dire che è un posto allegro ma più che altro una specie di gioco a premi.
Vince chi fa più punti! Yeeee!
Noi siamo una classe anche abbastanza affiatata credo: okay ci sono quelli che ti stanno più simpatici e quelli meno ma io vado d'accordo più o meno con tutti però lo senti – eccome se lo senti – che c'è in sottofondo questo clima di gara a chi arriva primo a chi è il più bravo a chi è il più figo e questo finisce per renderci un po' meno sinceri: un po' meno autentici no?
Che poi la mia domanda è: chi fa più punti poi è davvero il più intelligente: il più capace?
Non saprei.
Io lo so che fuori di qui il mondo è super stra mega competitivo e lo so che tanti dicono: «Così ti abitui!», ma io non so se voglio abituarmici cioè scusa: e se a me non piacesse un mondo così?
Forse è proprio questa continua gara che rovina tutto.
Ci hai mai fatto caso Lollo che la domanda che facciamo più

spesso ai prof non è «Come mai studiamo questa roba?» o «Lei ha mai trovato utili queste informazioni nella sua vita?» o «Perché le piace la storia, le scienze, l'arte?».
No: la domanda di solito è: «Prof questo lo mette nel compito?».
Poi se è nel compito lo studiamo; se non è nel compito siamo felici perché c'è meno roba da imparare.
Eddai.
Io pensavo che era un posto dove vieni a fare le tue domande e qualcuno prova a darti delle risposte e fino alle elementari era ancora ancora così ma poi boh adesso ogni volta che fai una domanda ti senti un po' scemo e un sacco di volte succede che i professori si infastidiscono come quando interrompi qualcuno sul più bello ti dicono NON PERTINENTE *e dopo un po' ti vien voglia di smettere e di pensare ai fatti tuoi o almeno così è per me.*
Ma non dovrebbe essere un posto a misura nostra?
Boh, Lollo.
Boh.
Non è un posto fatto a misura del nostro stare bene perché se fosse così per esempio comincerebbe alle 9 perché ho letto un sacco di articoli sull'argomento e dicono tutti gli studi che il cervello di un adolescente inizia davvero a connettere verso quell'ora e se così fosse le classi non sarebbero con quei banchi strettissimi che ci sono ragazzi che non ci stanno dentro e ci sarebbero in tutte le sante scuole dalla primaria alla quinta superiore psicologi o persone che ti aiutano che tu puoi andare lì e sfogarti quando stai male perché secondo me è impossibile imparare qualcosa se dentro stai male e io per dire è da un po' che non sto proprio tanto bene e infatti i miei voti fanno schifo anche per quello; ma a nessuno dei miei professori finora è venuto in mente di chiedermelo.
A nessuno è venuto il dubbio che non sia io a non avere voglia ma che ci sia qualcosa che me la sta facendo passare.

Fai bene Lollo mio, cavolo se fai bene.

E no.
Lo so a cosa pensi ma giuro che no.
Davvero: no.
Non ti dico tutto questo perché io non voglio far fatica ogni vol-

ta che entri nell'argomento poi i professori e i genitori ti dicono sempre Parli-Così-Perché-Non-Vuoi-Fare-Fatica.
Non è vero.
Cioè a volte è vero ma in generale non credo sia vero.
Per dire.
È stato faticoso per me leggere tutti quei libri sugli animali?
Leggerli e rileggerli?
È faticoso leggere It *che sono più di mille pagine e sono scritte da dio molto meglio di tanti libri che ci fanno leggere per forza?*
Sì ovvio che è faticoso.
Ma è una fatica... diversa. È una fatica... bella, tipo, non so come spiegartelo Lollo ma è bellissimo scoprire cosa fa il cacatua delle palme per corteggiare le femmine fa ridere il pesce pipistrello che cammina sott'acqua e vado fuori di testa quando penso al tardigrado che è capace di resistere anche a un'apocalisse termonucleare e andarsene a spasso placido e tranquillo mentre il mondo esplode.
Fatemi pure far fatica ma che sia una fatica... bella ecco. Una fatica che io so a cosa mi porterà.
Ce l'ho: ho la parola giusta: una fatica che abbia: un senso!
Però questo non succede praticamente mai.
Avanti facciamo un esperimento adesso io e te Lollo andiamo in giro per i corridoi di questa scuola e chiediamo a tutti i nostri compagni di dirci qual è il senso di studiare i polinomi gli endecasillabi i vassalli valvassori e valvassini e tutta quell'altra roba là.
Scommettiamo che la risposta sarà quasi per tutti Boh!?
Cioè la maggior parte di noi passa tredici anni di vita a scuola ma arriva alla fine della quinta superiore che ancora non ha capito bene il senso di ciò che ha studiato.
A te pare normale?
A me no.

E poi secondo me è proprio la consegna che è tutta sbagliata.
Dai: rileggila Lollo.

Lo so che è il compito in classe ed è un testo argomentativo e quella della lettera è solo una scusa però non mi piace che la consegna sia fatta così: Scrivi una lettera a un tuo amico che vuole lasciare la scuola per convincerlo a cambiare idea.

Cioè capisci? non ha proprio senso: parte proprio dall'idea che tu Lollo sia tipo scemo e che ti sbagli cioè che mollare la scuola sia la cosa sbagliata al cento per cento senza magari chiedersi se lo fai per un qualche motivo in particolare che ne sanno loro: magari ti è morto un genitore e tu Lollo hai tipo sessantadue fratelli da mantenere e la stai mollando per andare a fare tre lavori oppure la molli perché qualcuno ti ha bullizzato e insomma io la traccia lì la riscriverei così:

Scrivi una lettera a un tuo amico che vuole lasciare la scuola per sapere come sta, come mai ha preso questa decisione e, solo dopo, rifletti se secondo te fa bene a persistere su questa strada o se è meglio consigliargli di tornare a scuola.

Non sarebbe molto più giusta così?
In ogni caso.
Adesso che ti ho scritto tutta 'sta letterona anche senza sapere niente di te sono sempre più convinto che fai benissimo e che ti ammiro per questo perché non è per niente facile decidere di lasciare tenendo conto che così avrai sicuramente i tuoi che ti odieranno e che ti staranno addosso in tutti i modi per farti cambiare idea e che un sacco di gente inizierà a guardarti storto e a dire "Ehi guardate quello è Lollo il tizio che ha mollato la scuola ahah che sfigato!".
Secondo me devi stare proprio male per prendere una decisione così e quindi io ti rispetto.

Anzi, sai che ti dico?

Che quasi quasi quasi... anch'io.

Sì. Mi hai convinto.

Sì, caro Lollo, anch'io mi sa che mollo tutto.
Tanto quest'anno ormai è andato, in teoria l'obbligo è fino ai sedici anni per cui nessuno mi potrà più obbligare a venire.

Okay dirlo ai miei soprattutto a mio papà è tutto un altro discorso ma ci penserò poi.
Va bene.
Ho deciso.
Sì.
Lo faccio.
Grazie Lollo, mi hai fatto capire che forse questa è l'unica cosa giusta, per me.
Ti voglio bene

Tuo
Teo

«Teo, ci sei?»

Gli occhi azzurri di sua madre scrutano da dentro il computer, ma Teo non risponde.

«Capito, è uno dei tuoi "momenti"», fa lei, dallo schermo e da 2923,17 chilometri, cioè la distanza in linea d'aria fra l'Islanda e la stanza dove Teo sta fissando un PC ma guardando altrove. Il commento però lo riporta un attimo al presente, perché gli viene spontaneo chiedere: «Uno dei miei... momenti?».

«Ma sì... come si dice in italiano... *episodi*...?»

Episodi, certo: magari lo fossero. E a lui dispiace, cavolo se gli dispiace. Vorrebbe avere un bel rapporto con i suoi, anche a distanza non importa, come certe famiglie delle serie TV che si dicono tutto, litigano, okay, ma alla fine fanno sempre la pace. Peccato che la TV è una cosa, la vita un'altra.

Il problema è soprattutto lì: non gli parla, non dice a nessuno cosa gli succede. Visto da fuori, Teo diventa una casa tutta sbarrata che sembra vuota ma tu lo sai che c'è qualcuno dentro.

«Vieni in Islanda, le scuole sono molto meglio!» fa lei a un certo punto col suo accento nordico, per sdrammatizzare. Ecco, ci mancava solo questa: la mamma che gli dà ragione. E Teo sa perfettamente perché: da anni va dicendo che le scuole in Italia fanno schifo e lo usa come pretesto per convincerlo a fare le valigie e raggiungerla definitivamente.

Seee, come no. A casa loro, con Steve detto Stipsi e i suoi due diabolici gemelli. L'ultima volta gli hanno spalmato il dentifricio sotto il naso mentre dormiva, e Teo si è fatto la pipì addosso perché a quanto pare è un trucco che stimola le vie urinarie. «L'abbiamo imparato a scuola!» hanno detto ridendo. «Maledette scuole islandesi del cazzo», aveva risposto Teo in italiano, sottovoce.

«Qualcuno glielo doveva dire, che la scuola non dev'essere una prigione!» rincara intanto la dose lei, mentre uno dei gemelli le corre in braccio e dedica a Teo una smorfia di scherno, facendogli salire un afflato di istinto criminale e passare definitivamente ogni voglia di parlare. Ormai è quasi una prassi: le loro videochiamate sono spesso interrotte dalle incursioni dei due gemelli del terrore.

«Saluta tuo fratello!» fa al bambino, che obbedisce controvoglia, mentre Teo sforza i muscoli del sorriso e poi fa finta di grattarsi il mento con il dito medio.

«E tu saluta tuo fratellino!» si rivolge poi a Teo, ma lui non lo saluta. E no: non è il suo fratellino, ma solo il figlio del tipo che sta con sua mamma. Ora sta mostrando tutto tronfio alla webcam il suo ultimo lavoretto scolastico, un sasso dipinto con faccia e cappello, un'opera di una bruttezza imbattibile.

Ed è lì che arriva l'idea.

Così, come sempre fa: all'improvviso.

Teo sa già chi è che lo sta chiamando: è lei, la *Cosa*. È tornata, è qui. Teo cerca di scacciarla via, ma sa che da solo non ce la può fare.

«Non parli, eh?» commenta sua mamma coccolando il perfido nanetto e senza guardare in camera, e Teo vorrebbe solo rispondere che non è vero, non è vero niente. Tutti, a parte Peach, gli dicono questa cosa, e lui si sente come accusato di un furto che non ha commesso. Non è che non parla, Teo: semplicemente non parla la loro lingua. Ne parla una tutta sua, forse, ma sa che se qualcuno ascoltasse davvero, se qualcuno gli facesse le domande giuste, se fosse interessato ad ascoltare davvero le sue risposte, senza partire subito coi giudizi e le sentenze, se qualcuno lo prendesse davvero sul serio, allora sarebbero oceani di parole perfino i suoi silenzi. Anche adesso, soprattutto adesso, una cosa gliela sta dicendo, ed è: "Fermami, dammi un motivo per non fare quello che sto per fare, anche solo una parola che mi tolga questa idea dalla testa, ti prego!".

Ma lei non lo sente. Da 2923,17 km di distanza, del resto, è un po' difficile.

«Capito, ti lascio stare», gli fa, e nel come lo dice Teo capisce che forse è proprio lì il problema, in quel lasciar stare. Forse vorrebbe solo che non lo lasciassero stare, che stessero anzi lì davanti a lui fino a che non sputa fuori tutto, che lo guardassero dritto negli occhi e non gli parlassero sempre come di spalle: tutti e due a modo loro, ma pur sempre di spalle.

«Scusa, ho sonno», le dice allora, simulando uno sbadiglio, e poi chiude sbrigativamente chiamata e computer. E ripensa a quel foglio. Quel foglio protocollo inzaccherato di rabbia e zero virgole dove Teo dice di voler mollare la scuola non è arrivato così per caso, è stato la fedele trascrizione di un urlo trattenuto per troppi anni, è stato l'ultimo granello di sabbia di una clessidra capovolta molto tempo fa. Qualcosa che piano piano è cresciuto dentro di lui.

Così si veste, per uscire.

Di nascosto. A quest'ora.

«Teo, mi dici perché l'hai fatto?»

La mamma di Teo è in vestaglia, dentro il display del cellulare di Teo. Non gli capita mai di sentirla due volte nello stesso giorno, ma questo è quello che perfino una mamma nordica e per niente apprensiva come lei non può che chiamare "caso eccezionale".

Lui è seduto nella sala d'attesa della questura, di là ci sono due poliziotti che chiacchierano a voce alta e ridono. Sono i due che lo hanno tradotto qui.

«Teo, voglio solo capire cos'hai, cosa ti succede! Non avevi mai fatto una cosa del genere!»

Niente: Teo non parla.

Per essere precisi, in questo momento si sta chiedendo come mai si dica *tradurre*, quando qualcuno viene portato via dalle forze dell'ordine. È un modo per dire che quando quel qualcuno arriva sarà una persona un po' diversa da quando è montato sulla volante?

Nel suo caso, probabilmente sì. Dentro la volante i due davanti parlavano di denuncia. E non stavano scherzando.

Ma cosa gli è saltato in mente? Perché non è stato più attento? Come ha fatto a farsi scoprire?

«Teo? Teo?» insiste sua mamma, intanto. Ma Teo adesso sta pensando che uno dei poliziotti in macchina, venendo qui, non la finiva di mandare messaggi. Era quello al posto del passeggero, lo stesso che lo aveva raggiunto per primo quando Teo aveva cercato di scappare. Per tutto il tragitto, in modo compulsivo: messaggi, messaggi, messaggi. Aveva forse litigato con la moglie? O forse scriveva all'amante, e si scambiavano frasi zozze notturne?

«Sai dove ti portiamo adesso?» gli aveva detto, tenendogli ferme le mani, con un vocione che sembrava preso in prestito da un film d'azione. Chissà se faceva finta di fare il duro, o se era davvero un tipo così anche nella vita. No, forse era uno che giocava a fare il poliziotto tutto d'un pezzo, ma nella vita era un tenerone.

«Teo, non puoi continuare così!» ribadisce sua mamma dal telefono con due occhiaie grandi così, ma Teo non la sente. È tutto concentrato sul senso di colpa che prova in questo momento. Non la riesce nemmeno a guardare negli occhi, perché teme di vederci riflessa una delusione irreparabile. E ancora, nonostante tutto, mica ce la fa a pentirsi dell'idea che ha avuto: si pente solo di essersi fatto beccare.

"Io non sono tanto normale", pensa. E stavolta non è un complimento.

Entra suo padre, adesso. Ci ha messo di più perché qui non hanno un ascensore adatto, ha dovuto usare il montacarichi per salire al secondo piano. Le ruote della sedia a rotelle cigolano leggermente, il loro rumore inconfondibile fa abbassare ancora di più la testa a Teo.

"Urlami. Arrabbiati. Dimmi qualcosa!" pensa. Ma suo padre non proferisce parola.

A parlare, invece, è sua madre. «Passami tuo padre.»

Teo appoggia il telefono sul tavolino, suo padre lo raccoglie e poi si allontana. Sente che discutono, ma non capisce molto bene. L'unica frase che riesce a cogliere è l'ultima che lui le dice: «Dicono che possiamo portarlo a casa, ma che la denuncia forse resta. Ci sono delle carte da firmare».

Non si salutano neanche.

Per qualche secondo tutto tace, perfino i due poliziotti smettono di chiacchierare dall'altra stanza. E poi suo padre dice l'unica cosa che dirà per tutta la sera: «Andiamo».

E poi tornano a casa.

È l'una e mezzo di notte.

Il Cacapò, o *Strigops habroptila*, è un pappagallo della Nuova Zelanda che, purtroppo per lui, non è capace di volare. Come fa ad andare a caccia di pappagalle? Semplice, usa il BUM!

Questo uccello scava un buco nel suolo per coricarsi, poi gonfia la cassa toracica e produce grida impossibili da imitare, fra cui un inconfondibile BUM! Astutamente è lui stesso a creare degli amplificatori personali mettendosi vicino a superfici che facciano riecheggiare il suono, e incredibilmente: funziona!

A quel punto le pappagalle fanno a gara – anzi letteralmente a botte – per accoppiarsi con lui.

Morale: non serve saper volare per trovare l'amore, o qualsiasi altra cosa.

Basta fare come il Cacapò: farsi sentire, trovare il proprio verso giusto, e prima o poi sarà l'amore a venire da te.

2.
IL VECCHIO SULLA PANCHINA

«Ehi.»

«Ehi.»

«È da ieri notte che provo a chiamarti.»

«Lo so. Ho spento tutto.»

«Come stai?»

«Boh. Non ho ancora capito.»

«Non ti fanno più uscire, eh?»

«Già.»

«Siccome tu non rispondevi ho scritto a tua mamma e mi ha detto che fra qualche giorno posso venire io lì.»

«Lo so.»

«Dice che vuole venire giù per un po'. Che vuole tenerti d'occhio perché ha paura che tu faccia un'altra cazzata.»

«Lo so. Ma sai che lei dice sempre così e poi non viene mai. Stipsi non fa salti di gioia quando lei scende giù.»

«Tu pensi che ha ragione?»

«Cioè?»

«Ne farai altre, di cazzate?»

«Non lo so, non credo. Non più grandi di questa che ho fatto.»

«Difficile, in effetti.»

«Non avranno parlato d'altro a scuola oggi, eh Peach?»

«Ma no, dai. Alla fine, pensavo peggio. Sai, la prof di fisica si è rotta una gamba salendo le scale e...»

«E Sofia?»

«Sofia cosa?»

«Sai se ha detto qualcosa?»

«Ma secondo te io mi preoccupo di quella, in questo momento?»
«Sei per caso arrabbiata, Peach?»
«Ovviamente sì, che domande. Ma più in pensiero che arrabbiata.»
«Perché?»
«Secondo te, brutto deficiente?»
«Io non sto male.»
«Sì che stai male.»
«No che non sto male.»
«E allora perché cazzo hai fatto una cosa così stupida, Teo?»
«…»
«Teo? Ci sei? Mi dici perché ti si è spento il cervello così di botto?»
«…»
«Ecco, lo vedi che ho ragione io?»
«…»
«Stai male, ammettilo una buona volta, sei sempre stato strano, ma da un po' di tempo non sei proprio più… *tu*! E il brutto è che…»
«Perché mi ha fatto sentire vivo.»
«Eh? Cosa?»
«Farlo. Mi ha fatto sentire vivo. Mi è letteralmente piaciuto.»
«Okay, ho capito, mi prendi per il culo.»
«No, neanche un po'. Mi pento solo di essermi fatto beccare. Ma se sapessi al cento per cento che non mi vede nessuno, lo rifarei. Anche adesso.»
«...»
«Peach?»
«…»
«Peach? Ci sei?»
«Che c'è?»
«Adesso sei tu che non parli.»
«Sei serio? È per questo che l'hai fatto?»
«Sì. E anche perché ero arrabbiato. Ma soprattutto perché mi è piaciuto.»

«...»

«...»

«Teo, posso dirti una cosa?»

«Spara.»

«Io ti amo e ti amerò sempre, lo sai.»

«Anch'io. Ma sento un *ma* in avvicinamento.»

«No, nessun *ma.*»

«Davvero?»

«No, nessun *ma.*»

«Ah.»

«Però ho un *però,* se vuoi.»

«Ecco. Lo sapevo. Però?»

«Però mi devi fare un favore. La prossima volta che ti salta in mente di fare una stronzata del genere, tu mi chiami, okay? Voglio venire con te, così magari riesco a non farti mettere nei casini come ci sei adesso. Me lo prometti?»

«Promesso.»

«Guarda che l'hai promesso eh?»

«Va bene.»

«E adesso?»

«Adesso cosa?»

«Adesso, cosa succederà?»

«Ah, perché, mia mamma non ti ha detto cosa sarò costretto a fare?»

La speranza, ovviamente, è che nessuno lo veda.

La scuola ormai è quasi finita, tanti ragazzi gli ultimi giorni neanche ci vanno, e alcuni scelgono come destinazione alternativa delle loro mattinate di cazzeggio proprio il parco. E Teo non ha nessuna voglia che lo vedano con addosso il gilet fosforescente con il logo del comune. Qualcuno potrebbe dirlo a Sofia, o addirittura potrebbe essere proprio lei a vederlo. Sarebbe la fine.

Certo, poteva andargli molto peggio. Alla fine, il comune ha ritirato la denuncia, ma a patto che:

Limiti Teo risarcisca i danni ai soggetti interessati e che, per tutti i mesi estivi, il suddetto Limiti Teo svolga lavori socialmente utili e resti a disposizione degli uffici comunali, che gli conferiranno via via gli incarichi che saranno ritenuti più opportuni.

Per quello che Teo ha fatto avrebbero potuto usare anche il pugno duro, far finire la cosa in tribunale: chi lo sa, forse spedirlo addirittura in un carcere minorile. Anche solo pensarlo gli mette i brividi, ma due agenti di polizia lo hanno visto e, anche se non lo hanno colto proprio sul fatto, le speranze di finire assolto sarebbero state meno di zero. L'ha scampata proprio bella.

E adesso è nelle mani di Gildo. Anzi: *del* Gildo. Un uomo bello corpulento che ci ha tenuto fin da subito a mettere le cose in chiaro. «Io non sono Gildo. Io sono *il* Gildo, va bene?» ha precisato stringendogli la mano, in realtà quasi stritolandogliela.

Il Gildo è lo spazzino capo del comune. Teo è stato assegnato a lui: tutte le mattine dovrà pulire da cima a fondo il parco San Valentino, la più grande area verde della città.

«Mi raccomando, fra due ore farò il giro e non voglio vedere neanche mezza cartaccia per terra!» gli ha detto il Gildo, dentro l'Apecar a due posti con cui l'ha portato al parco. In realtà la frase non è stata detta proprio così, ma è stata infarcita di fantasiose e irripetibili imprecazioni che il Gildo ha la particolarità di usare al posto delle congiunzioni.

"Congiunzioni imprecative si potrebbero chiamare", pensa Teo sorridendo mentre è chiuso nel minuscolo abitacolo spalla a spalla con lui.

Il Gildo ha circa cinquant'anni, piccoli peli color argento di barba incolta e ispida, e il viso rossastro di chi ogni giorno, dopo il lavoro, si ferma almeno un'ora al bar. Mentre guida, tiene a palla una piccola cassa Bluetooth in cui rimbomba la voce tutta vocali di Piero Pelù, il suo cantante preferito. L'Apecar, invece, è stata fabbricata probabilmente nel Triassico inferiore: a guardar bene, facile che, sopra la carrozzeria arrugginita, ci trovi anche i segni di qualche fossile.

«Mi hai capito bene?» insiste il Gildo.

Teo avrebbe voluto obiettare che lui può anche pulire tutto bene, ma se poi qualche ragazzino butta una cartaccia dove è già passato?

È stato zitto, però. Il Gildo non gli sembra proprio il tipo con cui è possibile intavolare disquisizioni di questo tipo.

«Qui funziona così: io sono il tuo responsabile. Fai una cazzata, e qualcuno se la prende con me. Il che vuol dire: fai una cazzata, poi *io* me la prendo con te!» gli intima, sempre infarcendo il discorso di una serie di irripetibili congiunzioni imprecative.

E così adesso Teo è lì, sul vialetto di sassi del parco San Valentino, in pieno centro. In mano ha una scopa di saggina e indossa dei guanti tutti sporchi e usati. Dietro di lui, il Gildo gli sta impartendo tutte le istruzioni. «Prima ti fai il vialetto di sassi, poi il centro del parco, poi di nuovo un giro sul vialetto di sassi. Cinque minuti di pausa ogni ora, se hai sete vicino agli scivoli dei bambini c'è una fontanella. Domande?»

Teo non osa fiatare, scuote solo rapidamente la testa, come a dire: "No no, zero domande, sissignore".

«Ah, e sappi che ho i miei informatori, qui. Se ti imboschi da qualche parte lo vengo a sapere già mentre lo stai pensando! D'accordo?»

Teo annuisce, sempre guardandosi bene dal proferire verbo, ma al Gildo la risposta non piace.

«D'accordo?» insiste.

«D'accordo… signor… ehm… il Gildo», risponde, e quello finalmente si allontana con passo pesante.

E così Teo si mette al lavoro, riflettendo sul fatto che, se scorgesse all'orizzonte l'arrivo di Sofia, lì sì che si imboscherebbe. Spie del Gildo o meno, si fionderebbe diretto dietro un albero, pur di non farsi vedere da lei.

"Così sofisticata, così perfetta com'è, non credo farebbe i salti di gioia a uscire con uno che si fa bocciare in seconda superiore e per di più combina guai per cui poi lo mandano a fare lavori socialmente utili…" considera mentre inizia a muovere la ramazza sul sentiero di sassi.

Ed è lì che li nota.

Ci sono dei piccoli disegni, sui sassi. Sembrano fatti con un ramo o forse con un bastone. Magari un bambino, chi lo sa, ma è un disegno che si ripete per decine di volte sul sentiero che fa da cornice al grande parco tutto verde. Sembra come una V, o una A rovesciata senza l'asticella orizzontale, solo che le due stanghette non sono dritte, ma fanno due curve verso l'esterno. Così:

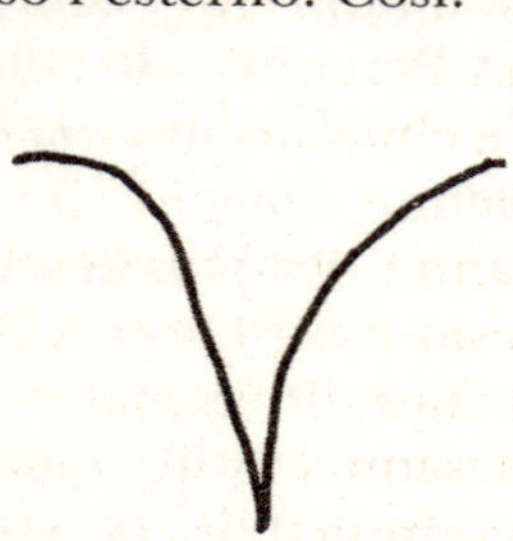

Fin da quando era piccolino, Teo nota sempre queste cose, a cui non fa caso nessuno: le anomalie, le stranezze, i dettagli fuori posto. E adesso si chiede come mai qualcuno si sia divertito a punteggiare il sentiero di sassi di decine di questi disegni.

«Che cazzo stai facendo?!» gli arriva la voce del Gildo, alle sue spalle, a un volume una tacca sotto quello di un camion in partenza. Teo si scuote come se si svegliasse.

«Niente, perché?» risponde.

«Appunto, niente! È compito tuo rimettere a posto il sentiero! Usa la scopa per dargli una sistemata, cava via quei segni o userò il manico della scopa per dare io una sistemata a te!» gli ordina il Gildo, naturalmente inserendo le opportune congiunzioni.

Teo non pensava di dover fare anche quello: credeva di dover solo pulire tutto, raccogliere l'immondizia, cose così. Se deve anche spennellare con lo scopone per riallineare i sassolini spostati dalle sgommate di bicicletta e dalle orme dei passi, altro che un'ora: gli ci vorrà mezza giornata!

«Allora, ti muovi?!» lo esorta il Gildo. E Teo comincia piano piano a cancellare quei disegni, maledicendo a bassa voce il responsabile.

Cosa rappresentano, poi? Un'iniziale? Un uccello che vola? Teo non lo sa, ma se incontrasse chi li ha fatti glielo chiederebbe di sicuro: poi però lo inseguirebbe con il manico della scopa.

Manico che, intanto, fa andare. Ha infilato gli auricolari nelle orecchie e avviato la playlist *Ringo Starr*: sono tutte canzoni dei Pinguini Tattici Nucleari, il suo gruppo preferito da almeno un paio d'anni. Ha avuto il periodo hip hop e l'ascolta ancora, ma i Pinguini gli servono per connettersi meglio con sé stesso e chiudersi in una specie di stanza insonorizzata. Ci sono alcune canzoni che ti capiscono meglio delle persone, che sanno dirti come stai senza il bisogno di chiedertelo. Per questo ha intitolato così la playlist: anche lui si sente un Ringo Starr, in un mondo di John e di Paul. E poi gli piace come riescono a dire cose tanto profonde e al tempo stesso sembra sempre che un po' scherzino, e si chiede se anche lui ne sarà mai capace. Gli piacerebbe, ma dubita che potrà succedere, coi suoi voti in italiano.

Ehi, ha già spazzato un intero lato del parco, wow!

Sorride: avere qualcosa da fare, qualcosa di così concreto e definito, è un toccasana. Gli permette di tenere lontani tanti brutti pensieri.

Il ricordo di quella notte di pochi giorni fa, per esempio. Quello torna di continuo. Forse ha proprio ragione Peach: la sua testa non è tanto a posto. Non è normale che ogni tanto gli vengano questi momenti. E quella *Cosa* che gli sale, quel prurito alle mani, da dove viene? Perché non riesce a parlarne a nessuno, nemmeno alla sua migliore amica? Come mai non c'è verso di metterla a tacere? E perché, soprattutto, non sa se la vuole davvero mettere a tacere?

Durante il resto del giorno la sua testa è una piazza affollata di tutti questi pensieri, ma ora che ha quella scopa in mano no. Lavorare non è così male, in fondo, specie se intanto puoi ascoltare la musica. E così tutta la prima ora se ne vola via in un attimo, dopodiché Teo guarda l'ora e sa che può prendersi cinque minuti per sedersi su una panchina.

Appoggia la scopa di lato, tira un sospiro e chiude gli occhi un secondo.

Poco dopo, si viene a sedere di fianco a lui un vecchio con in testa un cappello e un bastone in mano. Odora di buono, sembrerebbe di fiori, come se fosse appena uscito da un fiorista.

Forse è appena stato a comprare i fiori per sua moglie che non c'è più, li ha portati al cimitero e poi è venuto qui, pensa Teo. Aggiunge nella sua testa un sacco di altri dettagli, riesce quasi a visualizzare il fazzoletto nella mano del vecchio il giorno del funerale di lei, gli occhi rossi ma l'espressione composta, fiera, la mano che tremando accarezza la bara a un certo punto; sì, si erano conosciuti a una sagra, certo, le luci, Teo vede anche le luci, sente l'odore della carne alla brace e della polenta arrostita, scorge i loro sguardi da lontano tra la folla e la musica, e poi lui che si avvicina e la invita a ballare, dandole del lei.

Ha imparato a riconoscerli, ormai.

Questi momenti in cui, da sole, gli si materializzano nella testa tutte queste immagini. Sono un po' come gli shining del piccolo Danny Torrance (anche qui, l'ispirazione gli arriva dal suo scrittore preferito). Nel romanzo omonimo, lo shining era una specie di superpotere che avevano Danny, il figlio del protagonista e anche un altro personaggio del libro: come delle visioni, delle specie di premonizioni ma al passato, cioè di cose che erano già successe molto tempo prima e che molto spesso erano crimini efferati. Nel caso di Teo, non sono così forti e non sono neanche paranormali rievocazioni di pluriomicidi: sono solo piccole scintille di storie. Scintille che però gli danno una specie di scarica, giù nello stomaco: una sensazione piacevole, un calore che fino a un attimo prima non c'era.

Non lo fa apposta: succede. Un piccolo particolare e gli partono da sole, queste scene: vivide, vividissime, che quasi le riesce a toccare con mano. Quando succede, il tempo passa e lui neanche se ne accorge, e infatti sembra trascorso un minuto ma in realtà è già finita la sua pausa. Teo decide di rubare qualche altro istante, allora, per spegnere totalmente il cervello, ma poi accade qualcosa.

Il vecchio si volta verso di lui, gli sorride e gli dice: «Buongiorno. Come va?».

«Dice a me?»

«Non vedo molte altre persone, nei paraggi!»

Il vecchio gli ha detto qualcosa, dopo averlo salutato, ma Teo aveva gli auricolari e non ha sentito; perciò, ora lui lo guarda in attesa di una risposta.

«Non ha compreso la mia domanda?» gli fa.

Perché gli sta dando del lei? Cos'è, è forse per via del gilet fosforescente del comune? Oppure è perché ha chiuso con la scuola da un giorno e già dimostra dieci anni di più? Mollarla funziona tipo… filtro età?

Da sotto il cappello di lui spuntano i capelli bianchi. Il bastone ha sul manico un nome intagliato: *Eleonora*, e ha addosso una giacca marrone un po' sdrucita, con i gomiti tutti lisi. Dev'essere il nome della moglie a cui ha appena portato i fiori al cimitero, e lui è uno che passa tanto tempo a scrivere, pensa Teo.

«Mi scusi, avevo la musica, non ho sentito», risponde.

«Le ho chiesto: non dovrebbe essere a scuola, giovanotto?»

Giovanotto? Da quanto tempo non sentiva qualcuno chiamarlo così? Anzi, forse non è proprio mai successo, e lo ha visto fare solo nei film.

«Lei non ha l'età per essere già un dipendente pubblico, o sbaglio?» insiste il vecchio. Teo avverte una fitta di fastidio: ma che vuole questo, adesso? Così riflette qualche secondo su una risposta plausibile e poi: «Sciopero», mente, infine. «Ogni tanto do una mano a mio padre, che lavora col comune», rincara la dose.

Non sa perché lo ha detto. Sa solo che non gli va di spiegare a uno sconosciuto il vero perché del suo essere lì con i guanti e la scopa in mano. Peccato che questa balla sia senza capo né coda, dato che: 1) i suoi professori non scioperano praticamente mai; e soprattutto 2) ma quando mai si è sentito di spazzini pubblici che si fanno aiutare dai figli? Teo non è nemmeno sicuro sia legale.

Alza il volume della musica. È quello che ci vuole in questi casi, e il mondo poi scompare, vecchi rompiscatole compresi. Solo che questo qui fa una cosa che lui proprio non si aspetta: gli assesta una piccola gomitata sul braccio. Teo si volta verso di lui, lo guarda e scopre che sta alzando il sopracciglio in un'espressione che non ha bisogno di traduzione; è come se gli avesse appena detto: "Seee, raccontala a un altro!".

Fortunatamente, la fantasia non manca a Teo, che pur di liberarsi di questo vecchio impertinente sarebbe ora disposto a indirne lui uno, di sciopero. Nazionale. E sente dalle proprie labbra uscire questa risposta memorabile.

«Sì, le varie sigle sindacali si sono organizzate per opporsi alla nuova manovra economica che opererà dei poderosi tagli al settore scuola!»

Eh? E questa da dove è saltata fuori? Teo non ha mai usato questi termini in tutta la sua vita, e ora sembra il figlio di un sindacalista militante.

Fa così, certe volte: dal nulla, Teo tira fuori delle bugie perfette e le confeziona in modo ineccepibile e originale, anche quando sembrano del tutto inverosimili. Il suo metodo è facilissimo: si persuade perfino lui che siano vere, e alla fine riesce a convincere anche gli altri. Il problema è che in questo caso specifico non funziona nemmeno così: il sopracciglio del vecchio è ancora fermo lì, immobile, e lo giudica.

«Non ci crede?»

Il vecchio fa solo un leggero no con la testa.

«Scusi, ma lei chi è?» gli chiede ora Teo, a cui sorge ora il sospetto che il tizio sia una delle spie del Gildo, venuto a cronometrare i cinque minuti di pausa concessi. Il vecchio però ora sorride.

«Solo uno che sa riconoscere una bugia, quando ne vede una», accenna guardando avanti come se parlasse a qualcun altro. «Per quanto raccontata bene!» aggiunge poi.

Il primo istinto di Teo sarebbe di insistere con la sua bugia. Il secondo, di mandare il vecchio a quel paese. Ci riflette su qualche istante, poi opta per la terza: alzarsi e rimettersi al lavoro.

E mentre cammina, sente alle sue spalle la voce del vecchio salutarlo: «Arrivederci, giovanotto!».

Solo che il suo, più che un saluto, suona più come una minaccia.

E quando Teo attraversa il verde del parco, scopre che proprio da lì dietro arrivano risate di ragazze: da lontano non le aveva viste, sono tre, sono tutte e tre in maglietta e pantaloncini, e ascoltano musica, distese sopra tre asciugamani.

E una di loro è lei. Cioè: Lei. Con la maiuscola.

Sofia.

La proporzione è molto semplice: Sofia sta a Teo come Beatrice a Dante. Uguale uguale. Solo che Teo l'ha conosciuta a sei anni, in prima elementare, e non a nove, come il piccolo Alighieri trafitto da Amore in persona.

Per il resto, anche Sofia ha un nome che evoca beatitudine, almeno alle sue orecchie; anche nel suo caso è stato amore a prima vista fin dalla primissima infanzia; anche lei è percepita da Teo come un angelo venuto *da cielo in terra a miracol mostrare.*

E, soprattutto, anche fra Teo e Sofia il massimo che ci sia mai stato è stato solo un saluto.

Non sono più in classe insieme dalle elementari, e da allora lei sembra aver rimosso completamente il ricordo di lui. L'apice, il climax, il punto più alto mai toccato nel loro rapporto è stato durante la gita di prima superiore a Firenze, quando le loro classi si sono ritrovate nello stesso autobus e Teo è stato seduto accanto a lei per circa venti minuti lungo il viaggio di ritorno. Venti minuti in cui lei stava dormendo della grossa, con gli auricolari nelle orecchie, ignara di tutto.

Teo ricorda ancora oggi con grande emozione quei venti minuti scarsi: non aveva fatto altro che contemplare le sue labbra leggermente socchiuse, ammirare la dentatura perfetta da apparecchio appena tolto, contare le volte in cui gli sbalzi della corriera avevano fatto ricadere un ciuffo di capelli biondi sul suo viso. E, ovviamente, proiettare nel proprio personale cinema mentale trilogie più lunghe del *Signore degli Anelli,* stagioni su stagioni di serie TV. Anzi, forse è proprio questo il tratto che Teo ha più in comune con la "storia" fra Dante e la giovane Bice Portinari: si è svolta quasi solo nella sua immaginazione.

Inoltre, Sofia sta insieme da un anno e mezzo a un tipo che va già all'università e che ogni tanto la viene a prendere a scuola in macchina. Biondo come lei, alto, sempre elegante, si chiama Edo o Dodo o Fido o Frodo, Teo non ricorda.

Tipo biondo a parte, sono anni che Teo sogna di parlarle e ogni volta il set di questa scena cambia: un giorno "è successo" in libreria (a lei cadeva un libro, lui glielo raccoglieva, cominciavano a parlare e uscivano dalla libreria camminando fianco a fianco), un'altra volta era in chiesa (lui c'era entrato per sbaglio e lei invece per ammirare una pala d'altare)... Tutte situazioni molto intellettuali perché Sofia Della Libera è figlia dell'architetto Umberto Della Libera e della scrittrice di romanzi storici Vittoria Ponte Galeazzi, è una ragazza cresciuta a pane e musei, i suoi social sono zeppi di foto di poesie e pagine di libri e città che Teo non sa nemmeno pronunciare. In queste fantasie Teo voleva fare bella figura, farle vedere che l'apparenza inganna e che se pure uno ha i voti che ha lui non significa che è una capra ignorante. Insomma: si è immaginato questo momento un milione di volte, ma mai ha pensato che sarebbe potuto accadere mentre avanzava verso di lei con una ramazza in mano e il gilet fosforescente da spazzino comunale.

Teo valuta rapidamente le sue opzioni: tornare indietro e raggiungere il vialetto di sassi allungando il tragitto? O deviare verso il primo albero e nascondercisi dietro? Sta già propendendo verso la seconda ipotesi quando la sua attenzione è catturata da una delle due ragazze che stanno con Sofia.

"Merda!" pensa.

È Aurora, una sua ex compagna di classe, e sta guardando verso di lui. E ora che si fa? Teo vede Aurora dire qualcosa all'orecchio di Sofia, e poi entrambe ridono. Sì, stanno inequivocabilmente ridendo, e lo stanno facendo guardando verso di lui. Questo, oltre a essere un'altra infelice corrispondenza con la vicenda dantesca, potrebbe essere il momento più umiliante della sua breve esistenza: Teo percepisce distintamente la terra tremare sotto i piedi e per un secondo si augura che davvero si apra una voragine che lo risucchi per sempre e lo conduca nella città di Dite.

Non c'è dubbio: la risata era rivolta a lui e al suo stupido gilet fosforescente. Ora le ragazze si sono distese a pancia in su e continuano a ridere mentre il sole si riflette sui loro occhiali da sole.

Perfetto, insomma: ormai è fatta. L'ha visto. È finita. *Game over.*

Addio incontro fortuito in libreria. Ciao ciao pala d'altare.

Così Teo decide di non andare a sedersi su nessuna panchina, ma di riprendere il lavoro, il più lontano possibile da questa umiliazione cocente.

Dopo questa immagine, d'ora in poi lei assocerà Teo al concetto di spazzino e Teo è abbastanza sicuro che quest'associazione non aumenti molto il suo già risibile sex appeal. Certo, pensa, non c'è niente di male a fare questo lavoro: senza gli spazzini le città sarebbero molto meno pulite, e i parchi sarebbero pieni di cartacce e segnacci strambi per terra a forma di V, come quelli che Teo continua a trovare sul suo percorso. Eccone un altro, infatti, proprio davanti a lui: che sia l'iniziale di un nome?

In effetti, anche lui ha disegnato molte S in vita sua: sui quaderni degli appunti, sui margini dei libri, insieme ai disegni di animali e alle loro descrizioni con cui Teo li tappezza spesso. Dubita che dopo la scena appena avvenuta Sofia possa mai disegnare delle T in suo onore, in futuro.

Sì, dev'essere qualcuno come lui in fissa con una ragazza o con un ragazzo, magari quel parco è il posto dove si davano appuntamento e lei lo ha lasciato. O lui, insomma.

"Secondo me è un lui lasciato da una lei. E lui sa che lei passa sempre da questo parco per andare a scuola, certo! E vuole che lei veda questi segni per terra, per dirle che non l'ha dimenticata!" conclude nella sua testa, prima di buttare l'occhio verso il centro del parco, dove ha visto Sofia e le sue amiche prendere il sole. Non ci sono più, ora. Meno male: così Teo potrà passare da quella parte indisturbato, quando dovrà pulire anche lì.

"Dai, forse non mi ha neanche visto!" cerca di autoconvincersi. Ma, appunto, cerca di farlo, perché un secondo dopo sente bussare alla sua spalla.

Si volta.

È Aurora, solo che non è da sola. Di fianco a lei c'è un'altra ragazza.

Quella che inizia per S.

«Fammi capire. Sofia è venuta da te. Cioè *lei* da te, e non *tu* da lei.»

«Be' non proprio, Peach, dai. Siamo onesti. È Aurora che è venuta lì, ed è passata solo a salutarmi. Sofia era solo... lì!»

«Però poi mi hai detto che Sofia ti ha parlato.»

«Parlato mi sembra un termine inappropriato. Mi ha detto ciao.»

«Ma che tipo di ciao era?»

«Cosa vuol dire che tipo di ciao era? Quanti tipi di ciao esistono?»

«Non lo so: che faccia aveva, sorrideva?»

«Boh, credo di sì. Mi pare di sì!»

«E tu?»

«E io cosa?»

«Tu che cavolo hai fatto, quando ti ha sorriso?»

«Ho detto... *ciao* anch'io.»

«E basta.»

«Sì, e basta.»

«Avevi lì la ragazza dei tuoi sogni, che sorrideva fra l'altro, e le hai detto solo ciao!»

«Intanto devi sapere che ciao deriva dal veneziano *sciao*, che significava "schiavo vostro".»

«E quindi?»

«E quindi implicitamente le ho fatto capire che io provo per lei sincera devozione!»

«Uff, che cretino! Ma non potevi dirle qualcos'altro?»

«Cosa dovevo fare Peach, cantarle "*...ti dedico le autostrade che portano al mare...*" tenendo il tempo con la mia scopa?»

«No, ma... almeno dirle qualcosa di più!»

«Tipo?»

«Tipo che ne so. Provare a vedere se in questi giorni aveva da fare?»

«Per fare che? Invitarla a passare la ramazza insieme a me? Ciao Sofia, sai ti trovo carina, ti va se scopiamo insieme ma non nel senso più divertente del termine?»

«Che coglione.»

«Che cogliona.»

«E adesso?»

«Adesso niente.»

«E certo. Ti pareva.»

«Sinceramente spero di non vederla più, almeno lì al parco mentre lavoro.»

«Perché?!»

«Perché è parecchio imbarazzante come cosa, sai com'è!»

«Ma va'! Cosa c'è di male a pulire un parco cittadino!»

«Niente, ovviamente. Però intanto io mi sentivo peggio che se fossi stato... nudo! Avrà pensato che soffro di una qualche forma di mutismo selettivo o di un disturbo della crescita!»

«Mah, secondo me te la ritrovi lì, uno di questi giorni. E da sola.»

«Perché lo dici?»

«Perché Aurora non ti ha mai cagato in tutta la sua vita. All'improvviso sente il bisogno di passare a salutarti. Non ci vedi niente di strano?»

«Io no.»

«Okay che sei un po' un divo in questi giorni per quello che hai fatto... ma insomma, mi sembra sospetta come cosa, no?»

«Cioè?»

«Cioè secondo me è stata Sofia a chiederle di passare lì da te a dirti ciao.»

«Certo. Come no. Mi sembri me quando mi faccio i film mentali.»

«Scommettiamo?»

«Pfff. Vuoi perdere soldi, Peach?»

«Non hai capito: non voglio scommettere soldi, amore.»

«E cosa allora, *amore*?»

«Se Sofia torna da te con una scusa, tu ti rimangi quello che hai detto. A settembre torni a scuola.»

«...»

«Teo?»

«...»

«Scommettiamo, allora?»

«...»

«Che scemo che sei Teo. E comunque, a proposito di scuola...»

«A proposito di scuola...?»

«Ho riletto il tuo tema. La tua lettera, insomma. Anzi a dire il vero la rileggo ogni giorno, un sacco di volte.»

«Soffri di masochismo?»

«No, non soffro di masochismo. E ti devo dire una cosa.»

«Bella o brutta?»

«Tu devi scrivere.»

«Eh?»

«Mi hai sentito bene, brutto idiota, e dico solo idiota perché di là ci sono i miei se no sai quante altre parole potrei aggiungere! Tu sei nato per scrivere, questo è quello che devi fare e lo sai benissimo, solo che siccome sei un cretino fai finta di non saperlo!»

«Ma hai presente che voti ho io in italiano, amore mio?»

«E questo cosa cavolo c'entra? Sì, okay, ti perdi dei congiuntivi ogni tanto, le virgole non sai neanche dove stiano di casa e hai questa strana ossessione per il punto e virgola, ma cazzo amore io quando ti leggo ho i brividi, i brividi!»

«Ne abbiamo già parlato mille volte, amore. E lo sai cosa pensa mio papà: lui mi vuole in un posto sicuro e tranquillo, se gli dico che voglio fare una cosa totalmente senza senso come lo scrittore mi passa sopra con la sua carrozzina!»

«Ma fregatene di cosa dice tuo papà, lo sappiamo tutti com'è, fregatene della scuola che l'hai detto anche tu che pensa solo ai voti, tu hai un cazzo di dono e io non ti permetterò di buttarlo via, chiaro?»

«Dici un sacco di parolacce, te ne sei accorta?»

«Sai com'è, qualcuno me le cava via di bocca.»

«Scusa.»

«Davvero Teo. Non sto scherzando.»

«Lo so. Ti conosco. Ma...»

«Ma un cazzo! Tu sei nato per scrivere, okay? Anzi, per vivere scrivendo. Punto, fine. E se non lo fai, sappi che io ti ammazzo, ma non una morte veloce e indolore, sto già progettando di infliggerti le peggiori sofferenze tipo tortura medievale.»

«Ah, fico.»

«E con questo ti auguro una felice notte, amore mio.»

«Aspetta, Peach.»

«Che c'è?»

«Mi suoni qualcosa, prima di andare a dormire?»

«Ma non se ne parla neanche! Ho sonno!»

«Eh, io no, e la tua musica mi rilassa.»

«Ma poi i vicini mi ammazzano!»

«Dai, suona piano, per favore.»

«E va bene, anche se non te lo meriti.»

«Grazie amore mio.»

«'Fanculo. E comunque...»

«E comunque?»

«Tu non sei normale.»

«Grazie del complimento.»

Non si chiamano *amo*, Teo e Peach. Mai.

Non è stata una cosa che hanno deciso, non se lo sono detti, tipo: "Ehi, noi ci chiamiamo *amore* usando la parola intera e non *amo*, okay?".

È successo e basta.

Si sono conosciuti da piccoli, perché abitano nella stessa strada: i loro genitori sono amici. Hanno fatto vacanze insieme, natali insieme, capodanni insieme. Un'estate di mille anni fa, quando erano ancora bambini, la mamma di Peach aveva comprato a entrambi lo stesso braccialetto colorato, di quelli sottili portafortuna che ti vendono gli ambulanti in spiaggia, e quel braccialetto è ancora lì, non si è spezzato mai.

Sono praticamente fratello e sorella, hanno anche dormito nello stesso letto un milione di volte. Un sacco di persone sono convinte che lo siano.

Peach è difficile da spiegare.

Peach è un'amica donna, ma parlare con lei è come parlare con un amico maschio. Detta così sembra una roba un po' antica e anche un po' maschilista ma Teo sa che non è per quello. Non è per colpa di nessuno, insomma: succede.

C'è differenza fra amici maschi e amiche femmine? Sì che c'è.

Anzi, se qualcuno mai glielo chiedesse, Teo risponderebbe che non esiste la vera amicizia fra un ragazzo e una ragazza. O almeno: non fra due che hanno più o meno la stessa età.

Non è per cattiveria, o per partito preso. È che con le

amiche femmine c'è sempre qualcosa che devia il percorso, che sposta tutto da una parte diversa dall'amicizia: una specie di vento che dirotta le sue intenzioni. Quando Teo ha di fronte una ragazza che non sia Peach, c'è sempre lì in sottofondo come una volontà di stupirla, di impressionarla, di fare colpo. Soffia come un venticello, a volte forte e a volte appena percettibile, magari non è neanche la speranza che lei ci stia o cose del genere, ma solo il brivido che gli dà l'attesa di una reazione positiva. E quello è sufficiente a rovinare già tutto, a non rendere più autentica la faccenda, come gli succede con tutti i suoi amici maschi: con loro quel venticello non c'è. Non fa o dice cose per stupirli e accattivarli: ma solo perché gli viene.

Peach è diversa.

E non perché a lei piace aiutare il suo papà meccanico, o perché forse le piacciono le ragazze, o perché si veste sempre con quelle felpone giganti, come una costretta a mettere i vestiti del fratello più grande che non ha. E non è nemmeno perché ha quei capelli o quegli occhiali, per quel suo fare trasandato che è agli antipodi del suo angelo, Sofia.

È che Peach non finisce lì, non è tutta lì. Non ci sono sinonimi per lei: solo contrari.

Per dire: riesce a essere dolce perfino quando dice tutte quelle parolacce; forte anche quando è più fragile. E fa ridere perché il piano spesso lo suona con le mani ancora sporche dal lavoro, e un po' del grasso resta poi sui tasti bianchi.

È come la neve, Peach, quando suona: fa essere tutto silenzio. Ha il potere di ovattare ogni rumore che fa il mondo, e il mondo ultimamente ne fa sempre tanto, a volte troppo; quando lei suona per lui, poi, non è come quando suona per gli altri, si sente che lo fa dosando la forza, come un tratto di matita leggero su un foglio, come qualcuno che ti vede dormire scoperto e ti copre con un plaid.

È che Peach è qualcosa che va al di là. È oltre una definizione. Probabilmente non esiste nemmeno un nome, per quello che prova per lei.

Per certi versi, è molto più che amore: le vuole bene; vuole che lei stia bene, cioè, e sa che per lei è lo stesso. E così zero venticello, zero secondi fini, risate come se piovesse, abbracci lunghi mezz'ora quando uno dei due è triste, notti al telefono a non dire niente, solo a guardare la luna, fuori, lui dalla sua stanza lei dalla sua, spazzolino di Teo nel bicchiere del bagno di Peach e un sacco di vestiti di Peach dentro l'armadio di Teo, messaggi chilometrici e vocali di dieci minuti, canzoni che si mandano quando ne trovano una che potrebbe piacere all'altro, insulti quando c'è bisogno, vaffanculo detti senza paura di perdersi, centinaia di foto insieme nel telefono, ricordi da ricordare nelle sere in cui non succede niente, un braccialetto colorato preso al mare mille estati fa e ancora lì, al polso di tutti e due, certi che niente lo spezzerà mai.

Non si dicono *amo* perché *amo* se lo dicono tutti. E Peach non è *tutti* per Teo, Teo non è *tutti* per Peach.

Si dicono così perché Peach è l'unica che sa tutto di Teo, Teo di Peach.

Lui è il solo a sapere che lei non è ancora sicura se le piacciono i ragazzi o le ragazze, per dire. Che l'anno scorso aveva avuto una cotta per una loro compagna, ma adesso muore dietro a un ragazzo di quinta.

E lei è la sola con cui Teo riesce a parlare di suo papà e di quello che gli è successo.

Ogni volta che qualcuno lo chiede, o quando esce fuori l'argomento, si parla sempre e solo dell'*incidente*, accaduto quando aveva vent'anni ed era una promessa del salto in alto. Poi Teo cambia sempre discorso, perché suo padre cambia espressione quando qualcuno nomina l'incidente.

Teo e Peach ne parlano però, eccome. Lui le confessa che a volte ha paura di tornare a casa, perché si sente un fallito di fronte a suo padre. Glielo dice che si sente in colpa perché lui non ha più l'uso delle gambe mentre Teo sì: è un pensiero che non ha senso, ma lo ha se lo dice a Peach. A tutti gli altri, no.

Però Peach ha sedici anni e Teo vorrebbe poter dire queste cose a qualcuno che di vita ne abbia vista tanta, o almeno più di lui. Qualcuno che abbia conosciuto il mondo per davvero, che abbia viaggiato e che abbia messo via un po' di risposte per uno come lui, che ha uno zaino pieno di domande.

Parlare coi grandi, però: che difficile che è.

È come il telefono senza fili.

Quel gioco dove ci si siede in cerchio, tu dici una frase all'orecchio della persona di fianco a te, poi lei la riporta per come l'ha capita all'altra persona, e così via fino a chiudere il cerchio e scoprire che la versione finale è quasi sempre completamente diversa da come era partita. Quello.

Questo è quello che prova Teo, da un po'. Coi professori, sì, ma soprattutto coi suoi genitori. Lui parla, dice qualcosa, e però alle orecchie di sua madre e di suo padre arriva chissà che, parole tutte storpiate, cambiate, come se avessero fatto tutto un lunghissimo giro di bocca in bocca e fossero arrivate lì decimate e stravolte. Solo che quel giro non l'hanno fatto per davvero. Lui ha solo detto A e loro hanno capito B. Ma perché?

Ci prova, non è che non ci prova. Però dopo un po' ti passa la voglia, no?

E così adesso Teo vorrebbe solo poter parlare con qualcuno. Poterlo fare liberamente, senza sentirsi sempre giudicato, etichettato o, peggio, sentirsi dire quelle frasi.

Quali frasi? Quelle che iniziano per *massì*.

«Massì, vedrai che passerà presto!»

«Massì, adesso ti sembra chissà cosa, ma poi capisci che i problemi della vita sono altri!»

«Massì, anch'io alla tua età.»

I *massì* sono sempre lì in agguato, e ogni volta che ne sente uno Teo smette di ascoltare quello che viene dopo.

E adesso c'è questa cosa che nemmeno Peach può capire. Questo bisogno di Teo di urlare, di avere risposte, di sapere cosa succederà e soprattutto di sapere come deve fare, lui.

Cosa deve fare, se vuole uscire dalla grotta buia in cui si è infilato.

E allora, dopo aver parlato con lei al telefono, Teo guarda la penna e fa l'unica cosa che lo fa stare davvero bene, oltre ad ascoltare lei.

Prende la carta.

E scrive.

Caro signor Stephen King

"Ma che cazzo sto facendo?"

Teo mette giù la penna e rilegge la sola riga che ha scritto. Ride da solo, tipo risata isterica.

«Cioè, è più probabile che It suoni al campanello e chieda di poter usare il nostro bagno, piuttosto che *Lui* legga una mia lettera!» esclama, sempre ridendo da solo. Ma poi riprende in mano la penna perché pensa che, conoscendolo, le e-mail le cestina tutte ma forse qualche lettera a mano, ogni tanto...

E così si rimette a scrivere.

Non le sto scrivendo per farle dei complimenti di cui credo sia anche stanco e di cui non ha bisogno.
Non le sto scrivendo per dirle quanto i suoi romanzi mi abbiano letteralmente cambiato la vita.
Non le sto scrivendo nemmeno per farle sapere che secondo me lei dovrebbe essere studiato in tutte le scuole del mondo al posto di certa roba che ci fanno leggere e che davvero io boh.
No.
Le sto scrivendo perché avrei un po' di domande per lei. Sono domande toste eh? Però lei è l'unica persona sulla faccia della terra alla quale farei queste domande. L'unica da cui mi aspetto delle risposte VERE. Non so se anche lei l'ha notato, ma è molto difficile trovare in giro qualcuno che sia VERO, vero?
Io incontro un sacco di gente che secondo me non è sé stessa.

Magari crede di essere sé stessa: ma poi invece no: è solo quello che l'altra gente si aspetta da loro.
Non so se mi sono spiegato.
Credo di no.
A ogni modo: ecco le domande.
Come le dicevo: sono toste.
Vado.

1) Perché non ci capisco niente di quello che mi succede?
2) Perché mi sembra che ogni volta qualcuno mi sposti i mobili nella stanza e quando dico stanza intendo dire in realtà la mia testa?
3) Perché mi sembra sempre di non concludere niente e di non essere abbastanza?
4) Perché da qualche anno sento di voler bene ai miei genitori ma allo stesso tempo no anche di odiarli un po' e poi però anche gli voglio bene e poi anche li odio ma tutto insieme tutto allo stesso tempo come gli animali ibridi che appartengono sia a una specie che a un'altra? (Spero si capisca questa)
5) Perché le rare volte in cui faccio qualcosa di bello mi dispiace se mio papà mi dice "bravo"?
6) Tradotto: che problemi ho?
7) Secondo lei ha ragione mio papà che dice che devo studiare per trovarmi un lavoro che devo pensare a trovare subito qualcosa di sicuro e solo poi dedicarmi a quello che mi piace?
8) Che cosa devo fare secondo lei nella mia vita? Cioè insomma in pratica la domanda è: come faccio a capire cosa sono? Lei quand'è che ha capito che nella vita avrebbe voluto scrivere? L'ha sempre saputo o lo ha scoperto piano piano? E soprattutto: come ha fatto a essere sicuro che fosse quello che doveva fare e non qualcos'altro?
9) Come faccio a restare me stesso in un mondo che non è sempre così felice di vedere il mio vero me?
10) Come faccio a impedire a It di divorarmi?
11) Come faccio a tirarmi su e ripartire dopo un brutto fallimento come per esempio una bocciatura a scuola? (ebbene sì quest'anno verrò bocciato)
12) Come faccio a capire se ho un qualche talento per qualcosa?

14) Come faccio a non sprecarlo, nel caso in cui dovessi scoprire che sì effettivamente ce l'ho?
15) Come faccio a fare quello che voglio fare anche se ancora non ho idea di cosa sia, ma insomma mettiamo che io lo trovi questo qualcosa e allora: come faccio a farlo senza scontentare le persone che mi vogliono bene e che magari speravano facessi altro e più in generale come faccio a fregarmene di quello che dice la gente?
16) Come faccio a capire cosa voglio davvero se faccio fatica a capire cosa mi piace per colazione?

17) Insomma il domandone finale è questo: come faccio a capire qual è il mio posto nel mondo?

Lo so lo so: sono un sacco di domande. E sono 17 che nel caso non lo sapesse nel nostro paese è un numero che porta sfortuna come il 13 da voi e io so che lei è affetto da triscaidecafobia: la paura del numero 13: e so che la sua triscaidecafobia è così forte che lei non smette mai di leggere o di scrivere se è arrivato a pagina 13 di un libro o un suo multiplo quindi spero che non abbia anche la eptacaidecafobia che (me lo sto inventando eh) dovrebbe essere il nome della paura del numero 17.
Okay, sono abbastanza sicuro che con queste ultime righe mi sono giocato ogni possibilità di ricevere le risposte che le ho chiesto. Se non ha tempo e voglia: può concentrarsi anche solo sull'ultima: la 17.
Ma anche se dovesse buttare questa lettera nel cestino: sarei comunque felice anche solo di sapere che lei l'ha letta.
Grazie.
Buona giornata.

Teo appoggia la penna sulla scrivania. Riguarda la lettera, con la testa leggermente inclinata, come fanno i cani.

"Manca ancora qualcosa", pensa, "qualcosa che lo faccia sentire come se fossimo amici, tipo."

E poi aggiunge giusto cinque parole che sono:

Mi saluti il Maine.
Teo

Quando finisce di scrivere, sorride.

Ed è proprio lì che sente, dalla strada, una macchina che frena sgommando.

«Mamma?!»

«Be'? Ti pare il modo di accogliermi dopo un viaggio di dieci ore?!»

La mamma di Teo è seduta sul cofano, davanti a casa. Lui le va incontro e la abbraccia, stringendola più del solito.

«Papà dorme, mi sa. Vuoi che vada a svegliarlo?» le chiede.

«No, lascialo riposare. Domani ci sarà tempo», risponde lei. Fa sempre un po' sorridere il suo italiano, perché è un misto di accento straniero e cadenza meridionale, dato che la nonna, la mamma di sua mamma, era di Salerno. Lui l'abbraccia di nuovo e intanto pensa che un giorno sarebbe carino scrivere una storia e inserire un personaggio che parla in questo modo buffo.

«Cos'è tutto questo affetto! Mi hai abbracciato più volte adesso dell'ultima volta che sei venuto da noi!» osserva lei, tirandogli un pizzicotto sulla guancia. La mamma è ancora più alta di lui, ma mese dopo mese lui le ruba centimetri.

«La prossima volta che ci vedremo mi supererai!» osserva. E poi si siedono sul marciapiede, alla luce dei lampioni e al rumore di grilli intenti a suonare le loro serenate.

«Mi sono mancati i rumori dell'Italia!» riflette lei, sorridendo.

«Lo sapevi che in realtà i grilli quando friniscono usano una specie di plettro, come se suonassero?» fa lui, notando che lei sta giochicchiando con le chiavi della casa italiana, che sono ancora dentro un portachiavi con su scritto HOME.

«Non ho mai capito perché conservi ancora le chiavi di casa.»

«Fino a prova contraria, l'ho pagata per due terzi io!» ribatte lei, ma Teo prosegue subito: «E soprattutto non ho capito perché, pur avendo le chiavi, non vuoi entrare».

«Non sono io che non voglio entrare, Teo. È tuo padre che poi la prende sempre male, lo sai.»

Sì che lo sa. Difficile descrivere cosa succeda a Mario Limiti nei giorni successivi alle visite della sua ex moglie. È come se gli calasse addosso una cappa scura, per cui per almeno una settimana diventa ancora più scorbutico e nervoso del solito.

«Lo faccio per te, quindi ringraziami», aggiunge sua mamma. E Teo ora la guarda alla luce riflessa dei lampioni fuori. Che bella che è. Ogni volta che la rivede dal vivo, non può fare a meno di pensare a quanto sia incredibile questa donna altissima, con lunghi capelli biondi e il viso che pare scolpito usando come modella Margot Robbie, o direttamente una Barbie.

Ma come ha fatto papà ad acchiappare una così? Se lo chiede da anni.

«Tieni, ti ho portato un regalino», gli fa lei, indicando l'interno della macchina a noleggio davanti a loro. «Anche se non te lo meriti!» aggiunge.

Teo si alza, entra in macchina dalla parte del passeggero e ne esce con un libro bello grosso in mano: è *Shining*, uno dei romanzi più famosi di Stephen King. Una prima edizione in lingua inglese.

«Wow, grazie!» esclama, con gli occhi che gli luccicano. Anche se non saprebbe leggerlo, si rende conto che è un regalo di quelli grandi, e questo lo sta già facendo sentire in colpa.

«Così migliori il tuo inglese», dice lei, sistemandosi i capelli usando come specchio la fotocamera del cellulare, «sai mai che un giorno vieni a vivere da noi!»

"Okay", pensa Teo. Quest'ultima informazione non sa come interpretarla: è una specie di intimidazione velata? Già non è il massimo trascorrere lì le vacanze, l'ipotesi di passarci tutto il tempo assomiglia più a un presagio funesto. E così le chiede: «Ma… come mai sei qui?».

«Che domande! Ero preoccupata per te!»

«Ma io sto bene!» protesta Teo, e siccome si rende conto di non averlo detto con troppa convinzione, aggiunge un «non c'era bisogno!» che certifica in modo inequivocabile quanto stia mentendo.

La madre, infatti, lo guarda come a dire: "Certo, come no".

«Voi uomini italiani», sospira, «è ora che la finite di far finta di non essere fragili!» Poi gli prende la testa e se l'appoggia sulla spalla. Lui si accoccola lì, chiude gli occhi e ha due parole che gli ronzano in testa e sono "dai, torna", ma non riesce proprio a dirle.

«Dove dormi?» le fa, invece.

«Solito posto.»

Solito posto sarebbe l'hotel Moderno, un albergo del centro.

"Dille di dormire con te almeno per stanotte, dille di dormire con te almeno per stanotte, dille di dormire con te almeno per stanotte!" pensa Teo, in loop. Se solo lei insistesse un pochino, proprio ora proprio qui, le parlerebbe della *Cosa.* Anzi, sta quasi per cominciare, per provare a spiegarglielo finalmente, per liberarsi di questo peso, ma poi lei sbadiglia, passa l'attimo e lui non dice niente.

«Ora vado, domani parliamo per bene, okay?» gli fa lei, scuotendogli leggermente la spalla per farlo alzare. Teo riapre gli occhi e si sistema. Lei si alza, sale in macchina, l'accende e poi torna fuori: gli appoggia un bacino sulla guancia che a Teo fa più male che bene, rientra e ingrana la prima.

«Domani non mi scappi!» ribadisce, e poi parte. Teo la guarda andare via, si morde un labbro e infine gli cade l'occhio sul libro che ha in mano: dentro, come segnalibro, c'è una cartolina dell'Islanda.

E Teo capisce il vero motivo per cui è venuta.

Tic-tac, tic-tac, tic-tac.
Plin! Plin! Plin!

Non c'è verso di dormire: ogni piccolo suono diventa rumore che lo tiene sveglio. Ma il rumore più grande lo fa una domanda che gli ronza in testa: ma come può anche solo pensare, sua mamma, che trasferirsi in Islanda lontano da Peach e da tutti i suoi amici gli possa fare bene?

È proprio vero quello che scritto nella lettera a Stephen King: a volte gli sembra di voler bene ai suoi e di odiarli allo stesso tempo, e non sa perché.

È che ci sono volte in cui scrivere è come mettere gli occhiali. Prima vedi tutto sfocato e confuso, poi infili gli occhiali e i contorni si definiscono, colori e oggetti prima immersi nella nebbia prendono forma, diventano qualcosa a cui puoi dare un nome.

Forse alla fine tutti i sentimenti sono così? Forse alla fine non proviamo mai solo affetto o solo paura o solo noia o solo rabbia, è sempre un impasto di roba diversissima, e più qualcuno è importante per noi e più roba c'è dentro quell'impasto?

Però non è sempre stato così. Con suo padre, soprattutto: ricorda le carezze quando da piccolo si sedeva sulle sue ginocchia, il rifugio sicuro offerto dalle sue braccia alla luce della TV, ma come se fosse il ricordo di un'altra persona, come fossero le braccia di un altro che ora non riconosce più.

Che cosa è successo?

Forse tutto è iniziato quel primo giorno alle elementari.

I suoi genitori stavano ancora insieme e lo avevano accompagnato a scuola. C'era grande emozione perché la scuola dell'infanzia era stata un mondo fatato e protetto, ma adesso si faceva sul serio: era la scuola vera e Teo non vedeva l'ora di imparare cose nuove e conoscere i nuovi compagni. Come sempre, far scendere suo papà dall'auto era un'operazione un po' macchinosa, ma fino a quel momento tutto era stato perfettamente normale, niente di strano, niente di anomalo. Fino a un attimo prima, erano stati solo un papà e il suo bambino: punto, fine. E poi? Quando erano scesi dalla macchina, fin da subito Teo aveva percepito che qualcosa era cambiato: ma cosa?

Gli sguardi.

Tutto a un tratto si sentiva addosso gli occhi di tutti. Ma cos'aveva di strano? Era vestito come sempre, certo non un genio dell'eleganza ma tutto sommato normale, no? Aveva qualcosa sullo zaino? O forse erano i capelli?

L'aveva capito solo dopo essere entrato in cortile, quando aveva sentito ridere due bambini più grandi, saranno stati di seconda, forse di terza. Perché ridevano? E perché proprio al suo passaggio?

Teo aveva fatto un cenno di saluto ai genitori fuori dal cancello, e i due bambini avevano riso di nuovo. Così Teo capì: ridevano di suo padre.

Non era solo un papà. Era *un-papà-sulla-sedia-a-rotelle.*

Avrebbe voluto prenderli a pugni, lì davanti a tutti. Anche se erano più alti di lui, anche se erano in due. Al tempo stesso, però, nonostante tutta quella rabbia, Teo aveva sorriso, quasi complice della loro risata. Ma che cavolo gli era preso?

Non ne aveva idea.

Cinque minuti dopo, in classe, la scena si era ripetuta, con due compagne stavolta: lo fissavano e bisbigliavano qualcosa. Poi ridevano anche loro, le teste che si toccavano allegre. E anche se Teo non poteva essere sicuro che ridessero di quello, ne era sicuro eccome.

Improvvisamente, all'età di soli sei anni, Teo Limiti aveva provato un sentimento del tutto nuovo.

Orribile anche solo da dire. Ma che provava.

Si vergognava di suo padre.

Quello che fino a qualche ora prima era stato un papà come tutti gli altri, ora non era più un papà come tutti gli altri: quella sedia a rotelle si era trasformata in una specie di marchio, e anche se lo faceva arrabbiare il modo in cui quei due avevano riso in cortile, anche se li avrebbe riempiti di botte se solo avesse potuto, giù, nascosta nel buio di quella rabbia, c'era un'inconfessabile vergogna.

Avrebbe persino preferito dire che quello non era il suo papà, ma era impossibile: tutti sapevano chi era Mario Limiti e cosa gli era successo quando aveva vent'anni. Tutti in città conoscevano la storia di quel ragazzo che sarebbe potuto diventare un mito e poi invece aveva fatto quella fine, e che ora si arrabattava con piccoli lavoretti e con la pensione di invalidità.

E così si era tenuto dentro quel senso di disagio, come se avere quel padre fosse una macchia da nascondere, una colpa da dimenticare.

Tempo dopo, una notte, mentre stava dormendo, aveva sentito i suoi discutere. Lo facevano sempre più spesso, pochi mesi dopo sua madre avrebbe conosciuto Steve e sarebbe tornata in Islanda – o forse lo aveva già conosciuto, Teo non aveva mai capito come fossero andate davvero le cose. Fatto sta che era a letto, era notte fonda, e i suoi erano proprio arrabbiati, e a sua madre era scappata quella frase. Gli aveva chiesto anche scusa, dopo, mille volte, ma ormai l'aveva detta e Teo l'aveva sentita benissimo.

«Sei un mezzo uomo!» gli aveva detto.

Teo aveva sei o sette anni e per lui suo padre era sempre stato un uomo tutt'intero. Com'era che adesso tutti lo vedevano come fosse solo mezzo? Come mai d'un tratto anche sua madre lo vedeva così, e perché anche Teo non riusciva a farne a meno, e cosa voleva dire essere solo mezzi, era una cosa così brutta? Evidentemente sì, se la voce di sua mamma lo aveva detto a quel modo.

«Sei un mezzo uomo!» ogni tanto gli rimbomba ancora nella testa. Ora Teo è grande, nessuno ha più qualcosa da ridire su suo padre e anche se ce l'avesse lui alzerebbe le spalle e lo saprebbe riconoscere che è un problema loro. Eppure, qualcosa di quel sentimento è rimasto lì, rumore di fondo dei tanti silenzi che li separano e che lo tiene sveglio a quest'ora della notte.

Già, sono le due e un quarto e domani Teo deve alzarsi presto per far correre lo scopettone.

Teo si alza, va in bagno a fare la pipì. Cammina piano per non svegliare suo papà, e per farlo si toglie anche le ciabatte, ci va solo coi calzini. Passa davanti a camera sua, c'è uno spiraglio che dà all'interno della stanza: l'abat-jour è acceso e Teo lo osserva dormire. Per un secondo è tentato di entrare e di distendersi vicino a lui, forse anche di abbracciarlo e chiedergli scusa, scusa se non sono il figlio che volevi, scusa se mi sono vergognato di te, scusa se non sono intelligente come Peach, scusa se non sono come lei che quando può va ad aiutare suo papà in officina, scusa se combino guai più grandi di me, scusa se non voglio andare all'università e diventare qualcuno di serio e rispettato come mi dici sempre tu, scusa se non riesco a volerti bene come tu vorresti.

Poi non lo fa per davvero, ma intanto si scopre a immaginarsi di scriverlo, mentre è seduto sulla tazza al buio a fare pipì. Di scrivere una storia in cui a un certo punto un figlio si distende nel letto di suo padre e gli chiede scusa, anche se suo padre sta dormendo. Vede letteralmente le parole sulla carta: e, mentre ci pensa, sorride.

Si alza, non tira lo sciacquone – sempre per evitare ogni rumore – e fa per tornare in camera: è lì che nota qualcosa, passando davanti a quella che era la cabina armadio e che ora è diventata una specie di studio. C'è una luce accesa.

È il PC, rimasto aperto. Per qualche motivo, non è andato in stand-by.

Teo strabuzza gli occhi, entra.

È un'e-mail, di suo papà. A sua mamma.

Che strano, però, non ha cliccato INVIO. È lì che aspetta di essere mandata. Si vede il cursore lampeggiare dopo l'ultima parola, *Buonanotte*, come di qualcuno che è arrivato fin lì e poi non ha avuto il coraggio di premere INVIO.

"Che faccio?" pensa Teo.

Una voce interiore gli dice di andare a letto e di lasciare tutto com'è, e all'inizio Teo l'ascolta, si volta e fa qualche passo verso la porta. Poi però si ferma sulla soglia, e ascolta l'altra voce.

E, anche se sa che non dovrebbe, si mette a leggere.

Ciao Giovy.
Lo so che non ti devo chiamare così, che ti chiami Jóhanna e tutto il resto, ma a me piace ancora chiamarti come ti chiamavo quando ci siamo conosciuti, a quelle gare di mille anni fa. Scusa l'ora, starai già dormendo. Spero che tu e i bambini stiate bene.
Steve no, spero che gli prenda un'ernia, ma no dai scherzo spero che anche lui stia bene.

Non ti scrivo per darti degli aggiornamenti o per chiederti cose. Mi serve, più che altro.
Ti ricordi quando uscivamo insieme e io ti mandavo quelle lunghe lettere a penna, nel mio inglese tutto sbagliato? Poi te le facevo trovare nei posti più strani, nel cestino della bici, dentro un libro, nella borsa degli allenamenti… Non sono mai stato bravo a scuola ma quando scrivevo a te mi veniva facile, mi piaceva tanto: tu sei l'unica che abbia mai saputo che scrivevo, e ogni tanto mi dicevi che ero bravo, ricordi? E poi, dopo che ti avevo scritto, tutto mi sembrava un po' più chiaro, mi faceva bene. Così mi è venuta voglia di rifarlo, stasera, anche se non posso lasciarti niente nel cestino della bici.
Com'era che iniziavo quelle lettere?
Ah sì, così: Eccomi qua, cara Giovy.
Sai, un po' mi manca quando parlavamo io e te dopo cena, quando spedivamo Teo a guardare i cartoni e poi stavamo lì anche due ore a raccontarci la nostra giornata.
Sì, lo so, non dovrei parlarti così. È che mi piace pensare che

anche se le cose sono finite male non vuol dire che non ci siano mai state. No?
Però se ti scrivo è perché è un'altra la cosa che mi manca, quella più di tutte.

Mi manca nostro figlio, è lui che mi manca di più.

Hai presente avercelo lì, proprio davanti a te, e sentire la sua mancanza? Si può sentire la mancanza di qualcuno che è di fronte a te? Forse sì.
Che cosa mi manca?
Mi manca quel sorriso sempre pronto a spuntargli fra le labbra, mi manca quando sentivo i suoi passi correre per il corridoio, mi manca quando trovava un nuovo animale strano in qualche libro e correva a raccontarti cosa faceva quell'animale, come se fosse la più grande scoperta dell'universo.
Chi lo sa, forse lo era.
Mi mancano perfino le sue domande, ti ricordi quante domande faceva? Non riuscivi a farlo stare zitto, ne aveva sempre una, quanto ti assillava con quelle domande! Non vedevi l'ora la smettesse e adesso io sono qui che vorrei me ne facesse anche soltanto una.
Secondo te tornerà? Sai, quando è arrivata la chiamata dalla questura stranamente ho subito capito che cosa era successo. Non potevo sapere dove e come, ma sapevo che aveva fatto qualcosa del genere. Me lo sentivo.
Perché non riesco a parlarci con lui, secondo te?
Perché quando siamo insieme sono così arrabbiato che le parole mi si bloccano tutte in gola? Perché poi quelle volte in cui gli dico qualcosa mi sembra sempre che sia la cosa sbagliata?
Vedi? Anch'io ti sto riempiendo di domande. Avrà pur preso da qualcuno Teo, no?
Ora vado.
Scusa se ti ho scritto
Buonanotte

Teo non sa quasi niente di come si sono incontrati i suoi genitori. Qualche accenno gli è arrivato quando era piccolo, ma poi si sono lasciati e sia lei che lui non hanno mai voluto entrare troppo nell'argomento. È uno dei grandi inconvenienti di essere figli di divorziati: la parte in cui i tuoi si sono amati rimane nell'ombra, diventa qualcosa che non è mai successo.

Ma eccome se era successo.

Si erano conosciuti durante i campionati europei under 20, in Ungheria.

Un posto sperduto in mezzo alla *puzsta* ungherese, gigantesche distese di erba bassissima ingiallita e triste, e proprio lì Mario aveva incontrato per la prima volta l'amore. A quei campionati, infatti, andò malissimo, anche perché era sotto età e tutti gli altri avevano uno o anche quasi due anni in più, che a quei livelli fanno una differenza immensa. O almeno: così avevano detto tutti, ma lui lo sapeva che era tutta colpa della ragazza venuta dal Nord.

Si dice che sia sufficiente un quinto di secondo per innamorarsi di una persona, perché scatti la reazione chimico-elettrica all'interno del nostro cervello che poi ci legherà in qualche modo a lei per anni o addirittura per una vita intera. Quel quinto di secondo, per Mario Limiti, fu quando lei si tolse la bandana dalla testa.

Per correre con meno attrito, molte atlete donne ricorrono a cuffie, fasce elastiche, cerchietti, ma è molto raro vederne una che usa una vera e propria bandana da pirata: se sono atlete nordiche, più che caso raro si potrebbe dire unico. Jóhanna Jónsdóttir era quel caso unico.

Agli occhi di lei, lui rispettava tutti i canoni della bellezza mediterranea: alto, moro, occhi scuri. E soprattutto: quel sorriso. Forse fu quello a far scattare in lei il quinto di secondo: era il sorriso di uno che voleva mangiarsi il mondo, e che era sicuro di farlo. Molti ragazzi che partecipavano a quei campionati erano già piccoli campioni, sicuri di sé, ma Mario Limiti era diverso: lo guardavi negli occhi ed eri sicuro, anche tu, che lui ce l'avrebbe fatta.

Ci sono ragazzi che hanno la vittoria negli occhi. Fin da piccoli, forse fin da bambini, addirittura, hanno addosso la certezza di farcela che altri non hanno. Non si capisce da dove venga – e non per forza poi ce la faranno davvero – però hanno quel qualcosa, nello sguardo, che ti fa dire: questo si mangerà il mondo. E Mario Limiti era così.

«*What's your name?*» le chiese lui una sera al buffet, nella grande sala dell'albergo.

«*Jóhanna, nice to meet you!*»

«Oh, come... Giovanna!»

«*Yes!*»

L'inglese di lui faceva pena, ma per fortuna la mamma di Jóhanna era italiana: qualcosa, insomma, riuscirono a dirsi. Lui la faceva ridere col suo gesticolare, lei non riusciva a togliergli gli occhi di dosso in quel modo quasi sfacciato cui lui non era proprio abituato. Mario rimase stupito da quanto fosse disinibita la ragazza con la bandana che, già alla seconda sera, prese l'iniziativa e lo baciò.

«Non perdete tempo voi islandesi, eh!» disse lui.

«Io volevo farlo già ieri sera!» rispose lei.

Mario cominciò a chiamarla *Giovy* e a lei piaceva. Lei cominciò a chiamarlo *amore* e a lui piaceva ancora di più.

Una sera di molti anni dopo, quando Teo c'era già e ormai tutto stava per finire, lei gli avrebbe confessato che lo aveva chiamato così solo perché le piaceva tanto il suono della parola: fin da bambina adorava l'italiano, sentirlo parlare le eccitava sogni e pensieri anche quando non capiva il significato delle parole. Era proprio la loro musicalità ad attirarla, e così aveva sempre sognato di poter dire a qualcuno *amore.*

In quei primi mesi, però, lo diceva sempre più spesso. Quasi sempre dentro a un telefono, a migliaia di chilometri di distanza, ma nessuno dei due si era dimenticato di quel quinto di secondo. Una sera, da una cabina che non la finiva più di mangiarsi il credito della scheda telefonica, Mario si sentì qualcosa dentro e se ne uscì con una frase che di solito non si dice a diciotto anni: «Dai, vieni a vivere con me!».

E lei, incredibilmente, rispose di sì.

I primi tempi furono magici: si allenavano insieme, viaggiavano per le varie gare, vedevano posti, persone, lei stava avendo la vita che aveva sempre sognato, lui la ragazza che aveva sempre voluto.

Poi, però, l'incidente. I mesi a letto. Il dolore.

Mario credeva che lei se ne sarebbe andata, ma accadde l'impensabile: dopo la tragedia si dedicò tutta a lui, lo amò ancora più forte. Lasciò gradualmente lo sport praticato per diventare allenatrice, e fu lei a chiedergli di sposarlo, quando tutti le consigliavano più o meno velatamente di pensare a sé stessa e tornarsene al freddo del Nord.

«Giovy, ma perché non te ne vai?» le chiedeva lui ogni tanto. E lei rispondeva sempre: «Mario, ma perché non te ne vai affanculo?» dimostrando di aver appreso bene le basi della lingua.

Arrivò addirittura un figlio, una specie di miracolo. Lo chiamarono Teodoro, dono di Dio, ma al momento di iscriverlo all'anagrafe lei decise che sarebbe stato solo Teo.

Lei lo spronava a ricominciare: sarebbe potuto diventare un allenatore, un preparatore, qualsiasi cosa, ma Mario non riusciva nemmeno ad avvicinarsi a un campo di atletica. Anche solo l'odore della fibra di tartan delle piste era una punta acuminata al cuore di un sogno infranto prima ancora di cominciare davvero: scuoteva la testa, chiedeva di tornare a casa. Quel sorriso che sembrava inscalfibile, ne uscì scalfito e anzi sparì dal suo volto, e piano piano anche l'amore scomparve dal cuore di lei, che capì di essersi innamorata non dell'uomo, bensì di ciò che quel sorriso le accendeva dentro.

Cominciò ad andare a trovare sempre più spesso i suoi genitori in Islanda, e in uno di quei viaggi in aereo finì vicina di posto a un imprenditore appena divorziato di nome Steve.

Mario non oppose nemmeno resistenza, non litigarono neanche più. Lei sperava che lui la trattenesse, tirasse fuori il carattere di un tempo, impedisse al primo venuto di portargli via la donna della sua vita, ma Mario le disse solo: «Sii felice, e io sarò felice per te». E lei salì su un aereo da cui non tornò.

Un giorno di molti anni dopo, Mario trovò la sua bandana in un cassetto: sapeva ancora di lei.

Teo entrò in quel momento nella stanza, e suo padre ricacciò dentro tutte le lacrime che stava per piangere.

«Tutto bene, papà?» gli chiese.

«Sì», rispose lui.

Teo aveva dodici anni.

Graff, graff!

Il suono che fa la scopa sul sentiero di sassi del parco è come un graffio. Un graffio acuto, un fruscio ghiaioso tutto suo, e Teo si chiede se abbia un nome, quel rumore.

"In effetti sono troppo pochi i nomi dei rumori", pensa. Che nome si potrebbe dare a una scopa che si muove sui sassi?

Graff, graff!

«Scopasassolìo? Sassoscopìo?» sussurra fra sé, per sentire se il suono della parola lo convince: no, non lo convince.

«Ma che fai!» gli grida da dietro il Gildo, prendendogli la scopa di mano. «Il manico lo devi muovere così!», come sempre inframezzando il suo discorso con le sue amate imprecazioni a scopo sintattico. A Teo non sembra una grande idea, ma la pur poca conoscenza che ha del Gildo gli fa capire che con lui è più saggio tenere un profilo basso e farsi i fatti propri: non è molto ricettivo in fatto di novità e la quantità di parolacce aumenta considerevolmente quando sente proporsene una.

Graff, graff!

Profilo basso, in effetti, è una delle espressioni che suo padre preferisce. Lui, così di poche parole, eppure gliel'ha sentita dire spessissimo. Il che è ironico, per uno che è stato campione giovanile di salto in alto.

«Tieni un profilo basso, non fare troppo rumore!» gli dice sempre. O meglio: diceva, fino a che avevano un dialogo. E poi sintetizzava il suo pensiero così: «Non aspettarti niente, così poi quel che arriverà sarà sempre qualcosa!».

Aveva senso, come no: ma Teo non ne era per nulla convinto. È anche per questo se parlano così poco, ultimamente: perché mai questa fissa per il profilo basso? Che cosa c'è di male ad alzarlo, il profilo, a puntare in alto?

Graff, graff!

Avrebbe fatto meglio a non leggere quell'e-mail, ieri notte. Gli ha lasciato una sensazione strana, che ha acuito il senso di colpa per quello che ha fatto. Anzi: *per quello che è*, e cioè un figlio combinaguai che lo delude sempre.

Graff, graff!

Gli fa strano, però, pensare che stavano facendo la stessa identica cosa, forse addirittura contemporaneamente. Lui, con nelle orecchie i Pinguini, scriveva al Re sapendo che non avrebbe mai letto la sua lettera. Suo padre, nell'altra stanza, ne mandava una a sua mamma senza spedirla, come se in realtà volessero scriversi fra loro ma senza averne il coraggio. E questo lo fa sentire ancora di più uno straccio.

Graff, graff!

Teo spera almeno che quei due si siano parlati. Che sua mamma e suo papà siano a fare colazione da qualche parte dove lui possa aver restituito al mittente l'insana idea di far trasferire Teo al freddo e al gelo di un posto che per lui non è mai stato casa. Mario Limiti infatti avrà i suoi difetti, ma di positivo c'è che non acconsentirebbe mai a una cosa del genere. Già qualche volta sua mamma ci ha provato, ma lui ha saputo imporsi e ha salvato Teo dalla sciagura. Vivere senza Peach e lontano da Sofia proprio ora che forse forse magari chissà? Non se ne parla neanche.

Graff, graff!

Un occhio all'ora sul display del telefono.

C'è una serie di messaggi non letti di sua mamma, dei quali l'anteprima è già un brutto segno.

– Scusa… recita il primo in cima.

Teo apre nervosamente tutta la chat e fa una terribile scoperta: Sono dovuta ripartire subito, c'è stata un'emergenza, dice uno dei messaggi.

– Ari, un altro

– Appendicite fulminante, un terzo.

– Mi farò perdonare giuro, l'ultimo.

I gemelli si chiamano Ari e Aki, due nomi ad altissima probabilità di equivoco (infatti capita spessissimo che Teo scambi Ari per Aki e Aki per Ari). Fatto sta che, per colpa di una di quelle due malefiche creature e a causa di una banalissima appendicite, ora sua mamma è già in volo per tornare lassù.

Proprio adesso che Teo stava per parlarle della *Cosa*.

Teo rimette il cellulare in tasca e l'anima imprecatoria del Gildo si impossessa di lui per due minuti buoni. Di positivo c'è che almeno sua mamma non ha fatto in tempo a entrare nell'argomento pericoloso che voleva introdurre con quel libro in inglese e la cartolina dell'Islanda. A volte basta una goccia per vedere il bicchiere mezzo pieno.

È già passata un'ora. Pausa.

Teo si siede su una panchina diversa, oggi. Non vuole riavere lo stesso spiacevole incontro con il vecchio di ieri. Sicuro ripartirebbe in quarta con le sue domande e i suoi sguardi indagatori.

Mette una mano nella tasca posteriore. Dentro, c'è il foglio con la lettera. La tira fuori e la rilegge, mentre infila gli auricolari.

"No, no, no!" pensa. E scuote la testa da solo.

Ma che cosa cavolo gli è saltato in mente? Scrivere a Stephen King? E soprattutto: scrivergli *così*?

E così la straccia. Si sente uno stupido per aver creduto ci fosse una possibilità che quel foglio di carta potesse trovarsi un giorno nella stessa stanza in cui si trova il Re. Ma soprattutto si meraviglia di aver creduto che a uno come lui potessero interessare i deliri di un adolescente italiano scritti fra l'altro in una lingua straniera.

«Da uno a dieci quanto sei scemo?» dice a sé stesso. E si risponde anche: «Almeno mille!».

Chiude gli occhi, appoggiando i pezzetti della lettera sulla panchina.

Si concentra sulla musica. Tiene il tempo con le dita, canta in sincrono con la canzone. E poi gli occhi li riapre.

E li vede.

Di nuovo, quei segni per terra, quei maledetti segni che poi lui dovrà appianare con la scopa. Quelle V sbilenche e curve, proprio davanti al posto dove è seduto lui.

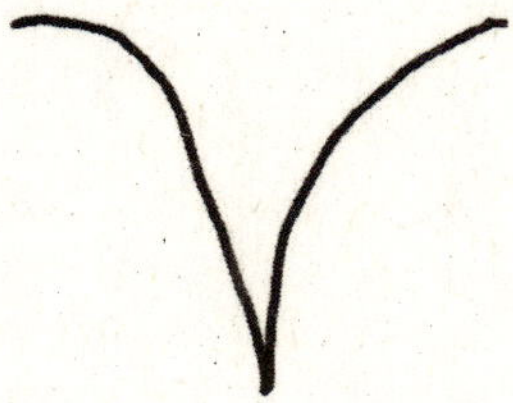

Che strano.

Quando si è seduto non c'erano. Come non c'erano, però, le gambe di un'altra persona sulla panchina, e al centro un bastone di legno.

"Oh no!" pensa.

Teo sposta leggermente gli occhi sulla sua sinistra, e vede che ora il posto è occupato da lui, il vecchio di ieri.

«Buongiorno», gli legge dal labiale: Teo ha ancora la musica nelle orecchie.

«Salve», risponde, sperando che il vecchio oggi lo lasci stare. E infatti così è: nessuna domanda, nessuna intrusione. Meno male.

Poi però l'occhio di Teo si fissa su quel disegno per terra, quella specie di V in corsivo, e vede che il vecchio ne sta facendo un'altra poco più in là, con il suo bastone. Allora non erano di un fidanzato lasciato! O forse il vecchio è stato lui a essere lasciato? E allora, il bastone con su scritto Eleonora? Cosa c'entra quella V?

Certo, se la smettesse con quei disegni sarebbe meglio, e Teo sarebbe tentato di dirglielo chiaro e tondo: "La può smettere di fare questi stupidi scarabocchi scemi che mi costringono a fare il doppio del lavoro col rischio che poi me ne perdo qualcuno e allora arriva il Gildo e mi fa un mazzo così?!". Ma poi per rispetto verso l'età del signore si trattiene. Si limita a guardarli e a fare altre congetture sul loro significato, quando alle sue orecchie arriva una voce che in mezzo secondo raddrizza la sua giornata storta e cancella qualsiasi altra attività cerebrale.

«Ciao, Teo, come stai?»

È lei. La ragazza che inizia per S.

Stavolta è sola. Nessuna Aurora nei paraggi. È vestita con dei pantaloncini bianchi e una T-shirt rosa che lascia scoperta una spalla e reca al centro la scritta YOLO. Più che una maglietta, un segno del destino.

"Così tanta bellezza racchiusa in un'unica persona: com'è possibile?" si chiede Teo.

Gli ha appena chiesto come sta, ma il problema è che in questo momento il cervello di Teo produce solo un fastidioso brusio indistinto. Inoltre, la presenza del vecchio al suo fianco lo imbarazza non poco, e non sa nemmeno perché.

«Tutto okay, Teo?» gli fa lei.

"Sa come mi chiamo! Conosce il mio nome intero! Esisto per lei!" pensa, e poi avverte una botta sullo stinco.

Che succede?

È stato il vecchio. Gli ha dato un colpo con il bastone. Teo si volta a guardarlo male, ma incontra nei suoi occhi un sorriso che riesce subito a interpretare come un "datti una mossa, scemo!".

«No, scusa, ero distratto. Io bene, e tu?»

«Sì, mi ricordo che anche a scuola eri sempre con la testa fra le nuvole», commenta lei. «Ti va di fare due passi?»

Okay, in due sole battute ci sono diversi elementi degni di nota:

1) Sofia si ricorda di essere stata sua compagna di classe.

2) Sofia lo ha appena invitato a fare due passi con lei.

Quanto vorrebbe ci fosse Peach, qui, ora. Anche solo avere la possibilità di commentare in diretta con lei quello che gli sta accadendo: la sua ragazza angelo, la creatura che popola i suoi sogni da almeno nove anni, è proprio di fronte a lui e gli sta parlando.

"Cavolo, questo vuol dire che Peach ha vinto la scommessa!" realizza Teo, che si trova del tutto impreparato alla situazione. Una seconda stoccata col bastone da parte del vecchio lo riporta alla realtà e lo fa alzare in piedi.

«Certo, due passi, come no!» esclama, e poi aggiunge: «Solo… ecco…».

«Che c'è?»

«No, è che io dovrei lavorare ora, e il mio capo è un tizio che è meglio non fare arrabbiare!» la informa.

«Oh, certo, non preoccuparti. Se non ti rompo, possiamo anche parlare un po' mentre tu lavori, se ti va… cioè… davvero solo se non ti rompo.»

Il cervello di Teo, in questo momento, ha una risposta ben chiara da dare, ed è la seguente: "Cara Sofia, tu non mi romperesti nemmeno se stessi eseguendo un'operazione a cuore aperto al presidente degli Stati Uniti dentro l'Air Force One durante un conflitto aereo!", ma si rende conto che sarebbe un po' compromettente come frase. I suoi sedici anni sono forse pochi, ma non così tanto da non aver già capito che mostrare troppo bruscamente i propri sentimenti alla ragazza che ti piace può essere un clamoroso autogol. Così prende la scopa in mano e risponde: «No tranquilla, vieni pure».

E si incamminano: un ragazzo, una ragazza e una scopa di saggina.

Parlano un sacco, mentre Teo lavora. O meglio, è Sofia che parla, Teo annuisce e basta, sicuro che se apre bocca dirà qualche stupidaggine.

«Sai, se i miei sapessero che ti sto parlando mi impedirebbero di uscire per un mese, credo», fa lei a un certo punto.

«E perché?»

«Be'… dopo quello che hai fatto… più questa cosa della denuncia… ma è vero che sei stato denunciato?!» gli chiede lei, con una strana eccitazione negli occhi, come se in qualche recondito modo la denuncia fosse una specie di medaglia al valore, o un tratto interessante.

«Be', non proprio: quasi diciamo», risponde Teo, imbarazzato perché adesso vorrebbe quasi quasi essere stato denunciato davvero, così da apparire più un duro ai suoi occhi.

«Pensa, i miei mi hanno anche fatto tutto un discorso sullo stare attenti a non frequentare brutte compagnie!» esclama lei.

«Quindi io sarei una brutta compagnia, in pratica.»

«Per loro sì.»

«E... per te?» chiede lui, timidamente.

Sofia sorride, fa un paio di passi, e poi risponde: «Non lo so, ma mi piacerebbe scoprirlo».

Va bene. Con questa risposta abbiamo appena raggiunto l'apice di incredulità mai toccato da Teo in sedici anni di vita. Per un istante è perfino tentato di toccarle la spalla scoperta per assicurarsi di non essere dentro uno dei suoi film mentali. E di nuovo pensa a quando racconterà tutto ciò a Peach e lei lo prenderà a pugni per festeggiare questa incursione della fiaba nella vita vera.

«Scusa se te lo chiedo, ma... tu non hai un ragazzo?» accenna Teo.

«Chi, Edo?»

Ah, quindi non si chiamava Dodo o Fido o Frodo.

«Sì, credo di sì.»

«Ci siamo lasciati meno di un mese fa. Anche se lui ci sta ancora sotto, a dire il vero.»

«E tu?»

«A me dispiace un sacco ma... sai, no?»

Teo si ferma con la scopa.

«No, sinceramente non so. L'unica ragazza che ho mai avuto si chiamava Taylor Swift e mi ha lasciato quando la sveglia è suonata.»

Sofia lo guarda perplessa.

"Ecco, lo sapevo che se aprivo bocca dicevo qualche cazzata", pensa Teo. E poi spiega: «Nel senso che ce l'ho avuta solo in sogno», fa, e allora Sofia ride. Ci è rimasto malissimo che lei non abbia capito la battuta, ma nel momento stesso in cui la sente ridere, una specie di coro di angeli si affolla dentro il suo stomaco.

«Okay, nemmeno io sono mai stata così tanto con qualcuno, come con lui. Ma è successo che dopo un po'... boh, diventa tutto prevedibile, no? E a me non piacciono le cose prevedibili, ecco. E a te?»

In effetti è stato abbastanza imprevedibile vedersi apparire Sofia lì davanti a quella panchina. Diciamo che, come calcolo delle probabilità, sta appena sotto la possibilità che la sua lettera venga letta da Stephen King.

«Teo?» lo richiama alla realtà Sofia.

«Sì?»

«Tu sei più tipo da cose prevedibili o imprevedibili?»

«Sinceramente? Non ho ancora capito che tipo sono.»

E lì accade qualcosa di ancora più improbabile. Di fronte a questa risposta di Teo, Sofia tira fuori un foglietto, glielo mette in mano e, prima di prendere il vialetto e andarsene, gli dice: «Be', facciamo che sei il tipo che quando ha finito di lavorare mi scrive e mi chiede di uscire».

«Seriamente, amore: devi farti vedere da qualcuno.»

Teo è seduto con Peach al tavolino del bar davanti ai magazzini del comune, dove il Gildo lo ha appena scaricato. Si è tolto il gilet fosforescente, ma se ne vergogna ancora, nonostante Sofia Della Libera oggi abbia trascorso quasi venti minuti con lui dentro quello stesso gilet e, per di più, nella tasca del medesimo gilet riposi ora un foglietto di carta con il suo numero di telefono.

Eppure, nonostante tutto, Teo non ha la faccia che dovrebbe avere, cioè l'espressione di chi ha appena alzato la coppa del mondo, ma un misto di inquietudine e tristezza e non si sa.

«Teo, si può sapere che cavolo ti prende?» gli fa Peach.

«Eh?»

«Devo menarti per fartelo dire, o cosa?»

«Perché?»

«Ha anche il coraggio di chiedere perché! Signore e signori, il ragazzo ha anche il coraggio di chiedere perché!»

Teo beve un sorso del suo latte. Lo beve a tutte le ore. Bianco, freddo. Gli piace. Però non risponde.

«Teo, amore della mia vita, unico faro dei miei giorni bui. Sei un coglione, lo sai?» lo attacca Peach.

«Perché?»

«Uno, perché la ragazza dei tuoi sogni ti ha appena fatto capire che se ne frega del fatto che attualmente svolgi la mansione di spazzino, ma tu ti vergogni ancora di indossare quella roba fluo. Due, perché la stessa ragazza dei sogni è venuta da te, ti ha parlato e ti ha anche specificato di essere diventata single da poco, il che nel linguaggio internazionale di tutte le donne, ma che dico di tutte le donne... di tutte *le persone* del mondo, ha un solo significato: *sono libera per te!* E il tre non c'è bisogno neanche che te lo dica, spero!»

«No, dai, rinfrescami la memoria.»

Peach lo guarda assottigliando le palpebre e stringendo le labbra, in un'espressione che invece nel linguaggio internazionale dei moti del volto significa: *tu vuoi morire!*

«Okay, te la rinfresco», gli fa poi, «la suddetta ragazza dei sogni ti ha dato un foglietto con su scritta una successione di numeri, o sbaglio?»

«Non sbagli.»

«Bene: e allora mi vuoi dire perché fai quella faccia?»

«Quale faccia?» cerca di dire Teo, ma Peach non lo ascolta neanche.

«E soprattutto», gli fa, «mi puoi spiegare per quale cazzo di motivo non le hai ancora scritto? Cos'è, vuoi farti desiderare adesso?»

Niente. Non lo vuole dire. Così, finisce il latte e basta.

«Okay, ho capito», riprende Peach, e gli allunga il foglietto con la comanda del cameriere, insieme a una penna.

«Che è?»

«Scrivilo. Visto che non riesci a sputare il rospo, forse se lo scrivi...»

«Sputare il rospo? Ma come parli?»

«Sì, hai ragione, il rospo sei tu. Un rospo che ultimamente non si sa che cavolo c'ha e che riesce a dire le cose solo se le scrive. Quindi scrivi, rospetto del mio cuore!»

Teo la guarda, sorride. Forse Peach ha ragione, se le cose le scrive gli vengono, come in quella lettera che poi ha stracciato. Prende la penna in mano, lei gli tiene il foglietto fermo con la sua, lui ci scarabocchia sopra qualche parola, lo piega e glielo dà.

«Ecco», le dice. Lei apre il foglietto, legge, lo guarda come guarderebbe un pazzo.

«Tu non sei normale!» gli fa.

«Grazie del complimento.»

«Davvero vuoi scriverle… questo?!»
«Sì, perché?»
«E quando pensi di farlo?»
«Fra poco. Ma prima voglio parlare con una persona.»

Non è venuto lì perché deve lavorare, e infatti non indossa il gilet. È pomeriggio e in teoria sarebbe libero.

No, è venuto al parco perché glielo vuole chiedere. Vuole sapere cosa sono quei segni per terra e, pur non essendo sicuro che il vecchio ci sia, sente che lo troverà. Così cammina lungo tutto il percorso che ormai conosce così bene, cercandolo.

In tutto questo, non ha ancora scritto a Sofia.

È la sua specialità: se sa che deve fare una cosa, ma quella cosa in qualche modo lo spaventa, si inventa un milione di scuse per procrastinarla, e in mezzo tutto diventa priorità imprescindibile. Perfino rintracciare un anziano sconosciuto per chiedergli come mai ce l'ha fissa col disegnare una V sui sassi.

– Avrai cambiato idea spero brutto idiota! recita testuale il messaggio di Peach che gli è appena arrivato. E lui risponde solo: 101, come le volte che lei lo ha chiamato idiota, il suo modo di dirle che no, non ha cambiato idea, è rimasta la stessa espressa sulla comanda del bar di stamattina, quando ha scritto: *Le scriverò solo per dirle che non voglio uscire con lei.*

Il parco è stracolmo di bambini, ora, e le loro voci sono un sottofondo piacevole. Anche Teo adorava venire qui, da bambino, la domenica col papà. Ma non per le altalene o gli scivoli: è che lo faceva sentire importante, perché lui ogni tanto gli permetteva di spingere la sua sedia a rotelle.

Quanto poco gli bastava, allora.

Suo padre è il tipo di persona che non vuole mai l'aiuto

di nessuno e non si fa mai spingere dagli altri, se non proprio quando non è possibile fare altrimenti, e in ogni caso sempre sbuffando un po'. Invece in quelle domeniche mattina, lo lasciava fare. Gli chiedeva di spingerlo su per la leggera salita e poi lo ringraziava per l'aiuto, anche se in realtà non ne aveva bisogno; solo che Teo non lo sapeva e allora si sentiva grande: era piccolo ma serviva a qualcosa e questo era bello.

Forse è questo che gli manca più di tutto: sentire di servire a qualcosa. Di incidere in qualche modo nelle vite degli altri. Sì, certo, con Peach quando sta male, o quando magari aiuta a casa coi lavori, ma non è la stessa cosa. Era proprio quella dolce sensazione di essere utile al suo papà, di dargli una mano concreta, è questo che Teo non sa più ritrovare adesso, e non solo con lui.

Una palla lo colpisce sulla gamba. Teo si volta, è di un bambino. Gliela restituisce e nel farlo si accorge di una sagoma che non aveva notato finora, seduta su una panchina un po' defilata.

È lui. Il vecchio.

Davanti a dove è seduto è possibile riconoscere almeno tre di quelle famose V in corsivo. Teo si avvicina e lo sente fischiettare un motivetto. Si siede con lui.

«Buongiorno», gli fa.

«Buongiorno, Teo», risponde lui smettendo di fischiettare.

«Come sa il mio nome?»

Il vecchio non risponde. Indica con la mano il proprio petto, così Teo si guarda nello stesso punto, dove quando lavora avrebbe la targhetta con il nome.

«Ah già. La targhetta.»

«A cosa debbo il piacere della sua compagnia?» gli chiede lui.

«No è che...» inizia a dire, ma solo ora si rende conto di non sapere bene come iniziare il discorso senza sembrare un ragazzo con dei problemi.

«Oh, non si preoccupi per la bugia dell'altro giorno. La posso capire.»

Teo aggrotta le sopracciglia: «In che senso?» chiede.

«Non è una città così grande Pordenone, sa? E ho saputo della sua poco ragguardevole azione notturna, con la conseguente decisione di assegnarle questo gravoso incarico. Quindi, posso immaginare lei non avesse molta voglia di raccontare a un vecchio come me un fatto così privato e così poco lusinghiero!»

Teo lo guarda con sospetto, ora. Questa gli giunge un po' strana, e infatti gli viene spontaneo ribattere: «Scusi, ma sui giornali non dovrebbero mettere solo le iniziali?».

Il vecchio però ha già la risposta pronta: «Questa è una città molto piccola, sa... certe notizie vanno molto veloci e non mi è risultato difficile fare uno più uno quando ho visto un giovanotto il cui nome inizia per T. mettersi a spazzare il parco!».

Lo aveva un po' sottovalutato, questo signore: è più perspicace di quel che si immaginava. E, nella sua perspicacia, è proprio il vecchio a dargli l'occasione di fargli finalmente la domanda.

«Ho però la sensazione che lei non si sia seduto qui vicino a me solo per confessarmi una verità già conosciuta. O sbaglio?» gli chiede.

«No, non sbaglia», ammette Teo.

«Perciò mi dica: questo suo passo verso di me ha acceso la mia curiosità, ora.»

«Eh, anche a me. Questo è il fatto.»

«E di che cosa è curioso, lei?»

Teo indica i segni per terra.

«Ah, questi.»

Teo annuisce.

«Cosa vuole sapere?» gli chiede il vecchio.

«Niente, solo se significano qualcosa», fa lui.

«Certo che significano qualcosa! Qualcosa di molto importante anche!»

Teo tace, sperando che il vecchio prosegua da solo. Il che non succede, e allora insiste: «Ed è una cosa che si può dire?».

«Certo che è una cosa che si può dire!»

Tace di nuovo, ma il vecchio sorride e basta.

"Okay, lo sta facendo apposta", pensa Teo. E gli fa: «Ed è una cosa che mi dirà?».

«Certo che gliela dirò», risponde lui, appoggiandosi al bastone e alzandosi in piedi. Teo si aspetta una risposta, ma gli arriva solo questa: «Non oggi, ma gliela dirò, vedrà. E ora mi segua, venga con me!».

Il Tasso del miele, o *Mellivora capensis,* è un piccolo mammifero carnivoro solitario. Come dice il nome, va matto per il miele, ma anche per serpenti, scorpioni e altri animaletti che strappa dal suolo coi suoi lunghi artigli. È un vero duro, ma la sua più grande particolarità è che sa resistere ai morsi di serpenti velenosissimi. E come ci riesce?

Con l'evoluzione si è costruito piano piano una pelle molto robusta, per cui il morso di un serpente velenoso lo fa al massimo dormire un paio d'ore, dopodiché si sveglia illeso, come se niente fosse.

Morale: quando il mondo diventa un posto velenoso, fai come il Tasso del miele: non scappare, ma allenati a farti mordere.

Arriverà il giorno in cui quel veleno non ti farà più niente.

3.
IL TRATTINO IN MEZZO AI NUMERI

La situazione è quantomeno surreale.

Teo sta camminando di fianco a un vecchio di cui non sa niente, in pieno pomeriggio, e stanno andando non si sa dove. Ci ha provato a chiederglielo, ma lui non sembra prodigo di risposte in tal senso.

«Lo vedrà, se ne avrà voglia!» gli ha detto, solo.

Mah.

Tutto quello che spera, adesso, è che il vecchio non soffra di qualche disturbo o cose del genere, anche se più vanno avanti a camminare più appare plausibile: passano cinque minuti di orologio prima che qualcuno dica qualcosa, il che fa virare sempre più la scena verso il surreale.

«Lei, intanto, pensa di dirmelo?» esordisce l'anziano di fianco a lui.

«Dirle… che cosa?»

«Come è andata oggi, naturalmente!»

«Com'è andata oggi?»

Il vecchio si ferma e gli sorride, e Teo capisce: era seduto lì quando Sofia è arrivata, e gli dava quei colpi col suo bastone.

«È andata», risponde solo.

«Capisco.»

Poi, siccome Teo non ha voglia di parlare di questo argomento né tantomeno di farlo con un estraneo, svia: «Mi scusi, posso chiederle una cosa?».

«Certo.»

«Come mai mi dà del lei?»

Il vecchio prosegue il suo passo, e rimbalza la domanda con una ulteriore domanda: «E lei? Perché mi dà del lei?».

Teo lo guarda rapidamente dall'alto in basso, a indicare la differenza di età, poi alza le spalle come fosse una risposta ovvia: «Boh… credo per… rispetto, no?».

Il vecchio inclina leggermente la testa, poi ribatte: «E lei? Non merita forse anche lei lo stesso rispetto?».

Che tipo. Ma da dove salta fuori? Teo non lo sa, ma ogni altra domanda interiore viene soppiantata da uno strano presentimento.

«Ehi ma… non staremo mica andando dove penso stiamo andando, vero?»

«Lei dove pensa stiamo andando?»

«Be'… questa non è la strada che va verso il…»

«Esatto, bravo. Questa è la strada che va verso… *il*!»

"Okay, è ufficiale", pensa Teo. "Il tizio è matto completo. Sarà bene trovare una scusa e filarsela, prima di ritrovarsi in uno scantinato legato e imbavagliato!"

A questo punto si sente in diritto di azzardare una domanda.

«E perché stiamo andando lì?! Deve… fare visita a qualcuno?» chiede timidamente, ma il vecchio fa come non avesse sentito.

Quando arrivano a destinazione, si fermano proprio davanti all'ingresso. «Siamo qui perché stamattina lei ha lasciato una cosa, sulla panchina», risponde lui, porgendo a Teo un foglio plastificato. Lui lo guarda e all'inizio non capisce cos'è, però, poi, osservandolo bene: "No, non è plastificato", pensa, "è tenuto insieme con lo scotch!".

È lei: è la lettera che ieri ha scritto a Stephen King!

«Scusi ma come si è permesso… cioè…» riesce a dire, ma non è in grado di formulare una frase sensata perché è troppo arrabbiato, scioccato e anche in profondo imbarazzo, come se qualcuno lo avesse visto nudo. E in più si chiede come abbia fatto a scordarla su quella panchina.

"Ah già, è stato quando è arrivata Sofia!" realizza. Intanto il vecchio si rivolge a lui con un'espressione dispiaciuta.

«Le devo chiedere scusa», ammette, «se mi sono permesso di recuperare il suo scritto e di riaccomodarlo. È che erano anni che non vedevo una lettera scritta a mano, per di più da un ragazzo così giovane... col mio vecchio lavoro ne ricevevo, ogni tanto, ma ora...»

«Perché? Che lavoro faceva? E che cosa...» prova a chiedere Teo, ma non riesce nemmeno a finire la frase.

«Io? Io ero un professore!» risponde lui. E poi varca la soglia, fischiettando allegramente, in pieno contrasto col luogo in cui sta entrando. Teo guarda la scritta in bronzo in alto, sull'ingresso, si domanda se sia il caso di farsi il segno della croce. E lo segue.

È la prima volta in vita sua che, senza aver nessuno da andare a trovare, entra in un cimitero.

«Be' carino come posto», commenta Teo, entrando circospetto.

«Le piace?» ribatte il professore.

«Allegro, soprattutto.»

«Proprio così. Ha trovato la parola giusta!»

Teo e il vecchio si addentrano nel cimitero comunale, fra due grandi file di alti cipressi. L'imbarazzo del più giovane è palpabile: si trova in compagnia di un tizio dall'apparente età di settant'anni conosciuto solo venti minuti fa, ed entrambi sono circondati da gente morta.

«Ehi, non c'è anima viva qui!» fa Teo. È un tipico caso di battuta scema per allentare il disagio, ma il vecchio sembra apprezzare.

«Ha un bel senso dell'umorismo, lei. Mi piace!» gli dice.

«Grazie...» risponde Teo, mettendo volutamente i puntini di sospensione alla fine, come a chiedere implicitamente il nome al suo interlocutore. Il quale però sorride, fa finta di niente e prosegue senza rivelarglielo. Dopodiché solleva il bastone e indica la distesa di lapidi di fronte a loro.

«In realtà io vengo qui spesso, e sa perché?»

«Le piacciono gli spoiler?»

Stavolta la battuta non viene capita.

«Spo... che?»

«No, niente. Diceva? Perché viene qui spesso?» ripete, e il professore gli dà una risposta a cui Teo non aveva mai pensato in vita sua.

«Be', non c'è posto migliore di un cimitero per sentirsi vivi, non trova?»

Camminano senza aprire bocca, l'unico rumore che si sente sono i passi sui sassi del cimitero; Teo guarda le lapidi e si immagina intere biografie dietro quelle foto in bianco e nero. Alcune date di nascita risalgono all'Ottocento e la cosa gli fa una grande impressione: intravede treni che partono verso il fronte, famiglie con dieci figli, odore di terra sulle mani e, come sempre, i pensieri corrono da soli mentre, con il professore a fianco, costeggia una fila di cipressi. Alla fine del corridoio di alberi si aprono due ampi spazi, grandi come mezzo campo da calcio, uno a destra e uno a sinistra. Teo cammina sovrappensiero e prende a sinistra, ma il vecchio lo ferma subito.

«No, non di là!» lo ammonisce. Solo che lo fa con un tono di voce un po' diverso da quello che ha usato finora con lui, sembra quasi spaventato.

E così a Teo viene spontaneo chiedere: «Perché?».

Il professore tira dritto dalla parte opposta, senza rispondere. Teo allora torna sui suoi passi, accelera un po' per raggiungerlo, si rende conto di aver toccato una specie di tasto dolente e si sente in colpa per averlo chiesto. Così, cerca di stemperare un po'.

«Lei lo sa perché si usano i cipressi nei cimiteri?» chiede al professore, che si volta incuriosito.

«No, perché?»

«Per via delle radici.»

«Le radici?»

«Sì, i cipressi sono perfetti perché hanno radici diverse da tutti gli altri alberi. Vanno giù in profondità, dritti. Così non danno fastidio alle tombe.»

Il vecchio professore si ferma, lo guarda.

«Che c'è?» gli fa Teo.

«No, niente», e prosegue. E mentre Teo continua a chiedersi cosa ci facciano lì, la sua mano nella tasca sfiora il cellulare, da dove sa di dover ancora spedire un messaggio.

«Qui, qui dovrebbe andare bene», fa il professore, a un certo punto.

Si è fermato davanti a una lapide. Teo la osserva: appartiene a tale Assunta Lo Cicero, nata il 12 aprile 1934 e morta il 4 luglio 1999.

«È una sua parente?» chiede, un po' imbarazzato. Ma il professore risponde: «No, mai vista in vita mia!» e intanto fissa la pietra. Poi prosegue: «Sa, quando vedo una lapide penso sempre alla stessa cosa».

«Si tocca le palle?» fa Teo, a denti stretti, per non farsi sentire. Ma nonostante l'età il professore deve avere un ottimo udito, perché ride e di gusto anche. E poi dice: «Non esattamente, anche perché qualsiasi gesto scaramantico non potrebbe opporre resistenza all'ineluttabile corso del destino!».

A Teo scappa un sorriso: ma come parla questo tizio? Okay che è un professore, ma così è esagerato!

«No, quando vedo una lapide penso a due parole: *occasione, sprecata.*»

Teo lo guarda un po' storto: «Occasione… sprecata?».

Il professore si avvicina alla tomba di Assunta Lo Cicero.

«Guardi questa, per esempio.»

Teo legge le cifre scritte sulla lapide.

Il professore intanto allunga il bastone verso la parte bianca della lapide, quella senza scritte, sotto la foto.

«Tutto questo spazio sulla pietra», dice, «e lo usiamo solo per dire quando uno nasce e quando uno muore. Numeri, solo numeri. Come se fossero solo quelle le cose importanti!»

Ora Teo osserva il punto del marmo indicato dal bastone, gli viene voglia di sfiorarlo, ma poi ha paura di essere irrispettoso nei confronti della povera Assunta. Il professore intanto prosegue: «Al massimo qualcuno ci mette delle frasi di commiato, che vanno anche bene, eh? Ma sono tutte uguali, per tutte le lapidi. Non sembra anche a lei una grande occasione sprecata?».

«Per fare cosa?»

«Ma come, per metterci quello che è importante! Non questi freddi numeri e basta! Si immagini se su ognuna di queste tombe potessimo scrivere anche molto altro: che vita ha fatto quel morto, quali erano le passioni, i sogni, se sapeva cucinare un piatto speciale, tutto suo. Se amava pescare, o coltivare l'orto. Pensi che bello passeggiare per i cimiteri e viaggiare dentro le vite passate! Altro che le date di nascita e morte, è quel trattino in mezzo la cosa più importante di tutte!»

Teo guarda il professore, poi la tomba di Assunta.

«Assunta Lo Cicero», recita il vecchio a voce alta. «Da piccola, ballava sempre, un giorno visitò la Grecia, le sue lasagne doppia besciamella erano famose in tutto il quartiere!» E ride, da solo. Da lontano, un paio di signore anziane in visita ai parenti si voltano a guardare. In tutto questo, Teo osserva il vecchio sollevando le sopracciglia, in evidente imbarazzo.

«Si immagina?» prosegue intanto lui. «Questo, per tutte le lapidi di tutti i cimiteri: i morti avrebbero un volto e non solo una fotografia; passeggiare fra queste tombe sarebbe un viaggio dentro vite vissute davvero, e non spazi vuoti fra una data di nascita e una data di morte!»

Teo non dice niente, ma si vede che la sua testa sta cominciando a lavorare, adesso. Infatti, poi fa qualche metro e arriva davanti alla tomba di Manlio Buffa, nato il 2 agosto 1901 e morto il 27 gennaio 1981. Indica la lapide con la punta del piede.

«E qui? Cosa ci vede scritto?» chiede al professore.

«Manlio Buffa, nonno scorbutico ma dolce, fece il culo ai nazisti, tifava Napoli anche se era friulano, amava sua moglie quasi quanto il vino!»

E il gioco poi continua.

«Vittoria Lazzarini, poetessa, sarta deliziosa, da giovane fece innamorare mezza città e da vecchia l'altra mezza!»

Si diverte, il professore, a inventare biografie immaginarie. E anche Teo si diverte e prova a fare lo stesso, stavolta ad alta voce.

«Maria Rosa Lamia, amava il gioco, vinse tutto e poi perse tutto, non si sposò mai e ne fu felice!» fa, e il professore ribatte: «Lucio Stella, gran lavoratore, faceva statuine in legno, russava come pochi!».

«Paolo Di Giovanni, era un pezzo di pane ma se si arrabbiava menava!»

«Carolina Giacomini, moglie di Paolo Di Giovanni, menava ancora più di lui!»

Ridono, e le loro risate risuonano nel cimitero quasi vuoto. Ha quasi scordato la domanda che voleva fargli, Teo, per un istante non si chiede neanche più che cosa ci facciano lì e sente che questo gioco potrebbe durare ancora per molto, ma all'improvviso il professore si blocca, nel mezzo della risata proprio, lo guarda dritto negli occhi e gliela fa lui una domanda, questa esatta domanda qui: «Che cosa vuole fare, lei?».

Teo sta ancora ridendo. Non è nemmeno convinto di aver sentito bene.

«Eh?» fa, convinto che sia un altro scherzo, ma poi si rende conto che l'espressione del professore è cambiata. Sorride ancora, ora, ma è allo stesso tempo serio.

«Per esempio: quella ragazza, quella di oggi, pensa di lasciar perdere o di provarci sul serio?»

Teo rimane senza parole: una domanda del genere, così diretta, proprio non se l'aspettava. E soprattutto: come ha fatto a capire che, sotto sotto, stava ancora pensando a lei?

«Vedo che le ho tolto le parole, ma la mia domanda è molto semplice, mio caro: vuole vivere davvero, o vuole che la sua vita sia solo un trattino fra due numeri?»

«Io...» prova a rispondere, ma la frase gli muore fra le labbra.

Così il professore si sposta proprio sotto a un cipresso, lo sfiora con una mano e poi dice: «Venga qui vicino, che le racconto una storia».

«È successo molto tempo fa», esordisce il professore.

«È una storia vera?» domanda Teo, subito incuriosito.

«Le dirò: è un mito. E quindi sì: è la storia più vera che le potrei raccontare!» risponde lui sorridendo, e sempre sfiorando con le dita un po' rugose le piccole squame del cipresso.

«Uhm... okay!» fa Teo, alzando le spalle. Il professore poi abbassa lo sguardo verso la base dell'albero.

«Sì, forse è vero che i cipressi si usano nei cimiteri per via delle loro radici che scendono giù e non danno fastidio alle tombe, ma dietro di loro c'è la storia di un ragazzo. Un ragazzo proprio come lei, di nome Ciparisso.»

«Bel nome direi!» commenta Teo.

«Sì, ammetto che possa suonarle strano. Viene da *koper*, che nelle antiche lingue semitiche significa "lacrima".»

«Ah, carino!»

«A ogni modo: Ciparisso era il nome di un giovane bellissimo di cui si invaghì il dio Apollo. Come dono d'amore, un giorno il dio portò a Ciparisso una cerva affinché la custodisse e la allevasse, e Ciparisso si affezionò tantissimo a quell'animale. D'altronde, era una cerva di Apollo, era bellissima e aveva in sé qualcosa di sacro e misterioso che nemmeno Ciparisso poteva sapere. Perciò, lui la teneva sempre con sé: era ciò che gli ricordava del suo legame col dio e averla gli dava un potere speciale.»

Ora anche Teo, non sapendo cosa fare, sfiora il cipresso. Infilare la mano dentro quegli aghetti gli regala una sensazione di pace.

«Che potere? Tipo, i superpoteri?»

«Eh, qualcosa del genere. Lo faceva sentire immortale.»

«E lo era?»

«No, ci si sentiva e basta. Ma alla fine è la stessa cosa.»

«Se lo dice lei...» bisbiglia Teo, per non farsi sentire. E poi toglie la mano dall'albero: un pochino di resina gli è rimasta attaccata alla punta delle dita: «Merda, lo sapevo!», dice, ma il professore prosegue con la sua storia.

«Purtroppo, però, un giorno, durante una battuta di caccia, Ciparisso udì dei passi di animale fra le fronde e scagliò il suo giavellotto verso quel rumore, convinto di colpire un cinghiale. E invece era lei, la sua cerva prediletta, dono del dio Apollo.»

«Okay, questa è sfiga!» osserva Teo, cercando di pulire la resina strofinando la mano contro le squame del cipresso.

«Da quel giorno, a Ciparisso si spense ogni luce negli occhi. Disperato, chiese ad Apollo di poter piangere la sua cerva per l'eternità e il dio lo accontentò, trasformandolo nell'albero del cipresso, dalla cui corteccia fuoriesce sempre una resina che scorre in tante goccioline, simili a... lacrime», racconta il professore, spostando con il bastone le squame del cipresso e mostrando quanto scenda copiosa la resina dal tronco dell'albero.

«Ah, ecco perché mi sono sporcato!» si lamenta Teo, e poi gli si accende una lampadina dentro la testa: «Ehi! Lacrime! Come il suo nome!».

«Esatto, come il suo nome. Secondo gli antichi, nel nostro nome si nasconde il nostro destino, caro Teo. E nel suo nome c'è un grande destino, lo sa vero?»

Teo si gratta una guancia, perplesso. «Sì, mi hanno detto che significa "dio". Ma nel mio caso mi sa che gli antichi non ci hanno preso molto!»

«E invece no: ci hanno preso, come dice lei, eccome se ci hanno preso! E se ne accorgerà presto!»

«Okay, come no. Ma intanto...»

«Sì?»

«Sì, dico: perché mi ha raccontato questa storia?»

«Secondo lei perché?»

Teo comincia a camminare intorno al cipresso. «Per dirmi di stare attento con l'arco e con le frecce?»

«Ah ah! In un certo senso, sì!» risponde ridendo il professore. E Teo, fermandosi e guardandolo dalla parte opposta dell'albero: «Cioè?».

«I miti parlano di qualcuno che siamo noi tutti: anche noi, come il giovane Ciparisso, riceviamo un dono dal dio, solo che spesso siamo i primi a ucciderlo. Quasi sempre non è la sfortuna, non è il destino, non sono grandi tragedie: la maggior parte delle volte, buttiamo via ciò che abbiamo di più prezioso per... sciatteria. Sì, non c'è altra parola: sciatteria.»

«La sciatteria?»

«Esatto, mio caro, trascuratezza, dimenticanza, superficialità. Ma si sorprenderà che anticamente la parola *sciatto* significava anche "strage, distruzione", e non è un caso, perché a volte fa più strage la sciatteria delle bombe.»

«Lei dice?»

«Io dico, certo. La sciatteria è quando pensi che una cosa vale l'altra, che tanto non importa, quando rinunci a giocare la tua partita perché sei convinto di aver già perso. Quando ti convinci che ma sì, in fondo, chi si accontenta gode: ma dentro di te non godi, per davvero, e non sei nemmeno contento.»

Il professore usa il bastone per darsi una piccola spinta, poi comincia a camminare verso l'uscita del cimitero. Nessuno dei due dice più nulla per un po', ma poi è il vecchio che, buttando l'occhio su Teo che cammina a testa bassa, osserva: «Non la vedo convinto».

«Sì, credo di sì... è solo che...»

«È solo che?»

«È solo che non capisco come mai tutta questa roba la stia venendo a dire *a me*. Cioè... perché?»

Il professore ride.

«Perché ho letto le sue domande, Teo! E sa cos'ho pensato, quando le ho lette?»

«Dio mio chissà che male che va in italiano questo qui?»

«Ah ah! No, neanche per un secondo. Che fortuna, ho pensato. Che fortuna tremenda!»

«E certo. Come no. Fortuna è proprio la parola giusta!»

«Sì, caro mio. Lei non si rende conto della fortuna che ha. Lei è un ragazzo che si sta facendo delle *domande*. E io lo so quanto può essere angosciante, specie alla sua età, non avere delle risposte, eccome se lo so! Ma so anche che quelle domande lì possono essere la sua salvezza! Se le tenga strette, non le abbandoni mai!»

«Lei dice?»

Sono quasi all'uscita del cimitero, ormai. Il professore si volta, e anche Teo. Tutti e due ora guardano verso le alte file di cipressi.

«Gliel'ho detto: *theòs*, il suo nome, sta lì a ricordarle che c'è qualcosa di divino dentro di lei. Ed è dentro tutti, in realtà, solo che la maggior parte di noi fa finta che non ci sia. Lei non faccia l'errore di credere che non ci sia: il dio che c'è dentro di noi non ne sarebbe contento.»

«È un tipo permaloso?»

«Molto. Anche vendicativo, a volte!»

«Uhm… okay…»

Riprendono a camminare, escono dal cimitero.

«Lo so, le sembrano discorsi un po' strani», dice piano il professore dopo un po', «e poi glieli sta facendo un vecchio appena conosciuto. Ma sa cosa dice una delle frasi più vere che ho mai sentito in vita mia?»

«No, cosa?»

Il professore si ferma di nuovo, guarda Teo dritto negli occhi: «*Fa' che la morte, quando giunge, mi trovi vivo*. È bella, vero?».

«Non so se l'ho capita, ma credo di sì.»

«Perché è un attimo, è sempre solo un attimo.»

«Un attimo? Cioè?»

«Un attimo! Arrivano le sconfitte, i fallimenti, il lavoro, i problemi. Gli occhi si spengono, proprio come è accaduto a Ciparisso, e smettono di farsi domande. C'è sempre qualcosa di più importante da fare e alla fine ci si dimentica di vivere. E invece quelle domande sono quanto di più prezioso abbiamo.»

«E lei? Se le fa ancora?»

«Tutti i giorni. Più volte al giorno.»

«Wow, una pacchia insomma!»

«Quando quel giorno arriverà, mio caro Teo, quando anche lei sarà cibo per i vermi, pensa che a contare saranno i numeri? Che sarà quanti soldi, quanti figli, quanti anni? No, ciò che conterà davvero sarà se avrà avuto il coraggio di chiamare quella ragazza, se avrà assaggiato almeno un pochino della dolcezza di un amore, se avrà ispirato qualcuno con un gesto, una parola, un libro o anche solo una battuta di spirito, se la sua vita se la sarà scritta da sé o se avrà lasciato che altri la scrivessero al posto suo e si sarà limitato a dire le battute sul copione. Questo conterà, e basta. Per cui mi promette una cosa?»

«Che cosa?»

Il professore fa una pausa, poi dice: «Non la sprechi, non la butti via. Me lo promette?».

«Va bene, fra poco io devo svoltare, casa mia è di là.»

«Certo. Spero che questa piccola deviazione pomeridiana le abbia fatto piacere.»

«Posso solo farle una domanda, professore?»

«Certo.»

«Come mai prima al cimitero...»

«Prima, al cimitero?»

«Sì, dico, come mai mi ha chiesto di non andare da quella parte? C'è qualcuno che conosce, sepolto là?»

«Lei è molto perspicace, giovanotto.»

«Grazie.»

«Non c'è di che. E adesso posso fargliela io una domanda, Teo?»

«Ehm... okay.»

«In una delle domande della sua lettera, lei ha parlato di un certo It.»

«Ah. Quello.»

«Ecco. Che cos'è esattamente?»

«È una storia un po' lunga.»

«Io ho molto tempo. Ho smesso di insegnare da un po', per cui...»

«È in pensione?»

«No, mi sono licenziato poco prima ed è stata una mia scelta. Ma è una storia un po' lunga anche la mia.»

«Capito. Però io devo andare, ora.»

«Mi auguro di rivederla presto, mio caro Teo.»

«Arrivederci, professor...»

«Bove. Professor Francesco Bove.»

Il Camaleonte pantera, o *Furcifer pardalis,* è un rettile che vive principalmente sulle coste del Madagascar. Come tutti i camaleonti è capace di mimetizzarsi usando colori sgargianti, ma non è questa la sua caratteristica più particolare.

Ciò che lo rende unico al mondo è il fatto che riesce a essere un predatore implacabile pur essendo lentissimo. E come fa? Lui si apposta su un ramo, ed è capace di aspettare ore e ore, fermo lì, osservando la preda grazie agli occhi non sincronizzati che gli permettono di vedere praticamente tutto.

Con grande pazienza lui sta lì, raccoglie informazioni e sensazioni ma poi, quando è il momento giusto, gli basta un attimo, uno solo e *zac!*, tira fuori la lingua e la preda è sua.

Morale: quando al mondo tutti corrono di qua e di là, sempre a caccia di qualcosa, fai come il Camaleonte pantera.
Stai fermo, immobile, osserva tutto con attenzione.
E, al momento giusto, colpisci.

4.
LA COSA

«Hai capito il professore!»

Teo è davanti al PC, cappuccio tirato sopra la testa. Appena tornato a casa, si è fiondato a cercare informazioni su questo professor Bove.

«Che storia!» dice, mentre la luce dello schermo gli illumina gli occhi.

Adesso ne conosce anche il nome e, anche se il vecchio non ha voluto dirgli che diavolo significano quei segni strani con cui tappezza tutto il sentiero di sassi del parco, almeno ha qualche elemento in più. E questi elementi glielo stanno rendendo sempre più simpatico.

È una specie di mito, fra i ragazzi della città che sono stati suoi studenti. Lui ovviamente non ha profili social – non è decisamente il tipo – ma con una semplice ricerca Teo scopre che in giro è pieno di ragazzi che lo nominano e lo ringraziano. Okay, alcuni lo prendono in giro per i suoi metodi bizzarri, e ci sono anche colleghi insegnanti che ne parlano male, addirittura c'è uno che dice che "è per colpa di insegnanti così se questo paese va a rotoli!".

Forse è a causa del rapporto coi colleghi che se ne è andato, conclude Teo, che si immagina la scena di lui che prende bastone e cappello ed esce per sempre dalla scuola, fischiettando.

Certo, per fare una cosa del genere a pochissimo dalla pensione qualche motivo in più ce lo deve aver avuto, e glielo vorrebbe chiedere, come mai, cosa è successo *davvero*, perché ha fatto fagotto e se ne è andato quando gli bastava solo aspettare un pochino e lo avrebbe fatto guadagnandoci.

Chissà, forse c'entra qualcosa con quel momento un po' imbarazzante in cui Teo aveva girato a sinistra ma lui gli aveva detto di non andare da quella parte, perché lì c'era la tomba di qualcuno che non voleva vedere.

Però che fortuna che hanno avuto, i suoi studenti: non sembra proprio il genere di professore a cui è abituato Teo. Cioè anche lui parla un sacco, ma a differenza di tutti gli altri non parla *subito*. Prima ascolta. E soprattutto sembra quasi che non ascolti solo le parole, quello alla fine son buoni tutti; prima, quando erano al cimitero, sembrava che, più di tutto, ascoltasse i suoi pensieri.

Okay, è strano, non è che capita tutti i giorni che qualcuno ti improvvisi una lezione di mitologia dopo averti portato a fare una gita al cimitero, però c'è da dire che quella lezione Teo se l'è ascoltata, tutta, senza distrazioni, non come quando è a scuola e non riesce a stare attento per più di due minuti di fila. Qualcosa vorrà pur dire, no?

In effetti, a un certo punto, avrebbe voluto fargliene molte altre di domande, anche se all'inizio gli aveva dato molto fastidio che avesse letto la sua lettera.

Chissà se lo rivedrà, pensa Teo, mentre richiude lo schermo del PC.

Ha fame, ora. Solo che non vuole uscire da camera sua: sicuro incrocerebbe suo padre. Però lo stomaco fa un rumore tutto contorto, così alla fine Teo cede ed esce, raggiunge la cucina.

Suo padre non c'è, è uscito.

Sopra il forno a microonde, un Post-it con su scritto solo CENA.

Mentre fa scaldare una confezione di lasagne, osserva la luce dentro il forno e le lasagne girare in tondo, ma schiaccia STOP prima che siano cotte, per infilare la forchetta e addentare un boccone con voracità.

Puah, gelide. E allora le fa riandare, e intanto toglie di tasca il cellulare e smanetta un po' per ingannare l'attesa. Come sempre, in primo piano gli appaiono le storie di Sofia.

Foto sue, foto di cibo, un paio di meme. Ma l'ultima sembra proprio stia parlando a lui, perché è una frase condivisa presa da qualche parte che dice: Chi non si interessa a te, ti fa perdere tutto l'interesse.

Nella sua testa in questo momento parte automatica una canzone, anche se non ci sono auricolari nei paraggi, e la canzone dice *Scrivile Scemo*. Al suono si sovrappone il ricordo del pomeriggio al cimitero, di quel trattino in mezzo ai numeri. E così alla fine Teo si decide, si dimentica della fame che ha e cerca Quella Che Inizia Per S in rubrica.

E le scrive un messaggio.

– Toc toc

Lo ha già fatto un migliaio di volte, ma non ha mai premuto INVIO. Stavolta lo fa e, siccome ha deciso di seguire pedissequamente il diktat della canzone che insieme alla gita al cimitero ha ispirato il gesto – «*scrivile scemo tre parole in croce poi scappa lontano poi perdi la voce…*» – come preme INVIO Teo esce dalla stanza lasciando il telefono sul tavolo, deciso a non fare ritorno prima di cinque minuti almeno. Che vengono trascorsi in bagno, seduto sulla tazza, e gli sembrano cinque ore. Infine, torna in cucina e guarda il display.

Sì, c'è una notifica.

Il cuore gli provoca un dolce dolore nel petto e Teo spera con tutte le forze che non sia Peach o nessun altro nell'universo che non si chiami Sofia.

E infatti è lei, che gli ha scritto: Chi è?

Da solo, in cucina, Teo esulta stringendo il pugno. E poi risponde: Non si vede la mia foto sul profilo?

– Sì, ma tu hai detto toc toc…

– Come stai Sofia?

– Bene dai. Tu Teo?

– Bene!

Ci mette sempre almeno un minuto a premere INVIO, Teo, perché prima scrive delle frasi poi le cancella. Poi magari le riscrive tutte uguali, ma alla fine il tempo passa e questo gli mette fretta e lo costringe a optare per risposte un po' così, senza molto sapore.

– Che fai?

– Mangio, mente, perché anche se le lasagne adesso sono pronte non le ha ancora tirate fuori dal forno. Anzi, sicuramente ora si sono raffreddate di nuovo.

– Che cosa? chiede lei. Lui scrive Lasagne, poi cancella. Poi lo riscrive, poi cancella di nuovo. E alla fine le scrive: Insalata.

E perché le sta mentendo, adesso? Cos'hanno di male le lasagne? Cos'è, vuole darsi un tono? L'insalata è molto più da "tipo figo"?

Mah.

– Oh, ti tieni in forma! fa lei. E poi invia subito un nuovo messaggio: Manda foto che sono curiosa!

Okay, e adesso? Bel guaio in cui si è cacciato. Ma non poteva dirle la verità?

– Arrivo, prende tempo, e intanto mette a soqquadro tutto il frigo e mezza cucina per raffazzonare in trenta secondi un'insalata improvvisata che non mangerà mai nessuno. E poi scatta la foto e gliela manda.

– Gnammy! scrive anche, il che non ha nessun senso perché lui non dice mai «gnammy» né lo ha mai scritto ad alcuno in tutta la sua vita.

Ma che gli prende?

– Ce ne hai messo un po' a farti sentire, se ne esce lei, dopo uno *sta scrivendo...* durato più del solito.

– Scusa sono stato preso, risponde lui.

– Dagli alieni?

– Aahaha

Adesso pure le risatine anche se non sta ridendo... okay, lo fanno tutti, ma Teo sperava non accadesse con La Ragazza Dei Suoi Sogni. Con La Ragazza Dei Suoi Sogni lui si immaginava di non dover mai far finta di ridere se non sta ridendo e più in generale di non dover mai far finta di niente, di essere solo sé stesso senza tante paranoie e insalate raffazzonate in un minuto e pose da tipo sofisticato. E invece ora eccolo lì, davanti a quel display, a eccitarsi ogni volta che arriva una nuova notifica e poi a inscenare una parte che gli assomiglia come un tonno somiglia alla marmellata.

– *Domani che fai?* gli chiede lei, dopo un po'.

– *Lavoro. E tu?*

In alto appare lo *sta scrivendo...* e resta lì per un bel po'. Teo si immagina un messaggio lunghissimo e siccome lo *sta scrivendo...* si protrae per minuti e minuti, si vede sul display una cosa tipo: "Sai, non vorrei far arrabbiare i miei quindi meglio se non ci vediamo", oppure il serpeverde sempreverde: "Sai, sono tornata insieme al tipo", i grandi classici insomma.

E alla fine però, lo *sta scrivendo...* scompare e nessun messaggio appare all'orizzonte.

– ?, le scrive allora, ma non appena lo invia arriva la risposta che lei ha impiegato cinque minuti a scrivere e, pur essendo molto più breve del previsto, è anche superiore a ogni più rosea immaginazione: *Vado a trovare un tizio che lavora.*

«Non mi hai ancora perdonato, eh?»

È sera e la voce è quella di sua mamma, gli parla dallo schermo del PC. E l'espressione di Teo è un eloquente: "No, che non ti ho perdonata".

«Comunque, dovevo proprio tornare. Ari se l'è vista brutta, sai?» gli comunica, riuscendo nel capolavoro di far sentire in colpa Teo perché ha preteso che sua mamma stesse qui mentre il figlio del suo compagno soffriva in ospedale. «Steve si è spaventato tanto!» rincara.

«Dai, recupereremo!» annuncia poi, con un tono che ha un che di presagio funesto, e ora tutto quello che Teo vorrebbe fare è dirglielo, chiederle se papà le ha scritto, se alla fine si è deciso e quell'e-mail l'ha mandata. Avrebbe voluto farlo lui stesso, premere lui INVIO al posto di suo papà, ieri notte davanti al computer acceso sulla piccola scrivania a muro dello studio: ma non sarebbe stato giusto. Se suo padre non aveva premuto INVIO un motivo ci sarà stato, no?

«Stip… ehm, *Steve*, come sta?»

Lo chiede per educazione e perché in fondo gli dispiace per lui e per i guai che sta passando, ma Stipsi gli sta simpatico come il trapano di un dentista. È più vecchio di sua mamma ma cerca sempre di fare il giovane, ha profili social pieni di follower e pubblica storie a tutto spiano su qualsiasi cosa faccia mangi pensi, e in particolar modo sull'originalissimo mantra di cui ha fatto la sua filosofia di vita: *If you want you can*, Se vuoi puoi. Certo, come no: Teo *wanterebbe* liberarsi di Stipsi e lo *wanta* proprio tanto, ma questo non è sufficiente a levarselo di torno. E, come se non bastasse, Stipsi chiama Teo *buddy*, come a dire «amico», sempre con quel sorriso a ventottomila denti, senza aver notato che Teo non è per niente allegro e sorridente quando lo chiama così.

«Povero, già torna alle nove e poi è sempre stanco... ora anche questa... Però appena Ari sta meglio andiamo coi bambini a Disneyland Paris.»

«Be' figo, no?» commenta Teo con un leggero sarcasmo che, però, sua madre sembra non cogliere.

«Sì, dai, almeno stacchiamo un po'. E tuo padre, come sta?»

Anche qui Teo ha una risposta-tipo, ed è: «Sta». Però stavolta lo dice con un po' di dispiacere; primo, perché sperava che almeno si vedessero; e secondo perché se lei gli ha fatto quella domanda vuol dire quasi di sicuro che lui INVIO non l'ha premuto. Allora prova a sondare il terreno: «Quindi non vi siete visti né sentiti, alla fine...».

«Non proprio», fa lei, «però mi ha detto che mi scrive un'e-mail. Dice che deve parlarmi di una cosa.»

Teo sorride.

«Perché sorridi?»

«No, così.»

Sua mamma lo guarda storto: ha capito che c'è qualcosa nell'aria, ma l'incursione di uno dei gemellini malefici – quello sano – la distrae. Poi, quando il piccoletto se n'è andato – ovviamente non senza prima rivolgere a Teo un bel dito medio alle spalle di sua mamma – lei torna da lui.

«Hai altre novità da scuola?»

«A parte il fatto che dovrò ripetere l'anno?»

«Ormai è sicuro, eh?»

«Vedi tu...»

Adesso Teo vorrebbe chiederle di non andare a Disneyland Paris con Steve e i due piccoli diavoli, ma di fare una deviazione e di venire lì, di stare un po' con lui, la vorrebbe lì per dirle quello che in mezz'ora ieri non è riuscito a dirle, o anche per condividere con lei la notizia che finalmente uscirà con Sofia, e per chiederle cosa si fa in questi casi, cosa si dice, cosa non si dice soprattutto. La vorrebbe lì perché suo papà oggi non l'ha nemmeno salutato, quando è rientrato a casa, e Teo era tornato con le migliori intenzioni del mondo, dopo l'e-mail che ha letto ieri notte; gli aveva anche preparato la moka con la sua tazzina preferita e due biscotti, già pronti lì sul tavolo. Era il suo modo di dirgli: "Eccomi, sono qui, parliamo, cerchiamo di mettere tutto a posto". Voleva davvero parlargli, fargli capire che non è che non vuole, vuole eccome, vuole tantissimo ricominciare a essere amici come erano un tempo quando gli spingeva la carrozzina al parco, ma poi Teo è entrato in casa e lui gli ha detto solo: «Dove sei stato?», solo così, senza ciao né niente, come se fosse un pericolo pubblico ormai, come se andasse tenuto sotto controllo perché di lui non ci si può più fidare. E poi è andato dritto nel suo studio e non si è neanche accorto della moka e dei biscotti.

Vorrebbe dirle tutto questo, ma se ne sta lì davanti al PC, muto, sperando lei riesca a leggere i suoi pensieri attraverso uno schermo. Cosa che, ovviamente, non accade, perché poco dopo sua mamma sbadiglia vistosamente e gli dice: «Che facciamo, andiamo a dormire?».

Lui risponde piano: «Sarà meglio, sì», anche se sa che a dormire non ci andrà, perché il sonno è troppo poco e i pensieri troppi.

Anche a lui manca suo papà, proprio come a suo papà manca il Teo di una volta. Solo che il papà che manca a Teo è un altro ancora, è quello che era prima dell'incidente, prima di diventare quello del profilo basso, prima di essere quello per cui tutto quel che conta è: «Prima la sicurezza, poi quello che ti piace». Quello prima di questo strano tizio con cui non si riesce più a parlare, che sembra sempre arrabbiato con lui e che, forse, semplicemente *è* sempre arrabbiato con lui.

E infatti quello che fa Teo è mettersi a letto ad ascoltare musica, aspettare di sentirlo russare, dall'altra stanza, e poi piano piano sgattaiolare fuori.

E andare a fare una cosa che sa che a suo padre non piace per niente.

Di solito è proprio di notte che lo fa.

Sguscia fuori da camera sua e al buio raggiunge la piccola libreria, in salotto. Suo padre è lì che lo tiene, l'Album. Ben nascosto, mimetizzato fra gli altri libri, senza scritte, senza titoli, non lo apre mai nessuno. Nessuno tranne Teo, quando suo padre dorme.

Suo papà non lo sa, ma Teo faceva questo già quando era bambino. Attendeva paziente il suo russare e poi a piccoli passettini si sedeva a gambe incrociate, con una torcia in mano, a sfogliare l'Album.

È un librone come quelli che si usano per i matrimoni, con dentro tutti gli articoli di giornale, le foto, le medaglie del giovane Mario Limiti, promessa del salto in alto. Quando era piccolo, se lo guardava e riguardava di nascosto, con la bocca aperta e il cuore a mille, ammaliato dalle imprese di un papà che poteva volare e un giorno è caduto, per non rialzarsi più.

E così ancora, adesso. Accende la torcia del cellulare e quatto quatto viene a guardare un po' da vicino il ragazzo che è stato prima di diventare l'uomo che è. Per toccare con i polpastrelli le pagine ancora sporche di inchiostro, sentire l'odore che sa tanto del padre che gli manca.

Da fuori sembra un normalissimo tomo marrone, con la copertina in similpelle. Ha l'odore di una vecchia coperta quando Teo lo tira fuori e lo apre, e le pagine plastificate fanno un rumore come di strappo quando si staccano. Dentro, è pieno di articoli di giornale e fotografie, infilati nella carta plastificata, risalenti agli anni di quando suo padre andava a scuola.

MARIO LIMITI, LA FUTURA STELLA
DEL SALTO IN ALTO

TREDICI ANNI E UN SOGNO: PARTECIPARE
ALLE OLIMPIADI. LA STORIA DELL'*ENFANT
PRODIGE* MARIO LIMITI

IL MOZART DEL SALTO IN ALTO VINCE
ANCHE LE GARE NAZIONALI!

Che bello che era suo papà in quelle foto, quello sguardo fiero puntato dritto verso l'infinito e oltre, come quello di Buzz Lightyear. Quella posa sempre uguale e un po' strana per prendere la rincorsa, mani incrociate davanti al petto come qualcuno con le manette ai polsi, come se poi saltare fosse il suo modo di rompere le manette, liberarsi, volare. E volava eccome, Mario Limiti, che riusciva a saltare più in alto di tutti. A dieci anni campione regionale. A dodici nazionale. A quattordici in finale agli Europei under 15. Poi, la svolta, quei tre anni di stop.

INFORTUNIO PEGGIORE DEL PREVISTO
PER LIMITI: SI TEME IL CROCIATO

A diciassette anni, contro ogni pronostico, tornò in pista, con coraggio, perché da infortuni come quello sono in pochi a rialzarsi. Però lui sì, e ogni volta che Teo arriva a quel punto dell'Album avverte un piccolo brivido, un orgoglio che lo fa essere fiero di suo papà, e addirittura gli fa venire voglia di assomigliargli almeno un po': vorrebbe avere lui la forza, la determinazione di ripartire dopo un infortunio così grave, anzi mollare tutto, anche la scuola, per dedicarsi solo al salto in alto, puntare tutte le sue *fiches* su quell'unico numero, senza paura. Perché dopo quello stop Mario Limiti tornò e in un anno divenne più forte anche di prima. Partecipò agli Under 20 in Ungheria, dove conobbe sua mamma: lì andò male, ma poi non ne sbagliò più una, tornava a casa con medaglie su medaglie, gli sponsor se lo contendevano, fu addirittura invitato dal presidente della Repubblica e già si parlava di Olimpiadi.

E poi, però, l'incidente.

TERRIBILE INCIDENTE DURANTE UN
ALLENAMENTO: SI TEME PER LA VITA
DEL GIOVANE CAMPIONE MARIO LIMITI

LIMITI: LA PROGNOSI È ANCORA RISERVATA.
MA NON SALTERÀ PIÙ

PARLA IL PADRE DI LIMITI:
SU MIO FIGLIO TROPPE PRESSIONI!

Chissà cosa sarebbe successo se suo padre non si fosse fatto male, quella sera. Che persona sarebbe, ora, senza l'incidente? E Teo cosa proverebbe per lui? Gli vorrebbe più bene, o forse il bene che nonostante tutto gli vuole deriva proprio da quella ferita?

Teo lo sa che in fondo Mario Limiti non è questo qui. Ci sono tutti i ricordi di quando era bambino in cui suo padre non era questa specie di blocco di granito inscalfibile. Quando facevano colazione insieme e lui gli faceva quelle facce, si riempiva le guance di cereali e li sgranocchiava a bocca aperta facendoli cadere sul tavolo, Teo attaccava a ridere fino ad aver male alla pancia; o quando incontravano la piccola rampa fuori dal supermercato e lui se lo metteva sulle gambe e giù a rotta di collo per quella discesina, due metri forse tre, ed era come un'avventura. Quello era il suo vero padre, il vero Mario Limiti, triste forse per quello che era successo ma non rassegnato, non spento: e soprattutto non così sempre di spalle. Non così distante come lo sente oggi.

Teo torna indietro di qualche pagina. Si ferma. Ecco, sì, è questo che stava cercando.

Quel sorriso.

Teo torna sempre a guardare l'Album soprattutto per cercare quello. Ci sono un paio di scatti su quei giornali in cui si vede bene l'istante in cui suo padre oltrepassa l'asta, la testa rivolta verso il basso durante la discesa, i capelli dritti dritti per la gravità: e lui, lì, sorrideva. In quel momento di grande tensione agonistica, con i muscoli facciali che uno si aspetterebbe tutti contratti dallo sforzo, Mario Limiti una cosa faceva sempre: sorrideva.

Lo vorrebbe avere Teo, quel sorriso lì, per qualcosa. E si chiede se troverà mai quel qualcosa che lo faccia sorridere così. Quello scopo nella vita, quel sogno, quell'obiettivo per cui ti alzi la mattina e sai che è quello che vuoi, solo quello e nient'altro. Perché gli sembra impossibile che accada anche a lui? E perché ha paura che suo padre c'entri qualcosa con tutto questo?

Ecco perché Teo torna qui, ogni tanto, mentre lui è di là che dorme: a guardare quel sorriso. A chiedersi che fine abbia fatto. Com'è possibile che non sia più tornato. L'incidente, il dolore, la delusione, va bene: ma perché non ne è rimasta nemmeno una scintilla, da qualche parte?

Si perde in questi pensieri, mentre la sera rapidamente diventa notte, e non si accorge neanche che il russare si è fermato da un po', quando all'improvviso la luce si accende. È suo padre, sulla soglia. Che gli dice: «E tu, che cosa ci fai qui!?».

«Sappi che abbiamo deciso.» Così esordisce suo papà dalla soglia.

«Deciso cosa?» fa Teo, strabuzzando gli occhi per abituarsi alla luce del lampadario.

«Ho parlato con tua madre.»

«Quando?»

«Stasera, prima di andare a dormire, via mail. È stata un'idea sua e io sono d'accordo.»

Teo all'inizio non capisce. Sarà l'ora, forse, ma non ricorda che i suoi genitori avessero qualcosa su cui mettersi d'accordo.

«Su cosa?» chiede.

Con un rapido colpo di mano, suo padre fa ruotare la carrozzina, pronto per tornare in camera. Una volta di spalle, pronuncia cinque parole che, per Teo, rappresentano più o meno la fine del mondo: «Andrai a stare da loro».

Teo rimane di ghiaccio, come se fosse appena stato inchiodato con il sedere a terra, lì in salotto, con quell'album sulle ginocchia. Per un istante, prova a far finta di non aver capito.

«Come, scusa?» ribatte, ma le spalle di suo padre sono sempre lì e lui neanche accenna a voltarsi quando spiega: «Sì. Parti alla fine del periodo di lavoro al parco. Ti iscriveranno a una scuola lì».

«Tu stai scherzando», esclama con la voce già rotta. E Peach? E Sofia, con cui si deve vedere domani? E il professore che ha appena conosciuto?

«No che non sto scherzando», risponde il padre, percorrendo il corridoio per tornare in camera sua. Teo allora si alza, lo segue.

«Ma la mia opinione non conta?» gli chiede, alzando la voce.

«Non dopo quello che hai fatto», risponde suo papà senza guardarlo, entrando in camera.

«Ma papà… a vivere con… *Steve*?!»

«E metti subito giù quell'album! Sai che non voglio che lo guardi!» fa lui, dalla sua stanza, chiudendosi la porta alle spalle. Teo raggiunge la soglia e da fuori gli fa una domanda, a voce bassissima: «Perché non vuoi che lo guardi?». Ma l'ultima cosa che gli dice suo padre, prima di spegnere la luce, è: «Vai a letto ora, che domani ti devi alzare presto!».

E così Teo va in camera sua, ma non va a letto.

Aspetta.

Aspetta.

E poi lascia che la *Cosa* decida lei, cosa fare.

Aveva tredici anni, la prima volta.

Stava tornando da scuola a piedi, da solo. Già fantasticava su quale piatto di pasta avrebbe trovato a casa di zia Gu: era il turno di quella al burro o di quella al pomodoro?

Poi era successo. Aveva deviato per la strada sterrata che portava alla casa abbandonata. Si era avvicinato, era entrato nel piccolo giardino e arrivato fino alla porta, chiusa. Era una di quelle vecchie porte con il riquadro superiore in vetro. Anche le finestre erano chiuse, e allora Teo si era messo a guardare per terra, nel piccolo cortile di fronte, e poi intorno a sé, per vedere se c'erano altre case o persone. Infine, aveva visto un mattone, proprio lì, davanti a lui. Un normalissimo mattone rossastro.

Ancora oggi non saprebbe dire perché lo aveva fatto.

Non era arrabbiato, non era stata una giornata difficile. Nei paraggi non c'erano altri amici con cui condividere il gesto o fare il duro tanto per farsi vedere, come accadeva spesso ad altri della sua età: lo aveva fatto solo perché aveva voglia di farlo.

Quel mattone rossastro, Teo lo aveva preso in mano, esaminato, soppesato. E alla fine lo aveva scagliato con forza contro il vetro.

Solo in quel momento era tornato in sé. Quel rumore era stato una specie di deflagrazione. Il vetro si era spaccato in mille pezzi producendo un suono così forte che per un secondo Teo aveva temuto che zia Gu potesse averlo sentito dalla cucina di casa sua a mezzo chilometro di distanza. Non si aspettava che ne potesse fare così tanto, del resto era anche la prima volta che rompeva il vetro di una casa di proposito. Sì, era stato proprio come svegliarsi. Solo in quel momento si era accorto di cosa aveva appena fatto: aveva spaccato il vetro di una porta di una casa che non era la sua, e lo aveva fatto volontariamente.

«Chi è là!» aveva sentito dire da dentro la casa, e poi subito un rumore di passi veloci che scendevano le scale.

Allora non era abbandonata! Ci viveva qualcuno!

Teo era corso via più veloce che poteva, col cuore a pompargli dritto dentro la gola. Non poteva credere di averlo fatto davvero, mentre il terrore di essere stato visto era un tutt'uno con un piacere nuovo, strano, mai sentito.

Come un solletico, alla base dello stomaco. E un calore a percorrergli la pelle, la testa, il petto.

Da quel giorno in poi, la *Cosa* è tornata molte volte. Quando succede, non è più Teo a comandare. O meglio, forse potrebbe, ma il problema è che non vuole. Gli piace quello che fa, adora il rumore di vetri infranti. A volte sono macchine a volte case, e se dopo suona qualche allarme lo fa sentire forte, lo fa sentire coraggioso. Gli fa sentire qualcosa che nemmeno lui sa.

Quando torna in sé, arriva il senso di colpa, certo, ma come quella prima volta: dentro la colpa, come dentro una scorza, c'è quella sensazione. Quel sentirsi più forte, più coraggioso. Sapere di aver osato, ecco cos'è. Di aver spostato un po' più in là un confine.

E così quella notte.

Dopo aver ascoltato Peach leggere il suo tema al telefono, quando era uscito di casa, Teo non sapeva cosa stesse andando a fare, la *Cosa* sì. Era arrabbiato, furioso, con la sua prof, anzi con tutti in generale: accidenti, finalmente era riuscito a dire ciò che si era tenuto dentro per molto tempo, e in cambio aveva rimediato solo una bocca tappata e un: «Non ti permettere più!». E così il cervello si era spento e al suo posto era arrivata lei, in torre di controllo, a dirigere il traffico. I passi verso la scuola, le mani a disporre quei sassi di grandi dimensioni proprio fuori dalla finestra della sua classe.

La rete esterna, lì, distava al massimo dieci metri dall'edificio, per cui bastava un po' di forza, neanche tanta, per colpirla. Con una o due di quelle pietre l'avrebbe buttata giù facilmente: peccato che al secondo lancio le luci della volante lo avevano fermato con il sasso in mano.

Da quel giorno si era detto che non lo avrebbe fatto più, che non poteva essere così stupido, perché se l'avessero beccato un'altra volta non ci sarebbero più state soluzioni clementi o scopettoni o parchi da pulire. Avrebbero usato il pugno duro.

Teo lo sa, eppure la consapevolezza di rischiare così tanto, stasera, è qualcosa che lo eccita ancora di più.

Apre piano la finestra di casa, Teo. Per sua fortuna, vive al pianoterra, basta un attimo ed è subito in strada.

E poi va, anche se non sa bene dove. Cammina, fino a che non trova un bar.

BarA, c'è scritto sull'insegna luminosa. Il nome completo sarebbe BarAtto, ma le ultime lettere non funzionano. È un bar qualsiasi ed è chiuso, quindi non dovrebbe esserci nessuno in giro.

"Sì, alla fine un posto vale l'altro", pensa.

Cerca in giro il sasso più grande che trova, lo raccoglie. E poi lo scaglia contro la porta d'ingresso, più forte che può.

L'Elefante africano, o *Loxodonta africana,* è un mammifero di grandi dimensioni. Oltre a essere il più grande animale terrestre vivente, ha moltissime caratteristiche che lo rendono unico e affascinante fra cui la capacità, nei periodi di siccità, di prevedere la pioggia a molti chilometri di distanza.

Grazie agli infrasuoni, questi mammiferi possono dirigersi verso temporali futuri con giorni di anticipo rispetto alle prime gocce che cadono.

Morale: quando è troppo tempo che non ti piove un sorriso nel cuore, fai come l'Elefante africano.

Fermati, guarda il cielo e ascolta: cerca nel silenzio il rumore della pioggia. E vai dove lui ti porta.

5.
LA MANO E IL BASTONE

Caro Lollo,

non so nemmeno perché ti sto scrivendo so solo che se non lo dico a qualcuno impazzisco più di quanto non stia impazzendo già.

Ci sono cascato ancora sono uno schifo scusa lo so ti ho deluso ma non so cosa mi prende.

Non ho la forza di scriverti voglio solo chiudere gli occhi e far finta di non essere me io detesto essere me; ma non potevo essere un altro?

Perché faccio queste cose Lollo ti prego dimmelo tu; tu lo sai secondo me dimmelo tu perché lo faccio?

Perché c'è 'sta cosa dentro di me chi me l'ha messa perché non se ne va?

Perché è l'unico momento della mia vita in cui mi sento vivo?

Perché è l'unico momento in cui mi sento forte?

Sono un disastro Lollo.

Ti voglio bene

Teo

«Mio caro, a cosa debbo il piacere?»

Non sa bene perché lo sta facendo, Teo, ma ormai lo ha fatto. Alla prima pausa, lo ha cercato e lo ha trovato, poi si è seduto vicino al professor Bove. E ora sono lì: un vecchio in giacca di lino marrone e cappello, e un ragazzo di sedici anni in gilet fosforescente.

«Ehm... io...» prova a dire, ma poi si rende conto che non ha molto senso quello che sta facendo.

Cioè, cosa dovrebbe fare: sedersi lì e chiedergli: "Mi scusi, signor professore conosciuto due giorni fa, mi saprebbe dire che problemi ho?".

No, così non può andare. Allora tenta di arrivarci per gradi.

«Così, volevo dirle grazie. Alla fine, è anche grazie a lei se le ho scritto», risponde, con il suo gilet da lavoro che fa un fruscio sintetico a ogni movimento e dentro cui si muore dal caldo.

«Scritto a chi?» chiede il professore, che non si sa come faccia a non sciogliersi come una pallina di gelato al sole, dentro quella giacca e quella camicia.

«Alla ragazza, quella di ieri! Quella per cui mi ha preso a colpi di bastone!» gli rinfresca la memoria, indicando con la punta del piede il bastone del professore. Si mettono a ridere.

«Ah, giusto! E allora?»

«Niente, come le ho detto, le ho scritto. Tutto qua.»

Il vecchio tira la testa indietro, come per scrutarlo da un

po' più lontano: «Cioè mi sta dicendo che ha aspettato tutto questo tempo, per farlo?».

Teo alza le spalle: «Sì, perché?».

«Dilettante!»

«In che senso, scusi?»

Bove tira fuori di tasca un fazzoletto, si asciuga un po' di sudore. E poi fa: «L'ho visto come la guardava quella ragazza! Le parole mentono molto spesso, ma gli occhi mai, non lo sapeva?».

«Gli occhi?»

«Bisogna stare attenti, perché le donne che fanno un passo così importante possono perdere interesse se non trovano interesse!»

Per un attimo, Teo sussulta rendendosi conto che sono le stesse parole della frase condivisa da Sofia il giorno prima. Poi sorride. «Ma guardi che i tempi sono cambiati, eh! Rispetto ai… *suoi* tempi, voglio dire.» Ritara in corsa la frase, temendo di avergli implicitamente dato del vecchio decrepito. Poi però si accorge che effettivamente è molto più anziano di lui e, soprattutto, che non se l'è presa. Anzi, sorride e poi gli chiede: «E quindi? Che succederà ora?».

«Fra un po' verrà a trovarmi, credo.»

«E poi?»

«Poi boh, forse andiamo a fare due passi insieme.»

«Tanti auguri allora!»

«Grazie professore», risponde Teo, come per salutarlo. Poi però non si alza, non se ne va, non si muove affatto. «Posso chiederle una cosa?» gli butta lì, pur senza avere idea di come arrivare a quello che vuole chiedergli.

«Anche due, mio caro.»

«Lei ha figli?»

«Sì, diciamo», risponde il professore, con una piccolissima scintilla che gli brilla dentro gli occhi, quasi un accenno di commozione. Potrebbe essere commozione bella o commozione brutta, ma a Teo non può sfuggire che ha detto "diciamo", il che non è molto consueto come risposta alla domanda se si hanno dei figli, e così si crea un lungo istante di imbarazzo. L'impressione, piuttosto forte, è quella di aver toccato un tasto dolente, e diventa quasi certezza quando l'occhio di Teo cade sul pollice del professore, che sfiora il nome *Eleonora* inciso sul bastone e lui ha ancora quella scintilla negli occhi.

"Ecco, lo sapevo, un'altra delle mie gaffe", pensa. E gli si affaccia alla mente un'ipotesi abbastanza inquietante: e se fosse la figlia e anche il nome della persona che Bove non voleva vedere al cimitero?

A questo punto Teo capisce che è meglio cambiare discorso, ma ormai è troppo tardi perché il professore lo incalza: «E quindi? Cosa voleva sapere?».

Okay, forse è meglio rispondere. Anzi, dicendo quel che deve dire, forse riuscirà anche a uscire dall'imbarazzo, per cui prende un bel respiro e va: «Ecco, io vorrei sapere perché è così difficile».

«Difficile cosa?»

«Non lo so. Tutto!» fa, allargando un po' le braccia.

«È un po' generica come domanda, non trova?» osserva il professore.

Teo scuote la testa. «Sì, infatti lasci stare», conviene, «è un casino e non so nemmeno perché lo sto chiedendo a lei.»

«Ma no, le sto solo suggerendo di fare un piccolo sforzo. Non credo lei abbia già dei figli, giusto?»

«No, sono un tantino giovane, in effetti», ribatte Teo.

«Ecco, allora magari si sta riferendo al rapporto coi suoi genitori. O sbaglio?»

Teo abbassa lo sguardo. No, che non sbaglia, ma non sa come spiegarlo. Allora il professore gli mette in mano il suo bastone, poggiandolo saldo sul terreno. Dopodiché sorride, glielo indica con un cenno del viso e fa: «Che cosa vede?».

Sembra una di quelle domande trabocchetto.

«Un... bastone di legno?» azzarda Teo.

«Sì, esatto. Ma ora le chiedo di togliere la mano che tiene il bastone.»

Teo vorrebbe eseguire la richiesta, ma ha uno sguardo più che perplesso perché, se le sue conoscenze di fisica non lo ingannano, la forza di gravità dovrebbe intervenire a far cadere il bastone – il che gli dispiace perché, insomma, magari è un bastone a cui il vecchio tiene, e poi c'è anche il nome inciso.

«Devo proprio?» fa.

«Certo, glielo sto chiedendo io!» risponde il vecchio, sbottando bonariamente. E, in accordo con ogni previsione, effettivamente il bastone cade a terra.

I due restano lì a contemplarlo per qualche secondo, in silenzio, e nessuno dei due fa una mossa per raccoglierlo.

«Ha visto?» chiede il professore, con voce stupita, come se dentro quel gesto ci fosse la risposta alla domanda che Teo non è riuscito a formulare. Teo annuisce, ma non ci sta capendo niente. Il professore prosegue: «Le ho chiesto di dirmi che cosa vedeva e lei mi ha risposto, giustamente, che vedeva un bastone. Ma non c'era solo quello: c'era anche qualcos'altro di fondamentale, che lei proprio non ha visto».

«E che cosa?»

Bove allora avvicina la testa alla sua e sussurra la risposta come se stesse per confessargli un segreto.

«La sua mano!» dice, e gli sorride. Teo lo guarda aggrottando le sopracciglia, come quando è di fronte a un problema di matematica alla lavagna e non sa neanche da che parte cominciare. Dopodiché Bove raccoglie il bastone da terra, lo usa per sostenersi e si alza. Una volta in piedi, dice: «Perché il bastone stia in piedi, ci vuole una mano ferma che lo tiene. E sa questo cosa vuol dire?».

«No, non proprio.»

«Vuol dire: non voglia del male a quella mano, mio caro Teo. Fa solo quel che può, e lo fa come può!» Poi se ne va, fischiettando come sempre.

Teo è in ritardo, dovrebbe aver già ricominciato a lavorare, ma improvvisamente mentre osserva il vecchio allontanarsi gli viene in mente quella lettera tutta scotchata, e solo lì si rende conto che – non ci aveva ancora davvero pensato – quel signore col cappello che gira in giacca di lino ai primi di giugno si è preso la briga di ricomporla quando era tutta stracciata; quasi riesce a vederselo lì, a casa sua, in uno studiolo pieno di libri e di polvere, alla luce di una piccola lampada, a fare il puzzle con quel foglio di carta per rimetterlo insieme. E questa immagine fa uno più uno con l'altra, la gaffe di due minuti fa, la figlia probabilmente morta di cui non voleva vedere la tomba al cimitero che Teo gli ha ricordato, e pensa che forse tutta quest'attenzione che il vecchio gli ha dato è anche perché magari sente un po' la mancanza della figura di un figlio, o qualcosa del genere, e lui invece sicuramente sente la mancanza di una figura paterna, per cui, forse…

Teo si mette a correre. Lo raggiunge.

«Professore!»

«Lei non dovrebbe ricominciare a lavorare?» ribatte lui.

«Sì, però… lei… lei ha letto le mie domande, no?»

«Quelle della lettera?»

«Sì, esatto.»

«Gliel'ho detto che le ho lette. Erano anche scritte molto bene, lo sa?»

Teo si mette di fronte al vecchio, come per fermarlo.

«Volevo chiederle, no? Cioè, visto che lei è un professore di filosofia…»

«E questo come lo sa?»

«Be', ho chiesto un po' in giro. Così, per curiosità.»

«Bravo, la curiosità sarà la sua salvezza, se lo ricordi!»

«Ecco, visto che per me sarà un'estate molto lunga a lavorare in questo parco, e visto che dubito che Stephen King mi possa mai rispondere, magari… mi può dare una mano lei, con quelle domande», dice, tutto d'un fiato, guardando per terra e calciando via un sasso con la punta del piede. E poi aggiunge: «Sempre se le va, insomma».

Il professore si tocca il fazzoletto nel taschino e il suo volto cambia espressione: abbassa gli occhi, come se una nuvola scura li stesse attraversando. Per un attimo, Teo ha la percezione che il vecchio stia ricordando qualcosa, e quel ricordo lo stia facendo esitare; così, oltre alla certezza di aver appena fatto una richiesta assurda ha anche il dubbio di aver peggiorato le cose. Allora, cerca di rimediare.

«No. Mi scusi. Non so nemmeno io perché gliel'ho chiesto. Faccia finta di non aver sentito e...» fa, ma il professore lo interrompe: «D'accordo». Sul suo volto è tornato il sereno, anche se una lieve traccia dell'esitazione di un istante fa è rimasta in qualche piega del viso.

Però sorride. Gli ha detto sì!

«Davvero?!» chiede Teo, per essere sicuro.

«Davvero.»

«Non le dà fastidio?»

«Nessun fastidio», conferma il professore. «Ma a due condizioni», precisa.

«Quali?»

«La prima è che dovrà sempre dire la verità. Non come l'altro giorno che ha cercato di rifilarmi quella panzana sullo sciopero!»

«Quella... panzana?!»

«E non intendo dire a me: voglio dire a *lei*, mio caro Teo. Perché questa cosa funzioni, non dovrà mai mentire a sé stesso. E già le dico che sarà la cosa più difficile di tutte.»

«Va bene, credo di potercela fare. E la seconda condizione?»

Il professore fa due passi in avanti, guardando dritto davanti a sé e Teo lo segue.

«La seconda è che sarà una cosa a tempo. Ho deciso di ritirarmi dall'insegnamento e voglio tenere fede a questa decisione. Per cui ci daremo un numero definito di lezioni, dopodiché ognuno per la sua strada.»

«Un numero di lezioni... quante?»

«Nove, a partire da quella di ieri al cimitero.»

«E perché proprio... nove?»

«Vuole già sprecare del tempo prezioso?»

«No no, per carità. Va bene nove!»

«Bene. E al termine dell'ultima lezione ci saluteremo. E lei non mi farà ulteriori domande.»

Teo sposta gli occhi verso l'alto, riflette. Non gli pare avere molto senso questa proposta, ma capisce istantaneamente che nove lezioni sono meglio di zero lezioni.

«Uhm... ci sto, dai!» e fa per porgergli la mano. Il professore gliela stringe: è una stretta forte, decisa.

«Bene! Allora… ci vediamo qui? Oggi pomeriggio?»

«Volentieri, io alle quattro sarò qui. Anche se ora farebbe bene ad andare», gli dice il vecchio.

«Perché?» chiede Teo, e il professore gli fa un cenno con la testa, come a dirgli di voltarsi.

E, lì a qualche metro, c'è lei.

La ragazza che inizia per S.

Ed è bellissima.

Che strano che è camminare insieme a Sofia.

No, non è tanto per il fatto che lui indossa un gilet che lo fa assomigliare a un addetto agli atterraggi negli aeroporti mentre lei è in pantaloncini di jeans e camicetta; né è perché lui ha in mano una scopa e lei una piccola borsetta lilla; né, infine, c'entra il pur non trascurabile scarto fra gli odori di loro due, in quanto lei sa di fiori appena colti messi a bagno in un vaso di cera profumata alla vaniglia, e lui... be', più o meno di fiori marci e sudore, avvolti in un gilet di tessuto sintetico.

È più una specie di imbarazzo, misto a incredulità, misto a paura di dire una cazzata delle sue e di rovinare tutto. Un insieme di emozioni per cui non riesce a essere del tutto naturale con lei. E soprattutto non ha idea di che cosa dirle.

Ogni due o tre colpi di scopa si sorprende a guardarle i capelli, il punto preciso in cui ricadono sulle spalle, e pensa che da così vicino non li ha mai visti (tranne quella volta della corriera, ma lì lei stava dormendo). Gli sale una specie di vertigine, come quando da piccolo era stato in gita a Venezia ed era salito sul campanile di San Marco: la stessa identica sensazione di essere troppo in alto, l'equilibrio che viene meno.

«Bella giornata oggi, eh?» le fa a un certo punto, quando la conversazione già langue.

«Tu non hai caldo con quella... cosa?» ribatte lei.

«Caldo? Nah», fa lui, che vorrebbe solo strapparsela di dosso e restare in pantaloncini e a petto nudo.

Ma perché? Perché non riesce a rispondere semplicemente quello che pensa? Che scherzi gli sta facendo il suo cervello?

Forse dipende dal fatto che Teo non ha una nutrita esperienza in fatto di ragazze. O meglio: non ha proprio idea di come funzioni, la faccenda.

Ha fatto un paio di uscite, o qualcosa del genere, con due compagne di scuola, una l'anno scorso e una quest'anno: ma poi quando era lì finiva sempre per pensare a Sofia. E loro, dopo un po' che lui fissava il vuoto, cominciavano a intuire di non interessargli molto e così non si era mai arrivati a una seconda uscita. E quindi ufficialmente Teo non ha neanche mai dato un primo bacio a qualcuno.

Okay, non esattamente. Una volta è successo, ma non valeva.

Era stato con Peach, in terza media. Siccome lei, di lì a poco, sarebbe andata al cinema con un ragazzo più grande, aveva chiesto a Teo di fare pratica, per imparare come si faceva. Per essere il più possibile pronta, lo si doveva fare al cinema, proprio per abituarsi all'idea. Teo aveva obiettato che non era proprio la cavia migliore a cui chiederlo, dato che lui in vita sua aveva baciato solo Sofia, sì, ma in sogno. Alla fine, con molta riluttanza, si era prestato; così, si erano seduti sulle poltroncine in fondo, avevano aspettato il buio in sala e si erano dati un bacio, uno di quelli veri insomma.

Avevano cominciato solo con le labbra, poi lei gli aveva messo una mano sulla guancia e lui aveva percepito qualcosa di strano, ma non ci aveva fatto caso: era troppo concentrato su quello che stava accadendo e anche abbastanza sconvolto da quanto fosse bello. Dopo cinque minuti buoni passati a sfiorarsi a questo modo, lei si era staccata: «Ma non dovremmo usare anche la lingua?».

«Tu dici?»

«Be'... sì!»

Era una sensazione nuova, per Teo. Gli piaceva, eccome, e avrebbe continuato per tutta la durata del film più i titoli di coda, ma lei era pur sempre Peach: un piccolo angolino della sua testa non faceva che ripetergli che era come stesse baciando sua sorella. Così si era staccato e anche lei aveva fatto lo stesso, e avevano convenuto che quel bacio non fosse valido, era solo il bacio zero, quello di prova. Il primo, quello vero, lo avrebbero riservato a qualcuno di veramente speciale. E quando le luci si erano riaccese Peach aveva guardato Teo ed era scoppiata a ridere: aveva tutta la guancia sporca di grasso. Lei si era dimenticata di pulirsi dopo aver aiutato suo papà a cambiare una guarnizione di testa.

«Fino a quando devi lavorare qui?» gli chiede Sofia, a un certo punto.

«Fino al 31 agosto», risponde lui.

«Ma no, intendevo fino a che ora, oggi!»

«Ah, fino a mezzogiorno e mezzo!»

«E fai qualcosa dopo? Tipo, ti va un panino, per pranzo?»

Okay, questa non era prevista. Era nell'orizzonte degli eventi possibili, in effetti, ma Teo non aveva mai seriamente calcolato che potesse accadere davvero. Mangiare insieme a Sofia? Lo farebbe anche adesso, mollerebbe tutto, anticiperebbe il pranzo di due ore pur di farlo accadere subito, eppure dopo un po' Teo dà una risposta assolutamente senza senso.

«Sì, in realtà ho da fare», dice. «Mi devo vedere con Peach, la mia migliore amica.»

Non è che lo dice: si sorprende a dirlo, come se stesse guardando un film in cui però dentro lo schermo c'è lui stesso.

«Ah sì, la conosco», commenta lei, con un sorriso da cui traspare un misto fra delusione e un sentimento definibile solo come "maseiscemo?!"

In effetti c'è da capirla: una come Sofia ha stuoli di spasimanti, corteggiatori, messaggiatori; le basterebbero cinque minuti per trovarne uno molto più carino, intelligente e con più personalità di Teo per andarci a pranzo insieme. Lei sceglie lui, e lui cosa le va a dire? Che ha da fare. La delusione è proprio il minimo.

«Mi spiace, gliel'avevo promesso», rincara la dose Teo.

Certo, la voce di Peach dentro la sua testa adesso lo sta

sommergendo di insulti, non tanto per la balla che l'ha coinvolta, ma per l'idiozia di rifiutare un invito a pranzo dalla ragazza cui Teo dedica totale devozione da anni e anni. Più o meno è come se avesse appena declinato un invito a bere un caffè insieme a Stephen King inventandosi una scusa. Ma che gli prende?

«Capito, capito», lo ferma Sofia, prima che possa aggiungere altre balle, «magari un'altra volta allora», fa, mascherando con un sorriso il suo esserci rimasta male.

«Certo», risponde lui, muovendo la sua scopa nervosamente.

«Ora devo andare. Scrivimi se ti va», gli dice, e si allontana facendogli un cenno con la mano e con l'altra prendendo il cellulare.

Teo passa il resto della mattina a parlare da solo, ascoltando i Pinguini e domandandosi ad alta voce quale strano corto circuito gli debba aver spento il cervello a quel modo; e continua a farlo anche quando il suo turno è finito e poi ancora e ancora. Alla fine, quando ormai sono le quattro del pomeriggio, si presenta all'appuntamento con il professore e, senza neanche salutarlo, gli fa: «Secondo lei che problemi ho?».

«Capito? Capito cosa sono stato in grado di fare?»

Teo ha appena raccontato la sua mattinata al professor Bove, e lui è rimasto tutto il tempo in silenzio ad ascoltarlo, tamponandosi di tanto in tanto la fronte per asciugarsi il sudore.

«Cioè», prosegue, «io ho passato tutti questi anni a fantasticare di uscire con Sofia, e le giuro che nei miei sogni è successo di tutto, altro che pranzi: siamo stati a Venezia, abbiamo fatto pic-nic al parco, in Vespa insieme...»

«Lei possiede una Vespa?»

«No! Appunto! Capisce? Nella mia testa non ho fatto altro che farmi film pazzeschi, e a un certo punto invece è successo tutto in modo semplice, tranquillo, non ho neanche dovuto fare niente, *è venuta lei da me*, ce l'avevo lì, e quando mi ha chiesto di vederci per pranzo, che lei dirà è una cosa piccolissima, no? Che sarà mai, alla fine un pranzo non è neanche una vera uscita, giusto? E invece no, per me sarebbe come pranzare con un'attrice famosa, una cantante, che ne so!, e insomma quando me l'ha chiesto, cosa ho fatto io?»

«Cos'ha fatto lei?»

«Gliel'ho detto: ho inventato una balla su due piedi per non andarci! Ma si può?»

«Certo che si può. Lo ha appena fatto!»

Teo raccoglie un sasso e lo lancia lontano. E poi ribadisce la domanda che è il fulcro di tutta la sua riflessione: «Ora lei mi può spiegare, per favore, quale problema psicologico c'è dietro a un ragazzo che fa una cazz… cioè volevo dire una stupidaggine del genere?».

Bove lo ha osservato per tutta questa sua tirata prima allibito, poi divertito.

«Parla un sacco lei, eh?» commenta.

«Eh?»

«Sì, dico: lei è uno che parla tanto!»

«A dire il vero… no. Cioè, solo con la mia migliore amica di solito, ma…» osserva Teo. Il vecchio, però, anticipa qualsiasi sua ulteriore domanda impugnando il suo bastone e usandolo per aiutarsi a mettersi in piedi.

Poi gli dice: «Andiamo, venga con me!».

«Cosa ci facciamo qui?»

Teo e il professore sono fuori dal cinema, davanti ai manifesti. È uno di quelli dove si proiettano molti film d'autore, anche vecchi classici, si chiama Cinemazero. Teo li scruta, poi guarda il professore.

«Vuole vedere un film?» gli chiede. Bove non risponde, ma indica con il bastone un manifesto in bianco e nero. Teo legge: «*Il buio... oltre la siepe*? Bello?».

«Lo conosce?»

«A dire il vero, no...»

«Nemmeno il romanzo?»

Teo scuote la testa, stringendo le labbra come se si vergognasse un po'. Bove allora prosegue.

«Credo sia il più bell'adattamento cinematografico di un romanzo che io abbia mai visto. Il più riuscito insomma. Perché lei ci ha fatto caso, vero?»

«A cosa?»

«Ha mai visto un film di cui aveva già letto il libro?»

«Sì, certo, tutti i film tratti dai libri di Stephen King! Come no!»

Bove annuisce, felicemente sorpreso. E poi gli chiede: «E che cosa ha provato, quando li ha visti?».

«Be', alcuni erano anche carini, tipo *Shining*, o il primo *It*, o anche *Il miglio verde*, ma nessuno reggeva neanche lontanamente il paragone con il libro! Cioè, i libri erano sempre diecimila volte meglio! Ma questo si sa, no?»

«Esatto. E così è successo anche a me, quando ho visto questo film per la prima volta, tanti anni fa. È fatto bene, gli attori sono bravissimi, è anche molto fedele alla trama del libro, ma mi ha lasciato una sensazione di amaro in bocca. Una… delusione, ecco.»

«Sì, ecco: delusione. Quella roba lì!»

Bove scuote la testa, ma sorridendo. È il suo modo di commentare l'espressione "quella roba lì".

«E lei lo sa perché sentiamo… *quella roba lì?*»

«No, perché?»

«Perché, quando leggiamo, ci costruiamo delle immagini nella nostra testa e i personaggi hanno una voce che conosciamo solo noi. Ogni scena è piena di dettagli che siamo noi a decidere. Ma il film, il film… guardarlo è un po' un sentirsi… *traditi*, no?»

Bove riprende a camminare, e Teo lo segue.

«Forse è per quello che lei si comporta così, con la sua Sofia», conclude.

«Cioè?»

«Lei fa così perché ha paura, caro mio. Ha fantasticato talmente tanto su questa ragazza, che ora qualsiasi cosa accada è un po'… una delusione, no? Lei non riesce a essere come si era immaginato, non riesce a sentirsi come nel romanzo che si era scritto nella sua testa. E ci resta male.»

Teo si volta, guarda ancora per un secondo il manifesto del film e istintivamente pensa che è un titolo stupendo e che vorrebbe avere lui un'idea per un titolo così bello per un libro, ma non sa perché lo sta pensando, dato che non ha mai creduto di poter scrivere un libro.

«Teo? È ancora qui fra noi?» lo riporta alla realtà il professore; e lui ritorna con la mente agli scambi di messaggi e all'incontro di stamattina con Sofia, oltre che a una domanda che si sta facendo da un po' e che finalmente trova il coraggio di fare: «Ma secondo lei perché, tipo, quando sono con Sofia, non sono del tutto me stesso?».

Una macchina sfreccia loro davanti in pieno centro, così veloce da spostare il ciuffo di capelli di Teo e mostrare per un secondo il suo viso per intero, fatto più unico che raro. Bove lo osserva per quel secondo, poi risponde: «Come le dicevo prima: lei ha paura, mio caro, una paura fottuta direi, se mi è consentito usare un linguaggio un po' forte».

«Paura? Paura di cosa?»

Il professore dà un colpo di tosse, poi fa: «Ha paura che, se questa ragazza conosce il vero Teo, poi scappa via. Forse lei si sente un po' inferiore, crede di non essere alla sua altezza, non lo so. Ma per non farla scappare, recita un ruolo che non le appartiene! Lo vede? Sempre di cinema si parla, ah ah!».

Teo ci pensa un po' su. E se fosse proprio così?

«È per questo che mi sono inventato una scusa per non uscire con lei?» gli domanda allora.

«Ah, questo non lo so, questo lo può sapere solo lei, mio caro! Ma la tolgo subito dall'imbarazzo: se spera che questa ragazza sia come quella che si è immaginato, resterà sicuramente deluso! E se crede di conquistarla mostrandosi per quello che non è, la deluderà molto di più, un giorno!»

La faccia di Teo si incupisce.

«Che fa? Guardi che questa è la miglior notizia che io le possa dare!»

«Non mi sembra questa notiziona!» commenta Teo attraversando sulle strisce pedonali.

«Mio caro Teo, la realtà sa essere noiosa, banale, spesso è stupida e insignificante, ma è molto, molto più affascinante se abbiamo il coraggio di affrontarla davvero!»

«Quindi secondo lei dovrei andare da Sofia e chiederle di uscire?»

Il professore, senza dire altro, entra in un bar e ordina un bicchiere di vino.

«Lei prende qualcosa?»

«Latte freddo, grazie.»

Si siedono, attendono che l'ordinazione arrivi. E poi è il professore a parlare.

«Noi non abbiamo parlato solo di una ragazza: lo sa questo, vero?»

«Eh? Cioè?»

«Mio caro Teo, la paura tremenda che lei adesso prova, glielo si legge negli occhi, è una immensa paura di cominciare a vivere, perché alla sua giovane età ha già imparato che la vita vera può essere deludente come un film dopo aver letto il libro. Quindi cosa fa? Quello che fanno tutti, quando hanno paura.»

«Cioè?»

«Semplice! Scappa! Si nasconde, per non farsi trovare!»

Teo abbassa la testa, appoggia la mano al bicchiere di latte, ma poi lo lascia lì, senza portarlo alla bocca.

Il professore allora solleva il proprio, ci guarda attraverso e fa: «Quando sei nato non puoi più nasconderti».

«Eh? Cosa?»

«Anche questo è il titolo di un film. E direi che le calza a pennello.»

«Dice?»

Bove sorride, avvicinando il bicchiere alle labbra: «Nessuno può dire se con questa Sofia verrà fuori qualcosa di bello o di brutto. Potrebbe non andarle a genio come crede, oppure potrebbe nascere una storia lunghissima, come quelle dei film. In tutto questo c'è solo una grande certezza, e lei sa qual è?».

Teo scuote la testa, non ne ha idea. E il professore finisce in un ultimo sorso il suo bicchiere di vino, e poi dice: «Che oggi, per colpa di questa paura, lei ha perso l'occasione di uscire con una bella ragazza e ora è qui con un vecchio come me. E questo è proprio da stupidi!».

Teo e suo padre sono in cucina, l'acqua della pasta sta per bollire.

In tavola non c'è niente. Teo sta ancora apparecchiando, anche se oggi non è il suo turno. Ha pure sistemato casa, passato l'aspirapolvere e portato fuori l'immondizia.

Perché lo fa? Sta cercando un modo per far vedere a suo padre che lui c'è, che si sta mettendo a posto, che si può fidare di lui. Ed evitare così l'inferno gelido che lo attenderebbe su in Islanda, se non riuscisse a fargli cambiare idea.

E poi, tornando, lo ha trovato al PC. Con una scusa gli è passato dietro la schiena velocemente, e ha visto che stava scrivendo a sua mamma. Allora si è immaginato che anche suo papà voglia parlargli, ma farlo sul serio, senza il dannato muro che sembra sempre in mezzo a loro.

«Faccio aglio e olio, ti va?» gli chiede, e suo padre annuisce e basta. Il che non è un buon segno, e che non sia tale ne ha la conferma mezzo secondo dopo quando, mentre sta appoggiando i piatti, suo padre gli fa una domanda che proprio non si aspettava.

«Con chi eri, oggi?»

«Oggi… quando?»

«Oggi pomeriggio. Verso le cinque. Al bar.»

E che è? Adesso anche suo padre ha le spie come il Gildo? Chi glielo ha detto?

«Con un signore, perché?»

«Che signore?»

Teo appoggia i bicchieri, ora, ma la sensazione, precisa, è di essere vittima di un interrogatorio. Come se avesse fatto qualcosa di male a fare quattro passi con un anziano bastonemunito ed esperto di cinema, e per di più ex insegnante. Così chiarisce subito: «Un signore che ho incontrato al lavoro. Un ex professore che viene al parco tutti i giorni. È simpatico, abbiamo chiacchierato un po'», fa, e mentre lo dice si rende conto che ha parlato come se si stesse giustificando: e questo non gli piace.

«Ma al pomeriggio tu non lavori», osserva suo padre.

«Ehm... no, perché?»

«Mi pare sia la prima volta che fai amicizia con un estraneo così tanto più grande di te. Hai sedici anni, potrò farti qualche domanda, no?»

Adesso è suo padre che sembra stizzito dall'essere stizzito di Teo. Che, anche se l'acqua bolle, non ci butta dentro la pasta già lì pronta e pesata.

«Cioè, adesso è sbagliato anche fare due passi con un vecchio?!» obietta.

«Non sto dicendo questo, e lo sai!»

«No che non lo so! Mi fai tutte queste domande e...»

«E...?»

L'ultima vocale gli rimane lì, sospesa, con suo padre che lo guarda con la testa leggermente inclinata, sollevando di un millimetro le sopracciglia, come a dire: "Vedi? Lo sai che ho ragione!". E poi aggiunge, stavolta con la voce: «È proprio per questo che a settembre andrai da tua mamma», fa, e accende la TV.

Teo si volta verso i fornelli. Sente il rumore delle bolle dentro la pentola, osserva il vapore che si alza dall'acqua e avrebbe almeno un chilo di cose da dire, ma gli si affollano tutte in gola creando un ingorgo. Sta bollendo anche lui come l'acqua, perché vorrebbe dirgli che sembra che lo faccia apposta, tutte le maledette volte che fa un passo verso di lui, a farne uno indietro. Vorrebbe persino alzare la voce e fargli sapere che lui, a sedici anni, è perfettamente in grado di capire se si trova di fronte a un malintenzionato o a un tipo pericoloso, e che non è possibile che qualunque cosa faccia, il minimo passo in qualsiasi direzione, sia sempre considerata un errore, e che se si sente così forse è perché c'è qualcuno che lo fa sentire così, c'è qualcuno a cui non va bene niente di quello che fa, c'è qualcuno che non gli ha neanche mai chiesto cosa avesse scritto in un tema dove ha praticamente riversato tutto sé stesso come non aveva mai avuto il coraggio di fare. E poi gli vorrebbe dire: "E anche se fosse?". Anche se fosse il passo sbagliato che sicuramente non è, perché il vecchio professore è forse la persona più interessante che Teo abbia conosciuto negli ultimi mesi, ma facciamo per assurdo, anche se fosse, appunto, vorrebbe chiedere a suo padre perché, perché non lo lascia sbagliare, perché non si fida, perché non gli dà modo di fare i suoi errori. Okay, ne ha fatti alcuni più grandi di altri, ma questo non vuol dire che sia tutto sbagliato, e vorrebbe avere il coraggio di dirglielo, appunto, qui, ora: "Papà tu non hai mai sbagliato alla mia età?". Questo vorrebbe chiedergli. Vorrebbe avere con suo padre il tipo di rapporto per cui questa è una domanda che non richiede coraggio, una domanda che si fa e basta: "Papà, tu che cazzate hai fatto a sedici anni?", e farsele raccontare tutte, una per una, per poi dirglielo, una volta per tutte, dirgli: "Papà, tu hai quaranta e passa anni e hai avuto la possibilità di fare i tuoi errori, perché io non posso fare i miei?".

Tutto questo vorrebbe dirgli, ma sta zitto. Mette la bottiglia dell'acqua in tavola, e poi va a chiudersi in camera sua.

E non ha neanche buttato la pasta.

«Meglio se ci sentiamo domani, eh?»
«Perché?»
«Non mi sembri nel mood, amore mio bello.»
«No dai, parliamo, Peach. Mi serve.»
«Okay. Domani passi a salutarci?»
«A scuola, dici?»
«No, pensavo in Madagascar! Dicono si stia bene in questo periodo!»
«Non so se mi va, Peach.»
«Dai, è l'ultimo giorno! Ti abbiamo anche preparato una sorpresa!»
«Adesso che me l'hai detto non sarà più una sorpresa, lo sai vero?»
«*Bòn*, tu fai finta di non aver sentito niente e fai la faccia sorpresa!»
«Okay, capo.»
«E comunque abbiamo tipo chiesto ai prof.»
«Chiesto ai prof... cosa?»
«Dai che hai capito! Gli abbiamo chiesto che cosa vogliono fare con te. E sinceramente nessuno ha detto che ormai sei spacciato.»
«Ma figurati se lo vengono a dire a voi!»
«Boh, comunque non lo hanno detto.»
«Okay...»
«Capito...»
«Capito cosa?»
«Capito che è meglio se cambio discorso...»
«Sì, Peach. Decisamente.»

«Ah, sai cosa? Sono andata anch'io a cercare un po' di notizie sul tuo nuovo amico professore.»
«E cosa hai trovato?»
«Eh, che un sacco di gente parla di lui!»
«Già.»
«Però ho visto anche una cosa un po' strana.»
«Cioè?»
«Un commento, sotto a un post dove degli insegnanti parlano un po' male di lui...»
«E che diceva il commento?»
«Una cosa tipo... "se succede qualcosa a Ludovica ce l'avrà sulla coscienza", o una roba del genere.»
«Ludovica?»
«Boh, non c'era altro.»
«Questo mi era sfuggito, sinceramente.»
«Chi è questa Ludovica? Lui te ne ha mai parlato?»
«No. Zero totale.»
«Non ti sembra un commento un po' strano?»
«Non saprei... ho visto che c'era qualche suo collega a cui non stava per niente simpatico. A tanti altri sì, ma alcuni lo odiavano proprio!»
«Ah, tipo hater.»
«Eh, tipo.»
«Forse anche per questo se n'è andato, no?»
«Sì, l'ho pensato anch'io.»
«Ma lo rivedrai?»
«Sì, domani. Sempre alle quattro.»
«Ma si può sapere di cos'è che parlate?»
«Boh, sa un sacco di cose.»
«Quindi ti fa lezione, come foste a scuola.»
«Non è che mi fa lezione: mi fa parlare. Riflettere, tipo.»
«*Tipo.*»
«Che ho detto di male?»
«E io non ti faccio riflettere?»
«Peach, che fai? Sei gelosa?»
«Nah. Lui non sarà mai simpatico come me!»
«È che... sai una cosa? Adesso che so che a mio padre dà

fastidio, non so perché… mi viene ancora più voglia di parlare con lui!»

«Ti capisco. Sai quante volte i miei mi hanno parlato male di qualcuno e poi volevo subito diventarci migliore amica tipo.»

«Stai zitta, va', che li vorrei io i tuoi genitori!»

«No, non puoi. Sono miei e soltanto miei!»

«Sì, è vero. Però non sai quanto te li invidio.»

«Non esagerare adesso. Anche loro sanno essere stronzi, sai?»

«Sarà, ma mai come l'uomo di ghiaccio.»

«L'uomo di ghiaccio gli calza, in effetti.»

«Già. Anche perché… oh, ti avverto: sto per dire una cosa super cattiva, ma se non la dico a te non so a chi dirla.»

«Spara.»

«Cioè, il professore lo conosco da quanto? Tre giorni? E già vorrei che mio papà fosse così.»

«Ah.»

«Sono tanto stronzo secondo te?»

«No, è normale. Tuo papà sappiamo tutti com'è. Ma ti adora e lo sai.»

«Bel modo di dimostrarlo.»

«Dai, cerca di capirlo. È fatto a modo suo.»

«Cioè di ghiaccio.»

«Ma anche il ghiaccio si scioglie, di tanto in tanto, no?»

«Con me mai.»

«Dai, Teo, finiscila. Anche tu sei uno stronzo con lui, è normale che poi vi scontriate così. Ma lui è un pezzo di pane, è l'uomo più buono del mondo, solo che finché vi scornate sempre è un po' difficile che si veda!»

«Okay, okay, cambiamo discorso ti prego. Lo sai cosa mi ha detto ieri, il professore?»

«Prima o dopo averti dato dello stupido?»

«Prima. Mi ha detto che la mia lettera gli era piaciuta. Che era scritta bene, insomma.»

«Io ti ammazzo.»

«Nel senso: forse non sono poi così male a scrivere come dice la prof.»

«Tu sei un uomo morto.»
«Perché, Peach?»
«Quanti anni sono che ti dico che devi scrivere?»
«Boh. Uno?»
«Sì, uno moltiplicato per sedici! Te lo dico da quando ci conosciamo praticamente! E adesso arriva un vecchio qualsiasi, te lo dice lui… guarda io non ho parole, davvero!»
«Vedi che sei gelosa?»
«Vedi che sei coglione?»
«Aspetta, mi è arrivato un messaggio. È di Sofia.»
«Uh. Leggi, leggi immediatamente!»
«Dice che…»
«Che dice?»
«Forse la cosa peggiore che poteva mai dirmi!»

Quattro in punto, Teo parcheggia la bici all'ingresso del parco.

Mentre si incammina verso la panchina dove troverà il professore e la lezione numero due, butta un occhio al profilo di Sofia. C'è una storia nuova, ed è lei al gate dell'aeroporto.

«'Fanculo», dice Teo a bassa voce. Il suo messaggio di ieri sera gli ha dato la lieta notizia della sorpresa ricevuta da parte dei suoi: un viaggio di due settimane in Grecia per festeggiare la promozione. Yeee!

Proprio adesso che si era deciso a provarci: e ora, quando tornerà, chissà se sarà la stessa di prima. Del resto, nemmeno lui è più lo stesso di qualche settimana fa. Se ne è accorto proprio stamattina, mentre i compagni gli facevano tutte quelle feste, le pacche sulle spalle, le foto insieme. Dentro quelle foto gli sembrava di vedersi come un corpo estraneo, un pesce fuor d'acqua: era lì ma era anche lontano da lì.

Chissà, forse il professore ha una risposta anche per questo. Intanto, quando arriva alla panchina, lo trova che ci sta girando intorno, camminando. Teo si ferma a guardarlo da lontano e il suo primo pensiero è che gli si sia fuso qualche circuito interno del cervello. Ma poi si avvicina.

«Buongiorno professore», lo saluta, ma quello non risponde. Sta bofonchiando qualcosa di incomprensibile.

«Ehm… passeggiatina?» gli chiede, per capire come mai stia girando intorno a una panchina, ma quando è abbastanza vicino realizza che il professore sta recitando dei versi in rima.

«Che cosa...» prova a chiedere, ma Bove lo interrompe.

«Commedia, *Paradiso*, ottavo canto», dice.

«Eh?»

«Sì. Da trent'anni a questa parte ho iniziato a mandare a memoria la *Divina Commedia*. Tre terzine al giorno, ho già fatto il giro sei volte!»

Per un secondo Teo spera stia intendendo il giro della panchina, ma evidentemente non sta parlando di quello.

«Mi scusi, credo di non aver capito bene: lei ha memorizzato tutta la *Divina Commedia*?»

«La memoria è importante, sa?»

"Anche la sanità mentale!" pensa Teo, ma si guarda bene dall'esternarlo a voce alta. Però la curiosità gli resta.

«Quindi, se io le chiedo un canto a caso, adesso, lei me lo sa ripetere?!» lo mette alla prova.

«Certo!»

«Ma non insegnava filosofia, lei?»

«Perché, Dante non è un filosofo?»

Teo si sofferma un secondo su questa domanda, non è molto convinto.

«Non era un poeta?» obietta.

«Certo, ma per essere filosofo non serve una patente: basta solo un po' di curiosità, e tanto coraggio. Infatti, sa chi sono i filosofi più acuti e profondi della storia?»

«Uhm... coso, Platone? Aristotele?»

«No, i bambini. Loro hanno il coraggio di farsi le domande che noi non ci facciamo più. Per questo mi è piaciuta molto la sua lettera!»

Teo, divagatore professionista, si rende conto che è il professore che sta divagando, ora. E ha il sospetto lo stia facendo per eludere la prova di memoria.

«Capisco, la ringrazio molto, ma...»

«Ma?»

«Vediamo, canto... boh ventiquattresimo del... come si chiama quello fra *Inferno* e *Paradiso*?»

«Vuole dire il *Purgatorio*?»

«Sì, ecco, quello! Canto ventiquattro… e verso…»

«No, non esageriamo! Non sono un computer! Però glielo posso dire dall'inizio, se vuole. O citarle i versi più belli di quel canto!»

«Okay, proviamo!»

Il professore muove la mano in avanti a mimare un sottofondo musicale, poi scandisce il ritmo dei versi con le dita, come suonando un pianoforte invisibile, e recita: «*E io a lui: "I' mi son un che, quando Amor mi spira, noto, e a quel modo ch'e' ditta dentro vo significando…"*». Poi prosegue e prosegue per chissà quanti altri versi, fino a che è Teo a fermarlo, o almeno a provarci.

«Okay, okay, okay! Ho capito!»

Ma il professore ormai è lanciato e ci ha preso gusto, e arriva fino alla fine del canto. « *"Beati cui alluma tanto di grazia, che l'amor del gusto nel petto lor troppo disir non fuma, esurïendo sempre quanto è giusto!"*»

Teo resta a bocca aperta. «Wow! Ma… è davvero il canto che le ho detto io o ne ha sparato uno a caso?»

«Controlli pure se vuole.»

In pochi secondi Teo smanetta col cellulare: sì, è quello giusto.

«Ma come…» accenna, ma Bove lo interrompe subito: «Come le dicevo, la memoria è importante. E purtroppo la stiamo tutti perdendo. E, a proposito di memoria...».

«Ah no, non mi chieda poesie a memoria che non me ne ricordo mezza!»

«Mi sono or ora ricordato che ieri abbiamo parlato di una ragazza, è corretto?»

Teo scuote la testa e spiega al professore cos'è successo.

«Come niente quando torna dalla Grecia si sarà già innamorata di un tipo superfigo conosciuto lì!» conclude.

«È una possibilità, in effetti», conviene il professore.

«Grazie, eh!»

«Si figuri, mio caro.»

Stanno zitti, ora, guardano dritti davanti a sé. E poi il professore disegna come sempre il suo strano simbolo per terra, e poi rompe il silenzio: «Ma lei non vuole parlarmi di questo, eh?».

«Come lo sa?»

«Sensazioni.»

«E lei che sensazione ha, professore?»

«Quella che ci sia qualcosa che mi vorrebbe chiedere.»

E allora Teo tira fuori di tasca un foglio piegato, tenuto insieme con lo scotch. È la lettera indirizzata a Stephen King.

«Oh, chi si rivede!» commenta il professore. E Teo gliela apre davanti e gli indica un punto preciso: una delle diciassette domande. Quella che aveva già deciso di fargli.

«Questa, eh?»

Teo annuisce, e il professore allora mette entrambe le mani sul bastone per fare leva e alzarsi. Poi si sistema il cappello sulla testa e dice: «Venga con me».

Il Pinguino imperatore, o *Aptenodytes forsteri*, è un pinguino che vive tra i ghiacci dell'Antartide. Il gelo da quelle parti può raggiungere anche i 50 °C sotto lo zero, ma questo pinguino riesce a mantenere sempre una temperatura corporea fra i 37,5 e i 38,5 °C. Come ci riesce?

Ebbene, ha sviluppato una specie di «termoregolazione sociale»: procede in formazioni di migliaia di elementi, tutti stretti e vicini fra loro, da otto a dieci per metro quadrato, e riesce ad alzare la temperatura e a sopravvivere in condizioni tanto estreme. Stando vicino agli altri, si scalda.

Morale: a volte il mondo diventa un posto tremendamente freddo. Quando è così, fai come il Pinguino imperatore.

Cerca qualcuno che senta lo stesso freddo che senti tu. A quel punto, per provare calore, basterà solo stare un po' più vicini.

6.
LE LEZIONI DEL PROFESSORE

«Come mai è voluto venire qui?»

«È qui che è successo, no?»

Teo e Bove sono fuori dalla scuola, nel punto esatto in cui Teo ha fracassato la finestra della sua classe. Che fossero diretti lì si era capito da un po', ma fino all'ultimo aveva sperato che la meta del professore fosse un'altra. Perché proprio quel posto? Cos'è, una forma di sadismo?

«Sì, però...»

«Però?»

«Be', non mi aspettavo mi portasse proprio... *qui*! Sì, insomma, non è che vado fiero di quello che ho fatto!» protesta Teo, ma il professore gli rivolge uno sguardo vagamente beffardo e dice: «Sicuro?».

Teo scuote leggermente la testa, come a difendersi: come può pensare che si possa andare fieri di una cosa del genere? Poi però il professore gli rivolge una domanda: «E lei?».

«Io cosa?»

«Come mai ha deciso di cominciare proprio dall'undicesima domanda, e non dalla prima della lista?»

«Credo... boh, forse è la domanda che mi faccio più spesso ultimamente.»

10) Come faccio a impedire a It di divorarmi?

Il professore scruta verso le finestre che ancora non sono state riparate, e senza guardare Teo gli chiede: «Le va di spiegarmi cos'è questo... It?».

Teo alza le spalle. «E come faccio?» replica. «Non so nemmeno io che roba è! Infatti io la chiamo la *Cosa*!»

Bove si mette a ridere. Teo lo guarda male.

«Perché ride, ora?»

«No, niente. Conoscevo una ragazza che, come soprannome, aveva "Cosa".»

Teo annuisce di circostanza e ribatte: «Magari un giorno me la presenta, così mi dà una mano lei a capirci qual-*cosa*!» e mima con le dita il gesto del collegamento per far capire che è una battuta.

Bove sorride.

«È un po' più grande di lei, ma vi andreste a genio, credo», fa, e poi si china, scrutando per terra come se cercasse una moneta o un mazzo di chiavi.

«Le è caduto qualcosa, professore?» gli chiede Teo, ma Bove non risponde e continua a cercare, fino a che non si ferma.

«Quello, quello va bene! Me lo raccolga, per favore», fa, indicando col bastone un sasso piuttosto grosso. Teo lo guarda e alza solo un sopracciglio, scettico.

«E perché glielo dovrei raccogliere? Vuole darsi anche lei al tiro al bersaglio?!» protesta, ma Bove controbatte convinto: «Lo raccolga, su!».

Teo esegue e tiene il sasso in una mano. Poi il professore prosegue: «Avanti, mi dica: che cosa provava quando lanciava quei sassi, quella notte?».

Teo soppesa la pietra, la osserva, ha una sensazione strana. È la prima persona che gli pone questa domanda. Non vedeva l'ora che qualcuno gliela facesse e, ora che può finalmente rispondere, è in seria difficoltà: si vergogna a dire che gli è anche piaciuto. È la risposta vera, ma è una risposta che non si può dire.

«Lo dica, non si preoccupi. Non voglio mica farle un processo, eh!»

«No è che... so che è sbagliato quello che ho fatto, tutto qui», dice, soppesando il sasso. Al che Bove se ne esce con una domanda che Teo non si aspettava proprio: «Le è piaciuto, eh?».

Teo lo guarda scuotendo la testa, e poi ribatte prontamente: «No, ovviamente no!».

Solo che il professore non è per niente convinto: solleva un sopracciglio, come ha già fatto la volta che Teo aveva tentato di rifilargli la bugia dello sciopero scolastico.

«Si ricorda qual era la prima condizione?»

«Ah già. Dire la verità.»

«Sì, soprattutto a sé stesso. Quella *vera*, però», lo incalza. E Teo a questo punto non può che ammettere con lo sguardo e un leggero cenno del capo che sì, un po' gli è piaciuto. Per poi chiedergli a sua volta: «Ma lei come fa a saperlo?».

Bove sorride. «Si vede.»

«E da cosa?»

«Da come tiene in mano quel sasso, per esempio», osserva il professore, incamminandosi di nuovo.

Teo si guarda da fuori, ora, e si stupisce che il professore abbia visto qualcosa che lui credeva di nascondere così bene. Come ha fatto?

«Non viene?» sente la voce del professore richiamarlo. Dà un ultimo sguardo al sasso, lo getta per terra e poi lo raggiunge alle spalle. E quando è lì la domanda arriva spontanea: «E perché, secondo lei?».

«Perché cosa?»

«Perché mi è piaciuto?»

Bove usa il suo bastone per indicare Teo, e poi risponde: «L'ha detto lei, mio caro, è la *Cosa*!».

«E lei, quindi, sa… sa che cos'è?»

«Certo che no! Questo lo potrà sapere solo lei, un giorno!»

Teo sospira. «E quanto ci vuole?» chiede. «Cioè, quand'è che riuscirò a capire cos'è?» Ma la domanda suscita come reazione una piccola risata, il che non piace molto a Teo.

«Perché ride, ora?»

«Mio caro, una vita non basta!» fa Bove, proseguendo a camminare. E quando Teo gli arriva proprio di fianco, gli rivolge una domanda ancora più inaspettata di quella di prima: «E ora mi dica, ma sia sincero al primo colpo stavolta!».

«Va bene. Promesso.»

«Le è successo ancora, dopo quella notte?»

Teo rimane spiazzato, ma ha capito che non servirebbe a niente mentire, e così risponde: «Può essere, sì».

«È lontano da qui?»

Teo si guarda intorno per capire dove sono, fa due calcoli mentali. E poi risponde: «Cinque minuti a piedi, più o meno».

E lì il professore arriva con la terza domanda inaspettata, quella anzi più inaspettata di tutte: «Le va di portarmici?».

Sono seduti a un tavolino esterno del bar di cui, un paio di notti fa, Teo ha rotto il vetro della porta d'ingresso. Al suo posto, ora, c'è un grosso sacco dell'immondizia nero tenuto insieme con lo scotch. Fra il nome, BarA, e il sacco nero, non è un posto esattamente invitante.

«Se becco chi è stato!» dice la donna che sta portando da bere a Teo e Bove. «Lo faccio a pezzi peggio di quel vetro!» Dopodiché appoggia i bicchieri davanti a loro, e intanto chiosa sé stessa: «Anzi, uso i cocci di vetro per farlo a pezzi!», e Teo vorrebbe potersi nascondere sotto il tavolino.

È una donna dai capelli neri, tutta tatuata e con addosso una maglietta degli Iron Maiden: decisamente Teo non poteva scegliere un bar peggiore, e il professore avere un'idea peggiore di questa.

«Il latte è per te, immagino», fa lei, appoggiandoglielo davanti, e Teo annuisce senza proferire un suono udibile.

Bove gli fa l'occhiolino, come a dirgli: "Vai, è il tuo momento". Ma Teo non ha il coraggio e così il professore si rivolge alla donna. «Mi dispiace molto per lei, Giovanna», le dice, con gentilezza.

Giovanna commenta solo con un «eh!» che in realtà vuol dire: "Sa quanto dispiace a me!", e poi torna dentro.

Quando è abbastanza lontana da non sentirli, Teo abbassa il mento fino a sfiorare la superficie del tavolino e bisbiglia al professore: «Ma… la conosce?!».

«Sì, ci ha presentate una comune amica, tempo fa. Il che è una felice coincidenza, se ci pensa. Senza la mia presenza, sarebbe stato molto peggio confessare, non crede?»

No, senza la presenza del professore non gli sarebbe mai venuto in mente di costituirsi così, consegnandosi fra le braccia tatuate della fan degli Iron Maiden, pensa Teo, ma traduce questo suo pensiero in una domanda molto più breve e incisiva: «Ma perché vuole a tutti i costi che glielo dica?!».

«Mettiamola così: guardare in faccia la sua *Cosa* richiederà molto coraggio, e io voglio testare quanto ne ha!» risponde lui, con il suo solito sorriso beffardo.

Lo sapeva che c'era la fregatura. Era stato tutto perfetto, finora: ovvio che il professore avesse in serbo qualche simpatico scherzetto, altrimenti non sarebbe stato un professore. Perché un conto è risarcire un danno, come deve fare con la scuola lavorando per tre mesi al parco: un conto è andare da chi il danno l'ha subito e chiedere anche scusa, guardandolo negli occhi. È molto, molto più difficile!

«E poi la signora mi sembra...» prova a obiettare.

«Le sembra?»

«Eh, tutt'altro che ben disposta! Non è che mi sequestra e mi porta nel retro per riempirmi di botte?»

«Può essere!» commenta il professore, ridendo. Poi si fa subito serio: «Avanti, non ci pensi troppo, sennò non glielo dirà mai. Alzi la mano, la chiami qui, glielo dica e basta. Poi penseremo a come risarcirla».

Teo sospira, e per un secondo sente forte la tentazione di alzarsi, andarsene e rompere ogni contatto con questo anziano professore un po' strambo che prima lo porta in gita in un cimitero e poi vuole che ci finisca lui, al cimitero, a suon di mazzate.

E così alza la mano, la chiama. Lei sbuffa e arriva proprio lì. «Che c'è? Vi serve altro?» chiede in modo brusco.

Da sotto il tavolino, Teo sente il bastone del professore centrarlo sullo stinco, e anche piuttosto forte.

«Io...» prova a dire, ma la frase gli muore fra le labbra.

«Che c'è professore, il suo studente ha perso la lingua?» commenta la barista. E alla fine Teo parla: «Io le... dovrei dire una cosa».

«Sono fiero di lei, sa?»

Bove e Teo sono sulla loro panchina, ora. Il professore gli ha appena dato un piccolo colpo di gomito.

«Non era facile!» ammette.

Teo ride. «Grazie, anche se per un secondo ho seriamente temuto per la mia incolumità!» osserva.

Il professore ribatte, ridendo anche lui: «Sì, ha avuto un bel coraggio a confessare tutto quanto a Giovanna. Ed è andata come le dicevo: è una donna che apprezza l'onestà. Forse anche per questo non l'ha ammazzata!».

Teo è stupito, ora. Vorrebbe scrivere a Peach per dirle quello che gli sta succedendo, avere insomma qualcuno con cui condividerlo. Non gli era mai capitato di ridere con un professore né di farlo con una persona più o meno anziana, a parte zia Gu che ora è in casa di riposo.

«Ma... lei non mi aveva promesso che mi dava una mano con quella... *Cosa*?» gli chiede.

«Ha ragione, ha ragione. Gliel'avevo promesso. Tenga», gli fa, mettendogli una penna in mano. Una di quelle da due soldi, già abbastanza rovinata.

«Che cosa... perché una penna?»

«Adesso la agiti, per favore.»

Ormai Teo ha cominciato a capire che dietro questi inviti del professore a fare cose strane e apparentemente senza senso c'è sempre una specie di significato.

«Più forte!» lo sollecita. Teo scuote più forte, ma sempre più perplesso. Dopodiché il professore gli prende la penna di mano e la avvolge nel suo fazzoletto: quando lo apre, è tutto sporco di inchiostro.

«Be', era abbastanza ovvio che finisse così!» commenta Teo, come per scusarsi: ma è stato il professore a dirgli di agitarla!

«Certo», fa lui di rimando, e poi però mette una mano in tasca e ne tira fuori un taccuino con la copertina in pelle, lo apre e ci scrive sopra: *Quando Amor mi spira, noto.*

«Questa la so! È Manzoni! No, Foscolo!»

«Fuochino.»

«Leopardi?»

Bove scrive sotto il nome dell'autore del verso. E a voce chiosa: «È il verso che le ho recitato prima, al parco».

«Ma allora ce l'ha fissa con Dante, professore!»

«Lei sa perché le ho fatto fare questo esperimento?»

Teo scuote la testa: non ne ha la più pallida idea. Non sapeva nemmeno fosse un esperimento!

«Vede, anche lei è così», suggerisce il professore, ma Teo non sembra gradire il paragone con una penna da due soldi, pure mezza rovinata.

«Anche lei ha qualcosa dentro, proprio come questa penna!»

«E perché me l'ha fatta agitare?»

«Per dimostrarle che se non comincia a buttare fuori quello che ha dentro, se non trova un modo di esprimere tutte le emozioni che si agitano in lei, prima o poi scoppierà e macchierà qualcosa, come è successo col mio fazzoletto. E quando lo farà, lo stesso inchiostro che macchia e sporca può diventare delle parole bellissime», risponde Bove, porgendogliela. Teo la scruta, se la rigira fra le mani.

«Ma questo cosa c'entra con la mia *Cosa*?»

Bove lo guarda stupito: «Davvero non lo ha ancora capito?».

Teo risponde con gli occhi, che ora stanno dicendo: no, proprio no. Il professore allora sorride, gli dà una leggera pacca sul ginocchio e poi dice: «Si metta comodo, che le racconto una storia».

«Ha mai sentito parlare di un certo Socrate?»

«Credo di sì, non era quel filosofo che poi è stato condannato a morte?»

«Eccellente, Teo! Eccellente!»

«Visto che ogni tanto ne becco qualcuna anch'io?»

«Vede, mio caro, Socrate era convinto che ognuno di noi avesse un *dàimon*, un demone protettore.»

«Figo! Ma tipo... un diavolo?»

«No, un *dàimon*! È una divinità, o meglio un qualcosa di divino, che sta a metà fra cielo e terra. Da un lato, era una specie di presenza, simile a ciò che oggi chiameremmo "angelo custode"; dall'altro, era una voce che guidava verso un destino: il destino che ognuno di noi ha nella vita che gli è data. E Socrate, pensi, era convinto che la felicità fosse proprio questo: essere accompagnati da un buon demone, *eudaimonìa*!»

«Lei sa che non ci sto capendo molto, vero?»

«*Eudaimonìa* significa proprio questo: lo stato in cui ci troviamo quando ascoltiamo il nostro demone. Quando gli permettiamo di guidarci, di consigliarci, di portarci dove lui sa. Solo che...»

«Solo che?»

«Solo che demone è un tipico caso di enantiosemia.»

«Erasmo... cosa? Cos'è? Oggi ha deciso di usare solo parole impossibili, professore?»

«Ah ah! No, mio caro. Enantiosemia», precisa, scandendo bene la parola, «è la caratteristica di alcune parole, che possono avere significati opposti, come *storia* che indica sia la storia, quella che studiamo a scuola, quella vera, ma anche una storia di fantasia. Ce ne sono tantissime, come *ospite*, o anche *tirare*… tutte parole che in base a come le usiamo significano una cosa ma anche… il suo esatto contrario.»

«E perché dice che demone è una… sì, insomma una di quelle parole lì?»

«Perché anche il nostro demone può essere buono o cattivo, in base a come noi lo trattiamo.»

«Io mi sa che il mio lo sto trattando male, allora.»

«Tutto l'opposto, invece.»

«Mmm… qua si sbaglia, sa? Con rispetto parlando eh!»

«Lei non si rende conto di quanto è avanti, mio caro Teo. Ci sono persone che per tutta la vita non si rendono conto di avere una *Cosa* dentro di sé. Lei alla sua giovane età la sta sentendo già da un po', si sta sintonizzando sulla sua frequenza, le ha anche già dato un nome: sta imparando a conoscerla, insomma.»

«E non è che mi stia simpaticissima, specie quando mi caccia nei guai!»

«Ma è il suo modo di parlarle, di farsi sentire!»

«Mi scusi, professore, non so se ho capito bene: mi sta cercando di dire che la *Cosa* di cui le ho parlato non è solo negativa?»

«Esattamente. Proprio questo.»

«Non ci credo.»

«Infatti, non deve credermi. Deve credere a lei, alla *Cosa.*»

«Sarà…»

«È normale che si faccia sentire anche in modo violento, è successo a tutti, solo che pochi hanno saputo capire che c'era qualcosa di più grande, dietro. Lei lo sta facendo. »

«Ed è successo anche a lei?»

«Certo.»

«Cioè anche lei… ha fatto delle cose tipo le mie?»

«In un certo senso, sì.»

«Ma tipo?»

«Ero giovane. In cerca di emozioni forti. Volevo spostare il limite sempre un po' più in là.»

«Okay, ma facendo cosa?»
«Glielo dirò fra poco. Prima alziamoci di qui: camminiamo, che le idee circolano anche meglio!»

«Lei ha presente com'è nato l'universo, secondo il mito?»
«Certo! Con il coso... come si chiamava? Il Big Bang!»
«Facciamo un piccolo ripasso, che è meglio.»
«Già, non andavo molto forte in epica.»
«All'inizio non c'erano Zeus e tutti gli altri dei. Erano solo in due: Urano e Gea. Urano era il Cielo, una delle primissime divinità, ed ebbe insieme a Gea, la Terra, tanti figli, i Titani. Urano, per paura che uno dei figli lo spodestasse, li rinchiuse tutti nelle profondità della Terra; Gea, allora, escogitò un sistema per vendicarsi: sputò fuori dalle sue viscere una falce di metallo e la diede al più piccolo dei suoi figli, Crono, che la usò per evirare il padre.»
«Non ci credo. Mi sta prendendo in giro!»
«Perché ride? Andò davvero così!»
«Scusi, ma a noi queste cose a scuola mica ce le dicono! Se ce l'avessero detto sicuro me lo ricorderei!»
«E le dirò anche che, una volta tagliati i genitali del padre, li lanciò lontano, nel mare, ed essi si unirono alla schiuma delle onde, e da lì nacque la dea Afrodite.»
«Credo di non aver capito bene: Afrodite?»
«Sì.»
«La dea della bellezza. Nata da... un pene maciullato?! Scusi la parola...»
«Sarebbero i genitali in realtà ma... ebbene sì.»
«Io muoio, glielo giuro!»
«Quando la finisce di ridere forse potrò continuare la mia storia.»
«Mi scusi ma se è nata così forse non dovevano farla la dea della bellezza, al massimo la dea degli hot dog!»
«Posso continuare, ora?»
«Mi scusi ma fa troppo ridere...»
«Va bene, intanto io vado avanti. Le stavo dicendo, Crono prese così il posto del padre, ma anche lui cominciò a

eliminare a uno a uno tutti i suoi figli, inghiottendoli. E così a sua volta anche lui verrà ucciso, dal suo figlio più giovane. E lo sa come si chiamava questo figlio?»

«Zeus?»

«Allora è stato attento! Esatto, Zeus! Ma riesce a riconoscere uno schema, dietro a queste due storie?»

«Un sacco di gente morta?»

«Fuochino. Chi è che fa una brutta fine in tutte e due le storie?»

«Boh, all'inizio i figli, ma poi sono i padri. Soprattutto coso, quello dell'hot dog!»

«Urano.»

«Sì, lui. Quello sì che fa una brutta fine!»

«Proprio così. E lei lo sa perché in tutti questi miti si ripete sempre questo stesso schema?»

«No, non ne ho idea.»

«Gli antichi greci usavano queste storie inventate per dire delle grandi verità. Sono sì storie, ma è anche storia vera, allo stesso tempo.»

«La roba, quella che ha detto prima... la qualcosa-semia!»

«Enantiosemia, sì. Ci ha mai fatto caso che si chiamano anche miti della creazione del mondo? Non coglie una certa contraddizione, in tutto questo?»

«Sì, mi pare di sì.»

«E dove sta la contraddizione?»

«Credo... ma sicuramente mi sbaglio eh?»

«Lo dica, lo dica pure.»

«Forse è un po' strano pensare che sono miti della creazione, e parlano di cosi tagliati, di cannibalismo, di distruzione. Ma sicuramente è una cazza...»

«No, invece è giustissimo. Gli antichi greci usavano queste storie per ricordarsi che la distruzione è parte del processo creativo. Per creare qualcosa di nuovo, bisogna prima distruggere qualcosa di vecchio. Per spostare un limite, bisogna prima abbatterlo.»

«Ma quindi... venendo al sodo...»

«Venendo al sodo...?»

«Lei cosa faceva? Prima mi ha detto che anche lei… sì, insomma, che cercava emozioni forti, da giovane.»

«Se glielo dicessi non mi crederebbe.»

«Ci provi.»

«Una notte ho rubato una macchina.»

«Ha ragione. Non ci credo.»

«E invece...»

«Mi sta prendendo per il culo. Cioè, volevo dire, per il sedere!»

«Neanche un po'.»

«Lei. Il prof di filosofia. Il tipo saggio.»

«La saggezza si conquista sbagliando, mica facendo sempre la cosa giusta!»

«E… cioè… scusi ma adesso sono curioso! Dove? Come? Di chi era la macchina? E quanti anni aveva?»

«È successo una notte, non avevo neanche diciotto anni. La macchina era di un amico di mio padre. Lei ha mai sentito la canzone che dice "*guidare come un pazzo a fari spenti nella notte per vedere se poi è tanto difficile morire*"?»

«No, non credo.»

«Comunque, è quello che cercai di fare. Eravamo a cena a casa di amici, mio padre mi aveva rimproverato davanti a tutti, diceva che non avrei combinato niente di buono nella vita… Avrei usato la sua, di macchina, ma lui ne era così geloso da nascondere sempre le chiavi! Così rubai quelle di riserva della macchina di questo suo amico da cui eravamo a cena. Più tardi, una volta a casa, aspettai che tutti dormissero e uscii, a piedi. Tornai a casa dell'amico di famiglia, aprii la macchina, entrai, l'accesi. E poi partii, senza avere la patente e senza nemmeno sapere bene come si guidava.»

«Questa non me la sarei mai aspettata da lei.»

«Fu una volta sola, ma mi bastò.»

«Perché, cosa successe?»

«Semplice: rischiai di morire. Presi l'autostrada e spinsi troppo sull'acceleratore. C'era un punto in cui la strada curvava leggermente, ma io non sapevo guidare e così col piede schiacciai il freno troppo forte, l'auto si mise a girare su sé stessa non ricordo quante volte. Non so quale mano divina mi abbia fatto uscire senza un graffio.»

«E la macchina? E suo padre? E il suo amico? Che cosa dissero?»

«Nessuno seppe mai niente di quella mia fuga notturna. Tornai subito a casa e rimisi la macchina al suo posto.»

«Wow!»

«C'è ben poco da fare *wow*! È stata una cosa stupida e ho dovuto rischiare di lasciarci la vita per rendermene conto.»

«Sì, infatti, non è un po'...»

«Un po'...»

«Che ne so, non è diseducativo raccontarlo così, a un ragazzo come me? Ai suoi studenti l'ha mai raccontato?!»

«Gli errori vanno mostrati, non nascosti. Soprattutto per evitare che vengano commessi ancora.»

«Cazz... ehm, cavolo, prof... questa da lei proprio non me l'aspettavo!»

«Vede, Teo, per me è stato questo, ma c'è chi si lascia andare alle sostanze, chi all'alcol, chi alle scommesse chi a chissà cos'altro. Non c'è poi molta differenza: è sempre un modo per oltrepassare quel famoso limite. E in ogni caso, ognuno è diverso: c'è chi si chiude in sé stesso, chi sbarra porte e finestre, a volte la *Cosa* ci fa agire in modo distruttivo verso l'esterno, a volte ci esplode solo *dentro*: in modo che nulla si veda da fuori, che tutto sembri tranquillo, quando in realtà, oltre la facciata, c'è un rumore fortissimo, un vero terremoto. Anzi, spesso sono proprio le persone apparentemente più tranquille e silenziose quelle dentro cui il rumore si sente più forte.»

«Sì, un rumore. Giusto. È proprio come un rumore.»

«Ecco, perché una cosa deve essere chiara: un conto è il coraggio, un conto la sconsideratezza. Io agivo così perché ancora non sapevo di avere anch'io la mia *Cosa*. Lei, Teo, non se ne rende conto, ma ha fatto qualcosa di molto importante: ha dato un nome a ciò che abita dentro di lei. Dentro tutti noi, in realtà, perché tutti abbiamo questa *Cosa*, questo demone che ci parla e che ci guida. Sentiamo quel rumore in una musica che ci ispira, in momenti in cui ci sembra di cogliere qualche segreto nascosto tra le foglie degli alberi, nel colore di un'alba, in un profumo, in uno sguardo. Schopenhauer diceva che fra noi e la realtà c'è come un velo, lui lo chiama "velo di Maya"; ed è come se non riuscissimo mai a vederla davvero, a *vederci* davvero. Così, quando siamo giovani, il nostro demone ci fa fare cose stupide nel tentativo di abbattere quel limite, di squarciare quel velo, solo perché non sappiamo che ci sono tantissimi altri modi per farlo, solo perché non abbiamo il coraggio di ascoltarlo davvero, di dargli voce. E il problema è proprio che la maggior parte di noi non gli dà ascolto, non cerca di capire cosa ci vuole dire, dove ci vuole portare, non ci prova nemmeno a realizzarlo, a mostrare al mondo il fuoco che ha dentro; e poi, quando siamo più grandi, non facciamo che ricacciarlo nel buio, rimuoverlo, dimenticarcene, far finta che non sia mai esistito per la troppa paura di fare i conti con questo animale incontrollabile dentro di noi.»

«Cacchio, l'ha descritta alla perfezione, lo sa?»

«Lei dice che la sua *Cosa* è cattiva, quando la porta a farsi così del male, ma in realtà non è cattiva, solo in cattività.»

«E quindi io… che dovrei fare?»

«Non cerchi di liberarsi di questa *Cosa*, perché non potrà mai.»

«Ah no?»

«No. Non potrà liberarsi di lei, ma potrà *liberarla.* Accettarla, cercare di conoscerla: usare la sua forza straordinaria per creare qualcosa di bello e non per rompere vetri e finestre. È come con la penna che le ho dato poco fa: dentro di essa c'è un'infinità di versi da scrivere. Cominci a farlo, prima che può, scriva tutte le parole che si porta dentro, dia una forma al suo demone, che sia con la scrittura che sia con qualsiasi altra cosa, ma lo faccia, si sbrighi, prima che l'inchiostro esploda!»

«Anche perché non vorrei avere a che fare con altre bariste tatuate che mi mettono paura solo a guardarmi!»

«Esatto.»

«Ma quindi mi sta dicendo che in realtà questa *Cosa* mi vuole parlare? Che mi vuole portare da qualche parte?»

«Sì, questo è fuori da ogni dubbio!»

«E dove?»

«Purtroppo, ora devo andare. E anche lei, temo. Se vuole possiamo continuare domani»

«Anch'io? Cioè?»

«Credo ci sia qualcuno qui, per lei.»

«Eh? Dove? Chi?»

«Laggiù, quel signore sulla sedia a rotelle. E non mi sembra molto contento, se glielo posso dire!»

Che cosa gli sia preso lo sa solo lui.

«Non voglio più che parli con quel professore!» gli ha detto, appena lo ha raggiunto al parco. Teo ha provato a chiedere una spiegazione, ma la risposta più esaustiva che sia arrivata è stata: «Perché no».

Il famoso *perché no.* Erano anni che non tornava fuori. Quando Teo era bambino era una risposta molto frequente: era come i cartelli che vietavano di giocare a pallone nei parchi, che ti facevano sempre chiedere "ma allora che cavolo li fate a fare i parchi?". Ai tempi era solo un bambino, e quindi veniva accettato perché di suo padre e di sua madre si fidava e se loro dicevano *perché no,* be', un motivo c'era sicuro.

Ma adesso?

Adesso è successo qualcosa, che non si sa cosa sia, e il sospetto è che dietro quel *no* non ci sia nessun motivo valido. O, forse, un motivo che è valido per suo papà, ma per lui no: come quando gli dice di coprirsi che fa freddo perché il freddo lo sente lui. E poi, mentre la macchina va e Teo sta con la testa appoggiata al vetro e le cuffie nelle orecchie, gli viene in mente che anche *perché no* è una di quelle parole là, quelle che diceva il professore – come si chiamavano? – le *erasmosemie,* o qualcosa del genere. *Perché no* vuol dire sia che una cosa non si fa *perché no,* ma anche che una cosa bisogna provare a farla: *perché no?*

In fondo, gli ha fatto così bene parlare con lui in questi giorni, e vorrebbe farlo ancora e ancora. Perché no?

Teo si sente un po' come il giovane Arnie in *Christine* –

La macchina infernale di Stephen King, almeno prima che si scopra che la macchina ha qualcosa di demoniaco. Lì il ragazzo era un tipo timido e imbranato che, una volta entrato in possesso di una vecchia Plymouth Fury del 1958 trovata per strada e comprata per quattro soldi, diventa sempre più sicuro di sé e popolare a scuola. Parlare con il professore gli sta facendo più o meno quell'effetto: e, soprattutto, gli ha permesso di buttare fuori per la prima volta il suo grande segreto, la *Cosa.* Non riesce a capire perché Peach ne sia un po' gelosa e perché suo padre gli sia apertamente ostile: in fondo, al contrario della macchina posseduta dal demonio del libro, il professore gli ha anche fatto fare una buona azione, no? Con calma, senza alzare la voce o minacciarlo, è riuscito a farlo confessare alla barista. Non basta questo a capire che il vecchio ha un influsso positivo su di lui?

Già, solo che questo a suo padre non lo può dire: lui non sa che Teo l'ha fatto ancora, che ha rotto una vetrata senza nessun motivo e, se lo venisse a sapere, lo spedirebbe in Islanda come un pacco di Amazon.

Eppure, si sente così bene dopo essersi confessato con la barista. E non ci sarebbe riuscito senza la spinta del professore e i suoi colpi di bastone sotto il tavolino.

E le sue storie, quelle specie di lezioni a cielo aperto che gli fa ogni tanto? Più le ascolta più gli viene voglia di ascoltarle, perché sembra quasi che funzioni al contrario: sono quelle storie che ascoltano Teo. Parlano di lui meglio di quanto lui sappia fare, descrivono quello che prova come se lo conoscessero.

Gli ha fatto venire voglia di scrivere, anche. Mentre chiacchierava con lui, proprio contemporaneamente, Teo desiderava essere alla scrivania con un taccuino o un quaderno o una qualsiasi superficie di carta e scrivere, anche senza sapere bene che cosa. Forse proprio del rumore del vetro quando si era rotto, quella notte, oppure di quello dei passi sulla strada quando stava scappando, quel leggero scricchiolio di sassolini, oppure di quello del respiro sempre più affannato; magari delle labbra di Sofia quando pronunciano le P e le B, che gli ipnotizzano gli occhi e gli fanno tremare le mani; o magari del modo buffo in cui ride Peach e di come sia impossibile non ridere anche lui quando la sente ridere; o dell'odore di carta dei libri della biblioteca, di come sia diverso dall'odore dei libri della libreria, infinitamente più buono, infinitamente più forte, o del profumo di fiori che ha la giacca del professore. Scrivere di tutte queste cose perché gli piace la sensazione che in qualche modo esistano davvero solo nel momento in cui lui le appoggia sulla carta: prima c'erano, ma erano solo *cose*, appunto, sensazioni, attimi; nel momento in cui diventano parole è come se l'inchiostro avesse il potere di dar loro vita, farle essere, strapparle al silenzio. Metterle nero su bianco, sulla carta, per toglierle dal buio e fare in modo che, finalmente, vengano alla luce. Siano.

E gli viene in mente, mentre è seduto di fianco a suo padre e sta tornando a casa, che questo sì che può dirglielo. In questo non c'è niente di male, non ferisce nessuno, non rompe vetri, non causa guai né sospensioni, e anzi per la prima volta da quando era piccolo sente di avere una bella notizia, qualcosa che vuole fare, che vuole imparare, che vuole studiare, e allora gli sgorga fuori spontaneo, non sa nemmeno come, perché non ha mai il coraggio di ammetterlo, nemmeno a sé stesso, figuriamoci di dirlo a suo padre. Alla fine Teo si toglie le cuffie, sorride, e glielo dice: «Io voglio scrivere, sai?».

Suo padre continua a guidare, il volto che non tradisce alcuna emozione.

«Mi hai... sentito?» chiede Teo.

«Scrivere», ripete suo padre. Senza far sentire alcun punto interrogativo.

«Sì. Scrivere. Perché?»

«In che senso», fa lui, di nuovo senza il punto di domanda.

«Nel senso che voglio fare questo, nella vita, tipo. Da grande, insomma, o quello che è.»

Da dove lo sta tirando fuori tutto questo coraggio, Teo? Da dove gli viene la forza di dichiarare così tranquillamente a suo padre una cosa che fino a poco tempo fa aveva paura perfino di ammettere a sé stesso?

Non ne ha idea, però gli piace. Lo fa sentire proprio come Arnie dopo che trova la Plymouth Fury del 1958.

«Certo, come no», risponde il padre, laconico. E a Teo viene naturale ribattere: «Perché no?».

Suo padre aggiusta con la mano lo specchietto retrovisore, come se si guardasse un attimo negli occhi, e poi fa: «Chi è che ti ha messo in testa queste stronzate, quel professore?».

Il suono di queste parole è lo stesso di una frustata nel buio. E gli fa passare improvvisamente ogni voglia di parlare ancora. Nessuno gli ha messo in testa niente, quella roba era già lì, e da chissà quanto tempo anche. Al massimo, il professore gli ha fatto venir voglia di buttarla fuori, dirla, e nel momento stesso in cui l'ha detta – e non gliene importa proprio niente se suo papà non è d'accordo – è diventata vera per la prima volta.

Il problema è che ora suo padre coglie in questo suo silenzio una risposta affermativa, e se ne esce con una frase molto strana: «Ma tu lo sai o no che cosa ha fatto quel professore a una ragazza, un po' di tempo fa?!».

«No, cosa?» chiede Teo. Però poi sono già nel vialetto di casa e tutto tace. Rumore di freni premuti con forza. Il motore si spegne.

Escono. Teo aiuta suo papà a uscire dalla macchina e poi recupera due borse della spesa dal bagagliaio.

«Entra in casa», gli dice lui, e la sua voce lo fa suonare come un "dobbiamo parlare".

Ma che ha detto di male? Per la prima volta si è confidato con lui, gli ha rivelato un segreto prezioso, e adesso fa così? Ma perché?

Entrano, Teo appoggia la spesa sul tavolo e alle sue spalle gli arriva la voce del padre: «Sono usciti i quadri».

«Ma non dovevano uscire doma…» replica Teo, ma il padre non lo fa finire perché, prima di sparire nel suo studio, dice: «Sei stato bocciato».

«Ehi, Teo.»
«Ehi, mamma.»
«Tuo padre mi ha detto. Come stai?»
«Sto.»
«Mi dispiace tanto, Teo. Davvero. Vuoi che torni lì?»
«Ma no. Lo sapevo già, in fondo. E poi c'è il piccoletto che sta male.»
«Se non ci fosse questa cosa dei lavori socialmente utili, ti direi di venire subito qui.»
«Ecco, appunto.»
«Appunto… cosa?»
«Come ti è venuta questa idea?»
«Quale idea?»
«Lo sai quale. Io. Lì in Islanda.»
«Perché qui è un altro mondo, Teo, molto più tranquillo. E poi saresti molto più seguito, a scuola. Non lo sai che c'è uno psicologo in ogni scuola?»
«Anche nella mia vengono gli psicologi!»
«E certo, una volta al mese se va bene!»
«Mamma, no, per favore, qui c'è tutta la mia vita!»
«Ma prova, no? Un anno e poi se ti trovi male torni!»
«Ma un anno è un'eternità!»
«Credimi, non c'è altra soluzione. Tuo padre non ce la può fare da solo.»
«Ma lui non ti ha detto nient'altro?»
«In che senso?»
«Ti ha solo parlato della mia bocciatura e di questo discorso qui?»

«Sì, perché?»
«Niente niente proprio?»
«No, non mi pare. Ma perché?»
«No, così.»
«Teo, c'è qualcosa che mi nascondi?»
«...»
«Teo? Cosa c'è che non mi stai dicendo?»

«Bella la luna stasera, vero?»

Teo e Peach sono seduti sul terrazzo fuori dalla camera di Peach, uno di fianco all'altra, mano nella mano su due sedie a sdraio come quelle da spiaggia. Lei beve Coca Zero, lui latte freddo, anche se non l'ha ancora toccato.

«Già», commenta Teo. Il suo tono di voce è quello di un gatto bagnato lasciato fuori dalla porta. Peach allora cerca di tirarlo su mostrandogli un video di bambini doppiati da adulti che parlano in dialetto.

«Guarda qua!» gli dice. Il video fa oggettivamente ridere, ma il massimo che riesce a strappargli è un sorriso tirato.

«Ma la tua è tristezza o malinconia?» gli chiede allora.

«Eh?»

«L'altro giorno ho visto un video dove un tizio spiegava la differenza fra tristezza e malinconia.»

«Perché, non sono la stessa cosa?»

Lei si mette a cercare il video, ma non lo trova.

«No, lui diceva che la tristezza è sempre per qualcosa. Che ha sempre un motivo, insomma.»

«E l'altra?»

«La malinconia, invece, non è mai per qualcosa. Arriva e ti prende. E spesso finisce che ti piace sguazzarci dentro per un po': come quando ascolti una canzone triste e non la cambi anzi te la ascolti anche tremila volte, sempre la stessa, perché ti piace essere triste.»

«Come faccio io con *Pastello bianco.*»

«Ecco. Tipo. Quindi, tornando a noi: la tua è più tristezza o malinconia?»

Teo chiude gli occhi, come per concentrarsi e capirlo.
«Tristezza, mi sa.»
Lei si mette sulla sdraio di lui, gli guarda il volto, con l'indice ancora leggermente sporco per il lavoro in officina, gli sfiora lo zigomo, come a simulare una lacrima: «Già, mi sa anche a me», e poi prova a distrarlo parlando d'altro: «Ci sarà la festa di fine anno, sabato».
«Yeee», risponde sarcastico lui.
«Sì lo so che è un po' una palla, ma mi servirebbe un favore.»
«Sentiamo.»
«Puoi venire con me?»
Teo ha già capito dove vuole andare a parare: da un po' di settimane Peach ha una specie di cotta per un tipo di quinta. Il suo subdolo intento è quello di fargli credere che fra lei e Teo ci sia qualcosa e quindi di farlo ingelosire.
«Scordatelo, amore!» la stoppa subito.
«Dai, non dico mica che dobbiamo limonare, eh!»
«No!» la chiude lì Teo.
Peach sospira. «Non è aria, eh?»
«Direi di no», risponde lui, prendendo in mano il bicchiere. Gioca solo a tenerlo in equilibrio senza far uscire il latte. «E anche se non stessi così, comunque non ci verrei!» conclude.
«Però, amore mio, scusa: lo sapevamo che forse sarebbe finita così, no?»
«Sì sì… lo so…»
«Cioè, era scritto. Al di là della stronzata del tema e della sospensione. Sarebbe successo comunque.»
«Lo so.»
«E allora perché ci stai così male?»
Teo muove il bicchiere troppo verso destra e un goccio di latte gli cade sulla maglietta. Alla fine, neanche risponde alla domanda di Peach, che infatti si risponde da sola.
«Ci speravi ancora, vero?» fa, guardando la luna.
«Lo so che sembra da scemi, ma anche se ero sicuro che mi bocciassero, una parte di me sperava di no», risponde lui.
Peach gli va vicino, lo abbraccia e restano così per minuti

interi. Poi si alza e va a sedersi alla tastiera: da dentro inizia a suonare delle note, e dopo un po' si capisce che sono quelle di *Pastello bianco.* E mentre Teo se ne sta lì sul terrazzino a guardare la luna, la musica di Peach e del suo gruppo preferito gli arriva sulle guance come la brezza estiva, e si sente subito un pochino meglio. La tristezza diventa piano piano malinconia e così gli vengono in mente le mani perennemente sporche di grasso di Peach, il nero che le si infila sotto le unghie, e gli sembra un'idea stupida ma pensa che sarebbe bello scrivere di lei, cioè non di lei-lei ma una storia in cui c'è un personaggio come lei, una ragazza con il nero sotto le unghie che suona da dio il pianoforte e che, come aggiusta le macchine, con la musica aggiusta anche le persone. Proprio come sta facendo adesso, con lui.

Poi la musica si interrompe, di colpo.

«Teo, sei ancora lì?»

«Sì, perché?»

«Niente, volevo solo essere sicura non ti fossi buttato di sotto!»

«Siamo al primo piano, Peach, non mi farei niente da qui!»

Peach si alza ed esce di nuovo.

Teo la guarda e le fa: «Se ti dico una cosa tu mi prometti che non glielo dirai?».

«Eh? Dire cosa? A chi?»

«A mio padre. Quello che ti sto per dire.»

«E perché dovrei dirglielo? Ma sei scemo?»

«Promettilo.»

«Okay, promesso. Ma che è successo?»

«Ho scoperto una cosa.»

«Che cosa?»

«Che lui scrive a mia mamma.»

«Ammazza, che gran scoperta! E tutto questo casino solo per...»

«Solo che lei non lo sa. Cioè lui le scrive delle e-mail, ma poi non le invia. Okay, sono solo due finora, ma sembra che sia diventata, boh, una specie di abitudine per lui. Prende, la scrive, e poi non la invia e la lascia in bozza.»

«E tu come hai fatto a scoprirlo?»

«Una sera ha lasciato il PC acceso e l'ho vista per caso. Ma poi stasera sono tornato lì.»

«E te l'ha ancora lasciato aperto?»

«No, ho iniziato a digitare un paio di password, e al terzo tentativo sono entrato e ho letto l'ultima che ha… non-mandato. E poi ho fatto delle foto alle e-mail, l'ultima stasera prima di venire qui.»

«Ah, e che password usa?»

«JohannaTeo...»

«Non ci voleva un hacker, in effetti.»

«Eh no.»

«Ed è per questo che stai così?»

Teo annuisce. E così Peach gli chiede: «Ma perché, cosa c'era scritto in quelle e-mail?».

Cara Giovy.
Sai, dopo che ti ho scritto l'altro giorno sono stato meglio. Penso mi faccia bene, anche se poi queste e-mail non te le mando. Ma il solo pensare di farlo mi mette pace, non so come spiegartelo.

Teo ha cominciato a lavorare al parco, sai?
Credo gli faccia bene, alla fine è anche un modo per capire che c'è anche un mondo fuori da scuola, no? Ho parlato con il suo responsabile, è un tizio burbero e severo, si chiama Gildo. Mi sta simpatico.
È lui che però è distante.

Sì, ecco, distante.

Quando ceniamo insieme io lo vedo lì, però mi credi che mi sembra di essere come in quei film dove ci sono quei tavoli lunghissimi e i due stanno seduti agli opposti e non possono neanche sentire quello che si dicono?

È lì ma non è lì.

Credo sia colpa mia. Quando era piccolo, eri tu che ci parlavi di più, io non ho mai costruito con lui un gran rapporto, anche perché – come sai – non sono uno di tante parole.

Che strano, però: se ti scrivo, le parole mi vengono. Mah.

Comunque, volevo dire che adesso che è diventato un ragazzo si sente tutto quel periodo là, quello in cui avrei dovuto essere più presente. Tu non ci sei e io non riesco a essere te, per lui. Mi sembra di dover praticare il lancio del peso quando quello che so fare è solo il salto in alto, hai presente?
Così ho pensato che forse devo fare solo quello che so fare: cercare di dargli delle regole. Mettergli degli argini, sai? Per evitare che vada troppo fuori.
È di questo che ho paura, da quando quella notte mi hanno chiamato dalla questura. Che perda il controllo, e che io perda il controllo di lui.

Mi vedrà come uno stronzo, ne sono sicuro. E mi odierà, eccome se mi odierà. Ma che altro posso fare?

Nessuno mi ha insegnato a fare il papà, se non mio papà, che con me avrà parlato sì e no due volte in tutta la sua vita, una il giorno in cui ci siamo sposati e l'altra quando stava per morire. Per cui lo faccio un po' come mi ha insegnato lui, e un po' stando attento a non fare i suoi stessi errori, come quando mi ha lasciato andare troppo in là col salto in alto, troppo in fretta, e infatti poi lo vedi che è successo.
Non voglio che Teo soffra quello che ho sofferto io. Per questo gli dico sempre di tenere un profilo basso, di studiare, di pensare prima a trovare un posto sicuro e poi a tutto il resto. Perché io poi mi sono ritrovato con un pugno di mosche in mano e non voglio che succeda anche a lui, se per caso gli va male come è andata a me.
Non so, forse sto sbagliando anch'io, ma è l'unica cosa che ora mi sembra giusta fare.

Vorrei ci fossi tu, qui, ora.

No tranquilla, non te lo sto dicendo per farti sentire in colpa, lo so che hai la tua vita e che l'ordine che ci siamo dati va bene così. Dico solo che sarebbe bello poterti dire queste cose

a voce, anche se mi conosco e so benissimo che se fossi qui non te le direi. Non così.
Però, ecco, mi manchi.
L'ho scritto.
Che ci voglio fare?
Mi manchi.

Buonanotte

Mario

Teo torna a casa alla luce della luna.

Mani in tasca, sono solo quattro passi da casa di Peach, ma lui allunga la strada e cammina, da solo.

Guarda verso nord, in direzione Islanda. E alza ben visibile il suo dito medio.

«Devo fare qualcosa», dice. Deve far capire a suo papà che è tutto okay, che l'emergenza è rientrata: se vanno avanti di questo passo, se continuano a viaggiare paralleli separati da questo muro che li divide, succederà.

Forse, però, se riesce in qualche modo a fargli vedere che ora sta meglio…

Sì, farà il bravo, da oggi. Si comporterà come un figlio modello. Zero guai, zero litigi. Gli darà sempre ragione anche quando non ce l'ha. Tutto, pur di evitare la tragedia di doversene andare verso quel punto a nord a cui ha appena dedicato il suo dito medio.

E se proprio l'aria si farà irrespirabile, via, si chiuderà in camera a leggere. Meglio che uscire di nascosto e mettersi nei pasticci, no?

Meno male che ci sono i libri, pensa Teo. Cosa sarebbe lui, senza?

Cammina per tornare verso casa e si stupisce che esista al mondo qualcuno che abbia saputo scrivere tutta quella roba così dannatamente perfetta. Tutte quelle storie che una volta che le inizi non ti è fisicamente possibile smettere di girare pagina e girare pagina fino a che non le finisci. Vorrebbe fargli un vocale, a Stephen King, proprio adesso, alle undici di sera ora italiana per dirgli che i suoi libri lo hanno salvato mille volte, sono stati un rifugio caldo e accogliente quando il mondo era un posto perlopiù noioso e scialbo e privo di vita. Meno male che esiste lui, realizza Teo, perché il suo mondo sarebbe infinite volte più brutto, senza. E la *Cosa* forse sarebbe esplosa ancora peggio, ancora più forte.

Mette la chiave dentro la porta di casa, immerso in questi pensieri. Di là, suo padre russa: domani Teo cercherà un modo per fare la pace. Non vuole più essere per lui un peso, una preoccupazione per quell'uomo che di preoccupazioni ne ha già a tonnellate.

"Che figlio che gli è capitato", pensa, girando la chiave dentro la toppa. E poi entra in camera sua, dove non vede l'ora di addormentarsi leggendo *Doctor Sleep* per la seconda volta di fila.

Quando accende la luce, però, vede qualcosa che gli fa mancare il respiro e gli fa salire il sangue alla testa, fino a renderlo rosso di rabbia.

O meglio, non è per qualcosa che vede: è per qualcosa che *non vede*.

Sulla libreria.

I suoi romanzi di Stephen King.

Non ci sono più.

«Tutti quanti?»

«Tutti, nessuno escluso! Anche quello che avevo messo sul comodino da leggere prima di dormire.»

Teo e il professor Bove sono sulla loro panchina, e Teo gli sta raccontando della brutta sorpresa che ha avuto tornando a casa. È prevista pioggia, per cui il professore ha un ombrello con sé.

«Ha chiesto a suo padre come mai questa decisione?» chiede a Teo.

«Ovvio. Sono andato di là a svegliarlo! E non lo faccio mai perché so che odia essere svegliato, ma ero troppo incaz...» si ferma Teo, si sta già correggendo, «volevo dire arrabbiato.»

«Ah, non si preoccupi, mio caro», lo tranquillizza il vecchio, «anzi sono dell'idea che sia sbagliato dire arrabbiato quando uno è incazzato. Non è una questione di volgarità: è una questione di precisione!»

«Okay, allora per essere precisi ero incazzato nero, anzi viola, anzi ero di tutti i colori. Ma come si è permesso?!»

«Suo padre le ha dato una spiegazione?»

«Ha detto che non devo avere distrazioni. Che devo pensare solo allo studio.»

Bove strabuzza gli occhi. Poi fa: «Credo sia la prima volta che sento di un genitore che nasconde i libri a un figlio adolescente!».

«Infatti, non l'ho bevuta neanche per sbaglio! E ho insistito fino a che non mi ha detto il vero motivo.»

«Che era?»

«Dice che secondo lui e anche secondo, boh non so chi, ma insomma mi ha parlato di un articolo che ha letto. Secondo me l'ha trovato su internet, alla pagina *cazzateassurdesenzasenso.com!*»

Il professore ride di gusto: «E cosa c'era scritto in quell'articolo?».

«Che sono quei libri che mi fanno comportare così.»

«Davvero? Ha detto così?»

«Sì. Dice che sono storie di violenza, e secondo lui in qualche modo mi hanno influenzato. Che l'articolo parlava un po' di tutto, di videogiochi, serie TV eccetera, ma anche di libri.»

«Lei video... gioca?»

«Mi sta chiedendo se sto tanto sui videogiochi?»

«Sì, credo di sì.»

«Pochissimo, e infatti se la può prendere solo coi libri. Poi, boh, sinceramente non ho capito bene: ero così arrabbiato che mi ricordo metà delle cose che mi ha detto.»

Cade la prima goccia, dritta sul cappello di Bove.

«E pensi», fa Teo, «che solo fino a due minuti prima avevo deciso di fare la pace con lui!»

Il professore si volta leggermente verso di lui. «Vedrà che è solo un momento», dice, «si ricordi che non è facile fare il genitore, specie se si è da soli.»

Teo raccoglie un sasso da terra e lo lancia lontano, con forza. Poi dice: «Sa, gli avevo anche rivelato cosa vorrei fare. Da grande, tipo».

«Ah sì? E cosa?»

Teo sta per rispondere, ma poi le gocce iniziano a cadere in quantità e, anche se a lui non dà molto fastidio la pioggia, la usa come pretesto per eludere la risposta: improvvisamente, dopo che ieri ne era così convinto, si vergogna anche solo di aver pensato di poter scrivere, di poterne fare il suo lavoro o quello che è. Ma quando mai si è sentito? Cioè, ci saranno sì quelli che lo fanno, ma quanti sono rispetto a quelli che ci provano? Uno su centomila? Uno su un milione?

Figuriamoci lui, che non ha mai preso più di sei meno in un tema in dieci anni di scuola.

«Meglio se andiamo a ripararci da qualche parte, che dice?» gli propone allora, alzandosi. Il professore apre l'ombrello e i due si incamminano verso il piccolo bar all'interno del parco, che ha dei bei gazebo esterni che danno su un laghetto artificiale.

«*Sì trapassammo per sozza mistura de l'ombre e de la pioggia, a passi lenti, toccando un poco la vita futura*», recita il professore, mentre camminano.

«Ancora Dante?»

«Sì, certo.»

«Suona bene, ma preferisco i Pinguini.»

«I Pinguini?!»

«Pinguini Tattici Nucleari. Sono un gruppo musicale. Un giorno glieli farò sentire, se le va.»

«Più che volentieri!»

Si siedono a un tavolo, e Teo spera che il professore abbia dimenticato la sua ultima domanda, ma è una speranza oltremodo vana, visto che si sta parlando di uno che si è imparato i 14.233 versi della *Divina Commedia* a memoria.

«Mi diceva, allora? Che cos'è che vorrebbe fare "da grande"?» Mentre lo chiede, il professore riesce a far sentire le virgolette.

«Come mai lo dice così?»

«Così come?»

«Da grande», ripete Teo, imitando il gesto delle virgolette con le dita.

«Perché secondo me è una grande truffa, questa cosa del "cosa vuoi fare da grande".»

«Ah sì, e perché?»

«Per un numero spropositato di motivi, mio caro Teo. Primo, perché presuppone che ci sia *solo una cosa* che possiamo fare. Che sia quella l'attività a cui siamo destinati, come se avessimo una carta sola da giocare nella grande partita della vita. Come se fossimo una sola persona, quando invece lo sanno tutti che dentro di noi vive un universo intero di personalità e di possibilità. Non trova sia un po' un impoverimento?»

Teo annuisce: «In effetti… e secondo?».

«Secondo, perché non siamo noi che vogliamo "fare qualcosa"», risponde il professore marcando di nuovo con la voce la presenza di quelle virgolette, «ma, come dicevamo ieri, ognuno di noi ha qualcosa dentro di sé che lo guida, per cui la domanda giusta non dovrebbe essere: "Che cosa vuol fare da grande?" ma: "Ha qualcosa di grande dentro di lei: che cosa le dice di fare?".»

«Io… veramente…»

«Ah ah! Non si preoccupi, non mi deve rispondere ora! Una vita non basta per trovare una risposta. Lei lo sa cosa diceva Jung?»

«In realtà non ho nemmeno la più pallida idea di chi sia questo tizio…»

«Ah ah! Era uno psicologo, allievo di Sigmund Freud.»

«Anche questo non so bene chi sia…»

«Non importa, magari un giorno gliene parlerò. Ma sa cosa diceva?»

Arriva un cameriere. Il professore ordina un bicchiere di vino rosso, Teo uno di latte freddo. E quando se ne va, Bove tocca con l'indice la fronte di Teo, come E.T. quando lo fa con il piccolo Elliot, e sussurra: «Fino a che non prenderai coscienza, l'inconscio governerà la tua vita, e tu lo chiamerai destino».

Teo alza gli occhi a guardare quell'indice, vagamente imbarazzato. Poi fa: «Bella, anche se non so se l'ho capita».

Bove ride. E poi spiega: «Vuol dire che più che decidere che cosa fare, noi tutti dovremmo prima conoscerci, ascoltare quello che abbiamo dentro. Prendercene cura».

Teo ascolta con grande attenzione, e si chiede se non abbia sbagliato a saltare le tappe, a dire quella cosa in macchina a suo padre, sullo scrivere e tutto il resto. E se non fosse davvero scrivere, quello che vuole? E se fosse solo un'idea che ha adesso, ma domani o fra un mese o fra un anno cambiasse e diventasse chissà cosa?

E il professore, come gli avesse letto il pensiero, gli dice:

«*Pssst!*» facendogli segno di avvicinarsi. Teo inclina la testa verso di lui, Bove avvicina la bocca al suo orecchio e sussurra poche parole, come volesse condividere un segreto: «Io lo so che lei vorrebbe scrivere».

«E come lo sa?»

«Lei lascia più indizi in giro di quanto crede, sa?»

Teo si sente come fosse stato "scoperto" o qualcosa del genere, e il professore se ne accorge.

«In effetti, se la cava bene quando si tratta di costruire bugie... lo sapeva che è una prerogativa dei grandi scrittori?» ride il professore, e Teo lo guarda storto. «Forse è proprio scrivere, ciò che le suggerisce la sua *Cosa*», aggiunge, ma adesso Teo non è più così sicuro che sia scrivere, quello che vuole fare. E così gli sale spontanea una domanda, proprio una di quelle che erano nella lettera, non ricorda più il numero.

«Ma io come faccio a essere sicuro che sia proprio quello? E se poi mi ci metto ma in realtà si scopre che il coso lì, il mio *dáimon*, lui voleva fare qualcos'altro, insomma, voglio dire, come faccio a capire che cosa sono?» chiede al professore, tutto d'un fiato, gesticolando vistosamente con le mani.

Mentre assiste a questa tirata, Bove sorride e tira fuori di tasca una penna. «Per caso ha un foglio, lei?» chiede a Teo, che scuote la testa alzando le spalle. E allora il professore prende un tovagliolino di quelli del bar.

E comincia a disegnare.

«Vede, mio caro, gli antichi greci...»

«Mi scusi, ma perché ha la fissa di questi antichi greci?» lo interrompe Teo.

Bove sospira: non dev'essere la prima volta che qualcuno gli fa questa stessa domanda. E infatti ha già lì una risposta bell'e pronta. «Perché duemilacinquecento anni fa hanno saputo vedere cose che noi facciamo fatica a vedere ancora oggi», spiega con un sorriso, mentre tratteggia non si capisce cosa sul rettangolino malfermo di carta ruvida. Poi prosegue: «Le dicevo, i greci avevano un solo grande comandamento».

«Solo uno?»

«Solo uno.»

«Gli andava bene a loro, altro che noi che ne abbiamo dieci!» osserva Teo, bevendo il suo latte.

«Prenditi cura di te.»

«Eh?»

«Il comandamento. Era: "Prenditi cura di te".»

«Tutto qua.»

«Sì.»

«Prenditi cura di te. Punto. Fine!»

«Lei la fa facile, mio caro Teo. È difficilissimo prendersi cura di sé stessi. È anzi l'arte più difficile che ci sia.»

«Davvero?»

«Davvero, sì. Ma i greci appunto ci hanno detto come fare. Ce l'hanno spiegato per filo e per segno.»

«E come si fa?»

«Con due gesti, che in realtà sono parte dello stesso unico gesto: il primo era il famosissimo *Conosci te stesso*, che troviamo in moltissime iscrizioni, fra cui il frontone del tempio di Apollo a Delfi. Ma l'altro, di cui non si parla quasi mai, era: *Non oltrepassare il tuo limite.*»

«Di velocità?»

«Ah ah! A volte anche quello, sì!» ride il professore, e poi alza la mano dal tovagliolino, dove ora si vede un oggetto che non si capisce bene cosa sia. Sembra un sasso, o forse una nuvola, ma Teo non ne è sicuro.

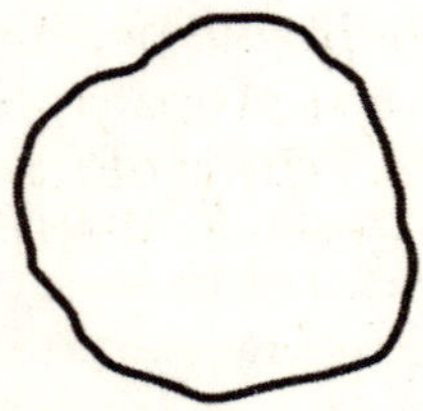

«E questo cosa sarebbe?» chiede Teo.

«Un cerchio, perché?»

Teo ruota il foglio in molti modi, cercando il verso giusto.

«Un cerchio. Questo.»

«Non si vede?»

«Mi scusi, professore: lei sarà anche bravissimo a *in*segnare, ma a *di*segnare proprio no!» dice sorridendo. E sorride anche il professore.

«Lo vede? Questo è il mio limite!»

«Ma quindi il coso lì, il comandamento, significa solo "non fare quello che non sei capace di fare"? Non è un po'… scontato?»

«No, non vuol dire soltanto questo. Perché io potrei esercitarmi ed esercitarmi, e un giorno magari imparare a disegnare perlomeno decentemente, o insomma a fare un cerchio che sembri davvero un cerchio. Non le pare?»

«Sì. Credo di sì.»

«Nessuno di noi nasce già "capace". Anzi, molti dei più grandi artisti che siano mai esistiti hanno saputo mostrare il proprio talento solo dopo tanto studio ed esercizio. Ma, se anche imparassi a disegnare, io conosco me stesso e so che disegnare sarà sempre un mio limite.»

«Sì, se lo lasci dire. Meglio evitare di perdere tempo. Senza offesa eh!»

Il professore beve un sorso di vino, mentre la pioggia continua a cadere e a fare rumore sul tendone che li protegge. Teo intanto guarda i cerchi concentrici delle gocce sul laghetto, e mentalmente una parte di lui è china su un foglio a descriverli, a cercare le parole per dire come quelle minuscole onde concentriche si propagano e interferiscono l'una con l'altra, come amici che si danno il cinque.

Poi il professore aggiunge un altro dettaglio al disegno.

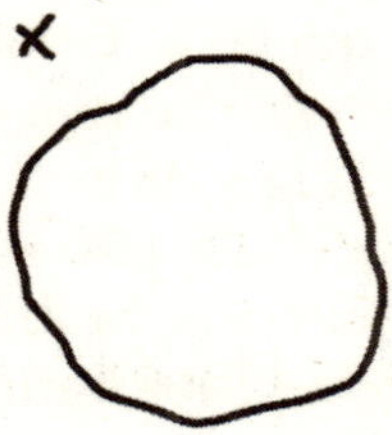

«Se sta cercando di fare una faccia spaventata, deve mettere un altro occhio sulla destra», commenta Teo, e il professore alza bonariamente un sopracciglio, un'espressione del viso che nel linguaggio internazionale vuol dire "sfotta, sfotta pure". Poi appoggia la penna sulla piccola *x*.

«*Katà métron.* Lo sa che cosa vuol dire?»

«No, però sembra il suono di uno che ha il catarro in gola!» fa Teo, sorridendo.

Il professore sospira e poi prosegue: «*Katà métron* vuol dire in greco "secondo misura". Per questo le ho disegnato questo cerchio e questa *x* fuori dal cerchio». Indica i due segni con la penna. «Vuol dire che ognuno di noi è come questo cerchio, è quella la sua misura, e se vuole essere felice deve vivere *katà métron*, secondo la propria misura. Se si sposta fuori, incontra la sua rovina», conclude.

Teo ora lo guarda storto, non crede di aver afferrato. E allora il professore gli chiede, indicando con la punta della penna il centro della *x*: «Lei si è mai sentito come questa *x*?».

«Cioè?»

«Si è mai sentito fuori da sé? Un pesce fuor d'acqua, per capirci... insomma che non era sé stesso?»

La domanda giusta avrebbe dovuto essere quando *non* gli è successo, perché di essere come quella *x* fuori dal cerchio gli accade tutti i giorni, a scuola; tutte le volte che deve recitare una parte, tutte le volte in cui gli sembra che il vero Teo non vada bene e allora spedisce in giro al posto suo una controfigura. Come quando era con Sofia e ha avvertito il bisogno di darsi un tono, di mostrarsi più interessante, meno banale: non era mica lui, quello lì. Oppure quando si sforza di essere un bravo figlio e vede che non ci riesce e in mille altre occasioni. Però non ce la fa a dirlo al professore, per cui l'unica risposta che gli esce è: «Sì, può essere».

Con l'indice, Bove percorre la linea del cerchio che ha disegnato, e intanto dice: «Tutti hanno provato quella *x*».

«Anche lei?»

«Sì, certo, anch'io. E le dirò di più: ancora oggi mi capita di non sentirmi nel posto giusto, a volte.»

Teo avrebbe la tentazione di chiedere se è per questo che ha lasciato la scuola, ma si trattiene, più che altro per pudore. E poi anche perché il professore, forse intuendo il pericolo, cambia discorso.

«Vuole sapere una cosa che le accadrà di sicuro?»

«Qualcosa di brutto?» chiede preventivamente Teo, pensando già di dover opporre un gesto scaramantico.

«Qualcosa di necessario, diciamo.»

«Che cosa?»

«Sbaglierà. Si convincerà che proprio quella è la cosa che vuole fare, salvo scoprire che non le dà davvero gioia. Che non la fa sentire al suo posto. Anche perché, glielo dico, oggi il mondo è diventato molto bravo a venderle sogni.»

«Vendermi sogni?»

«Sì, a spacciare immagini di felicità, a farci credere che c'è qualcosa che desideriamo – per esempio la ricchezza o la fama, un paio di scarpe, una casa, una certa professione – ma poi, se per caso abbiamo l'occasione di comprare quel sogno a buon mercato, il risultato è quasi sempre che scopriamo che non è a nostra misura. Ci sta stretto, oppure largo, oppure scomodo. Insomma: non fa per noi.»

Le gocce di pioggia ora sono belle grosse e producono cerchi sempre più grandi nel laghetto; osservandoli, a Teo nasce spontaneo un collegamento e si chiede se per lui la scrittura è una *x* dentro o fuori dal cerchio, perché magari potrebbe essere come dice il professore, forse lo vuole fare perché si è fatto attrarre dall'idea di diventare come Stephen King, forse è solo il suo bisogno di essere qualcosa e non il niente che si è sentito finora, e così Teo appoggia l'indice al centro del cerchio disegnato dal professore, si fa coraggio, e gli chiede: «E... tipo...».

Solo che Bove lo interrompe: «Ma perché voi giovani dite così spesso *tipo*?».

«No, dico... in pratica, no? Se una cosa oggi mi sembra che sia fuori dal cerchio, cioè io la faccio e mi viene malissimo, facciamo un esempio a caso: la scrittura.»

«A caso, certo.»

«Ecco. Se scrivere magari non mi viene tanto bene, e tanti mi dicono di lasciar perdere, e fra questi tanti ci sono anche persone che se ne intendono, tipo i professori o che ne so...»

«Tipo.»

«Sì, quello che voglio dire è...» fa Teo, ma poi si interrompe, e finisce la domanda così: «Non so bene cosa voglio dire. Ma spero lei mi abbia capito».

Il professore stava bevendo un sorso di vino e quasi lo sputa, perché il modo in cui Teo gli ha rivolto la domanda lo ha fatto insieme ridere e intenerire. Tossisce un po', si pulisce con il fazzoletto e alla fine risponde: «Certo che l'ho capita, mio caro. E si metta il cuore in santissima pace: c'è sicuramente qualcosa che in questo momento a lei riesce male come a me viene male disegnare, e forse quella cosa è proprio scrivere, per cui crede di non esserne capace, o che non faccia parte di lei. Eppure, magari è dentro il suo cerchio! Solo che ancora non le è chiaro, non la vede bene, deve scoprirla, perché lei ha solo sedici anni e va benissimo che non abbia ancora idea di cosa è lei e cosa non è lei! Oppure ha bisogno di tanto esercizio, allenamento, pratica».

Teo allora appoggia il dito dentro il cerchio sghembo del professore, e poi percorre la linea, come ricalcandola col polpastrello.

«Ma io, no?»

«Lei?»

«Cioè, in pratica, senza tanti discorsi: come faccio a capire che cosa è dentro il cerchio e che cosa no?»

«Ah, mio caro, c'è solo un modo per scoprirlo. Ed è quello che le ho detto prima», risponde, capovolgendo il tovagliolo: ora comincia a disegnare tantissime *x*, una dopo l'altra, fino a comporre un altro cerchio, ma senza tracciarne la circonferenza.

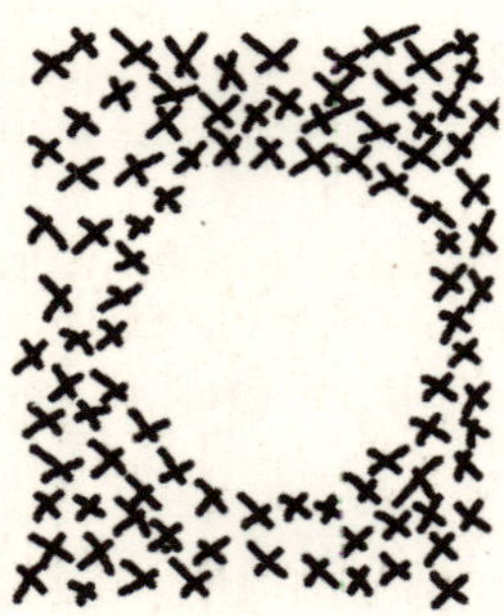

«Sbagliando!» esclama con forza.

«Eh?»

«Sì. Sbagliare è l'unico modo per capire chi si è. Lei ha sedici anni, non ha la minima idea di dove sia il suo cerchio, di dove siano i suoi confini, di cosa sia secondo la sua misura e cosa invece no. O mi sbaglio?»

«No, non si sbaglia per niente.»

«Ecco. Allora, l'unico modo per tratteggiare i suoi confini, per capire cos'è lei, mio caro Teo, è provare, fare, cadere, fallire, uscire con le persone, parlarci, viaggiare, vedere posti, collezionare quante più esperienze possibili, e anche delusioni, sconfitte, amori che finiscono, botte sui denti, noia – tanta noia. Deve imparare a stare nella noia e a viverla fino in fondo, dentro tutte le emozioni, quelle belle e quelle brutte, sperimentare tutti i colori, quelli caldi e quelli freddi, raccogliere come uno scienziato quanti più esperimenti di vita possibili, e in ognuno di questi registrare ogni singolo momento in cui non si è sentito lei, in cui ha capito di essere fuori posto. Mettere una *x* sul foglio bianco, piano piano, senza fretta, giorno dopo giorno, con la pazienza di uno scienziato, appunto, e prima o poi tutte quelle *x* faranno come in questo tovagliolino, le daranno un'idea, magari vaga, anzi sicuramente molto vaga ma: *un'idea*, una leggerissima linea a matita di che cosa è Teo e di che cosa non è Teo, di che cosa è secondo la sua misura e che cosa no. Di che cosa, insomma, la fa sentire un pesce dentro l'acqua.»

Il professore finisce di parlare e aggiunge un ultimo tratto al suo disegno.

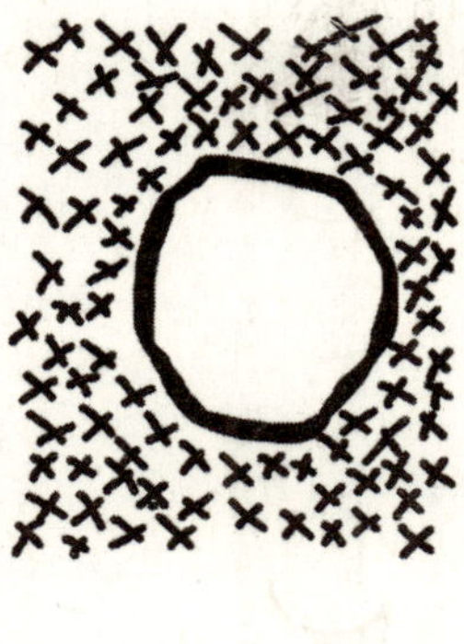

Teo sfiora il tovagliolo e osserva il cerchio al centro. Ha anche smesso di piovere e, improvvisamente, sono spuntati lunghi lembi di azzurro fra le nuvole.

«Mi scusi però, professore», dice prendendogli la penna di mano e ripassando i contorni sbilenchi di quella circonferenza, «quanto tempo ci vuole per riuscire a fare questo disegno? Anche a matita, eh, ma dico: quanto ci vuole per riuscire a capire chi sono?»

Il professore accenna una risata, poi si riprende la penna e, mentre scrive qualcosa sul tovagliolo, commenta: «Credo che lei sappia già la risposta a questa domanda».

Poi appoggia la penna e ruota il tovagliolo in direzione di Teo. Che prima legge, e poi sorride.

Ciao Lollo,

Rieccomi qui.
Scrivo a te al posto di fare quel che dovrei fare cioè studiare inglese.
Bzzz, bzzz.
Non so perché ti sto scrivendo: ho iniziato scarabocchiando su un foglio a caso e poi ci ho preso gusto e mi piace un sacco quando le parole prendono forma sotto la mia mano e poi come per magia anche i miei pensieri prendono forma e si sgarbugliano che prima erano tipo i fili degli auricolari quando li tieni tanto in tasca e poi li tiri fuori e sono un casino inestricabile (giuro non so se esiste davvero la parola sgarbugliano ma mi piace)(è bello che certe parole già dal suono capisci cosa vogliono dire vero?)(senti per esempio: cartone: non ti fa sentire subito il rumore della carta grossa quando la strappi?).
Bzzz, bzzz.
Mio papà ha deciso che al pomeriggio devo stare qui chiuso due ore sui libri perché a settembre dice che andrò a scuola in Islanda e devo essere pronto ma io pronto non lo sarei nemmeno se fosse inglese livello A1.
Bzzz, bzzz.
Questo rumore che senti ogni tanto, bzzz, bzzz, *è la vibrazione del mio telefono; non lo posso usare finché sono qui e questo vuol dire che potrebbero essere messaggi che provengono dalla Grecia e da Sofia che fra pochi giorni tornerà a casa.*
Cioè: Sofia tornerà a casa: non la Grecia. Bzzz, bzzz.
Se almeno spegnesse la vibrazione, così non sarei costretto a sentirlo senza poter andare a vedere chi mi scrive dai che tortura è!

Bzzz, bzzz.
Tu ti chiederai perché ti scrivo e in realtà se devo essere sincero me lo chiedo pure io vedi il fatto è che oggi qualcuno mi ha fatto venire un dubbio e da quel momento non faccio che pensarci e così ho pensato: ehi: se lo scrivo a Lollo forse mi schiarisco le idee!
Tutto parte da una domanda semplice semplice.
Vado? Vado.
E se fosse che magari come ha detto il professore mi sono innamorato dell'idea di scrivere ma in realtà scrivere non è il mio destino?
(dai vorrà pur dire qualcosa se i miei voti in italiano fanno pena!)
(Stephen King aveva B in scrittura creativa e tu dirai ecco vedi perfino lui non aveva il massimo ma qui il problema non è che io non ho il massimo ma che a volte neanche il minimo!)
(comunque io vorrei proprio conoscere quel professore che aveva messo B in scrittura creativa a Stephen King parlarci insomma capire che problemi ha)
(anche se probabilmente sarà già morto ora)
(forse di vergogna in effetti)

Comunque.

Sai Lollo prima mi è cascato l'occhio su un vecchio libro degli animali e mi sono messo a sfogliarlo e poi mi ci sono proprio immerso dentro per mezz'ora e mi sono ricordato che da piccolo me lo ero imparato praticamente a memoria e così mi son chiesto se magari non è quello che in realtà devo fare.
Mi spiego Lollo se in realtà il mio destino è diventare un biologo un veterinario o uno di quelli che fanno documentari sugli animali i cosi lì i documentatori o documentaristi o come si chiamano?
Bzzz, bzzz.
Il professore la fa facile lui con le sue x *dentro e fuori dal cerchio ma io non so capire se una cosa è una* x *dentro o fuori dal cerchio lui dice che ci vuole una vita intera per capirlo ma vorrei*

tipo come nei romanzi gialli poter saltare le pagine e andare subito alla pagine dove c'è scritto l'assassino.
Sì, lo so che è stupido è come farsi spoiler da soli però invidio tantissimo tutte quelle persone che anche alla mia età sapevano già che cosa volevano fare non dico che voglio che sia tutto facile non dico che voglio subito arrivare in alto sono disposto anche a fare tanti sacrifici lo giuro Lollo però vorrei almeno sapere se sto facendo la cosa giusta insomma dai pensa che schifo magari buttare via dieci anni dietro un sogno e poi scoprire che era il sogno sbagliato.
Bzzz, bzzz.
Sai come mi sento Lollo?
Come un compito che non hai finito e lo devi lo stesso consegnare.
Come un ragno che per sbaglio si è intrappolato con la sua stessa tela.
Come una bella canzone che va ma a volume zero e non c'è da nessuna parte il tasto volume.
Come un libro pieno di errori di stampa.
Mi sento come un treno fermo che sembra che si muove solo perché a muoversi sono i treni vicino a me.
Come un quadro astratto buttato lì in un museo con soli ritratti.
Ecco, sì, così: un quadro astratto e ovunque mi giro vedo solo ritratti.
Mi hanno sempre detto che ho la testa fra le nuvole ma mi sa che io le nuvole ce le ho nella testa.
Glielo vorrei proprio dire al professore che mi sento così.
Bzzz, bzzz.

Rieccomi.
Sono scadute le due ore.
Mio papà ha aperto la porta e ha buttato il telefono sul letto e poi l'ha richiusa senza dire niente.
Dieci messaggi: nessuno di Sofia.
Grazie Lollo dopo che parlo con te sto sempre un po' meglio però vorrei parlare col professore adesso anche telefonargli tipo.
Sì, ma come posso fare senza il suo numero?

«Mi spiega come ha fatto ad avere il mio numero di casa?»

«Non è così difficile, eh!»

«E perché sta parlando così a bassa voce?»

«No è che... niente, così!»

Teo parla da sotto il cuscino: non vuole che suo papà senta qualcosa, dall'altra stanza. Già è contrario al fatto che lui incontri il professore al parco, figuriamoci per telefono. Però il bisogno di parlarci era troppo, così Teo ha smanettato un po' su internet fino a trovare il numero.

«Capisce, professore? Io mi diverto anche, quando scrivo, ma poi quando mi rileggo... sinceramente mi viene da piangere!»

Dall'altro lato del telefono si sente un rumore di sedia che si sposta, probabilmente è Bove che si sta mettendo comodo. E poi la sua voce se ne esce con una domanda un po' strana: «Lei con che occhi si rilegge?».

Teo non sa che cosa rispondere: «Ehm... con i miei?».

«Intendo dire: si rilegge pensando alle altre persone e a quello che diranno, o con i suoi propri occhi, liberi dal giudizio altrui?»

«Questa è tosta. Non saprei, un po' tutte e due?»

«Che sia scrivere o coltivare fiori o cucinare, è molto importante che lei prima di tutto ami quello che fa, *mentre lo fa*, che ci si diverta come un bambino si diverte col suo gioco preferito.»

«Il mio gioco preferito da bambino erano le costruzioni!»

«Ecco, se scrivere le dà la stessa gioia che le davano le costruzioni da bambino, lo faccia e basta, al di là di come verrà alla fine e di che cosa dirà la gente!»

Che strano sentire la voce del professore attraverso il telefono. Gli arriva leggermente metallica, distante, e sembra quasi provenga da un giradischi vecchio.

«Teo, è ancora lì?» lo richiama Bove.

«Il fatto è che io cambio idea ogni cinque minuti. Okay, magari non proprio cinque, però insomma… capisce?»

Dall'altro lato del telefono si sente un rumore strano, come di qualcuno che sposta mobili. E poi passi, ma passi che producono un cigolio che pare quasi…

«Professore, che sta facendo? Sta salendo su una scala?»

«Sto recuperando un volume, qui in alto nella mia libreria. Ah, eccolo!» E poi di nuovo il rumore di passi che evidentemente stanno scendendo dalla scala. E infine la voce del professore.

«Trentasette trilioni!»

«Trentasette… trilioni?!»

«Sì, è il numero medio di cellule di un corpo umano. Tradotto in cifre, fanno trentasette miliardi di miliardi!»

«Mmh, interessante, ma…» Teo vorrebbe chiedere cosa c'entra con la domanda che gli ha fatto, e il professore lo capisce da solo.

«È la risposta a quella domanda! Se il suo corpo è composto da trentasette miliardi di miliardi di organismi, ciascuno con una vita a sé stante, come può anche solo pensare che esista un solo io?»

Teo apre la bocca: in questo momento si sta immaginando le cellule del suo corpo azzuffarsi, prendere vita come in quel cartone che sua mamma gli faceva vedere da piccolo, *Siamo fatti così,* e automatica nella testa gli parte la sigla cantata da Cristina D'Avena.

«Si metta il cuore in pace, mio caro Teo. Lei non è uno: è una moltitudine!»

«Ma quindi anche lei, professore!»

«Sì, tutti siamo una moltitudine. Ogni persona che incontriamo è una molteplicità di io tutti diversi, di desideri, sogni, paure, limiti. Noi non siamo solo uno, c'è un'intera folla che ci abita!»

Questo non lo fa sentire meglio. Anzi, ora che ci pensa, quasi mai quello che dice il professore lo rincuora subito: di solito ci mette un po', perché all'inizio le sue parole arrivano come una botta. Oppure lo deludono, perché sperava di trovare risposte e invece gli si stendono davanti ancora nuove domande, come quando i suoi amici per il compleanno gli avevano fatto lo scherzo di mettere un pacco dentro un pacco dentro un pacco, all'infinito. E così glielo dice, chiaro e tondo: «Lei però così non mi sta aiutando tanto!».

«No, dice?»

«Eh no! Io le ho chiesto come faccio a capire chi sono io, e lei mi ha appena detto che praticamente non lo capirò mai!»

«Ma è questa la buona notizia, non lo capisce?»

No, Teo non lo capisce. E infatti tace, sperando che Bove recepisca il messaggio implicito in questo silenzio. E così Bove riprende.

«Sa cosa disse Oscar Wilde, un giorno?»

«Chi?»

«Oscar Wilde. Semplicemente uno degli uomini migliori mai apparsi su questa terra.»

«Ah, okay. E che disse?»

«Disse che se lei sa esattamente che cosa vuole essere nella vita – un giudice, un fruttivendolo, un insegnante o uno scrittore... – be' prima o poi lo diventerà: e questa sarà la sua più grande condanna.»

«Cioè?»

«Cioè, in realtà il segreto è *non* sapere che cosa vuole diventare, il segreto è reinventare sé stessi ogni mattino, al risveglio, noi non siamo *nomi*, siamo *verbi*, siamo azioni, siamo emozioni, siamo desideri e viaggi, non siamo arrivi. Certo, sarebbe più facile sapere tutto, avere la certezza assoluta e poter esibire una patente, un distintivo: sono un giudice, sono un fruttivendolo, un insegnante, uno scrittore... Ma non è così che funziona, non ci caschi, non permetta mai al mondo di etichettarla, di farla sentire sbagliato se non ha una risposta a queste domande. Siamo verbi e non nomi, se lo ricordi, siamo possibilità, non possedimenti, siamo sguardi in cerca di un altrove, e allo stesso tempo luoghi in attesa di un ritorno. Per cui...» dice il professore, e poi fa una pausa, come per prendere il respiro, e lo deve prendere anche Teo perché ha afferrato sì e no un terzo di quello che gli è stato appena detto. Solo che la breve pausa diventa una lunga pausa, e a Teo viene il sospetto che il professore si sia addormentato con il telefono in mano.

«Per... cui?» prova a sollecitarlo.

«Per cui, mio caro Teo, non si senta in difetto se lei non ha la più pallida idea di chi è e di che cosa vuole diventare, perché è la cosa più meravigliosa che le possa capitare. Se la tenga stretta questa sensazione di incertezza, non le sfugga, non scappi dall'inquietudine che prova in questo momento, la accolga, la prenda come una vera benedizione: rimanga un verbo e non si faccia mai inchiodare a un nome. Soprattutto da sé stesso!» dice, tutto d'un fiato o quasi. E poi lo saluta: «E ora buonanotte, ci dorma sopra!».

Non appena Bove mette giù, il cellulare di Teo vibra nella sua mano. È un messaggio di sole due parole, che fanno illuminare il suo viso di un sorriso smagliante.

– Toc toc

– Ciao, Sofia, come va laggiù in Grecia?
– Benone, qua festa tutte le sere!!!
– Bello!
– Tu? Che fai?
– Studio, cioè faccio finta
– Studi?!
– Inglese
– Dai figo vai da qualche parte?
– Islanda a settembre
– Ah
– Già
– Ma quanto stai via?
– Non so mio padre vuole che mi trasferisca lì
– E tu?
– Io cosa?
– Tu ci vuoi andare?
– No ma ho paura che mi tocchi
– Vabbè
– Tu che fai?
– Oh non sai che roba assurda chi ho trovato qui tre case più in là
– Il dio Apollo?
– No, Edo! Cioè strano davvero
– Ah, bene. E che fate?
– Tanto mare qua ci si abbronza in mezza giornata
– Sarai nera quando tornerai
– Sì dovrei tornare sabato ma non so a che ora
– Bello!

– Ci sarebbe anche la festa di fine anno ma non so se riesco e poi boh tu ci vai?

– Non ci vorrei andare ma forse mi tocca perché devo accompagnare Peach mi ha tipo obbligato

– Okay allora forse ci vediamo là

– Sì okay

– Ora devo andare ciao Toc Toc

– Ciao Sofia

«Posso chiederle una cosa?»

«Non chieda a me consigli sulle donne, non sono la persona più indicata!»

«Come mai?»

«È una storia lunga», glissa il professore, «non ci basterebbe l'intera estate!»

Teo e Bove, come sempre sulla loro panchina. Oggi c'è un po' di vento, i capelli tinti di nero gli vanno sempre sugli occhi e deve un po' spostarli con la mano. Ha appena raccontato di Sofia al professore ed è un po' agitato, quasi come il vento.

«Cioè la mia domanda è», fa, «secondo lei dovrei andare a quella festa?»

«Perché me lo chiede?»

«Be', gliel'ho detto! Lei mi ha praticamente fatto capire di essere tornata con il suo ex, coso lì, Frodo, o come cavolo si chiama!»

«Ne è sicuro?»

«No, però quasi.»

«E perché ne è *quasi* sicuro?»

«Be'... perché ci avrebbe tenuto tanto a dirmi di averlo trovato lì in vacanza con lei, a tre case di distanza?! Che poi dico io: ma un po' più sfiga nella mia vita no, eh?!» sbotta, e nel dirlo prende in mano un sasso e lo scaglia lontano, cercando di colpire il palo della luce. Ovviamente lo manca.

«Come le dicevo», comincia il professore, «non sono il più grande esperto di donne al mondo, ma... potrebbe averlo detto per farla ingelosire, no?»

«Ah, boh, chi lo sa, chi ci capisce qualcosa! Però lei non lo ha visto, questo tizio!»

«Frodo?»

«Non si chiama davvero Frodo! Io lo chiamo così perché lo odio! E lo odio perché è tipo un figo pazzesco, alto, palestrato, pieno di soldi poi. E ha due occhi azzurri che di notte può anche spegnere i fanali della macchina, maledetto lui e il suo codice genetico!»

Bove se la ride rumorosamente.

«Che cavolo ride adesso, prof!»

«Ah ah! Ammetterà di essere esilarante quando si arrabbia, caro Teo!»

«Ma io ho solo detto la verità! E comunque...»

«E comunque?»

«Non mi ha ancora detto che devo fare. Ci devo andare o no, a quella stupida festa?»

«Lei perché non vuole andare?»

«Ovvio, perché non voglio vedere certe cose!»

«Certe cose... quali?»

«Posso essere esplicito con lei?»

«Deve!» lo esorta il professore. E Teo prende un bel respiro di rincorsa per dire: «Non voglio passare la serata a guardare la ragazza che mi piace limonare duro con Frodo, detto anche Mister Figo! Ecco perché!».

«*Limo... cosa!?*»

«Baciarsi, ma appassionatamente diciamo, non so come spiegarlo.»

«Ah, pomiciare!»

«Ecco, quello.»

«E che cosa le fa pensare che andrà così?» ribatte il professore, e Teo scuote la testa come quando cerca di spiegare qualcosa a zia Gu nella casa di riposo.

«Uhm... vediamo: vuole la lista? Uno, il fatto che io in confronto a lui sia uno sfigato. Poi vediamo... due, il fatto che quando ho avuto l'occasione di uscire con lei, io l'ho rifiutata con una scusa e quindi ha sicuramente pensato fossi un povero scemo!»

«E tre?»

«E il tre non c'è bisogno neanche di dirlo perché ho rovinato tutto, quello è il tre!»

«Capisco.»

Teo lancia un altro sasso, e manca ancora il lampione.

«Cioè, dai: lei l'ha vista, no?»

«Sì, certo, molto carina, quella ragazza. Anche raffinata, mi sembrava.»

«Ecco, appunto. Cosa c'entro io con una *così*?!»

«Quindi, mi sta cercando di dire, caro Teo, che lei non vuole nemmeno provarci, non vuole andare a quella festa perché pensa che quella ragazza sia troppo in alto, per lei. È corretta la mia analisi?»

Teo annuisce. Lancia un sasso. Manca ancora il bersaglio.

«La sua analisi è più che corretta, professore», risponde, imitando la voce di un adulto.

E allora Bove, come sempre, mette entrambe le mani sul suo bastone per farci forza, si alza in piedi, e poi dice una battuta che ormai Teo ha imparato a prevedere: «Andiamo. La smetta di sbagliare mira e venga con me!».

Teo e il professore sono al centro dell'area giochi, vicino allo scivolo.

"Se penso all'inferno, è un posto molto simile a questo!" si dice Teo. Ovunque, intorno a loro, bambini urlanti e sudati, dagli zero ai dieci anni, che corrono e saltano indemoniati fra scivoli, altalene e giostre varie. Seduti sulle panchine, file di genitori con facce non proprio gioiose come quelle dei figli.

«La conosce la storia di Icaro e delle ali di cera?» gli chiede.

«Ah sì, questa la conosco, eccome! Stavolta non c'è bisogno di raccontarla tutta perché la so!» risponde Teo, mimando quello che dice coi gesti, «è il tipo che voleva arrivare fino al sole ma poi le ali si sono sciolte ed è cascato giù sfracellandosi al suolo e…»

Il professore alza il suo bastone e lo porta a livello della bocca di Teo, come per metterlo a tacere.

«Ecco, mi dispiace deluderla», fa, «ma già dalla sua risposta si capisce che la storia non la conosce affatto.»

Teo aggrotta le sopracciglia e protesta: «Come no?».

Il professore, sempre col bastone, mima un eloquente no.

«No, mio caro», fa, «innanzitutto, non erano ali di cera e poi…»

«Ma se è stato lei a dire che erano…»

«…*e poi*, il povero Icaro non si sfracellò al suolo, bensì in mare, che da quel giorno prende infatti il suo nome.»

Teo alza le spalle. «Eh vabbè! Ma la sostanza non cambia, no?» contesta.

«Cambia tutto, in realtà», dice, «perché di quel mito nessuno ricorda la parte più importante: tutti parlano sempre del finale tragico, ma si dimenticano l'insegnamento più grande che contiene, e che arriva prima del fatidico volo a precipizio.»

«E sarebbe?»

Un colpo di vento fa volare via il cappello al professore, e Teo d'istinto corre a recuperarlo. Glielo rimette in mano, e il professore a voce un po' più bassa, dice: «Vede, mio caro Teo, questa è la storia di un padre e di un figlio. Il padre di Icaro si chiamava Dedalo, ed era un geniale costruttore e inventore. A lui si deve la formidabile costruzione del Labirinto di Creta, quello dove venne rinchiuso il mostruoso Minotauro».

«Okay, sì, questa parte me la ricordo. Coso, lì, Dedalo, che era una specie di Tony Stark, giusto?»

«Tony Stark?»

«Lasciamo stare. Insomma, un inventore, un genio!»

«Esatto, e il Minotauro in realtà era nato proprio grazie a un'invenzione di Dedalo.»

Un bambino tutto sudato passa in mezzo a loro, Teo avrebbe la tentazione di fargli lo sgambetto ma si trattiene.

«In che senso?»

«Nel senso che era stato lui a costruire la vacca di legno dentro cui sarebbe entrata Pasifae, la futura madre del Minotauro, per potersi accoppiare con il toro sacro di Poseido...»

Teo strabuzza gli occhi.

«No, adesso stop, per cortesia!»

Il professore assume un'espressione stupita.

«Che succede? Cos'ho detto?» chiede.

«Non credo di aver capito bene!»

«Che cosa non ha capito bene, Teo?»

«Lei mi sta dicendo che, per far nascere il Minotauro, il tizio lì, Tony Stark aveva costruito una mucca finta per farci entrare una ragazza?!»

«Sì. Non se lo ricordava?»

«E che questa ragazza poi finisce a fare sesso… con un toro?!» chiede a Bove, con due occhi sempre più spalancati.

«Be', detta così mi sembra un po' una semplifica…» inizia a rispondere lui, ma Teo lo interrompe subito: «Chiusa dentro una mucca di legno! Con le ruote magari! E con il toro che se la… insomma che *se la… fa?!*».

Il professore annuisce e Teo comincia a ridere, pensando al toro tutto eccitato che infila il suo coso dentro una mucca di legno, e con dentro la mucca una ragazza che…

«No vabbè!» dice, e poi ride ancora più forte. «Giuro, prof, io mi chiedo come mai a scuola ce la spieghino sempre come se fosse… Forse vogliono che ci addormentiamo prima così non sentiamo tutti questi particolari assurdi.»

«Quando ha finito me lo fa sapere…» lo ammonisce il professore, ma sotto i baffi che non ha sta sorridendo anche lui, divertito più che altro dal guardare Teo che si tiene la pancia a stento.

«La devo troppo raccontare a Peach…» fa, sedendosi. E adesso è il professore che si alza e gli cammina davanti.

«*Dicevo*», prosegue, «il re Minosse, marito di Pasifae, decise di chiudere Dedalo dentro il Labirinto, e di tenerne in ostaggio il figlio Icaro. E lì, come certo lei ricorda, Dedalo si mise di nascosto a fabbricare il suo marchingegno per scappare dal cielo insieme al figlio.»

«Le ali. Di cera. O insomma, quel che era.»

«Erano ali di legno, attaccate sulla loro schiena con la cera che Dedalo stesso aveva raccolto da alcuni alveari, formatisi dentro il labirinto. Ma sono le piume il dettaglio più importante.»

«E perché?»

«Perché in alcune versioni del mito si dice che erano fatte col bronzo. Sottili foglioline di bronzo, intarsiate come piume, attaccate tra loro con la cera alle ali.»

«Furbo il tipo!» ammette Teo.

«E così, il giorno stesso in cui Minosse aveva deciso di giustiziarlo, Dedalo riuscì a fuggire, prendendo con sé il figlio a cui aveva costruito altre due ali.»

«E lì succede il patatrac, giusto?»

«Sì, ma non subito. Perché la prima cosa che Icaro fa, non è andare su, subito verso l'alto!»

«Ah no?»

«No, all'inizio gli prendono le vertigini: sta volando per la prima volta in vita sua, del resto, e allora comincia a volare a pelo d'acqua, sopra il mare.»

«Poteva almeno fare surf! Pensi che figo!»

«E fu lì, quando Icaro volava basso basso, che il padre gli disse la cosa più importante di tutta questa storia, una frase che dovremmo tutti imparare a memoria.»

«Che frase?»

«*A volar troppo bassi si muore!*»

«Eh?»

«Ho detto: a volar troppo bassi si muore!»

«In che senso?»

«Ricorda le piume? Erano fatte di bronzo, no? Volando troppo vicini al mare, si sarebbero corrose. Ed è esattamente questo che ci succede, quando scegliamo di volare basso perché abbiamo paura dell'altezza: quando Dedalo dice che *a volar troppo bassi si muore* non parla di una morte rapida, come un precipitare al suolo e uno schiantarsi, parla di una morte lenta, che è proprio come un corrodersi, piano piano, un giorno dopo l'altro, ad arrugginirci il cuore!»

Mentre il chiasso dei bambini sembra per un attimo acquietarsi, Teo pensa che questa un giorno gliela ruberà, al professore. Scriverà un racconto o una storia e a un certo punto uno dei personaggi dirà proprio così: *arrugginire il cuore.* Sta quasi anzi per chiedergli il permesso, ma è lui ad anticipare ogni sua mossa, chinandosi a raccogliere un sasso.

«Che fa, professore?» gli chiede, incuriosito, senza però ottenere risposta. Bove si limita a posare il sasso, che è particolarmente rotondo, proprio in cima allo scivolo.

«Questa ragazza, Sofia, le sembra troppo bella per lei, giusto?»

«Eh già. E non è che mi *sembra*», sottolinea Teo, che intanto si chiede se Bove non abbia bevuto un bicchiere di troppo, oggi.

«E scrivere le sembra un sogno troppo grande, irraggiungibile: non è così?» insiste il professore, ora sollevando in alto il sasso.

«Un po' sì. Ma di nuovo: non è che *mi sembra* solo a me, eh! Me lo dice più o meno tutto il mondo!» ribadisce, ma il professore sembra quasi non ascoltarlo più, tiene fermo il sasso con la mano all'inizio dello scivolo e guarda negli occhi Teo mentre gli fa segno di avvicinarsi e, con voce ferma e decisa, dice:«E allora si ricordi di questo scivolo e di questo sasso, si ricordi del povero Icaro e delle sue piume arrugginite, la smetta subito, adesso, *oggi,* di convincersi che ci siano cose che sono *troppo* per lei, di volare basso per la paura di cadere, perché se lo fa a sedici anni il rischio è che si abitui a farlo sempre, anche a venti, a trenta e a quaranta. Si adatterà alle bassezze di tutta la gente che ha rinunciato a vivere per paura di morire, si lascerà ipnotizzare dalle sirene del quieto vivere – certo lo so, eccome se lo so: a osare ci si può far male, chi dice di no? Chi le assicura che questa ragazza ci stia o non ci stia, chi le può garantire che ce la farà a scrivere o a realizzare qualsiasi altro sogno nella sua vita? Nessuno può, e non le voglio indorare la pillola, si farà tante volte male, cadrà, arriveranno anche colpi che le sembreranno fatali, delusioni, fallimenti incalcolabili, ma se vuole andare lontano deve salire più in alto, perché *a volar troppo bassi si muore* e, a volte, cadere forte, cadere dall'alto, è la più grande spinta che possiamo avere per arrivare dove vogliamo davvero!».

E nel dirlo lascia cadere il sasso, che prende più velocità del previsto e arriva dritto dritto contro lo stinco di una mamma intenta a guardare il cellulare.

«Ahia! Chi è stato?!» protesta quella.

Bove dà un colpo di bastone per terra e dice: «E ora, direi che è meglio se ce la filiamo!».

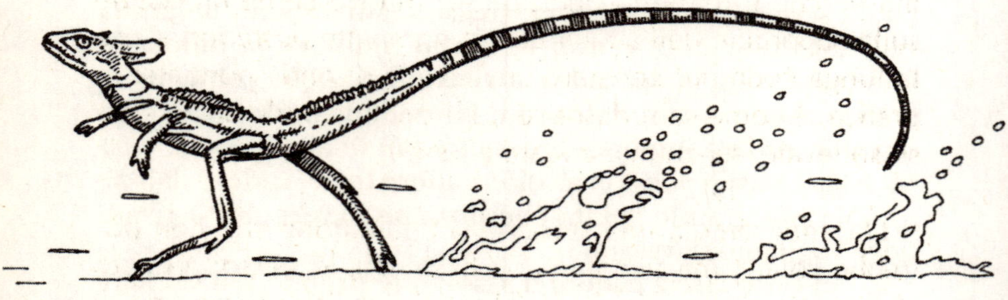

Il Basilisco piumato, o *Basiliscus plumifrons*, è un tipo di lucertola verde dalla coda lunghissima, nativa dell'America centrale. La sua caratteristica più interessante è che è in grado di camminare sull'acqua, e proprio per questo viene chiamata «Lucertola Gesù Cristo». Non ci riesce per doti soprannaturali, come il nome sembrerebbe suggerire, ma perché il rettile in questione si muove come un bolide sulla superficie dell'acqua con le zampette posteriori e usa la lunga coda per generare una specie di onda portante: in pratica, è come se surfasse su delle piccole onde da lui stesso sollevate, senza mai andare a fondo.

Da anni circola una storiella sul calabrone che non potrebbe volare, ma siccome non lo sa vola lo stesso: peccato che quella storia è falsa. Quella del Basilisco invece no, è vera al cento per cento. E lui surfa sull'acqua non perché non sappia che è impossibile: lo fa proprio perché lo sa.

Morale: quando sei di fronte a qualcosa che ti sembra impossibile, quando tutti ti dicono che non si può fare, sii Basilisco piumato.
Surfaci sopra, e diventerà possibile.

7.
VOLARE ALTO

È sabato sera, e Teo è davanti allo specchio.

Odia queste cose. Odia le camicie, in particolare bianche, come quella che indossa, perché sembrano attirare le macchie come calamite. Odia vestirsi elegante, poi, perché elegante vuol dire scomodo e lui odia vestirsi scomodo. Odia andare alla festa di fine anno di una scuola dove a settembre non tornerà nemmeno, perché sa già che gli verrà la nostalgia dei suoi amici appena li vedrà. Odia ballare, perché balla in modo ridicolo e quando ci prova si sente tutti gli occhi addosso, e Teo odia avere troppi occhi addosso. Odia questo tipo di feste, perché non mettono quasi mai la musica che piace a lui. Odia il fatto che faccia caldo, perché lui tende a sudare e odia la consapevolezza di avere le ascelle tutte pezzate quando è in mezzo alla gente, e ogni volta si chiede come facciano tutte quelle persone a non sudare neanche per sbaglio. Odia anche la gente, a volte, quando è a queste feste, perché gli sembra che sappiano sempre tutti che cosa fare dove guardare come parlare, mentre lui non sa neanche come respirare senza dar l'idea di essere l'imbranato che è. Odia doversi divertire per forza, perché a queste feste sembra sempre una gara a chi si diverte e si spacca di più e così se fai una faccia che non ti stai divertendo abbastanza o addirittura dici che non vuoi bere niente poi tutti ti guardano male perché non ti diverti come dovresti e fai la figura del guastafeste.

Ma più di tutto e tutti, odia il pensiero di andarci perché lui mica ha voglia di prendersi una botta sui denti e stare a guardare la ragazza dei suoi sogni mentre Frodo Baggins si struscia addosso a lei per tutta la sera.

«No, io non ci vado!» dice a sé stesso allo specchio, mentre la sua testa sta elaborando una bugia credibile da rifilare a Peach per poi fiondarsi a letto a guardare qualche serie TV mangiando patatine fino a mezzanotte.

E lì gli vibra il cellulare. È proprio Peach: Sono qui sotto con mio papà. Scendi tu o vengo io?

Ecco, troppo tardi. Quale bugia potrebbe mai escogitare per impedirle di trascinarlo laggiù, ora che è fuori in macchina con suo papà? Così, Teo prende un bel respiro e si avvia verso la porta di ingresso con lo stesso spirito di chi si sta avviando al patibolo.

"Idea! Alle undici fingo di stare male e mi faccio portare a casa da qualcuno!" pensa, mentre appoggia la mano sulla maniglia. Ma quando apre la porta, vede qualcosa che proprio non si aspettava.

Peach. Fuori dalla macchina di suo padre. Vestita, pettinata e truccata come non l'aveva mai vista in vita sua.

Per prima cosa, i capelli. Sono sciolti, niente matita a raccoglierli in cima, e le ricadono sulle spalle lisci e morbidi. L'ha già vista così, qualche volta, ma adesso hanno qualcosa di diverso, sembrano quelli di un'altra, e anzi è lei che sembra un'altra.

E poi, tutto il resto.

Indossa un vestito rosso con le spalline sottili sottili e anche… ma cos'è quello, lucidalabbra? Lucidalabbra *rosa*!?

E poi le scarpe: le avrà fregate a sua mamma perché sono scarpe col tacco. E da quando in qua Peach indossa scarpe col tacco?!

Ed è: *bella.*

Caspita se è bella, e Teo si sente leggermente mancare il fiato.

«Cazzo di scarpe!» dice lei, intanto, venendogli incontro barcollando come fosse sui trampoli.

«Silvia, le parole!» la redarguisce suo padre, da dentro la macchina. Lui ha ancora addosso il gilet da lavoro e la faccia di chi non è felicissimo dell'incombenza che gli è capitata.

«Ma quelle… da dove saltano fuori?» le chiede Teo, indicando col mento le scarpe.

«Prese per l'occasione. Belle vero?» dice Peach. «Queste stronze mi faranno cadere di sicuro!» aggiunge sottovoce per non farsi sentire dal papà.

«Sì. È tutto bello! Ma che cosa…» abbozza Teo, e Peach lo anticipa nella risposta: «Anche tu non sei male, dai. Andiamo?».

Salgono in macchina e per tutto il tragitto il padre di Peach sciorina raccomandazioni e moniti, dice di non bere e di non fare altre cose e lo dice più o meno a ogni semaforo, con Peach che intanto invia un messaggio a Teo sul cellulare: Dovevi vedere le storie che ha pubblicato mia mamma due settimane fa palesemente ubriaca, scrive, più un paio di faccine capovolte. Al messaggio di Peach, Teo risponde scrivendo: Vuoi proprio farlo morire di gelosia eh?

– Chi?

– Il tipo, quello di quinta!

Peach stavolta non risponde, mentre suo padre scuote la testa e sbotta: «Sempre al cellulare state!».

Arrivano a destinazione. Non è proprio una discoteca, più un ristorante all'aperto che ha anche una pista per ballare. La musica si sente da un chilometro di distanza e come da programma a Teo non piace per niente, ma poi una volta dentro non è così male perché Peach lo fa ridere un sacco nel suo tentativo di non crollare al suolo dall'alto di quei trampoli rossi.

«Prevedo numeri da circo stasera!» dice. «Ma tanto ho già deciso che fra un po' ballerò scalza!»

Teo intanto pensa al ragazzo che le piace e realizza che dev'essere un fesso se stasera non la nota, in questo vestito che le sta così bene, e poi il profumo, ma che cos'è? Teo annusa rumorosamente per farsi capire da lei e lei subito risponde alla domanda implicita.

«Roses Musk! Ti piace? L'ho preso da camera di mia

mamma!» dice, tutta fiera e sventolandosi ad arte con la mano.

Gli amici li accolgono con mille feste e uno di loro prima la abbraccia un po' troppo stretta e poi la scannerizza con gli occhi, il che provoca una strana reazione in Teo, una cosa nuova tipo fastidio, ma non riesce bene a decifrarla.

«Che gnocca che sei stasera!» le dicono le compagne, e Teo nota subito un paio di ragazzi di un'altra classe che si parlano nell'orecchio, scrutandola, riuscendo quasi a sentire l'"hai visto che figa!" che si dicono, anche se c'è la musica e sono lontani. Uno dei due è proprio il ragazzo che piace a Peach, quello per cui Teo è dovuto venire alla festa a far finta che ci sia qualcosa fra loro due.

«Allora, che devo fare?» le chiede, indicando in quella direzione.

«Niente, tu stammi solo vicino!» risponde lei, e si mette a ballargli addosso. Teo rimane immobile, impalato, ma non tanto perché la musica fa pena, bensì perché la mossa improvvisa di Peach lo lascia di stucco.

«Ma che fai?» le chiede.

«Niente, ballo!» risponde lei, senza fermarsi, e ha anche acquisito un minimo di padronanza sulle scarpe. Ora che gli è così vicina, con i tacchi lo supera di un paio di centimetri: i loro vestiti si strusciano addosso, il suo profumo ora è ancora più forte.

Attorno a loro, partono dei fischi di approvazione, perfino un paio di applausi, e Peach si stacca immediatamente, ridendo e schermendosi per l'imbarazzo. Teo, invece, rimpiange di non essersi portato dietro una pala per scavarsi da solo una fossa, proprio qui.

Si allontana subito, come se scappasse da quel centro dell'attenzione, raggiunge un gruppetto di ragazzi attorno a un tavolino, sono tutti in camicia bianca fuori dai pantaloni neri, lui compreso, e sembrano camerieri in libera uscita. Mette le mani in tasca perché non sa dove metterle e intanto con la coda dell'occhio guarda ancora verso Peach, che per un istante gli sembra una ragazza diversa da quella che ha sempre conosciuto.

«Ehi ma non è che tu e Peach...» gli fa un amico all'orecchio. Teo risponde dandogli un pugno sulla spalla e poi, quasi per difendersi da quella che gli è suonata come una specie di accusa, chiede: «Qualcuno ha visto Sofia?».

No, nessuno l'ha vista. E nessuno la vede per due ore almeno, fino a quando è già passata la mezzanotte e Teo non sente qualcuno bussargli alle spalle.

«Toc Toc», gli dice quel qualcuno.

«Sofia!» fa Teo, col viso illuminato da un faro colorato di rosso.

«Un po' in ritardo ma sono arrivata, hai visto?» gli urla nell'orecchio per sovrastare la musica. Ed è bella come Teo non ha mai visto niente in vita sua.

«Mi vuoi dire che è successo?»

Glielo vorrebbe dire, eccome se vorrebbe, ma Teo ha una specie di calzino incastrato in gola in questo momento, mentre il papà di Peach guida in vestaglia da notte e sbadiglia vistosamente ogni tre secondi.

Peach gli dà un pugno sulla coscia, come a dirgli "oh!", ma Teo si limita a farle segno con l'indice che disegna nell'aria un: "Dopo".

Non vuole che suo papà ascolti, forse, o forse non vuole dire ad alta voce quanto si sente stupido per aver pensato che una come Sofia potesse provare interesse per uno come lui. Statisticamente, è un po' come se il Torre, squadretta di dilettanti della sua città, avesse osato sfidare il Real Madrid; come se uno scricciolo di quinta elementare si fosse messo contro Conor McGregor; come se lui con la sua biciclettina avesse sfidato in una gara di velocità un campione di motociclismo.

"Tutta colpa di Bove", pensa Teo.

«È per Sofia, vero?» chiede Peach, preoccupata e ormai struccata dentro il suo vestito rosso mentre si massaggia i piedi doloranti, le scarpe in una borsa della spesa. Teo annuisce, e intanto abbassa il finestrino e si prende un po' d'aria sulla faccia.

«Teo, ti spiace rialzare il finestrino che ho appena avuto il torcicollo?» lo prega il padre di Peach, e lui lo rialza subito: nel farlo, scopre il suo viso riflesso apparire gradualmente.

"Ecco la faccia di uno che è appena stato friendzonato",

dice mentalmente a sé stesso. E nel pensarlo, gli viene in mente l'espressione *prendere palo*, e si chiede se vada bene, se sia cioè il termine più corretto, perché palo significa uno che fa un tiro in porta e prende il palo, insomma è implicata una dose importante di sfortuna, ma non si parla del portiere: e questo non è esatto. No, quando la ragazza che ti piace ti dice che ti vede come un amico, non è palo: è il portiere che ha respinto il tiro. La sfortuna non c'entra, c'entra la volontà, in questo caso la volontà di Sofia Della Libera di non abbassarsi a stare con Mister Spazzino, bocciato in seconda e in procinto di partire per Stipsilandia, perché il campionato di lei è un altro, anzi proprio un altro sport, giocato in un altro pianeta, di una galassia che Teo può guardare solo col telescopio.

«È andata così male, eh?» gli chiede Peach quando ormai sono quasi davanti a casa di Teo, e Teo prende il cellulare in mano e fa segno a lei di guardare il proprio: se avesse letto i messaggi che lui le ha inoltrato, non farebbe tutte queste domande.

Peach allora lo tira fuori dalla borsetta e fa una faccia perplessa, mentre suo papà si ferma e lo saluta sbadigliando.

«Di chi sono questi messaggi?» gli chiede Peach intanto, perché su tutti appare la scritta *Inoltrato*, ma Teo non risponde, alza solo le spalle, le dà un bacio sulla guancia e corre in casa, presumibilmente a infilare la testa sotto il cuscino e piangere e maledire il professore e il suo invito a non volare basso e tutte le altre stronzate di cui gli ha riempito la testa.

"Ma non potevo farmi i fatti miei ed evitare di parlarci?" riflette, e non sa se sta parlando di Bove o di Sofia.

Una volta dentro, sente suo padre spegnere la luce e poi si chiude in camera, dove come in un video con montaggio serratissimo appaiono i frame di una serata in cui avrebbe fatto meglio a non uscire di casa, e li rivede come stessero accadendo per la prima volta, proprio davanti a lui, tanto da sentire ancora nelle orecchie il rimbombo dei bassi della musica e le voci e tutto quanto.

Da un lato Sofia, splendente nel suo vestitino nero senza

spalline, i capelli biondi coi boccoli – ma dove ha avuto il tempo di farseli, in aereo? – e la matita sugli occhi, la pelle color bronzo appena lucidato, il sorriso perfetto eppure strano quando gli appare improvvisamente alle spalle; dall'altro, Teo, gasato, forte, sicuro di sé, incapace di cogliere le increspature di dispiacere dietro quel sorriso così lucente. Tutto a un tratto la timidezza e l'impacciataggine di lui se ne vanno, evaporano, si dissolvono; del resto, è stata Sofia a cercarlo, vorrà pur dire qualcosa no? Teo ha ancora in testa le parole di Bove sotto a quello scivolo, la storia di Icaro e dell'*a volar bassi si muore*, e allora il coraggio arriva e lui chiede: «Ci spostiamo dove possiamo parlare?». Lei, col bicchiere in mano, infila la cannuccia in bocca e annuisce, camminando sui tacchi come fossero pattini a rotelle, altro che Peach e i trampoli rossi.

"Dai, sta per succedere, non ci credo che sta per succedere!" pensa Teo.

Vanno a sedersi su una sedia a dondolo, il che sembra semplicemente perfetto. Sofia parla a raffica della Grecia e di spiagge stupende, poi si lamenta dicendo che a Delfi non c'era niente, si aspettava chissà cosa, solo quattro rovine e un caldo che si schiattava, e allora ecco che Teo, dopo un po', smette di ascoltarla e si concentra sull'azzurro dei suoi occhi, sui brillantini che le punteggiano le spalle e che non aveva notato, sul suo modo buffo di appoggiare la cannuccia alle labbra sbagliando sempre mira. Lei parla e parla e parla, ma lui tutto a un tratto le guarda le labbra e pensa che vorrebbe tanto baciarle, e che può farlo benissimo – "Perché no?" pensa. Quelle labbra sono a trenta centimetri in linea d'aria dalle sue, e allora per una volta in vita sua spedisce ogni paura dentro un cassetto e fa la mossa, cerca di baciarla, e ci riesce quasi, ma poi.

Poi accade qualcosa che non doveva accadere e che allo stesso tempo era logico accadesse.

La testa di Sofia si sposta all'indietro.

Questa scena è quella che Teo rivede di più, ora. Gli torna davanti agli occhi di continuo e non c'è verso di scacciarla. Il proiezionista dentro la sua testa si è addormentato e il fotogramma va in loop nonostante le proteste del pubblico in sala.

E poi.

Lei gli chiede: «Che fai?», e a lui subito sembra una domanda un po' fuori posto. È abbastanza evidente quello che sta succedendo, no? E il bello è che, capendo di aver fatto la cazzata del secolo, Teo pensa bene di rispondere fingendo che non stesse facendo quello che stava facendo.

«Hai una cosa sulla faccia», le dice, per evitare la figuraccia delle figuracce, già preoccupato che qualcuno li stesse guardando. Ma non funziona per niente, perché Sofia si fa subito seria.

«Ti ho cercato perché ti dovevo parlare», gli fa lei, guardandolo come un cagnolino bagnato guarda i passanti per strada, mentre il deejay sadicamente ha la brillante idea di mettere – prima volta nella storia probabilmente – proprio una canzone dei Pinguini. *Rubami la notte*, fa partire, non succede mai mai mai che a queste feste mettano il suo gruppo preferito e proprio adesso dovevano farlo?

"Avrei fatto meglio a non dar retta al vecchio", pensa, mentre si toglie la camicia senza sbottonarla, come fosse una maglietta, e la lancia lontano. E intanto si chiede se ha fatto bene a non uscire con lei prima che partisse per la Grecia, se è stata l'idea migliore o peggiore del mondo: cosa sarebbe cambiato? O forse facendo così si è evitato l'inutile sofferenza di sperarci ancora di più: magari lei non avrebbe rifiutato il suo bacio se fossero usciti insieme quel giorno, ma poi lei sarebbe partita e avrebbe rivisto Frodo Baggins e…

Troppi pensieri. Troppi *e se*.

«Basta!» dice Teo al soffitto.

Ha ragione suo padre: ci sono cose che non devono succedere e basta, e l'unico motivo è *perché no*. Questo pensa Teo adesso, alla centesima volta in cui riguarda la scena del bacio rifiutato e riascolta le parole di Sofia venute subito dopo, come un macigno, a sotterrare in un secondo tutte le sue speranze di volare alto.

Due sole parole, solo quelle le sono bastate.

«Sai, Edo...» e Teo non ha avuto bisogno di altro.

«Okay, ho capito tutto, non ti preoccupare.» E, per non scoppiare a piangere davanti a lei, si è alzato e l'ha lasciata lì. Poi, dieci minuti dopo, una serie a raffica di vibrazioni nella tasca e tutti quei messaggi.

Quelli che ha inoltrato a Peach e che ora Teo ha sotto gli occhi.

E li rilegge.

– Ehi Toc Toc

– Scusa per prima non me l'aspettavo proprio non volevo ci restassi male

– Ti ho cercato proprio perché volevo parlare con te come ti ho detto

– Non voglio che ci siano problemi fra noi

– Sei un ragazzo tanto dolce e mi piace tanto parlare con te

– Lo dico davvero non è per darti il contentino giuro

– Però in questi giorni ho capito che Edo e io stiamo bene insieme e lui l'ultima sera mi ha chiesto di riprovarci e io gli ho detto sì

– Volevo dirtelo per essere chiara con te

– In passato ho avuto situazioni in cui non sono stati chiari con me e ci sono rimasta tanto male e non voglio che succeda a te perché appunto ti reputo una bella persona

– Cioè voglio dire SEI una bella persona

– Se ti va comunque a me piacerebbe se restassimo amici

– Però capisco anche se non ti va in fondo sinceramente non ho ancora capito se ti sto simpatica oppure no ahah

– Va bene adesso ti lascio

– Tu scrivimi quando vuoi se vuoi io per te ci sono sempre

– Bacino

Non è stata una bella idea mettersi a rileggere.

La *Cosa* non aspettava altro. Già dopo il secondo messaggio pulsava dentro di lui. Al quinto ringhiava. All'ultimo era un rumore assordante.

Teo cerca qualcosa di nero da mettersi. Più scuro possibile. Una felpa col cappuccio, anche se è giugno. Poi apre la finestra più piano che può. Scavalca, esce.

Sui suoi passi trova un sasso rotondo che gli ricorda molto quello che il professore ha lanciato dallo scivolo oggi pomeriggio, così Teo prende la rincorsa e lo calcia più forte che può, mandandolo a infrangersi contro il muro esterno di una casa, e il dolore che prova al piede è solo una minima parte di quello che sente al petto e allo stomaco.

Una volta ha letto che umiliazione viene da *humus* che significa terra e Teo si sente proprio a terra, anzi *sotto* terra. Giusto poche ore fa il professore gli ha detto che sarebbero arrivate botte e cadute e fallimenti, ma provare a baciare una ragazza e ricevere come risposta la mossa all'indietro della testa è qualcosa di molto peggio. Teo si chiede se lui, con le sue filosofie, abbia mai provato qualcosa del genere e non sa se odiare più Bove per il suggerimento che gli ha dato o sé stesso per averci creduto. La *Cosa,* intanto, gli fa guardare gli specchietti delle macchine e salire l'impulso di prenderli a calci fino a spaccarli, così Teo solleva il cappuccio della felpa e si copre la testa guardandosi intorno, osservando per bene ogni casa, ogni angolo.

Individua una fila di macchine parcheggiate, potrebbe

colpire quelle, anche tre o quattro di fila. Si acquatta, come un atleta alla partenza di una gara.

Il respiro si fa più intenso, gli specchietti sono lì che aspettano solo lui.

Poi gli cade l'occhio sullo scolo di un marciapiede.

Gli sembra quasi di vederlo, It, lì dentro. Sentire la sua voce che lo invita a seguirlo: e scuote la testa, gli dice no, come se ci fosse davvero.

"Che cavolo sto facendo?" sussurra, da solo, a sé stesso, nel buio della notte.

E torna a casa.

Una volta nella sua stanza, prende una penna in mano e si mette a scrivere.

Ehi Lollo, qui sempre io

L'altro giorno mentre passeggiavamo nel parco il professore mi ha parlato di un certo Nietzsche (all'inizio avevo capito si chiamasse NICCE ma poi sono andato a controllare e si scrive così) e insomma mi ha detto che Nietzsche ha detto che la vita fa schifo ma l'arte alla fine è il modo che ci siamo inventati per prendere questo schifo e tirarne fuori della bellezza e poi quella bellezza fa sì che la vita faccia molto meno schifo.
Okay lo so il professore non parla così ma questo è quello che ho capito io di quello che ha detto il professore.
Che dipingere scolpire danzare cantare eccetera sono tutte cose che facciamo per trasformare il male che sentiamo in qualcosa di bello.
Un po' come quelle macchine che riescono a tirare fuori energia elettrica dal riciclo dei rifiuti hai presente?
Quello.
Non so se questo vale anche per lo scrivere ma ti posso dire che in questo preciso momento la mia vita sì che fa schifo.
Così mi son detto.

Dai.
Scrivi.
Fai come dice NICCE, là. Prendi lo schifo e ci tiri fuori qualcosa di bello.

Allora il mio qualcosa di bello di questo schifo è che comunque io stasera ho fatto una cosa che fino a qualche tempo fa non

avrei mai avuto il coraggio di fare e lo so che è finita male (la cosa che ho fatto è stata cercare di baciare una ragazza)(e come puoi facilmente capire non è andata a finire con lei che ricambiava il mio bacio e i nostri occhi innamorati che si guardavano tutta notte e poi all'alba una promessa d'amore eterno e anche la scelta del nome dei nostri bambini)(a proposito in caso io ho già deciso che ne avremmo avuti due, uno di nome Stephen e l'altro di nome King)(cioè pensa che figo chiamarli: «Stephen! King! Venite qua!») insomma lei ha tirato la testa indietro ma sai: anche se fa un male cane ripensare alla scena e non un cane tranquillo tipo un barboncino è più un male dobermann o un male pitbull il mio insomma: anche se fa tanto male che ti devo dire: sono lo stesso felice di me stesso perché almeno non avrò mai il rimpianto di non averci neanche provato; pensaci Lollo.
Porca miseria quanta gente magari a novantasette anni arriva lì e mancano due giorni alla morte e loro lo sanno che stanno per morire e si guardano indietro e pensano però porca miseria se solo avessi provato a baciare quella ragazza ottantuno anni fa e ci pensano da ottantuno anni con l'aggiunta dell'incognita perché loro non potranno mai sapere se lei ci sarebbe stata oppure no.
Ecco vedi: un po' di bellezza l'abbiamo tirata fuori caro Lollo.
Io sì che ci ho provato e okay è andata di merda ma a novantasette anni non starò lì a mangiarmi le mie manine rugose per il rimpianto di non averci provato e magari il pensiero accidenti forse ci sarebbe stata e la mia vita sarebbe stata diversa.
No.
Non succederà.
Però fa male.
Accidenti se fa male.
Maledetto pitbull.
Vado a dormire
Odio i pitbull

PS sai che mi sono riletto e sto un po' meglio adesso? E comunque scherzavo i pitbull mi stanno simpatici come tutti i cani tranne okay quelli superpiccoli che abbaiano di continuo quelli li odio mi spiace
Notte

È come nei romanzi gialli, quelli in cui a un certo punto il detective ha un'illuminazione e scopre chi è l'assassino.

Era lei. Era sempre stata lei.

Teo mette giù la penna dopo aver scritto la lettera a Lollo e gli tornano in mente le parole del professor Bove, la sua lezione numero tre: *Lei dice che è cattiva, ma in realtà non è cattiva: solo in cattività!* Quel giorno aveva annuito, ma senza convinzione: cattiveria, cattività, parole che non aveva nemmeno afferrato bene mentre lui gliele diceva ma, ora che gli tornano in mente, comincia a capirne il senso.

La cattività lui sa bene cos'è, perché se ne parla spesso nei libri di animali: è quando un esemplare viene cresciuto fuori dal suo ambiente naturale, come uno zoo o una riserva creata apposta, tipo prigione a cielo aperto. Teo si alza e cammina per la stanza con la sensazione di essersi ritrovato dopo essersi tanto cercato.

Non potrà liberarsi di lei, ma potrà liberarla!

A un tratto – sì, proprio come un romanzo giallo – Teo collega tutto.

Non era cattiva, la *Cosa.* Non è mai stata cattiva. Lo diventa quando viene rinchiusa dietro sbarre invisibili. Quando lui non si esprime e non butta fuori l'inchiostro che ha dentro. Quando non lo trasforma in parole.

Un demone può essere sia un angelo custode che un vero demone!

Allora non era vero che la prima volta che gli si è manifestata è stata quando aveva scagliato quel mattone contro la porta, andando a casa di sua zia dopo la scuola.

C'era già. C'è sempre stata.

Era quel fremito basso a scuotergli le viscere quando vedeva Sofia all'ingresso della scuola, le sue lentiggini, la vocina che gli diceva di andarle a parlare senza nemmeno sapere cosa dire.

Era lei.

Erano le ore che volavano veloci, quando si immergeva nel *Grande Libro degli Animali*, quel coso giallo di suo nonno risalente agli anni Settanta e pieno di vecchie fotografie di mammiferi e rettili e insetti con tutte le spiegazioni dei loro comportamenti, l'ora di cena arrivava e Teo pensava fossero ancora le cinque.

Era sempre lei.

Era la paura irrazionale ma paralizzante di restare a casa da solo, le figure che si affollavano nell'ombra di certe sue fantasie spaventose. Ed era ancora lei, sempre lei, dentro quel piacevole pizzicorino in pancia quando a scuola diceva qualcosa che faceva ridere i compagni o raccontava una bugia talmente bene che poi la gente gli credeva.

La *Cosa*. Il *dàimon*. Era come in quei film dove a un certo punto qualcuno dice: «Sono la stessa persona!».

Era anche dentro certe foglie rosse, l'autunno scorso, che gli facevano chiedere come mai fossero così belle proprio un attimo prima di morire, lì, nascosta nella voglia di trovare parole per dire tutta quella bellezza, invidia per i poeti e i cantanti che lo sapevano fare; era nelle lacrime scese all'improvviso, senza motivo, con la pioggia torrenziale fuori, solo pochi mesi fa; ed era lì, quando un'inquietudine dolce lo aveva svegliato prima della sveglia e lo aveva fatto andare alla finestra a guardare la notte che non era ancora giorno.

Era sempre diversa, ma era sempre lei.

È da una vita che è lì accanto a lui, dentro di lui, inchiostro scuro e informe che aspetta solo di diventare parole, e ora che Teo lo sa si sente davvero meglio, e gli sembra quasi di vederle già, quelle parole che ancora deve scrivere, come fossero già libro. Già libri.

Sorride, ora.

It non gli fa più così paura.

Suo padre è già uscito.

Strano, è domenica mattina, in teoria non deve andare al lavoro. Teo entra in cucina e trova una piccola sorpresa inattesa: è tutto pronto per la colazione. Ci sono i cornflakes che piacciono a lui, due cornetti uno alla crema uno al cioccolato, il latte, del succo arancione scuro che non si capisce bene cosa sia.

Da quanti anni suo papà non gli preparava la colazione? Boh, forse cento. E c'è anche un biglietto, sul tavolo:

Dopo facciamo due passi?
(Cioè, li fai tu!)

Ha anche voglia di scherzare, ma che gli prende?

Intanto la fame chiama e passa come un rullo compressore sopra queste domande e perplessità, Teo fagocita i due cornetti praticamente senza masticarli e si riempie due tazze di latte coi cornflakes, godendosi la libertà di poter digerire rumorosamente senza avere nessuno che lo rimproveri.

"Che robe", pensa. E si chiede come abbia fatto suo papà a passare dalla modalità "'giorno, 'notte" a quella supergentile e scherzosa di adesso. Ma soprattutto: che cosa intende con quella proposta di passeggiata, gli deve parlare o che?

«Mah!» conclude alzandosi e grattandosi la schiena, quando gli viene la tentazione di approfittare della sua assenza per andare a vedere se ha scritto altre e-mail a sua madre. Sta attento a ogni rumore che provenga dalla strada e si intrufola nello studiolo, dove il PC è chiuso ma acceso. Alza lo schermo, digita la password, entra.

No, niente mail alla madre, stavolta.

Ma c'è qualcosa di ancora più strano.

Gentile Valeria,
lei forse non si ricorderà di me, sono Mario Limiti e frequentavamo la stessa scuola, mille anni fa. Qualche volta abbiamo anche parlato e abbiamo diversi amici in comune.

Innanzitutto: come sta? Spero bene, sia lei sia suo marito.

In questi anni, ho seguito con piacere l'avventura del festival letterario cittadino, di cui so che lei è una degli organizzatori.
Mio figlio Teo ha sedici anni ed è in quella fase della vita, credo, in cui si sta chiedendo cosa fare da grande. A scuola purtroppo non va molto bene e quest'anno è stato bocciato anche a causa di problemi di comportamento.
Ho pensato che forse può aver bisogno di sfogarsi o comunque di trovare un modo per sfogare una certa rabbia che ogni tanto lo prende.
Fra le tante cose che in questo momento sembrano interessarlo c'è la scrittura. A me suona un po' strano perché in famiglia nessuno è mai stato particolarmente bravo a scrivere, però ammetto che, almeno per quel che mi riguarda, è una cosa che mi aiuta tanto in certi momenti.
Credo sia così anche per lui, e forse sta confondendo questo suo grande bisogno di esprimersi e di fare chiarezza con sé stesso con una vera passione.
Il punto è che tutti i suoi insegnanti finora mi hanno detto che Teo non solo non è particolarmente bravo, ma che proprio è negato. Il suo grande problema è che non riesce a stare in argomento, divaga di continuo e alla fine chi lo legge si

perde sempre per strada. Insomma, che avrebbe anche delle cose originali da dire ma è proprio la scrittura che non gli viene bene.
Però ho pensato che forse il parere di qualcuno che ne sa può aiutarlo a capire se è davvero una sua passione o solo qualcosa di passeggero. Insomma: se è portato oppure no.
Per cui quello che vorrei chiederle è se lei è disposta a leggere qualcosa di suo e darci un'opinione e qualche consiglio.
Che ne dice?
Se è una cosa che si sente di fare la pregherei di indicarmi anche il costo di un servizio come questo.
Nel frattempo, la ringrazio infinitamente per avermi letto fino a qui.

Buona giornata e a risentirci presto spero,
Mario Limiti

«Hai visto? C'è la stracciatella in offerta!»

Teo e suo padre sono al banco dei formaggi del supermercato. Per ottimizzare, e anche perché il frigo arriva alla domenica stremato e con dentro giusto del cibo scaduto, hanno convenuto fosse una buona idea fare i quattro passi fra le corsie del supermarket.

«Okay», risponde non troppo convinto nonostante l'offerta allettante. Teo guarda il carrello con crescente sospetto. Dentro, ci sono già tre confezioni dei suoi cornflakes preferiti, gelato, barrette di cioccolato, patatine... insomma un sacco di roba che gli piace e che di solito va negoziata: suo papà al massimo gli fa scegliere *una* di quelle cose, e deve anche ringraziare la gentile concessione. Adesso, invece, gli propone il suo cibo preferito nell'universo mondo, la stracciatella fresca cremosa che sembra di quelle che fino a stamattina erano ancora dentro la mucca? C'è decisamente qualcosa di strano.

Specie se questo comportamento da papà dell'anno si associa all'e-mail che Teo ha letto di nascosto poco prima che suo padre tornasse a casa. «Allora, come va?» gli chiede all'improvviso, mentre girano fra biscotti e merendine e ne butta un paio di pacchi nel carrello. È la domanda più semplice del mondo, ma quella che Teo si aspettava di meno. Da quanto tempo suo padre non gli chiede come sta? Al massimo, e sempre quando Teo combina qualcosa, la domanda è «Che ti prende?» o «Che ti succede?», ma mai «Come va?».

«Abbastanza», fa Teo, circospetto.

«È un po' che non parliamo io e te, eh?» considera Mario,

e Teo non può far altro che annuire. «Senti, ho pensato una cosa», prosegue, introducendo un discorso per cui Teo comincia già a sentire puzza di fregatura: tutta questa gentilezza improvvisa non gli piace per niente e non può che essere il preludio a una brutta notizia di proporzioni cosmiche. Ma poi il padre dice: «Ti va di scrivere qualcosa?».

«Qualcosa... cosa?»

«Non lo so, sei tu che hai detto che vorresti scrivere, no?»

La proposta lo spiazza completamente. Ha letto l'e-mail ed era già abbastanza disorientato: ma sentirlo dire dalla viva voce dell'uomo che, da quando è piccolo, gli ha sempre fatto capire che la cosa più importante è essere concreti e mirare alla certezza del posto sicuro, ecco, questo lo confonde parecchio.

«Sì, però...» la risposta gli muore fra le labbra.

«Quello che vuoi, un racconto, una poesia, scegli tu!» lo incalza suo padre, tutto baldanzoso che non sembra neanche lui. Ma ha bevuto o cosa?

«Perché me lo stai chiedendo?» azzarda Teo, anche se ovviamente sa già la risposta.

«Perché conosco qualcuno che forse ti può dare una mano!» ribatte subito suo padre con un sorriso a trentamila denti, ma poi aggiunge: «A patto però che tu faccia una cosa per me».

Eccola, la fregatura finalmente sta per arrivare. La colazione, le patatine, la stracciatella, l'e-mail alla direttrice di uno dei più importanti festival letterari italiani: era palese che la sorpresina sarebbe giunta, alla fine!

«Che cosa dovrei fare?» chiede Teo, camminando di fianco a suo padre e snocciolando a mente i vari scenari possibili, tutti più o meno catastrofico-apocalittici, fino a che suo padre risponde: «Lascialo stare, Bove. Non vederlo mai più».

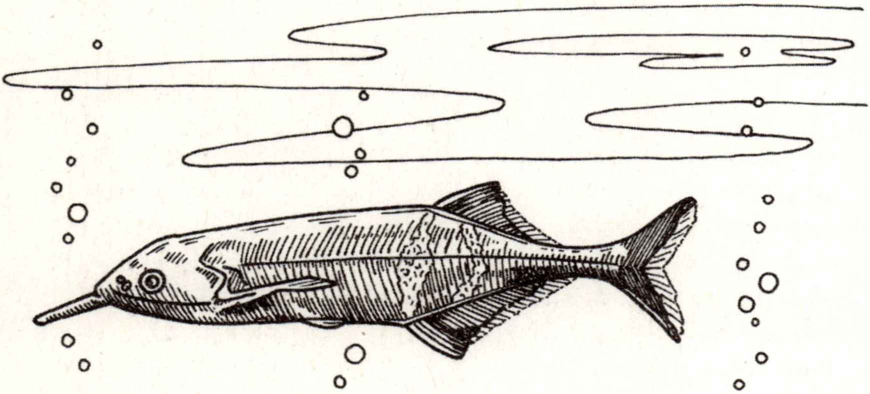

Il Pesce elefante, o *Gnathonemus petersii,* è un pesce d'acqua dolce della famiglia dei mormiridi. Nella sua coda è presente un apparato in grado di generare corrente elettrica: quando lo attiva, si muove sott'acqua, quasi come ballasse. Ma a cosa gli serve farlo?

Siccome vive in acque spesso torbide, agitarsi per creare un campo elettrico gli è utile per capire se il segnale rimbalza su corpi vicini: in pratica, si dà una scossa e si mette a ballare per vederci meglio.

Morale: quando sei in acque torbide e non ci vedi a un palmo dal naso, quando tutto attorno a te sembra confuso, sii Pesce elefante.
Balla sulle cose, datti una scossa di vita, e tutto ti sembrerà più chiaro.

8.

TUTTO È GIÀ STATO SCRITTO: MA NON DA TE

«Ma perché insiste così tanto con questa storia del professore?»

Peach sta lavando la macchina di suo papà, e intanto gli fa un sacco di domande.

«E soprattutto: come mai sa il suo nome?»

Lei indossa una salopette di jeans che la rende praticamente un'altra persona rispetto a quella del giorno prima, un po' come due sorelle gemelle, meccanico VS influencer di moda e profumi. Eppure, ora che la guarda, seduto sul marciapiede davanti a casa di lei, non riesce più a scindere l'immagine della Peach di ieri, e gli sembra molto più femminile e aggraziata, qualsiasi cosa ciò voglia dire.

«All'inizio faceva il misterioso, ma poi...» risponde, apprezzando come la spugna zuppa di acqua e detersivo faccia diventare gli pneumatici neri lucenti, come nuovi.

«Poi...?» chiede Peach, indicandogli il panno in microfibra appoggiato su uno spruzzino. Teo lo raccoglie e glielo lancia, ma lo sguardo di Peach gli fa capire che il suo non era un invito a tirarglielo, bensì a mettersi lui a passare gli interni della macchina.

«*Amigo!*» gli fa. «I patti erano chiari: mio padre ci portava alla festa se noi gli lavavamo la macchina!»

Teo sbuffa e prova a defilarsi: «Ma io devo scrivere il mio racconto!». Però è inutile perché Peach sa essere molto minacciosa con i suoi sguardi, e gliene basta uno per metterlo al lavoro.

Una volta dentro l'abitacolo, però, Teo nota uno strato

importante di polvere e gli viene spontaneo scriverci sopra con il dito. Non sapendo cosa, disegna prima una A poi una B poi una C poi le altre lettere dell'alfabeto, e il solo scrivere con un dito sulla polvere delle lettere a caso gli provoca una sensazione di piacere, la stessa di quando si formava la condensa in bagno e scriveva sullo specchio, da bambino, e poi i suoi lo sgridavano e lui puntualmente lo rifaceva.

«Pianeta terra!» gli fa Peach. È l'abbreviazione di «Pianeta terra chiama Teo, Teo rispondi», con cui da sempre lo richiama all'argomento principale quando lui si distrae, cioè sempre.

«Eh?»

«Dicevamo: perché tuo papà non vuole che tu ti veda con il professore?»

Teo dà una spruzzata di liquido antipolvere sulle lettere poi passa il panno, e intanto risponde: «Mi ha detto che ha sentito delle brutte storie su di lui».

«Il professore, vuoi dire.»

«Sì, per quello conosceva il suo nome. E dice che non è proprio vero che si è licenziato lui. Dice che più che altro è stato "gentilmente" invitato a farlo», spiega Teo, imitando il gesto delle virgolette.

«E perché? Che può aver mai fatto di così grave un prof di filosofia delle superiori? Spacciava libri di Platone all'uscita delle medie?»

«No, qui mio papà è stato un po' vago, ma ha detto che non è per niente il tipo tranquillo che sembra. Ha detto che da giovane ha messo nei guai una ragazza e poi si è rifiutato di riconoscere la figlia per un sacco di anni, e poi che ha rovinato una sua studentessa, cioè gli ha fatto una specie di lavaggio del cervello o che ne so.»

«E tu non gli hai chiesto chi era questa ragazza?»

«Ovvio.»

«E lui?»

«Mio papà mi ha detto che non lo conosco ma che questa ragazza è la figlia di un suo conoscente, che l'ha tipo... plagiata, che i genitori volevano denunciarlo.»

«Ma dai!»

«Già.»

«E ora cosa farai? Lo rivedrai?»

Teo ci pensa un po' su, mentre gratta un residuo di sporco dal cruscotto.

«In realtà, penso di sì. Almeno per chiedergli se è vera questa storia. Cioè, boh.»

Peach si affaccia alla portiera, appoggiando i gomiti sul finestrino abbassato.

«Forse è tuo papà che è un po' geloso, ci hai pensato?»

«Potrebbe essere, sì», considera Teo, e intanto osserva Peach e gli torna in mente la scena di questa mattina al supermercato, come suo padre si sia dimostrato improvvisamente gentile, com'era quell'espressione che avevano fatto in inglese a scuola, quella per dire di quando una cosa accade letteralmente dal nulla? Ah sì, *out of the blue*, era. E solo adesso realizza che è stato davvero troppo strano: non può averlo pensato da solo, e guarda Peach con un occhio diverso.

«Che hai, amore?» gli fa lei, dal finestrino.

«Dimmelo tu, *amore*», risponde Teo, passando il panno sul volante.

«Sai, non ho ancora imparato a leggere il pensiero», ribatte a sua volta lei.

«Non ti sembra strano che tutto così, dal nulla, mio papà passa da Severus Piton a Remus Lupin?»

«E perché lo chiedi a me? Chiedilo a lui!» si schermisce Peach, arretrando e urtando per sbaglio il secchio col detersivo, facendo così uscire quasi tutto il contenuto, per poi commentare l'accaduto con un bel «merda!» dei suoi.

«Non è che qualche uccellino un po' infame gli è andato a spifferare di una certa cosa successa ieri sera?» le chiede lui, puntandola dritta con lo sguardo.

«Eh?» fa lei, fingendo di non aver capito. Così Teo diventa ancora più esplicito: «Gli hai scritto, Peach?».

«Chi? IO?!» replica lei, ma l'espressione del viso la tradisce.

«Hai un sacco di pregi, tesoro, ma le balle non le sai proprio raccontare, sai?»

Così Peach abbassa la testa e sussurra: «Scusa...», solo che Teo non la prende per niente bene.

«Ma perché glielo hai detto!?»

«Calma calma calma! Io non gli ho detto proprio niente!»

«E cosa gli hai detto di preciso?»

«Gli ho scritto un messaggino, ma giusto due righe per dirgli che non è un bel periodo... insomma di starti vicino, tutto qua giuro!» e per dimostrarglielo prende anche il telefono, entra dall'altra parte della macchina e gli mostra la conversazione.

«Mi perdoni?» gli dice, e lui volta la testa dall'altra parte, vorrebbe dirle che è arrabbiato ma non per il motivo che pensa lei, cioè le vuole anche più bene se possibile perché ha fatto una cosa dolce, alla fine, ma è incazzato, non con lei-lei, ma con quello che gli ha appena fatto capire, perché sperava che suo padre avesse avuto da solo tutto quel moto di gentilezza nei suoi confronti, che da solo gli fosse venuto in mente di chiedergli come stava dopo mille anni che non lo faceva, senza la spinta di un messaggio da parte della migliore amica di suo figlio.

«Teuccio? Mi perdoni?» insiste lei avvicinandosi, e allora lui esce dalla macchina, lei fa lo stesso e lo raggiunge. Lui all'improvviso aziona la canna dell'acqua e la lava dalla testa ai piedi, con lei che poi gliela toglie di mano e gli restituisce il favore fino a che non si ritrovano zuppi sotto il sole di giugno, e poi lei nasconde dietro la schiena la canna e lui per prendergliela la deve abbracciare, l'acqua che va e per un secondo si fermano, si guardano negli occhi, è giusto un attimo, ma Teo rivede la Peach di ieri sera quando gli ballava addosso e gli faceva quello strano effetto, si sente di nuovo così e dentro una frazione minima di quell'attimo le guarda le labbra e si immagina di baciarle, ma è proprio un milionesimo di secondo perché alle sue spalle sente la voce di suo papà, in strada, a pochi metri da loro: «Non dovevi fare *quella cosa*, tu?».

È tutto il pomeriggio che ci prova, ma riesce a scrivere al massimo tre righe e poi cancella.

Tre righe e poi cancella.

Tre righe e poi cancella.

Il primo motivo è che Teo non riesce a levarsi dalla testa Sofia, per cui tutto quello che vorrebbe scrivere è il suo nome ripetuto all'infinito, come nella scena del film *Shining* in cui Wendy trova la scrivania coperta di fogli pieni di un'unica frase: *Il mattino ha l'oro in bocca.*

Ma poi c'è un secondo motivo.

Tutte le scene bell'e pronte, tutti i momenti in cui gli apparivano come già girate e montate – dialoghi e tutto come fossero già il film tratto dal suo racconto – non ci sono più. Ora che si tratta di passare dall'idea alla pagina, *puf!*, sparisce tutto.

Cosa lo frena?

Non lo sa, Teo. Prova anche a scriverlo su Google e gli escono mille risultati sul blocco dello scrittore. Le cause possono essere tante ma ovunque cerchi tutti ne nominano una: ansia da prestazione.

È quello, non c'è dubbio.

Suo padre è già venuto due volte a chiedergli come va con il racconto, e in entrambi i casi Teo ha mentito: «Ci sono quasi!».

No che non c'è quasi. L'idea che ci sia qualcuno a giudicare quello che non ha ancora nemmeno scritto si precipita sulle sue parole come un avvoltoio e gliele mangia tutte. Dovrebbe scrivere senza pensare, ma non ce la fa. La famosa gioia di cui parlava Bove, quella identica a quando da bambino giocava con le costruzioni, è bell'e andata, soppiantata da un'ombra che incombe sopra di lui nelle sembianze di una domanda appostata sulle sue spalle, appunto come un uccello rapace.

E se poi mi dice che non valgo niente?

È questa la domanda, ma dentro quella domanda, nascosta lì come un clown nello scolo di un marciapiede ce n'è un'altra: *E se poi mi dice che ho copiato da Stephen King?*

Sì, perché ogni volta che scrive quelle tre righe e le rilegge, non si scappa: ogni singola parola lui appoggi sulla carta gli sembra banale e insignificante, già vista e già letta; ogni tentativo gli appare solo una pallida copia prima di *Carrie*, poi della *Zona morta*, poi di *Cujo*, insomma di tutti i suoi romanzi preferiti del suo idolo.

Potrebbe cambiare genere, scrivere altro, magari anche semplicemente prendere una delle sue lettere a Lollo e sistemarla, ma non ci prova nemmeno. Che cosa gliene può fregare alla gente dei turbamenti adolescenziali di un sedicenne appena respinto dall'amore della sua vita? Nada, zero, niet, e quindi insiste con il thriller e con l'horror: così ogni tentativo sbatte contro il muro di un modello inimitabile e si blocca lì.

Che fare?

Gli vengono in mente solo due possibilità: la prima è chiudere tutto e rinunciare, andare da suo papà a dirgli: "Okay, forse hai ragione tu, non sono nato per scrivere ed è meglio che mi trovi qualcosa di più terra terra". La seconda, parlarne con l'unica persona che in questo momento è in grado di fargli capire che cosa deve fare, anche se gli è stato proibito di vederla e lui stesso ha promesso di non farlo più.

Teo prende in mano una monetina.

Testa rinuncio, croce vado dal professore.

La lancia in aria. Nei pochi istanti in cui la monetina vortica in cielo aspettando di toccare il punto più alto e ricadere, Teo si ricorda della frase che ha letto chissà dove e che diceva più o meno: *Quando sei davanti a due decisioni, lancia in aria una moneta. Nel momento in cui sarà in aria, saprai cosa fare, perché sarà la cosa che stai sperando di più.*

E infatti la moneta dice testa, ma Teo sceglie croce.

«Sa cosa? È che mi sembra tutto inutile!»

«Guardi che non c'è nulla di male a imitare qualcuno, specie quando si sta imparando un'arte nuova!»

«Lei dice?»

Sono seduti sulla loro panchina. Teo si guarda intorno, per essere sicuro che non ci siano occhi indiscreti. Non ha trovato il coraggio di dire a Bove che suo padre non vuole che lui lo veda né di chiedergli nulla riguardo al motivo del suo licenziamento. Però aveva troppo bisogno di una delle sue strambe lezioni illuminanti.

«Lei lo sa», inizia il professore che si è portato con sé un grosso libro di cui però Teo non riesce a vedere il titolo, «che Alessandro Magno visse tutta la giovinezza con il sogno di eguagliare il suo mito, Achille?»

«Ma dai!»

«Sì, e in quel caso è ancora più strano, non le pare? Almeno lei imita qualcuno che esiste davvero, lui ha basato tutta la sua intera vita... su un personaggio di fantasia!»

Teo ci pensa su un secondo, in cerca di un paragone che lo aiuti a capire.

«Un po' come se io sognassi di diventare Harry Potter!» osserva.

«Esatto. Eppure, Alessandro Magno, spinto da quel sogno, fece qualcosa che mai nessuno aveva fatto prima e a trent'anni era padrone del più grande impero della storia!»

Bove, intanto, lo guarda e capisce che ha qualche pensiero di troppo a offuscargli lo sguardo, così gli dà un leggero colpo col gomito e poi gli chiede: «Ma credo che il problema non sia solo il racconto, vero?».

Ma come fa? Come riesce a capire i suoi pensieri così bene? E com'è possibile che ci sia in giro qualcuno che parla male di una persona come questo professore e vorrebbe impedirgli di vederlo?

Forse ha fatto qualcosa di male. Un errore. Uno brutto, anche. È questa la sensazione che Teo ha, adesso. Perché ci sono dei momenti in cui Bove ha qualcosa negli occhi, come una pioggia che non si vede ma si vede, attimi in cui si velano come quando la finestra di camera sua si riempie di gocce e non si riesce a scorgere con chiarezza cosa c'è fuori.

Ma sarà tristezza o malinconia? Sarà qualcosa che dipende da un fattore scatenante o un sentimento che arriva così senza motivo?

No, un motivo ci deve essere. Forse ha anche lui un segreto, o addirittura una sua *Cosa* che gli ha fatto commettere uno sbaglio grande, di cui ancora porta i segni. Anzi, senza forse.

Ma adesso che si fa? Chiederglielo? Non chiederglielo? C'entra qualcosa con la famosa ragazza di cui suo padre gli ha parlato? Ha qualcosa a che fare anche la figlia che forse è morta e di cui lui non voleva vedere la tomba, quel giorno al cimitero?

È strano, ma nonostante la grande curiosità che ha di conoscere l'accaduto, non vuole farlo così presto: preferisce restare nel dubbio, perché teme di perdere una persona a cui sta imparando a voler bene. Anzi, questa potrebbe essere una delle ultime volte che si vedono, per cui Teo prende il telefono e si fa un selfie con lui.

«Ma che sta facendo?» chiede lui stizzito.

«Così, un ricordo!» risponde. Guarda la foto con un po' di malinconia, e poi rimette in tasca il telefono.

Intanto Bove riprende il discorso: «Allora? Ha incontrato quella ragazza?».

«Certo che l'ho incontrata, solo che mi ha gentilmente fatto capire che non ce n'è!» ribatte Teo, con uno sguardo di sfida la cui traduzione in parole è: "GRAZIE TANTE PER I SUOI CONSIGLI, EH!".

Bove ora è sinceramente stupito e mortificato.

«Mi dispiace molto, caro Teo», gli dice, appoggiandogli delicatamente una mano sulla spalla. Teo si aspetta un "le passerà", o qualcosa del genere, una frase consolatoria insomma, ma Bove non dice proprio niente, solo tiene ferma quella mano per un po' e infine conclude: «Quando si parla d'amore non è tanto una questione di chi vola più in alto e chi più in basso, ma solo di riuscire a volare insieme senza sentirsi nel cielo sbagliato».

Teo resta un po' perplesso da queste parole, che gli stanno confermando che le sue speranze sono ridotte a meno di zero. Però poi il professore butta lì un'altra frase delle sue.

«E comunque», dice, «si ricordi che esistono anche gli uccelli migratori!» e gli fa un occhiolino.

"Cosa vorrà dire?" pensa Teo, ma la sola risposta che gli viene è: *mah!*

Fatto sta che in qualche modo il problema del racconto che non gli viene e della ragazza che lo ha scaricato sono collegati da un filo invisibile, e Teo vorrebbe essere abbastanza bravo a parlare per spiegarsi, ora.

Bove lo incalza: «Ma perché dice che è tutto inutile?».

Teo si alza in piedi, si mette di fronte al professore ancora seduto e riesce a vedere qual è il filo invisibile: «Ecco! È proprio questo il fatto! Mi sembra inutile sperare di piacere a Sofia, perché so già che là fuori ci sarà sempre un Frodo di turno molto più figo di me! E così con la scrittura! Uguale proprio! Perché mai dovrei mettermi a scrivere se esistono già romanzi e racconti che saranno sempre molto più belli dei miei?!».

Ma il professore non dice più nulla. Fischietta, anzi. Così Teo lo guarda storto ora.

«Be'?!» esclama.

«Be' cosa?» ribatte Bove.

«Non mi tira fuori una delle sue mitiche morali?!»

«Le mie... *mitiche morali*?» domanda il vecchio.

Teo torna a sedersi di fianco a lui, e gli scappa da ridere.

«Vuole far ridere anche me?» lo interroga il professore, e

Teo pensa che questa è proprio una classica battuta da professore in classe.

«Sì, secondo me è un po' questa, la sua... *Cosa,* professore. O almeno, una delle tante.»

«E sarebbe? Ora sono proprio curioso!»

«Ma sì! Trovare morali, insegnamenti! È buffo, li trova dappertutto: l'altro giorno mi ha fatto tutto un discorso sul coraggio con un sassolino e uno scivolo, voglio dire! Secondo me sarebbe capace di tirarmene fuori una, oggi, anche...» – Teo si guarda intorno, cerca qualcosa di insignificante – «...anche su quell'albero laggiù!», e indica un alberello ai lati del parco, messo lì, solitario, neanche tanto bello.

«Potrebbe essere un'idea, in effetti», replica Bove, divertito. E poi fa il suo solito gesto di mettere entrambe le mani sul bastone per alzarsi.

«E ora che sta facendo?»

«Non lo vede? Vado laggiù, a quell'albero!»

Teo è seduto per terra, ora: alle sue spalle, il professore, in piedi. Il punto in cui si trovano è l'area più vasta del parco, un gigantesco prato verde vuoto davanti a loro e all'albero, che Teo ora sta contemplando con scetticismo: come cavolo farà stavolta il professore a inventarsi la risposta alla sua domanda? Scommette mentalmente che non ce la farà.

«Deve sapere, mio caro Teo, che non sono io a trovare gli insegnamenti e le, come dice lei, morali. Un certo signore, di nome Galileo Galilei, diceva che la natura è un libro: basta aprire gli occhi e leggere!»

«Be', allora, sentiamo», ribatte Teo indicando l'albero, «qual è la morale qui?»

Bove fa un passo per avvicinarsi a lui.

«Mi dica: cos'è che la blocca nella scrittura del suo racconto? La paura che qualcuno capisca qual è il suo modello e la accusi di non essere originale?»

Teo annuisce, e poi fa: «Sì, esatto, però...».

«Però?»

«Cioè... non mi dà fastidio l'idea che qualcuno legge me e vede Stephen King. Cavolo, è come se giocassi a basket e qualcuno mi dicesse che gioco come LeBron James!»

«Le... chi?»

«Un giocatore di basket fortissimo.»

«Capisco.»

«A me sta bene, benissimo anzi! Però la mia paura è tipo più grande, diversa... cioè mi viene da chiedermi... se una cosa è già stata fatta, *che senso ha che la faccia pure io?*»

«Non la seguo, mi scusi.»

«Intendo: ogni volta che prendo una penna in mano, glielo giuro, in qualche parte del mio cervello c'è una vocina rompipalle che sta lì a dirmi: e se qualcuno ha già scritto una roba simile? Dai, quanti romanzi saranno stati pubblicati nella storia? Un miliardo? Un milione di miliardi? Cioè, quella vocina malefica rompiscatole ha lo stesso identico suono della mia prof di inglese, porca miseria, ha anche l'accento inglese, giuro! Insomma, è lì a dirmi che sicuramente qualcuno ha già scritto quello che voglio scrivere io e quindi... che senso ha mettermi lì e farlo? Per dare al mondo un'altra fotocopia? Capisce, professore?»

«Oh, certo che capisco!»

Teo sente i passi di Bove avvicinarsi, ce l'ha praticamente attaccato alla schiena, quando la sua voce si fa diversa, come lo volesse incitare: «Eh, c'è già chi lo ha fatto, no?!».

«Esatto, c'è già! Mica il mondo ha bisogno di un'altra roba uguale a mille altre, no?»

«Esatto! Giusto!» continua Bove, ridendosela.

«Che fa, mi prende in giro?»

«Sì, la prendo in giro. E adesso tiri fuori il cellulare.»

«Perché? Deve chiamare qualcuno?»

«No, lo tiri fuori e basta.»

Teo lo estrae dalla tasca, in attesa degli eventi.

«Ha modo di scrivere?»

«Sì, be'... c'è l'applicazione delle note. Ma perché?»

«Mi descriva quest'albero.»

«Cosa?!»

«Mi ha sentito. Mi descriva quest'albero.»

«Ma è… un albero!»

«Mio caro Teo, vuole essere così gentile da osservarlo e descriverlo?»

Teo sospira: stavolta il professore è proprio fuori strada, pensa. Niente morali interessanti: è solo un albero, e l'unico modo con cui gli viene da descriverlo è che ha dei rami, un tronco e delle foglie. Non sa nemmeno che tipo di albero sia! E infatti ci mette dieci secondi a eseguire il piccolo compito che il professore gli ha assegnato.

«Fatto!» esclama, alzando il telefono con sufficienza. Il professore gli prende il cellulare di mano, legge. E poi lo scaglia letteralmente lontano, in mezzo all'erba.

«Ehi ma…!?»

«Tranquillo, non si romperà», dice, col suo solito sorriso. Ma poi aggiunge: «O almeno spero…», e Teo corre verso il punto dove il cellulare è caduto, lo recupera, lo pulisce dai fili d'erba sullo schermo. Per fortuna funziona ancora, sarebbe stato un bel problema spiegarlo a suo papà.

«Lei non sta tanto bene, professore!» sbotta, tornando.

«Lo lasci lì!» gli intima Bove, il cui sorriso ora è sparito per lasciar posto a uno sguardo molto severo, e il suo tono di voce è tale che Teo esegue la richiesta, appoggiando il telefono per terra e avvicinandosi al professore, ma sempre buttando l'occhio al punto in cui ha messo il telefono, sai mai che passi qualcuno, lo veda e se lo porti via.

«Mi vuole dire che cosa sta cercando di…» tenta di chiedere, ma Bove interrompe la sua domanda: «Come pensava di descrivere l'albero standosene lì seduto? Prima lezione di scrittura, che vale per qualsiasi cosa lei voglia fare nella vita: ALZARE, QUEL, CULO!».

Teo è a bocca aperta, adesso: la parola *culo*, pur non essendo chissà che parolaccia, nella bocca di un professore che usa sempre il lei e parla come un libro stampato, suona come un turpiloquio molto più volgare e potente. Lui, intanto, prosegue.

«Vuole diventare uno scrittore? Qualcos'altro che ancora non sa? Non importa! Qualsiasi cosa sia, se vuole farla fino in fondo, deve andare a vedere il mondo, prima di tutto, muoversi, vivere ciò che ha di fronte! E quindi alzarsi e girare intorno a quel benedetto albero, guardarlo da vicino, poi da lontano, studiarlo come se fosse l'albero più importante sulla faccia della terra, e sa perché?»

«No, perché?»

Il professore si avvicina e questa cosa gliela sussurra nell'orecchio: «Perché lo è!».

Teo comincia a camminarci intorno, annoiato e diffidente come quando da piccolo gli dicevano di mangiare le verdure perché facevano bene, e intanto dalle sue spalle gli arriva la voce del professore: «Se guarda un albero e vede soltanto un albero, allora non ha visto davvero l'albero».

«Ah no?»

«No, ma se guarda un albero e vede *un miracolo*, allora sì: ha finalmente visto un albero!»

Il volto di Teo tradisce i suoi pensieri: un grande MAH gli attraversa la fronte come in sovrimpressione. Bella frase e tutto quanto, ma continua a non essere per niente convinto, e non fa neanche nulla perché questa sua emozione non si veda dall'esterno.

Intanto anche Bove si mette a girare intorno all'albero con lui, ora.

«Continui a guardare. E poi continui e continui! Fino a che, guardando, vedrà finalmente qualcosa. A un certo punto accadrà, glielo assicuro!»

«Lei dice.»

«Io dico.»

Teo annuisce stringendo le labbra, fa qualche passo verso l'albero, e ancora non gli appare niente di così particolare.

«Potrà essere qualcosa di curioso, di strano, di triste, di divertente, non lo so. Ma prima o poi arriverà», aggiunge Bove, fermandosi di fianco a lui, e poi incamminandosi verso la panchina dove erano seduti prima. «Io torno a sedermi laggiù. E lei resti qui fino a che non vedrà quella cosa!»

I primi minuti Teo li passa tutti a pentirsi di essersi rivolto al professore, oggi. Stavolta non è stato proprio d'aiuto, anzi, gli ha fatto perdere del tempo prezioso per scrivere il suo racconto. Poi però, dopo un tempo indefinito passato ad annoiarsi e far finta di guardare l'albero e intanto pensare ad altro, qualcosa accade davvero.

Una goccia di resina, ferma lì sulla corteccia.

Dentro la goccia, mezza dentro mezza fuori, una formica intrappolata.

Teo si avvicina fino quasi a toccare col naso la corteccia, per osservare la scena, le zampine libere della formica che si agitano quasi mulinando nell'aria, e in qualche modo si sente vicino a quell'insetto, perché lui tante volte si è sentito come una formica intrappolata nella resina, a mulinare le braccia per uscire senza ottenere niente. Quante volte con suo papà si sente così, tirato giù, inchiodato a tanti *perché no*, a tanti sguardi bassi e tante, troppe paure, quante volte a scuola è così, lui che vorrebbe solo fare domande e quella resina sono i professori che quelle domande non le considerano pertinenti, e così Teo va a raccogliere il cellulare e scrive proprio questo, descrive quella formica premendo nervosamente sui tasti: Sulla corteccia c'è una goccia di resina e dentro la resina bloccata lì poverina una formica non riesce a uscire; e io giuro vorrei liberarla ma non ci riesco provo con un rametto che ho trovato per terra ma più ci provo più la resina le finisce sulle zampe libere e vorrei solo che qualcuno la salvasse perché io non so come fare.

Con un bastoncino recuperato per terra, Teo sfiora la goccia di resina, la divide in due, permette alla formichina di uscire, benché ancora tutta appiccicosa. E poi la saluta con l'occhiolino, augurandole buona fortuna.

Quando torna dal professore, lo trova seduto intento a leggere il suo libro.

«Ecco, professore, ho scritto», dice, dopo averlo raggiunto. Bove inforca gli occhiali, legge, sorride con un leggerissimo sbuffo di naso.

«Credo lei abbia compreso da solo la morale, oggi», dice, al termine della lettura.

«Non saprei. Non è che può darmi un aiutino?»

«Lei era convinto che quell'albero fosse solo un albero, ma ha scoperto che non era così. Si è sforzato e alla fine ha saputo vederci qualcosa di estremamente profondo, benché lo abbia scritto senza virgole e me lo abbia reso quasi illeggibile...»

«Eh lo so, scusi, la punteggiatura non è il mio forte...»

«Quella la imparerà, piano piano, studiando e leggendo, se vorrà farlo.»

«Sì, mi sa che devo proprio...»

Il professore solleva il libro, gli mostra il titolo: è l'*Iliade* di Omero.

"E ti pareva che era ancora una volta roba greca!" pensa Teo.

«Vede, caro Teo, lei ha ragione: tutto è già stato scritto. Quanti romanzi, quanti racconti, quanti film e quanti dipinti hanno descritto e rappresentato alberi, magari proprio identici a quello che aveva lei di fronte, e così vale per tutte le storie, che sono sempre dei rifacimenti di storie precedenti, molto spesso tratte dai miti antichi, solo un po' modernizzati. Lo sapeva, per esempio, che *La Bella e la Bestia* è praticamente la copia sputata della *Favola di Amore e Psiche*, un mito di duemila anni fa?»

«Mmm... no, non lo sapevo.»

«*Romeo e Giulietta*? Viene dal mito di Piramo e Tisbe. E tutte le storie di guerra sono una copia dell'*Iliade*», prosegue lui, sventolando il libro. «E tutte quelle di viaggio dell'*Odissea*. E con questo? Si dovrebbe smettere di scrivere e inventare storie solo perché tutto è già stato scritto?!»

Teo ci riflette su un paio di secondi, poi obietta: «Però io non voglio fare qualcosa che è già stato fatto, capisce?».

Bove allora indica col bastone l'albero, laggiù, quello appena descritto da Teo.

«Guardi ancora quell'albero, e se lo ricordi bene: tutto è già stato detto, è vero. *Ma non da lei.* Lei possiede qualcosa che nemmeno Omero, nemmeno Dante avevano: il suo sguardo, le sue proprie esperienze. Sarà questo a rendere unica qualsiasi cosa scriverà, se solo avrà la pazienza di guardarla da vicino, e soprattutto di guardar*si* abbastanza da vicino.» Detto questo, Bove, si alza e si incammina sul sentiero di sassi, facendo roteare il suo bastone. «Se vuole *fare* davvero la differenza, mio caro, si ricordi sempre che lei *è* una differenza», dice, per poi fermarsi e voltarsi e concludere: «E quando ci riuscirà, quando riuscirà a mostrare al mondo la sua unicità, non sarà lei ad andare a caccia di ragazze, ma una lunga fila di loro a bussare alla sua porta!».

L'idea gli viene mentre sta andando a trovare sua zia alla casa di riposo.

Zia Gu è una simpatica vecchietta di ottantun anni. Il suo nome sarebbe Guglielmina, ma Teo l'ha sempre chiamata zia Gu. Capelli a caschetto color argento tirati indietro sempre con lo stesso cerchietto a fiori e un visino dolcissimo con cui potrebbe fare tranquillamente le pubblicità in TV; da quando è ospite della struttura, fa coppia fissa con un'altra simpatica anziana affetta da demenza senile, che Teo chiama sempre zia Ma (si chiamerebbe Marta).

A Teo piace andare a trovarle ogni tanto perché quando zia Ma sbrocca improvvisamente e attacca a inveire contro persone a caso è un po' come essere al cinema, però gratis. Non è che non ci stia con la testa del tutto: diciamo che la sua testa va e viene, a intermittenza. Alterna momenti in cui è perfettamente lucida e si può parlare con lei di qualsiasi argomento – okay, non proprio di qualsiasi: però di cucina, cura dell'orto e edizioni passate del Festival di Sanremo, sì – ad altri in cui insulta nemici immaginari che intravede nelle facce di infermieri e altri ospiti della casa di riposo, sfoderando tutto un campionario di parolacce e insulti in dialetto che non possono che suscitare l'ilarità generale.

I motivi per cui a Teo piace andare a trovare zia Gu non si esauriscono qui: uno è perché lei ogni settimana fa arrivare a Teo di nascosto una piccola mancia, con manovre e passaggi di mano degne di un pusher professionista; un altro è perché nella casa di riposo i vecchi sono sempre tutti molto gentili con lui, gli piace come sorridono al suo passaggio e sembra sempre che non vedano l'ora di raccontargli la loro vita. Una specie di miniera però non d'oro: di storie. Più di una volta si è trattenuto a chiacchierare con loro e si è lasciato immergere in racconti affascinanti che gli parlavano di guerra, bombardamenti, camicie nere, barricate, ma anche di com'era la scuola un tempo, o che giochi facevano i bambini di una volta, piccoli spiragli su un mondo che non c'è più ma che, se solo uno avesse la pazienza di mettersi lì con carta e penna a scriverlo, rivivrebbe ancora. Certo, una cosa brutta di quel posto è che è una specie di roulette russa, ogni volta c'è qualcuno che poi la volta dopo non c'è più.

Sì, gli anziani muoiono spesso, là dentro. È un po' assurdo, ma gli è già capitato diverse volte di fare amicizia con qualcuno, nello stanzone dove passano la maggior parte del tempo, e poi di presentarsi lì e un infermiere o qualcuno gli diceva: «Mi dispiace, ma non c'è più». Questo è l'unico aspetto negativo delle sue visite alla zia, e Teo spera non capiti mai a zia Gu o a zia Ma.

«Allora zia Gu, come butta?» le chiede Teo, entrando nello sala TV, dove lei e un'altra dozzina di anziani sono rapiti dalle immagini di un documentario.

«*Picinin!*» lo accoglie lei, alzandosi, e andando ad abbracciarlo calorosamente.

«È il suo moroso?» chiede zia Ma lì vicino, ironica, il che è un chiaro segnale che oggi la sua testa è a posto. Teo abbraccia zia Gu e le risponde a tono: «Sì, e fra poco ci sposeremo!». Zia Ma li guarda gelosa e allora Teo abbraccia anche lei.

Partono gli applausi generali e, mentre Teo abbraccia la sua vera zia e quella acquisita, già con il telefono in mano per immortalare questo momento con un selfie, avverte una specie di voce, dentro di sé. Come un'illuminazione: cos'è, uno dei suoi shining? Sì, gli viene in mente che la cosa che potrebbe scrivere, quella che suo padre gli ha chiesto, potrebbe ambientarla proprio qui, in questo posto bizzarro, magari un thriller dove piano piano iniziano a morire in modo strano alcune nonne e alcuni nonni e…

«Allora, com'è andata quest'anno?» La voce della zia lo riporta alla realtà.

Ahia, nessuno le ha ancora dato la bella notizia della bocciatura, e Teo è tentato per un attimo di non dirle la verità, ma poi invece sì: «Male zia, molto male».

Zia Gu lo guarda storto, ma poi gli accarezza una guancia, e intanto Teo cerca di sviare dall'argomento con la scusa della foto. Alza la mano per allargare l'inquadratura, mentre zia Gu e zia Ma guardano corrucciate il display, perché ancora non si sono abituate a quella diavoleria tecnologica. Solo che per sbaglio Teo non fa partire la fotocamera ma apre la galleria, e come prima foto appare l'ultima che ha fatto, il selfie con il professore.

E lì zia Ma ha uno dei suoi momenti.

«Quello lì lo conosco!» dice, tutta agitata. E poi prosegue: «È un bastardo, un *canchero*!».

A Teo scappa da ridere, perché lo fa sempre molto ridere la parola *canchero*, trasposizione dialettale di "cancro" e traducibile come "persona cattiva, di cui non ci si può mai fidare".

Che strano, però: fino a un secondo fa zia Ma era perfettamente lucida, e adesso ha questo delirio improvviso, tutto rivolto alla faccia del professore nella foto.

«Zia Ma non fare così, non lo conosci, è un mio amico!» cerca di rassicurarla Teo, ma non funziona. Zia Ma punta il dito contro il display del suo telefono e si agita ancora di più.

«Quello lì lo conosco! Mia nipote… quello lì… è un *canchero*!» dice. E così Teo mette via il telefono e rinuncia al selfie con le sue zie. Le fa sedere e si offre di portare loro un tè caldo, mentre placida e soporifera si diffonde nella stanza la voce fuoricampo di un altro documentario sulla pesca d'altura.

Questa scena però gli si incastra nella testa, lungo il tragitto fino ai distributori di bevande: si immagina che nel suo thriller ci sia un'anziana, proprio come zia Ma, che ha dei poteri speciali, solo che tutti la prendono per una malata di Alzheimer o chissà cos'altro, e piano piano il racconto prende forma nella sua testa. Sente già i dialoghi, si immagina un detective ex alcolista alla Bill Hodges della trilogia di Stephen King e un fremito gli accelera il battito del cuore, d'un tratto la mano gli prude, deve scrivere.

E così, quando torna in stanza con i due tè e zia Ma sembra essersi definitivamente calmata, in mezzo a un nugolo di vecchietti mezzi addormentati davanti alla TV, Teo comincia a scrivere il suo racconto e si sente felice.

Come un bambino che gioca con le costruzioni.

«Bellissimo!» dice Peach, con un lecca-lecca in bocca e il cellulare in mano.

«Davvero ti piace?» le chiede, e una luce insolita si accende nei suoi occhi.

Sono fuori dal supermercato. Peach è seduta dentro il carrello e Teo lo sta spingendo verso l'ingresso, mentre lei finisce di leggere il suo racconto. Devono fare un po' di spesa perché domani ci sarà un pic-nic con gli amici al fiume. Loro hanno l'ingrato compito di preparare i panini.

«Sì, amore. È uno dei più bei racconti che abbia mai letto. Ma come ti è venuto?»

Teo sorride a pensare che zia Ma ne è stata l'involontaria ispiratrice, e la scena del selfie è diventata il momento chiave in cui l'anziana dotata di poteri paranormali riconosce da una foto il medico psicopatico responsabile della morte di tutti gli anziani scomparsi in modo misterioso.

«Solo una cosa non ho capito», aggiunge Peach, togliendo il lecca-lecca dalla bocca.

«Che cosa?»

«Perché cavolo l'hai intitolato *La formica intrappolata* se nel racconto non c'è mai una formica?»

Teo sorride, alza le spalle. «Così», fa, ed entrano nel supermercato.

«Poi vabbè, continuo a non capire questa tua passione sfrenata per il punto e virgola. Perché ti piace così tanto che lo metti anche dove non dovrebbe esserci?»

«Sai che non so? Mi piace!»

«Tu non sei normale.»

«Grazie del complimento.»

Un commesso li guarda che peggio non si può, e Peach esce dal carrello.

«E tuo papà? L'ha fatto leggere alla tipa amica sua?»

«Sì, gliel'ha mandato ieri, ma lei non si è ancora fatta sentire.»

Sono davanti allo scaffale del pane in cassetta e Peach è indecisa fra quello di grano duro e quello al latte.

«Al latte per favore», fa Teo. Lei lo lancia dentro, e intanto gli chiede: «Livello di ansia, da uno a dieci?».

«Non tanta sai?» risponde Teo. «Cioè sì, ce l'ho. Ma alla fine è solo il parere di una persona, no? Io sono già superfelice di essere riuscito a scriverlo!» ammette, forse più a sé stesso che a lei.

«Davvero?»

«Sì, ho iniziato una cosa e l'ho... finita! Non è una figata?!»

Peach annuisce tenendo in mano lo stecco del lecca-lecca, e Teo si sofferma sulle sue labbra lucide di zucchero. Sono più rosse e più belle del solito, oggi.

«Ma col tipo, come va?» le chiede.

«Filippo?»

«Ah, si chiama Filippo?» fa Teo, e lei replica con un'espressione perplessa.

«Perché mi guardi così?» gli chiede.

«Così come?»

«Non so, è uno sguardo strano!»

Non sa se dirle quello che gli passa per la testa, ora. Il che sarebbe, a essere precisi, che Filippo non è decisamente il nome per uno che possa stare con Peach. È proprio il suono che è tutto sbagliato! Filippo è un nome che sa di pomeriggi a tradurre greco prima di andare all'allenamento di tennis, di cene in ristoranti dove entri solo con la giacca. Cosa c'entra Peach con uno con un nome così?

I suoi pensieri vengono interrotti dalla voce di lei.

«Ci scriviamo, sì, ma è assurdo!»

«Perché assurdo?»

«Perché poi, quando ci vediamo, è tutto diverso... come

quella sera alla festa, no? Poi sembra che… boh!» dice, non sapendo come spiegare quello che vorrebbe dire.

«Sembra che… boh?!»

«Sì, dico: sta lì, non si dà una mossa, altro che i messaggi che mi manda… ma tu non ti sei rotto di *scriverti* con la gente?» gli chiede lei, con le dita a mimare le virgolette.

«Cioè?»

«Ma sì, siamo sempre lì che ci scriviamo, no? Non solo io e lui, io dico: tutti!» esclama, come protestando davanti a un pubblico immaginario.

«E che c'è che non va?»

«Non ti viene voglia di *parlare* con le persone, a te? Di vivere esperienze *vere*?»

Teo mette nel carrello cinque pacchetti di sottilette e pensa sempre di più che questo Filippo sarà anche un patito del greco e del tennis, ma è proprio scemo a non fare di tutto per stare con una ragazza così, bella come lei, che ha sedici anni però riesce a essere scemissima, e quando vuole sa ragionare come una ragazza di trenta. "Ma cosa vuole di più?" pensa, però è anche felice che non funzioni con lui. Se si mettessero insieme, potrebbe vederla molto meno.

«Sai cosa mi dà fastidio?» dice Peach.

«Che cosa?»

«I vocali. Io quelli li odio!»

«Perché?»

«Sì, ma non perché è una rottura ascoltarli, eh? Cioè sì, anche, ma soprattutto perché invece di chiamarci e di parlarci, cosa facciamo? Ci mandiamo quegli stupidi vocali!»

«E che c'è di male?» chiede Teo.

«C'è di male che lo facciamo perché vogliamo avere sempre il controllo, ti sei accorto? Un vocale, no? Quante volte ti succede di parlare dieci secondi e poi cancellare perché non è venuto perfetto come volevi?»

Teo annuisce: non spesso, ma qualche volta gli succede, sì. Soprattutto quei pochi che finora ha mandato a Sofia.

«Ecco», prosegue lei, «vogliamo sempre essere precisi e perfetti al cento per cento, e se per sbaglio diciamo qualche stronzata... *hop!*, cancelliamo subito tutto e ne rifacciamo un altro. Ma che roba è?!» sbotta.

«Ah, non so, però in effetti hai ragione», concorda Teo.

«E così non ci conosciamo mai davvero per quello che siamo, no?» conclude lei.

Teo sorride, ora: solo ieri Sofia gliene avrà mandati dieci, di vocali.

«Che hai da sorridere, tu?» gli fa lei, socchiudendo le palpebre come per fare uno sguardo minaccioso.

«Ma tu ti rendi conto che me ne mandi mille al giorno, vero?»

Peach gli dà un piccolo pugno sulla spalla: «Stronzo! È diverso!».

«Ah sì?»

«Sì, perché io i vocali che faccio a te non li cancello mai. Me ne frego se dico delle stronzate, perché tanto tu... tu sei tu!»

Teo si tocca la spalla dove lei l'ha appena colpito, mette nel carrello della crema spalmabile e pensa che un giorno scriverà una storia in cui uno dei personaggi dice all'altro quello che lei ha appena detto a lui, cambiando forse un po' le parole, ma non la sostanza. Vede già la pagina, nero su bianco, stampata come in un libro, e la descrizione di quando prima Peach era dentro il carrello e lui la spingeva, il modo in cui teneva quel lecca-lecca in bocca, il suo sorriso, le mani sempre un po' sporche di grasso.

Per un secondo, uno solo, Teo si immagina i due personaggi della sua storia baciarsi, magari proprio fra le corsie del supermercato, fra formaggini, mozzarelle, vecchiette che passano e famiglie coi carrelli strapieni; il romanticismo non è proprio il suo genere, ma come scena non sarebbe proprio niente male, e mentre la sua testa è totalmente rapita da quei pensieri, qualcuno bussa alla sua spalla e una voce che conosce molto bene lo fa voltare: «Toc Toc!».

«Anche tu a fare la spesa per domani?» gli chiede Sofia. Ha di nuovo quella maglietta, YOLO.

«Perché, ci vieni anche tu al fiume?»

«Sì, certo. Non mi avevi visto nel gruppo?»

No, non l'aveva vista. Gruppo silenziato all'istante e messaggi mai letti. Ci ha pensato Peach a tenere i contatti.

«E viene anche…» accenna Teo, che sta per dire *Frodo*, ma per sua fortuna Sofia lo anticipa. «Non so, credo di sì», risponde. Il che complica un po' le cose, perché lo dice in un modo che lascia ampi margini di interpretazione.

«Vi lascio soli», interviene intanto Peach, «io vado a cercare qualcosa da bere per domani!», e si allontana col carrello.

Una volta rimasti in due, Teo si offre di dare una mano a Sofia a prendere quello che le serve, e come sempre entra in modalità Darsi-Un-Tono e non capisce perché.

Per esempio, quando lei gli chiede che cosa sta facendo in questo periodo, le risponde con una bugia dell'ottavo grado della scala balle, cioè che sta seguendo un corso di inglese per il suo futuro trasferimento in Islanda.

«Figo!» fa lei, ma mentre lo dice nota una strana increspatura nel suo viso.

E allora le butta lì: «Non ti piace l'Islanda?».

Lei risponde secca: «Non mi piace che *tu* vada in Islanda».

"Okay, quest'informazione non so proprio come prenderla", valuta Teo, e rimpiange che Peach si sia allontanata, perché avrebbe potuto essere un efficace traduttore del linguaggio femminile.

«Vabbè, ma noi alla fine…» prova a ribattere, allora, ma il resto della frase si perde per strada. Ecco un altro problema di quando è con Sofia: inizia le frasi ma non le finisce, e succede un sacco di volte.

«Noi… alla fine?» gli chiede lei.

«Be', noi alla fine non è che ci conosciamo… così tanto», considera Teo, solo perché non può dire quello che pensa davvero, e cioè: "Perché mai dovrebbe dispiacerti se un tizio con cui hai parlato tre volte in vita tua se ne va in Islanda?!".

Sofia scuote la testa in un modo che, questo sì, Teo riesce subito a decifrare, perché è il modo che vuol dire: *non capi-*

sci niente, ma quando sta per chiederle cosa di preciso non ha capito, ecco che riappare Peach all'orizzonte.

«Preso il succo e anche del latte per il mio vitellino!» fa, spingendo il carrello apposta contro quello di Sofia.

«Grazie eh!» commenta lei. Teo nota che si guardano in modo strano: accade spesso che le ragazze – Peach compresa – si guardino in modi che sottintendono intere frasi, solo che lui non riesce mai a decodificare cosa si dicano con quegli sguardi.

«Vabbè, allora a domani!» taglia corto Sofia, andando nella direzione opposta, vagamente scocciata e lasciando di sé solo una scia del suo profumo

«Perché fa così, secondo te?» domanda Teo a Peach, quando Sofia è abbastanza lontana.

«Perché è gelosa tesoro, non l'avevi capito?»

«Gelosa di chi?!»

«Okay, amore mio, a scrivere sarai pure bravo, ma quanto a ragazze… mi sa che hai bisogno di un corso accelerato eh?» gli dice e, mentre lo dice, il telefono vibra nella tasca di Teo.

Lui lo prende in mano: è un'e-mail di suo padre. Inoltrata. Da parte della sua amica.

«Leggi tu», dice Teo a Peach, passandole il telefono. «Io non ho il coraggio.»

Ciao Mario,
ho letto il racconto di tuo figlio, *La formica intrappolata*.
Bella l'idea del titolo, mi è piaciuta! Cattura subito l'attenzione.
Mi spiace, però: è l'unica cosa decente. Non me ne volere, ma non ce n'è proprio, secondo me.
Confuso, non si capisce quasi niente, usa il punto e virgola di continuo e completamente a caso.
E poi si vede che imita Stephen King, ma ovviamente senza riuscirci.
Mi dispiace.
A presto,
Valeria

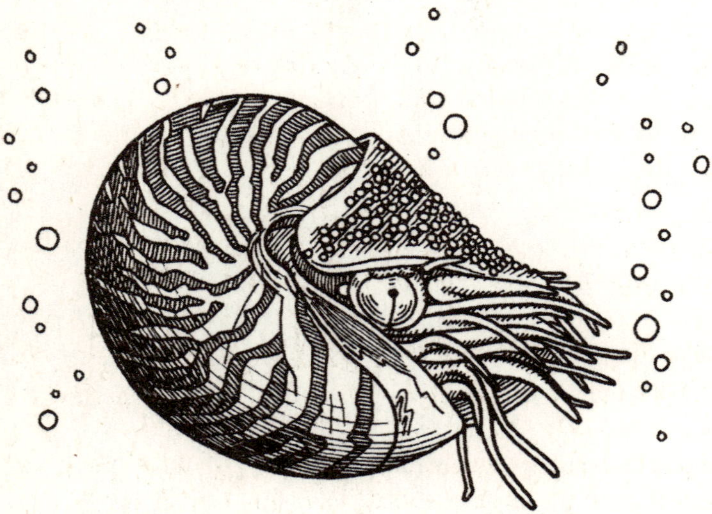

Il *Nautilus pompilius* è un mollusco cefalopode tetrabranchiato, diffuso nell'oceano Pacifico, dalle isole Figi alla Nuova Guinea. In un mondo animale che cambia e si evolve di continuo, lui è un caso unico: è rimasto più o meno lo stesso che era milioni di anni fa, e lo sappiamo perché sono stati ritrovati dei suoi antenati fossili che sono molto simili a com'è lui oggi.

Capolavoro di ingegneria evolutiva, la sua conchiglia è un esempio perfetto di sezione aurea, che si estende a forma di spirale logaritmica seguendo la successione di Fibonacci. Le generazioni si succedono, certo, ma quella conchiglia così perfetta è ancora quella di milioni di anni fa.

Morale: a volte ti sembra che cambiare qualcosa sia l'unico modo di ravvivare la tua vita.
Quando è così, ricordati del *Nautilus pompilius*: cambia, sì, ma se hai trovato qualcosa che è perfetto per te, quello tienitelo stretto.

9.
TOGLIERE

È tutto okay, Teo?»

Lui e suo papà sono in pizzeria insieme. Di solito Teo fa fuori una pizza in tre bocconi senza usare le posate, ma stavolta è ancora lì a metà che si raffredda, mentre alle domande del padre risponde con un breve mugugno e un'alzata di spalle.

«Senti, mi spiace per l'e-mail, però io non posso farci niente, lei ti ha solo detto quello che pensa.» Suo papà prova a entrare in argomento, mentre Teo si concentra sul modo strano che hanno le bollicine di Coca-Cola di addensarsi tutte sulla superficie interna del bicchiere, come pesciolini che nuotano in branco.

«In fondo, se ci pensi, meglio saperlo subito, no? Così magari eviti di perdere tempo a fare una cosa che non ti porterà da nessuna parte», aggiunge, e Teo non vede l'ora di tornare a casa, e gli sale perfino il sospetto che sia stato tutto un piano di suo papà: che sia stato lui ad attirarlo nella trappola, e che fin dall'inizio abbia chiesto a Valeria di scrivere un'e-mail così ammazza-sogni come quella.

Non ce n'è proprio, secondo me.

Sono parole taglienti come asce da boscaiolo, e Teo in questo momento è un picchio che osserva impotente il ciondolare del tronco prima del suo precipitare giù: lui sognava di mettere su casa su quegli alberi, e adesso invece...

Si vede che imita Stephen King, ma ovviamente senza riuscirci.

Di tutta quella frase, quello che a Teo non va giù non è tanto la perentorietà, o il fatto che abbia considerato imitare il Re un disvalore, ma l'avverbio: in che senso *ovviamente*? Vuol dire che forse è scontato che non ci possa riuscire? E perché?

«Dai mangia però, che si fredda!» lo esorta il padre, ma quell'avverbio rimbomba nella sua testa come il suono di un albero che si schianta al suolo. Certo che non pretende di essere bravo come Stephen King, ci mancherebbe, nessuno può essere più bravo di lui perché lui è dio e nessuno è più bravo di dio. Ma gli dà comunque fastidio che abbia detto *ovviamente,* come se fosse partita prevenuta. Lei che ne sapeva?

Sì, lo sa che non ha molto senso quello che sta pensando, ma non riesce a smettere di pensarlo.

«Guarda che te l'ho detto mille volte ma te lo ripeto: non vuol mica dire che devi smettere di scrivere!» gli ricorda suo padre. «Solo magari prendilo come un passatempo, una cosa che fai per te stesso, no?»

Teo annuisce, ma intanto gli sta tornando anche la rabbia verso suo papà e questo suo atteggiamento di chi parte già sconfitto, lui lo sa da dove viene questo suo aspettarsi solo fiaschi dalla vita e comincia a chiedersi se non lo stia contagiando, in qualche modo, tipo virus che ci si passa a stare troppo in contatto con una persona, e poi lo fa tremendamente incazzare pensare a quell'e-mail: perché gliel'ha inoltrata così, senza dire niente? Non poteva aspettare che tornasse a casa e dirglielo in un altro modo, preparandolo piano piano? Non dovrebbe fare così un genitore?

Se mai sarà padre, un giorno, e suo figlio dovesse ricevere una brutta notizia, non gliela farà neanche vedere, gliela comunicherà a piccole dosi, con calma, magari davanti a una pizza gigante *prima* di dirglielo, e non *dopo*: farà male lo stesso, ma almeno farà male a stomaco pieno.

«A me, comunque, il tuo racconto non è sembrato male», continua, e neanche si accorge che dicendo così gli fa sentire ancora più acuminata la fitta di dolore – dire che qualcosa "non è male" è come dare un contentino, come ammettere che pure tu ti aspettavi facesse schifo ma poi invece non faceva così schifo. In realtà, Teo non sapeva bene cosa aspettarsi da quel tentativo, che cosa credeva di leggere nell'e-mail dell'amica del padre. Forse, un piccolo barlume di speranza. Gli sarebbe bastato che ci fosse scritto: *Okay non ci ho capito niente, il racconto fa pena, penso sia ottimo come stimolante per andare di corpo, però con tanto lavoro e tanta pazienza forse qualcosa di buono si riesce a tirare fuori!*

Vorrebbe farlo leggere a Bove, quello sì.

Già, ma come? Dovrebbe incontrarlo di nuovo di nascosto. Un'ultima volta e poi basta, giura a sé stesso: giusto per avere un parere definitivo. Se deve relegare la scrittura a passatempo, vuole essere sicuro al cento per cento. E così quando la sua pizza è ancora a metà, finalmente Teo dice le prime parole di tutta la serata a suo padre: «Vado un attimo in bagno».

E, una volta lì, cerca il suo numero nel telefono.

«Sì, ha ragione l'amica di suo padre. Questo racconto è terribile!»

Bove se la ride mentre commenta il plico di fogli che ha in mano, mentre Teo non riesce a credere alle sue orecchie: ma non dovrebbe usare delle frasi un po' più incoraggianti? Un po' meno spezza-ali?

Contrae le spalle, come se gli fosse appena arrivato uno schiaffo in piena faccia. Che è poi quello che gli è appena successo, sotto forma di giudizio impietoso sul suo primo vero tentativo di scrivere qualcosa.

«*...i suoi occhi fiammeggiavano impietosamente rumorosamente terribilmente...* Teo, lei per caso fa collezione di avverbi?!»

Sono nel giardino del professore, sotto un albero di ciliegie che se allunghi un po' una mano ne riesci a prendere qualcuna. Cosa che Teo fa, nervosamente, mentre Bove sciorina una per una tutte le frasi malriuscite del suo testo.

«Insomma il mio racconto fa paura più che altro per quanto è scritto male!» commenta, provando a usare l'auto-sarcasmo per mettere a tacere la delusione cocente che sta provando.

«Invece no: ci sono dei passaggi che denotano un certo...»

«Un certo?»

«Non lo so, si intravede una scintilla di luce!»

«Per esempio?»

«Per esempio qui: *Lui sfiorò la maniglia fredda della porta, ma poi quella porta non la aprì*, innanzitutto qui mi ha messo un bel chiasmo e...»

«Un...?»

«È una figura retorica molto sofisticata. Diciamo che ha costruito bene la frase, e poi soprattutto è riuscito a farmi *vedere* la scena, a farmi sentire il freddo del metallo. Non è una cosa da poco!»

Come lo dice, il volto di Teo si illumina: allora è servito a qualcosa farglielo leggere!

Sono lì perché è stato lui a chiederlo, ieri sera al telefono, dalla pizzeria: ufficialmente perché curioso di vedere la casa del professore, in realtà per stare lontano da occhi indiscreti e spie di suo padre. È uscito per andare al pic-nic con gli amici, ma prima ha fatto questa deviazione e la cosa non lo fa sentire del tutto bene. Sta infrangendo una promessa e anche se ormai la faccenda del racconto è bell'e archiviata, si sente un po' a disagio.

Davanti a loro, tre tazze vuote. Da dentro, rumore di qualcuno ai fornelli.

"Come mai tre?" pensa Teo, e inizia a fare congetture su chi possa essere il destinatario della terza tazza. La moglie del professore? Un parente che vive con lui?

La risposta arriva da sola, dopo un paio di minuti, quando compare una donna con in mano un vassoio e un bricco da tè. «E così tu sei il famoso Teo», dice, appoggiandolo sul tavolino e sedendosi. Ha un leggero accento francese. «Piacere, Eleonora.»

«Lei è mia figlia!» aggiunge il professore, visibilmente orgoglioso.

Questo scompagina le carte: perché allora quel giorno al cimitero non voleva andare a sinistra? Forse ha più di una figlia? Una serie di domande si affolla nella testa di Teo e non saprebbe nemmeno da quale cominciare.

Eleonora versa il tè nelle tazze. Per un istante, Teo sarebbe tentato di dare voce a una di quelle domande, ma si trattiene. Che diritto avrebbe? Così cerca di parlare di altro.

«Professore, è sicuro che un tè bollente vada bene, con questo caldo?» chiede, ma a rispondere è Eleonora, che imita bonariamente la voce di suo padre: «Sì, è molto più dissetante, lo dicono i beduini del deserto!».

«Interessante», fa Teo, annuendo, ma guardandosi bene dal bere quella roba incandescente, per paura di scottarsi.

In tutto questo, il professore indossa ancora gli occhiali da lettura e sta sfogliando il racconto. Sorseggia il tè, riappoggia la tazza sul tavolino e poi conclude: «Non posso dare torto alla valutazione che le hanno dato!».

Teo allora alza le spalle e sente ancora, ben distinto, il suono di un'ascia che abbatte un albero nel silenzio del bosco. Solo che, prima che l'albero precipiti, Bove aggiunge una parola che cambia tutto: «Però...».

E già nel suono della sua voce Teo vede la scena dell'ascia e dell'albero riavvolgersi al contrario, a gran velocità.

«Però?» chiede, restando con la bocca mezza aperta.

«Vedo, per esempio, che lei usa spessissimo il punto e virgola. Anche a sproposito, devo dire. Ma perché?»

Di tutte le domande al mondo che il professore poteva fargli, questa era l'ultima che Teo si sarebbe aspettato.

«Ma perché ce l'avete tutti con il punto e virgola?!» sbotta allora.

«Ah ah! Si calmi, Teo, sto solo cercando di capire.»

«Non lo so, mi piace. Poverino, è il segno di punteggiatura che non si fila mai nessuno!»

Il professore si gratta il mento e lo sguardo gli cade verso il basso, come se questa cosa del punto e virgola avesse stuzzicato qualche corda strana.

Teo, intanto, prosegue: «Cioè, boh, mi piace anche per quello che significa. Ti dice che qualcosa è finito, ma non del tutto finito, no?».

L'ultima affermazione provoca in Bove un sospiro che Teo non gli aveva mai sentito fare, perfino rumoroso, il che gli dà la certezza definitiva che, per qualche motivo assurdo, la storia del punto e virgola gli ricorda qualcosa. Ma cosa?

Bove intanto appoggia i fogli sul tavolino, poi si rivolge alla figlia: «Eleonora, tesoro, ti ricordi la foto che ci mandò quella nostra comune amica? Quella dell'Accademia di Firenze?». È un modo di chiederle di andarla a prendere, ma Eleonora ribatte pronta: «Vai vai!», indicando l'interno della casa e invitando il padre ad andare a prendersela lui.

Bove allora si alza in piedi e Teo resta solo con Eleonora, che guarda verso l'ingresso e commenta a bassa voce: «Credo sia un po' depresso. Ultimamente sta perdendo la voglia di fare qualsiasi cosa». Teo annuisce imbarazzato e, non sapendo cosa dire, butta fuori solo uno strascicato: «Ah sì?», che lo fa sentire un perfetto cretino.

Eleonora, però, dà l'idea di aver bisogno di sfogarsi con qualcuno, perché aggiunge: «Non è un bel periodo. Dopo mia madre, e soprattutto dopo la storia di quella ragazza... ma questo lo sai già», e Teo non trova di meglio che annuire come se sapesse davvero ciò di cui sta parlando.

In che senso sua mamma? E soprattutto: cosa voleva dire con «dopo la storia di quella ragazza»?

«Meno male che ha incontrato te», aggiunge Eleonora, «gli fa bene, lo vedo sempre un po' meglio dopo che è stato con te.»

Teo non sa proprio come collegare tutte queste informazioni né sa se lo vuole fare davvero. Anche perché il tempo non è molto ed è lì per un motivo preciso.

«Ma non parliamo di cose brutte», conclude lei, «che oggi è una così bella giornata!» Dopodiché esce il professore, e tiene in mano un quadro.

«Eccola!» fa, mostrandoglielo.

«Questa è una foto della Galleria dell'Accademia, ha presente?»

Teo scuote la testa: no, non ha presente. Le lezioni di arte per lui sono sempre state quanto di più soporifero al mondo, e di solito le trascorreva scarabocchiando parole sul libro o guardando fuori, sperando passasse qualche uccello particolare.

«Non importa», fa Bove, «per capirci, è il museo dove è esposto il *David* di Michelangelo, quello se lo ricorderà di sicuro!»

«Non è quello… ehm…» fa Teo, e gli viene da sorridere.

«Sì, è quello col pipino piccolino!» commenta Eleonora, col suo accento francese. Tutti e tre si mettono a ridere.

«C'è questa mia ex studentessa che adesso si è trasferita lì a studiare fotografia. Si ricorda? Un giorno gliene ho parlato, si chiama Gioia: ogni tanto mi manda dei suoi lavori, ma questo finora è il mio preferito!»

Il professore gli passa il quadro, Teo lo esamina. A dire il vero non sembra niente di speciale: si vede una scultura non finita, un uomo incastonato dentro una roccia; con le mani è come se stesse sollevando qualcosa ma non si vede che cosa, appunto perché non è finita.

«Be…bello», abbozza Teo, per educazione più che altro.

Eleonora finisce il suo tè. «Scusate, io devo andare.» Si alza e poi avvicina la bocca all'orecchio di Teo, come per non farsi sentire da suo padre. «Non fargli domande su quello che ti ho detto, mi raccomando, se no si agita!» e poi lo saluta. Teo non sa come gestire questa raccomandazione: quali sono di preciso le domande che è meglio non fare? E cosa vuol dire che Bove si agita? Lei, nel frattempo, ha già preso la bicicletta, aperto il portoncino del giardino e ora sta uscendo, dedicandogli un cenno con l'occhiolino che sembrerebbe significare: *Ci siamo intesi, vero?*, mentre il professore tiene il quadro in mano e con l'indice ne accarezza la superficie.

«Questo è uno dei *Prigioni* di Michelangelo. In bianco e nero, risalta ancora di più il gioco di luci e ombre!» osserva, tutto eccitato, e non sembra per niente depresso o triste mentre lo fa, anzi: ogni volta che gli spiega qualcosa con tutto questo entusiasmo, da un lato gli sembra un po' buffo, ma dall'altro gli fa chiedere come mai non stia ancora insegnando. "Quest'uomo è nato per fare questo!" pensa. "È proprio questa la sua *Cosa*!"

Intanto, Bove prosegue. «Lo so che a un primo sguardo non sembra niente di speciale, ma è perché si tratta di un gruppo di quattro grandi sculture non completate; questa è quella cui è stato dato il nome di *Atlante*.»

«Perché *Atlante*?» chiede Teo, avvicinandosi alla foto incorniciata.

«Be'... perché assomiglia al titano Atlante, quello che sorregge la volta del cielo.»

«È anche il dio della geografia, giusto?» commenta Teo, ma stavolta non è una battuta, è una sua associazione di idee, insomma è proprio convinto che sia così. Il professore però abbassa gli occhiali e lo scruta.

«Che ho detto di strano?» chiede Teo, ritraendo il collo come una tartaruga. Bove sorride e scuote leggermente la testa. «Ho capito la sua associazione di idee. E in effetti ha senso, pensandoci», dice. E Teo si sente un grammo più intelligente di prima. Solo che la curiosità gli resta.

«Ma perché si chiamano atlanti, i libri con dentro le carte geografiche?»

Bove beve un sorso di tè e risponde. «Atlante era uno dei Giganti, che sfidarono l'autorità di Zeus; quando furono sconfitti, ad Atlante toccò come punizione di sorreggere per l'eternità la volta del cielo. Moltissimi anni dopo, un geografo di nome Mercatore si mise in testa di pubblicare il primo libro di mappe del mondo. E siccome sul frontespizio di quel libro c'era disegnato proprio Atlante, da allora tutti i libri di mappe si chiamano *atlanti*.»

Teo realizza che poco prima ha detto una castroneria abbastanza assurda: Atlante il dio della geografia?! Ma dai! Eppure, non si è sentito scemo neanche per mezzo secondo: il professore è addirittura riuscito a farlo sentire un pochino intelligente. Ma come ci è riuscito? Teo non ne ha idea, ma se ripensa al tema che gli è costato la sospensione, gli viene da dire che a scuola quasi mai è così: quando sbagli, da quelle parti, riesci solo a sentirti un po' più stupido. E finisce che dopo un po' ti passa la voglia di provarci.

Bove, intanto, smania dalla voglia di raccontare qualcosa sulla foto che tiene in mano e Teo, anche se dovrebbe andare ora, lo lascia parlare.

«Queste sculture», spiega, «sono posizionate nel corridoio che porta al famosissimo *David*, e infatti tutti i visitatori sono sempre attratti dalla scultura che sta in fondo, al punto che trascurano quasi sempre questi autentici capolavori, molto più compiuti di quello che si pensa!»

«Be'... mi scusi ma... non mi sembra così compiuta quella statua!» obietta Teo, indicandola col mento.

«E invece è proprio per questo che è compiuta! Nel suo essere incompiuta!» controbatte il professore, ma solo ottenendo come risultato che Teo pensi: "Okay, è ufficiale: il tè caldo dà alla testa!".

«Vede, mio caro Teo, questa scultura non finita ci rispecchia molto più, come umani, del *David* in fondo al corridoio, così perfetto e sempre rischiarato dai flash dei turisti!»

Teo scuote la testa.

«Non credo si possano fare foto col flash in un museo, professore!»

«Oh, certo, ha ragione. Ma ha capito che cosa voglio dire, vero?»

«Ehm... non tanto.»

Il professore mette il quadro in mano a Teo. Beve un altro sorso di tè e poi lo interroga.

«Lo guardi», fa, «lo guardi con attenzione. E mi dica che cosa vede.»

Teo si concentra.

«Vedo che non si vede molto... a parte gli addominali, voglio dire. Il tipo faceva palestra o qualcosa del genere mi sa.»

Bove sorride.

«E poi?» insiste.

«Mah, mi pare che Michelangelo, qui, avesse iniziato a scolpire il...» e indica il pube del *Prigione*.

«Il...?» domanda il professore.

«Eh... IL COSO!» fa Teo, indicandolo con maggiore forza. «Solo che è rimasto indietro, non l'ha finito, anche perché se questo fosse il suo vero *coso...* il tizio qui avrebbe seri problemi, credo!»

Bove sospira, anche se si vede che sta trattenendo una risata lui, ora.

«E poi? Che cosa le sembra stia facendo, l'uomo dentro la roccia?» insiste ancora. Teo strabuzza gli occhi, e la butta lì, perché non sa più che cosa dire.

«Non so, sembra uno che sta cercando di liberarsi!»

«Esatto! Precisamente quello!»

Teo fa la faccia stupita, come quando a scuola gli capita di tirare a caso e per una botta di fortuna azzecca la risposta.

«Forse dovrei iscrivermi ad arte!» esclama, tutto tronfio.

«Potrebbe essere un'idea, perché ha colto quello che i più grandi critici d'arte hanno saputo vedere in quest'opera, lo sa?»

«Certo che lo so!» risponde Teo, soffiandosi sulle unghie e poi strofinandole sul petto, per darsi delle arie, ma con ironia. Il professore intanto sfila il suo taccuino dalla tasca, ci scrive qualcosa sopra e poi lo passa a Teo. Che legge: *Scrivere è soprattutto riscrivere.*

«Me la spiega questa? Che vuole dire?»

«Vuol dire che il suo racconto è davvero illeggibile, ma con un po' di attenzione si capisce che c'è qualcosa, lì dentro, che pulsa, c'è vita insomma!»

«Ma dai!» Gli occhi di Teo si spalancano increduli. «E quindi? Come faccio io a...» prova a chiedere, ma Bove lo interrompe indicando con il dito la frase che ha appena scritto.

«Così. Per ottenere una sola riga decente – per capire cosa davvero vogliamo dire al mondo – occorrono infinite cancellature, tagli, scarabocchi, insomma tentativi su tentativi! E soprattutto: togliere!»

«Togliere?»

«Sì, togliere. E vale per la scrittura come per tutto il resto. La sua famosa *Cosa* ha esattamente la forma di questa scultura: è come uno schiavo che cerca di liberarsi, ed è lì, dentro di noi, che urla per farsi sentire», e adesso sembra che il professore non stia più parlando solo a Teo, ma anche a sé stesso. «Pensiamo che per fare qualcosa di bello occorra aggiungere, fare sempre di più, sempre più cose, e corriamo di qua e di là. Invece, alla fine il segreto è… saper *togliere.* Non è facile, ci vogliono molto coraggio, pazienza, cura. Anche insegnare è questo, anzi soprattutto questo: non buttare dentro ma *tirare fuori roba,* e farlo con cura, con pazienza, senza fretta, perché quel che ci sembra brutto o strano o sbagliato, alla fine è soltanto… incompleto, come questo *Prigione* che cerca di liberarsi dalla roccia. Ma…» Bove sta per aggiungere qualcosa, però si interrompe. E ora c'è proprio una sfumatura di tristezza nella sua voce.

«Ma?» prova a sollecitarlo Teo.

«Lei non doveva andare a quel pic-nic?» gli chiede il professore. Teo si rende conto che forse di arte non ne capirà niente, ma è uno specialista di *ma* detti e poi lasciati cadere. Così, prende al volo l'invito del professore a essere coraggioso e gli fa la vera domanda che voleva fare prima: «E lei? Perché ha smesso di insegnare, se era la sua di *Cosa*?».

Il professore si alza, fa per entrare in casa e dice: «Davvero, Teo, è tardi. Vada, se no perde un'altra occasione con quella ragazza!».

Non gli ha parlato tutto il giorno. Zero, niente. E ormai è sera.

E dire che Frodo non è nemmeno comparso all'orizzonte, il che le avrebbe dato la possibilità almeno di fare due chiacchiere. Non che se ci fosse stato lui lei non avrebbe potuto, ma insomma – si sa – la storia del gatto che non c'è eccetera.

"Ma che diavolo dico?" pensa Teo, seduto per terra in disparte, mentre qualcuno sta cercando di accendere un fuoco lungo la riva del fiume.

«Vuole che sia tu ad andare da lei, ancora non l'hai capito?!» La voce gli arriva da dietro ed è quella di Peach, che si siede con lui. Teo le appoggia la testa sulla spalla e fa: «Eh, certo. Teo Limiti, il più classico dei ragazzi sicuri di sé, uno che ha zero remore ad attaccare bottone e andare a parlare con le ragazze, eccolo a voi signore e signori!».

«Ma che ti frega! Vai lì e le dici ciao. Cosa può andare storto?»

La testa di Teo produce circa dodici scenari diversi in cui qualcosa va storto, e contemporaneamente si sofferma su una parola che ha appena usato.

«A proposito, sai che cosa sono le remore?» le chiede.

«Amore, stavamo parlando di Sofia, che cacchio c'entra questo *adesso*?»

«Le remore sono dei pesci, in realtà. Si attaccano alle balene e si pensava che le rallentassero. Insomma, le remore sono come delle cose che ti rallentano», spiega.

Il fuoco è stato acceso e Sofia è da tutt'altra parte a ballare vicino a una cassa Bluetooth.

«Ognuno di noi ha le sue remore, quali sono le tue?» conclude Teo.

«Molto, molto interessante. Davvero. E quando dico interessante intendo dire: insulso!» ribatte Peach, che poi gli dà una leggera gomitata e gli indica di guardare alle sue spalle.

«Che c'è, chi hai visto?» chiede Teo, ma non c'è bisogno che lei risponda: Frodo è arrivato.

«Figo è un gran figo, devi ammetterlo», commenta Peach, accrescendo l'astio di Teo verso quel ragazzo che sembra il cantante di una di quelle band ai cui concerti senti solo ragazzine urlanti e che, come si manifesta, attira tutti gli sguardi delle ragazze e anche di qualche ragazzo. Maledetto.

Si fionda subito verso Sofia e si baciano. Se quella che ha intorno non fosse gente che Teo vede tutti i giorni, potrebbe benissimo essere uno di quei film americani dove il campione di football sta con la cheerleader della scuola.

«Pfff... che cliché!» commenta, addentando uno dei pochi panini rimasti.

«Com'era quella storia della volpe e l'uva?» gli sussurra in un orecchio Peach.

«Dai su, ammettiamolo: se lei avesse scelto me, sarebbe stata una trama molto più originale! Io lo guarderei un film così!» fa.

«Sì, è proprio questo il tuo problema: ti fai troppi film nella tua testa!» esclama lei, e prima che possa dire altro dall'alto cala la mano di qualcuno: è Filippo, il ragazzo di quinta, che la tira su e la porta a ballare vicino al fiume. Teo li osserva da lontano e non sa come decifrare quello che prova in questo momento, a vederli così vicini. Da un lato, è felicità per lei, perché almeno uno dei due concluderà qualcosa; dall'altro, è anche un senso di ostilità verso Filippo, il pensiero che uno come lui non sia all'altezza di una come lei, nonostante il nome aristocratico e tutti i suoi libri di greco e racchette da tennis. Insomma, Peach si merita molto di meglio!

Teo si alza, e sta quasi per andare lì a dividerli con una scusa qualsiasi, ma poi interviene un pizzico di raziocinio e si trattiene, raggiunge un gruppetto di amici, osa perfino accettare una lattina di birra che gli arriva in mano, lui che beve solo latte freddo, mentre un compagno aizza la folla al suono di: «Meglio bere per dimenticare, che dimenticarsi di bere!».

Il resto della serata se ne va con la voglia di non essere lì. Certo, i suoi amici lo fanno anche ridere ma c'è una parte di lui che non ride affatto, anche perché a una certa ora arriva la ciliegina sulla sua serata storta: Sofia e Frodo svaniscono nel nulla, e non ci vuole un genio a capire come mai. Così, il teen movie del campione di football ora si arricchisce anche di scene hot mentre la testa di Teo – maledetta – non fa che mostrargli loro due imboscati nella macchina di lui a "fare cose" ascoltando musica scadente, e non è un bel modo di trascorrere il sabato sera.

«Ma che cazzo ci faccio qui?» sussurra a un certo punto, guardando per terra mentre nessuno lo ascolta. Si stacca dal gruppo e raggiunge Peach, che è ancora seduta in riva al fiume accanto a Filippo il Grecista Tennista.

«Ehi, Peach, io me ne vado», le fa. Ha proprio la faccia di un pugile suonato.

«Non se ne parla neanche!» ribatte lei, con fermezza, alzandosi.

«Sì che se ne parla! Non voglio assistere al momento in cui quei due tornano tutti spettinati e la gente gli fa i cori da stadio!»

«Quei due?!»

«Sofia e Frodo. Sono andati a imboscarsi.»

Filippo si alza, passa loro vicino, sfiora la mano di Peach e Teo prova di nuovo la sensazione di prima, quel misto di contentezza e di *e-tu-chi-cavolo-sei*.

«Raggiungo un attimo gli altri, ci vediamo dopo», le comunica aggiungendo un occhiolino finale che a Teo glielo fa detestare ancora di più, se possibile.

«Posso farti una domanda, Peach?» le chiede, quando Filippo è abbastanza lontano.

«Sì.»
«Che cazzo ci trovi in lui?»
«Ehi, addirittura una parolaccia! Sei messo così male, amore mio?»
«Mi rispondi?»
«Boh, è carino, no?»
«Mah...»
Peach gli va vicino, per guardarlo dritto negli occhi, fino a sfiorargli il naso con il suo naso.
«Tu sei geloso!»
«Di chi? Eh?»
«Ah ah! Che figo, non eri mai stato geloso di me!»
Teo la guarda storto, alzando le sopracciglia come a dirle: "Ma che cosa vai dicendo?".
«Tranquillo, Limiti, anche quando mi sposerò tu sarai sempre il mio unico amore!» dice, e ride.
Teo volta i tacchi e fa per andarsene.
«Vabbè, io vado comunque!» dichiara, ma lei lo raggiunge subito e gli blocca la strada.
«Cinque minuti!» lo implora.
«Tre!»
«Tre e mezzo! Una canzone!» tenta, perché dalla cassa qualcuno sta facendo partire *Pastello bianco* dei Pinguini, e Peach sa che Teo ama quella canzone come Leo Messi ama il pallone.
«Okay, dai.» Si avvicinano al fuoco, si abbracciano e fanno la pace dondolando al suono della canzone e dello scoppiettio delle braci.
«Tu non sei normale», gli dice lei.
«Grazie del complimento», risponde lui.
È stata una giornata caldissima, hanno entrambi sudato, e ora che il sudore è evaporato e la loro pelle è un po' appiccicosa Teo respira quella di Peach e sente che gli piace quell'odore. Ripensa alla scena del supermercato, quella che voleva scrivere, e ora sarebbe bello aggiungere da qualche parte nella storia che a lui piace l'odore di lei; una frase neanche troppo originale, ma Teo pensa che ci starebbe proprio bene – *a lui piaceva il suo odore* –, e intanto Riccardo

dei Pinguini canta della differenza fra ciliegie e amarene, e forse ci potrebbe pure stare che, mentre il personaggio pensa quella cosa sull'odore, da qualche parte suoni proprio *questa* canzone. Mentre è concentrato in questi pensieri, gli succede qualcosa, a Teo, al suo corpo insomma. Ha già ballato tante volte con Peach, in camera sua, in camera di lei, una volta anche in una farmacia – e in effetti devono essere stati gli unici nell'universo ad aver ballato dentro una farmacia –, non era un lento come questo, però, e forse è la prima volta che ballano così vicini, così stretti, e Teo lo realizza solo ora, e c'è il fiume che scorre vicino e il fuoco a pochi metri che li scalda, e Teo si chiede se lei si è accorta che lui, sì, insomma, che sta avendo questa reazione qua, spera tanto di no perché lo imbarazzerebbe tantissimo, anche se lei è Peach e con lei non prova mai imbarazzo, per niente; così si discosta leggermente, ma lei lo tiene stretto, glielo impedisce, e allora prova almeno ad allontanare il bacino, di modo che non si senta troppo quella reazione, solo che così è proprio ridicolo, balla stretto a lei ma tiene il sedere all'indietro come avesse mal di schiena o chissà cosa, e intanto la guancia di Peach sfiora la sua e gli piace, è proprio bello il contatto, l'odore, la musica, tutto, così tanto che non sta più pensando a scrivere quello che vive e non gli succede mai, praticamente mai, è sempre sdoppiato ma adesso no, vive il momento e basta – che cosa sta succedendo? – si chiede, e se lo chiede perché avverte come una calamita che lo sta attraendo verso le labbra di lei, che ora ha gli occhi socchiusi e guarda le labbra di lui – una calamita, sì, proprio questo – e le loro labbra si stanno quasi per toccare fino a che la canzone finisce e, anche se sono ancora stretti, una mano bussa alla sua spalla.

Teo si volta e c'è Sofia.

«Ehi, Toc Toc, ti posso parlare?»

«Ci siamo lasciati», annuncia Sofia, sedendosi.

È proprio la primissima cosa che dice, appena trovano un posto in mezzo agli alberi senza nessuno nei paraggi. Si sente solo il vociare degli amici, la musica è ripartita, ma sono soli. E Teo riesce a rispondere solo: «Ah».

«Cinque minuti fa», precisa lei. Ha le mani sulle ginocchia, ma poi le toglie e accavalla le gambe. Ha mai visto Teo delle gambe così belle da così vicino? No, vostro onore, la risposta è no.

«Mi... dispiace», fa lui, mentendo che più spudoratamente non si può. E infatti lei ride e gli dà un piccolo pugno sulla spalla.

«Ma non dire balle!»

«Okay, lo ammetto: non mi dispiace moltissimo. Cioè, per te sì, che magari ci stai male e...»

«L'ho lasciato io», lo interrompe lei.

«Ah. E come... mai?»

«Potrei dirti che è stato perché non ci prendevamo davvero. Oppure dirti che non c'era più la chimica e bla bla bla... sai no?»

Teo annuisce, come se sapesse, ma in realtà non ha idea di che cosa lei stia parlando.

E poi Sofia continua: «Ma non sarebbe vero».

«E cosa sarebbe vero?» le chiede.

«Ci siamo lasciati perché in realtà io avevo in testa qualcun altro», spiega. E come le escono queste parole, automatiche nella testa di Teo si srotolano invece queste altre: *Ecco, il re della friendzone è qui fra voi, mi ha portato qui in que-*

sto posto isolato solo per confidarsi di quest'altro tipo che le piace: chi sarà mai stavolta? Un calciatore? Un influencer? Il figlio del presidente del mondo?! Iscrivetevi al canale e lo scoprirete!

Ma Sofia interrompe anche questo flusso di pensieri: «Sei un disastro tu: lo sai, vero?».

«Perché?»

«Ah, mi stai anche chiedendo perché. Molto bene!» replica lei.

Teo non ci capisce molto di donne, ma ha visto abbastanza video su questo argomento, e intuisce che è una di quelle situazioni in cui lei sta cercando di dirgli-qualcosa-senza-dirglielo, e lui deve capire da solo che cosa sia. Il problema è che non riesce a decrittare questi messaggi in codice fatti di allusioni e non detti: e così, per la prima volta da quando hanno questa specie di rapporto, tenta con lei la carta della sincerità.

«Scusa, Sofia, ma non sono molto esperto con le ragazze. Non è che puoi spiegarmi cosa intendi?»

Lei sospira, ma è un sospiro buono, non di quelli infastiditi. E subito dopo lo accontenta.

«Allora te lo spiego come se fossimo a scuola, okay? Se una ragazza viene da te e ti invita a mangiare un panino per pranzo, vuol dire che è interessata a te. *Molto* interessata a te! Solo che ha paura di sembrare sfacciata e allora pensa a una cosa tranquilla come appunto un panino per pranzo. Ci siamo?»

«Ah. Okay.»

«Bene. Se poi tu ti inventi una scusa per non andarci, devi essere molto bravo a raccontare balle, perché se no una ragazza se ne accorge!»

«Ah. E quindi tu...»

«Sì, esatto: me ne sono accorta subito. E ci sono rimasta molto male, anche!»

Teo fa la faccia dispiaciuta e colpevole. Lo strano della faccenda è che lei non sembra per niente arrabbiata. Cioè, esternamente sì, ma lascia intendere anche una specie di retrogusto, come se dietro la maschera dell'incazzatura ci fosse della felicità, o dell'eccitazione, o di chissà cosa. Ma che succede? E soprattutto: perché è così difficile capire cosa passa per la testa di una ragazza?

«Scusa», ammette infine lui, alzando le spalle come volesse usarle per avvolgersi in un bozzolo.

«Fa niente», prosegue lei, «ma andiamo avanti.»

«Ehm... c'è anche altro?»

«Certo che c'è altro, caro il mio Toc Toc!»

«Okay!» annuisce Teo, che percepisce nell'aria quanto il meglio debba ancora venire e, anche, quanto lei si stia avvicinando sempre più, fisicamente proprio. Un centimetro alla volta, ma inequivocabilmente.

«Bene. Se poi questa ragazza parte per un viaggio, e se a te questa ragazza piace, dovresti farti sentire con lei, sai?»

«Dici?»

«Dico, sì. E non aspettare ogni giorno che sia lei la prima a scriverti! Se no lei comincia a farsi mille pare e a pensare che a te non freghi niente!»

«Ma io non volevo...» prova a obiettare, ma è del tutto inutile perché lei è un treno ormai.

«E quando lei ti dice che il suo ex è nei paraggi, ripeto, se lei ti piace, tu dovresti farle capire che un po' ti preoccupa la cosa, sai? Anche solo con una battutina! Insomma, non dico fare il geloso possessivo, che se no la ragazza scappa, ma almeno, sai...»

«Almeno...?»

«Eh, almeno far vedere che ti interessa. O no?»

Teo aspetta un tempo troppo lungo per rispondere, ma alla fine lo fa.

«Credo... credo di sì.»

E lì Sofia lo spiazza proprio: «No, Teo, ti ho fatto una domanda precisa, l'hai sentita?».

Teo prova a riavvolgere il nastro, ma gli sembra di aver già risposto a tutte le domande. Lei alza gli occhi al cielo, allora, e arriva con la richiesta più diretta che una ragazza gli abbia mai fatto in tutta la sua vita: «Io ti interesso, Teo?!».

Potrebbe essere una domanda trabocchetto? Glielo sta chiedendo per attirarlo nella trappola e poi come al solito tirarsi indietro e dirgli che è troppo tardi ormai o chissà cosa?

Sì, forse sì. Ma forse anche no.

Teo sospira, non sa davvero cosa dire ora, non si era mai immaginato una domanda così diretta, mentre sa che se dovesse fregarsene di tattiche e ragionamenti e dare retta solo al suo istinto risponderebbe: "Non è che tu 'mi interessi', Sofia, io sono completamente perdutamente e totalmente perso per te da quando andavamo a scuola col grembiule e io mi inventavo mille scuse anche solo per parlarti, ti chiedevo la gomma, le forbici, la matita e tu avrai certo creduto fossi poverissimo, ma invece io lo facevo per incrociare i tuoi occhi anche solo per mezzo nanosecondo, solo che poi non ce la facevo neanche per quel mezzo e li abbassavo subito, io Sofia penso a te ogni minuto di ogni ora di ogni giorno di ogni sempre, per me sei come Bella per la Bestia, sei come il cioccolato per Willy Wonka, sei come l'anello per Gollum, sei come la ragazza che ho sempre sognato e adesso che sei tu a venire da me e a cercarmi e a chiedermi se ti interesso io non ci capisco più niente perché due secondi fa ero abbracciato alla mia migliore amica e la volevo baciare e se non fossi arrivata tu sarebbe successo però al tempo stesso ora ti ho qui davanti e ti sto guardando le labbra e sono così belle che mi fanno tremare solo che ho una paura assurda di fare qualsiasi cosa e...".

«Teo?» la voce di Sofia arriva come una sveglia a interrompere i suoi pensieri.

Per un attimo, Teo li spegne tutti, proprio tutti, e vede solo Icaro, le *x* sul tovagliolino del bar, il trattino in mezzo ai numeri, i *Prigioni* di Michelangelo, tutte le conversazioni con Bove gli passano davanti come un treno ad alta velocità in una stazioncina di provincia. E visto che ormai ha iniziato con la sincerità, Teo pensa che tanto valga insistere su questa strada, e per un attimo si dimentica di avere una dignità o della paura di farsi male o di qualsiasi altra conseguenza possibile e dice: «Tu mi piaci tantissimo Sofia, e...». Starebbe anche per aggiungere qualcosa, tratta da tutto quel monologo che la sua voce interiore gli ha dettato due secondi fa, solo che non riesce neanche a finire la frase perché quando è a metà c'è qualcosa che glielo impedisce.

Le labbra di Sofia.

Sulle sue.

Domenica mattina.

Il soffitto non è un soffitto, ma un cinema dove oggi è in programma una replica di un film di fantascienza. Titolo: *Il bacio di Sofia.*

Teo Limiti, che solo fino a un mesetto fa si reputava un imbranato totale, ultimo nella lista di tutti i ragazzi del mondo che avrebbero mai potuto piacere a Sofia Della Libera, ieri sera ha assistito a un inopinato *plot twist.*

O meglio: imbranato totale si considera ancora, però ha baciato Sofia. E non è neanche durato poco. Non saprebbe nemmeno lui quantificare, ma di sicuro più di cinque minuti e meno di un'ora. Una via di mezzo, insomma.

E adesso, come sta?

È andato a dormire vestito e con le scarpe, anche se dormire è una parola grossa. Il suo corpo è disteso sul letto, lui invece è disperso chissà dove. Scisso in due metà perfettamente divise, diametralmente opposte.

C'è un Teo incredulo e in estasi che percepisce ancora sulle proprie labbra il lucidalabbra alla ciliegia di lei, tanto da sfiorarsi ogni tanto col dito e poi trovarne traccia nell'odore che gli lascia sul polpastrello.

E poi c'è un Teo che è ancora fermo nello stesso punto da ieri sera, a guardare negli occhi Peach, a due passi dal fuoco, e non schioda da lì, *Pastello bianco* nelle orecchie e la pelle di lei a suscitare emozioni nuove, mai viste, strane eppure del tutto naturali.

C'è un Teo che si dà continui pizzicotti e ripete nome e cognome di Sofia e questo gli dà la stessa sensazione di pronunciare il nome di una cantante famosa. E il pensiero di averla baciata, di poter dire di averla baciata, gli sembra allo stesso tempo impossibile e orgogliosamente reale.

E poi c'è un Teo che si stupisce, perché quel bacio non è stato come lo aveva immaginato e visto un milione di volte nella sua testa, è stato come ha detto Bove: come vedere un film dopo aver letto il libro. Come *Misery non deve morire*, bello bellissimo il film, gli attori bravissimi, la colonna sonora da farsela addosso, eppure niente a che vedere con i tremori e le vibrazioni sottopelle che gli aveva causato il libro ognuna delle cinque volte che lo aveva letto.

Solo che: adesso?

Adesso gli è appena arrivato un messaggio da Peach, e Teo non ha il coraggio di leggerlo perché solo vedere il suo nome gli ha smosso qualcosa nel cuore, cinquanta per cento gioia pura e cinquanta per cento terrore. Sempre puro.

«Va bene, dai, leggiamolo!» dice a sé stesso, tirandosi su. E sul display appare scritto: È successo solo nella mia testa o è successo davvero?

"E ora, cosa le rispondo?" pensa. Perché lui lo sa che non è successo solo nella testa di lei. E la paura di qualsiasi passo in qualsiasi direzione gli fa scrivere la risposta più falsa che potrebbe immaginare

– Successo cosa?

Accidenti, non dice mai bugie a Peach. A parte le bugie bianche, quando le vengono i cinque minuti di insicurezza e gli chiede «faccio tanto schifo oggi?» e lui risponde in automatico «ma no, cosa dici?», anche se effettivamente non la vede proprio in forma. E gli fa strano dover fingere con lei, gli provoca proprio una sensazione di disagio.

Infatti, dopo cinque minuti buoni arriva la risposta di Peach, e non è una di quelle belle.

– No niente. Con quel punto finale molto più eloquente di qualsiasi ammissione di delusione.

"Accidenti", pensa Teo, "Peach mi conosce così bene che riesce a capire quando mento anche via messaggio!"

E così adesso c'è un Teo, e poi c'è un altro Teo.

Il primo Teo è curioso di vedere che cosa succederebbe a

stare con Sofia, uscire con lei, scoprire come ci si sente a diventare il ragazzo di quella che tutti vorrebbero. E il secondo?

Il secondo ha solo voglia di Peach nel letto lì con lui, distesi al contrario come fanno sempre, le teste che si incastrano, le guance che si sfiorano, a prendersi per il culo e darsi pugni sulla spalla, eppure al tempo stesso questa idea adesso gli fa quasi paura. E non capisce di che cosa.

E adesso non sa che fare.

«Cosa mi direbbe di fare, Bove, se fosse qui?»

La dice proprio, questa domanda, a voce alta.

E la risposta che arriva è una sola. E così riprende in mano il telefono e chiama.

«Oi.»
«Oi.»
«Scusa per prima.»
«Per prima?»
«Dai che hai capito, Peach.»
«Ah, vuoi dire quando hai fatto lo stronzo facendo finta di niente riguardo a ieri sera?»
«Sì, più o meno quello.»
«E dimmi, com'è andata poi con la tua bella, ieri?»
«Pensavo lo sapessi.»
«Sai com'è, non sono molto brava a leggere il pensiero.»
«Ci siamo baciati.»
«Ah, interessante.»
«Vuoi la verità?»
«No guarda, una bugia!»
«Okay, la verità è che mi è anche piaciuto, ma che da ieri continuo a pensare a un'altra cosa. Cioè, a un'altra *persona.*»
«La conosco?»
«Dai, Peach, che hai capito!»
«Ma io lo voglio sentir dire da te, amore mio.»
«Pensavo a te, ecco! Contenta?»
«In effetti sì.»
«Mi sa che invece Sofia non lo sarebbe molto.»
«Ah.»
«Scusa, forse non dovevo dirlo?»
«Che farai? Ti metterai con lei?»
«Eh?»
«Dai, finalmente ci sei riuscito! La tua Beatrice! Il tuo

Angelo! Non sarai mica così stupido da buttare via tutto proprio adesso!»

«Si può sapere che dici adesso, Peach?»

«Non lo so, lasciami stare. Non ci capisco niente neanch'io qui.»

«Io vorrei sapere… anche tu, insomma…»

«Anch'io… cosa?»

«Cosa pensi. Cosa senti.»

«Sicuro che lo vuoi sapere?»

«Sì, se no non te lo avrei chiesto!»

«Sicuro sicuro?»

«Uff, allora?! Ti ho detto di sì!»

«Okay, allora. Se insisti, vado. Sei pronto?»

«Sono pronto.»

«Penso che sei un coglione.»

«Come scusa?»

«Sì, sei un coglione. Ma anche grande eh!»

«Perché adesso questo…»

«Perché come fai a non vedere questa… *questo*?!»

«Questo… cosa?»

«Non lo vedi che cosa siamo io e te, che cosa siamo quando siamo insieme e che cosa siamo quando siamo lontani? Ci prendi separati e siamo tipo due strumenti scordati, però poi se ci suoni insieme no, non sono scordati, noi non siamo perfetti perché non lo saremo mai, siamo come chiave e bullone tipo, a volte io sono la chiave e tu il bullone e a volte tu la chiave e io il bullone, ci aggiustiamo io e te, Teo, quando siamo soli non siamo molto giusti, soprattutto tu, ma quando siamo insieme ci aggiustiamo, chiave e bullone siamo, anche se a volte ti giuro io con una chiave vorrei spaccarti la testa e non una piccola, una da diciotto, perché mi stai sempre a parlare di quella lì che vaffanculo è perfetta e io non sarò mai perfetta come lei, e ci sto malissimo perché se ti piace una così, mi dico che non c'è modo che ti possa piacere una tutta scombinata come me. Gesù santo, avevo anche cercato di vestirmi figa e lo avevo fatto solo per te e ti parlavo continuamente di Filippo, ma non ci credevo più nemmeno io a quello che stavo dicendo, ma tu intanto col cavolo che eri geloso, mi rispondevi parlandomi ancora più di lei e io a mandare giù il rospo, ma in fondo sai cosa ti dico, non me ne frega niente cioè non è vero, sì che me ne frega ma lo stesso, non me ne frega niente, perché tanto in fondo lo so che lei non avrà mai quello che abbiamo noi due, mai, solo che tu sei troppo scemo per capirlo!»

«...»

«Teo, sei ancora lì?»

«...»

«Teo, guarda che sei tu che mi hai chiesto di essere sincera.»

«...»

«Teooo! Ci sei?!»

«Non so cosa dire, ti giuro. Cioè, da quando?»

«Da quando cosa?»

«Da quand'è che pensi queste cose?»

«Non lo so...»

«Come non lo so, Peach!»

«Boh, forse da quando quella ha cominciato a girarti intorno... a non essere più la dea irraggiungibile. Da lì credo.»

«E io cosa dovrei dire adesso?»

«Niente, non devi dire niente!»

«Io non ci capisco niente, ti giuro.»

«Ma nemmeno io! Nemmeno io so cos'è questa cosa, davvero! So solo...»

«So solo...?»

«So solo che è al di là. È una cosa diversa da tutto il resto, e non voglio darle un nome, non voglio che diventi una cosa definita tipo un contratto o che ne so, ma anche se non so cos'è e non voglio darle un nome questo non significa che sono così cieca da non vederla!»

«Io non voglio perderti, Peach.»

«Cioè?»

«Ho paura di perdere la mia migliore amica.»

«Lo so, anch'io non voglio perdere il mio migliore amico.»

«Cioè, non voglio che cambino le cose fra noi.»

«Lo so. Anch'io.»

«E allora che si fa?»

«Forse dovremmo... non vederci per un po'.»
«Sei seria?»
«Non so. Stacchiamo per qualche giorno. Esci con Sofia, stai con lei e poi boh. Che dici?»
«Okay.»
«Okay.»
«Ma sei sicura?»
«Sì, però ti chiedo un favore grande.»
«Che favore?»
«Se dovessi scoprire che vuoi lei, insomma... dimmelo. Non aspettare, non voglio scoprirlo perché me l'ha detto qualcun altro, voglio che sia tu. Vieni qui e me lo dici in faccia. Va bene?»
«V...va bene.»
«È importante. Giurami che lo farai.»
«Lo giuro.»
«Così ci abbracciamo, ci diciamo ciao e facciamo che io e te stacchiamo proprio del tutto.»
«Stai scherzando vero?»
«No. Non ce la farei, scusa.»
«Ma...»
«Lo so. Però ti chiedo questo favore, okay?»
«Okay...»
«Okay.»
«Allora ciao, amo... volevo dire, ciao, Peach.»
«Ciao.»
«...»
«...»
«...»
«...»
«Perché non stiamo mettendo giù?»
«Non lo so.»
«Che palle, eh?»
«Sì.»
«...»
«...»
«...»
«...»

«Ehi, Peach.»
«Dimmi, Teo.»
«Ti aldilà.»
«Eh?»
«Volevo dirti questo. Che ti aldilà.»
«Cioè?»
«Cioè qualsiasi cosa succeda, comunque io per te proverò sempre una cosa che è… sì, insomma, aldilà.»
«E l'hai inventata tu questa?»
«Sì. Cioè, io e te insieme.»
«Sempre detto io che dovresti scrivere.»
«Dillo alla tipa che mi ha bocciato il racconto.»
«…»
«…»
«…»
«…»
«Ehi, Teo.»
«Dimmi, Peach.»
«Sei un coglione e mi sa che non ci vedremo più, ma ti aldilà anch'io.»

«Ehi, papà.»

«Che c'è?»

Mario Limiti è davanti alla TV, ma non sta guardando la TV: sulle ginocchia ha il PC, e quando Teo entra in salotto lo richiude frettolosamente. Il modo in cui lo fa e la faccia con cui si sforza di sembrare tranquillo sono indizi più che eloquenti: stava scrivendo una delle sue e-mail segrete che poi finirà relegata tra le bozze. E questo convince Teo ancora di più a fargli la domanda che sta per fargli.

«No, niente. È che volevo chiederti una cosa.»

«Tu? A me?»

Suo papà è parecchio stupito: Teo che lo cerca per fargli una domanda? Non sa se preoccuparsi o gioirne.

«Sì, ma è una cosa un po' personale.»

«Okay, certo», dice, e appoggia il PC sul tavolino. «Che succede?»

«No, non succede niente. È una mia curiosità... sulle ragazze, diciamo.»

L'espressione sul viso di suo padre si fa prima incredula e poi quasi si illumina di un sorriso che Teo non ricorda di averci visto tanto spesso, lì. Gli sembra quasi di avergli fatto un regalo, a intavolare con lui un discorso su questo argomento.

«E che cosa vuoi sapere?» gli domanda suo padre, ma quando Teo prova a introdurre il discorso, sovrappensiero la mano si appoggia sul PC e inizia nervosamente a tambu-rellare con le dita. Un gesto da nulla, ma che Mario Limiti non interpreta nel modo giusto. E quando Teo gli dice:

«Niente, volevo solo sapere com'è che hai capito che volevi stare con la mamma», l'espressione sul viso del padre cambia all'improvviso.

«Perché me chiedi?» esclama, indicando palesemente il computer. Teo capisce subito che il padre sta pensando che il suo tamburellare con le dita sopra il PC sia un modo per dirgli che ha letto le sue e-mail.

«No, così... è che...»

«Che...?»

Teo esita un attimo, cerca le parole.

«Non so, mi pare che tu avevi tante ragazze che ci sarebbero state con te all'epoca, no? Ecco, come hai fatto a capire che fra tutte volevi lei?»

«Tu hai letto le mie e-mail!» lo accusa.

Teo fa un passo indietro, spalanca gli occhi. «Quali e-mail?» risponde, cercando di controllare ogni muscolo facciale affinché gli occhi non tradiscano la verità.

«Lo sai quali. Avevo il sospetto, ma ora...»

«Ma no, papà, davvero, io volevo solo sapere...» prova a difendersi, ma Mario Limiti indica il PC sulle ginocchia e dice: «Non lo sai che non si va a leggere le cose degli altri?».

Due secondi di silenzio, che durano in realtà un'ora.

«Okay, ne ho letta una», ribatte Teo. «Che male c'è?!»

«C'è che sono cose mie!» grida quasi, suo padre.

Ha qualcosa, addosso. Come se si vergognasse di aver scritto delle lettere alla sua ex moglie, come se si sentisse umiliato e non si capisce perché, che cosa ci sia di sbagliato. Anzi, Teo vorrebbe dirgli che se non avesse letto quelle lettere lo avrebbe odiato ancora di più e che scoprire quel lato di lui così tenero è ciò che ancora gli fa avere un briciolo di speranza di sistemare le cose.

Solo che Mario Limiti non sembra intenzionato a proseguire il discorso, tutt'altro. Esce dalla stanza e, come sempre, si va a chiudere nel suo studio.

Teo sente il sangue andargli alla testa. Va nella propria, di camera, e accende il PC. Scrive lui, un'e-mail indirizzata a sua mamma e ci allega tutte le e-mail che suo padre le ha scritto e non mandato e che Teo ha fotografato.

Ciao mamma,
solo per dirti che da un po' c'è papà che ti scrive queste cose ma non ha il coraggio di premere INVIO.
Non so forse sto sbagliando a mandartele; ma forse anche sbaglierei se non te le mandassi; quindi te le mando.
Teo

Dopo aver premuto INVIO, Teo esce di casa senza nemmeno saper bene dove andare.

Solo che, dopo aver fatto pochi passi, si ritrova di fronte qualcuno che proprio non si aspettava.

Un vecchio col bastone e il cappello. Proprio davanti a casa sua, con un taccuino in mano.

«Cosa ci fa lei qui?» esordisce Teo.

«Passavo di qua nella mia passeggiata quotidiana...» risponde il professore, infilando rapidamente il taccuino in tasca con l'aria di uno appena colto con le mani nel sacco. Teo lo guarda perplesso, ma sa di dover mettere subito quanti più metri possibile fra loro e casa sua.

«La accompagno se vuole», gli fa.

«Certo!»

Per un po' non si dicono niente, camminando nell'aria calda del pomeriggio di giugno. Le foglie sugli alberi sono di un verde intenso, con le cicale a fare da sfondo sonoro ai loro passi nella città immersa nel silenzio domenicale. Ma poi è Teo che attacca il discorso: «Ieri ho pensato a quello che ci siamo detti, sa?».

«Ah sì?»

«Sì, e mi sono accorto di una cosa che non va tanto bene», esclama. Ha addosso ancora un po' della rabbia verso suo padre.

«E che cosa non va tanto bene?»

«Be', tanto per cominciare, lei sa praticamente tutto di me, ma io non so niente di lei.»

Quasi si stupisce, Teo, di aver detto quello che ha appena detto. Però erano parole che aveva da un po' lì pronte e oggi è proprio dell'umore di tirarle fuori.

«Capisco. Cos'è che vorrebbe sapere, allora?» chiede il professore, mentre attraversano la strada.

Teo parte con una risposta che in realtà è fatta di tutte le domande che ancora non è riuscito a fargli: «Okay, allora glielo dico, partendo dall'ultima. Come mai due secondi fa era davanti a casa mia con un taccuino? E poi: perché è stato cacciato da scuola? E poi: perché quel giorno al cimitero non voleva andare a sinistra? E poi: perché tutti questi discorsi sul *dàimon* e sul destino e sulla nostra *Cosa* quando è evidente anche ai passeri che la sua *Cosa* è insegnare e che dovrebbe fare solo quello nella vita e lei per qualche motivo che non si sa non lo sta facendo?! Insomma, come può darmi tutti questi bei consigli filosofici se poi lei è il primo a non metterli in pratica?!».

Il professore si ferma sul marciapiede.

«Nient'altro?»

«No, a posto così.»

«Va bene. Là c'è un piccolo bar aperto. Sediamoci lì, che le dico tutto.»

«Ma beve latte anche con questo caldo?» gli chiede il professore, dopo che Teo ha ordinato.

«Sempre», fa Teo, orgoglioso, «mi piace questa cosa che io bevo latte, mi fa sentire... unico!»

«Crede di essere l'unico al mondo a bere latte?»

«Ma no, è che nessuno lo beve in bicchiere, freddo, come fosse una coca o una birra.»

«Ma almeno le piace?»

«Sì certo. Abbastanza, insomma, però mi piace l'idea di essere unico in qualche cosa.»

Il professore lo guarda perplesso.

«Non sono tanto a posto eh?»

«No, anzi, penso sia a postissimo», conclude, quando il barista arriva con il vassoio e appoggia sul tavolo le loro ordinazioni.

«Mi diceva?» Teo torna sull'argomento.

«Tutto è cominciato con una domanda. Comincia sempre tutto con una domanda», fa il professore, come riflettesse ad alta voce. Poi si interrompe, guarda in basso, sembra incantato.

«Professore?» tenta di richiamarlo al presente Teo.

Lui prosegue come se niente fosse: «Lei si chiamava Ludovica. Molto sveglia. E, come tutte le persone sveglie, soffriva tanto».

«Che vuol dire?»

«I suoi erano divorziati e si facevano continuamente la guerra. L'unico momento in cui si alleavano era quando dovevano far guerra alla scuola», considera, bevendo un sorso di vino e con un sorriso amaro in bocca.

«Se l'erano presa con lei?» chiede Teo, che ha colto quell'amaro nel sorriso.

«Diciamo che ce l'avevano con la scuola in generale, ma con me in particolare. Non gli sono piaciuto fin dal primo momento. Per via delle mie lezioni, sa.»

«Perché, che lezioni faceva?»

«Io preferisco chiamarle... "conversazioni". Si partiva da qualche domanda che stava a cuore ai ragazzi, oppure da un fatto di attualità, e si cercava di capire cosa dicesse la filosofia al riguardo. Tutto qua», fa lui infilando la mano sotto la coppa del bicchiere, con lo stelo fra anulare e medio, e contemplando la luce del sole che filtra attraverso il vino.

«E lei, dico questa Ludovica, no? Soffriva a causa di questa situazione familiare?»

«Tutti i miei colleghi sostenevano di sì. Che era stato quell'inferno a casa sua ad averla resa così profonda, sensibile, empatica, se posso usare questa parola così spesso vituperata. Ma, secondo me, era l'esatto contrario.»

«Cioè?» chiede Teo allacciandosi una scarpa e pensando a cosa possa mai voler dire "vituperata", che comunque gli suona bene. Il professore fa roteare leggermente il bicchiere e poi risponde, con una voce più profonda: «Non è l'inferno che ci rende troppo sensibili. È essere troppo sensibili che ci fa attraversare continui inferni».

Teo d'istinto tira fuori il cellulare per annotarsi la frase, ma il professore gli sottrae il telefono con una mano, e con l'altra spinge verso di lui il taccuino, facendolo scivolare sul tavolo.

«Sì, mio caro Teo», prosegue, «purtroppo, avere un cuore che sente davvero è più una condanna che una fortuna.

E credo che lei se ne sia già un po' reso conto», conclude, bevendo un sorso del suo vino.

Teo guarda il taccuino sul tavolo, incerto sul da farsi.

«Lo prenda, su. Che se vuole davvero scrivere nella sua vita, questo le serve come l'acqua!» aggiunge.

«Perché? Il cellulare non va bene?» risponde Teo, sfogliando ora il piccolo quadernetto rilegato e con un elastico a chiuderlo.

«No, che non va bene!» sbotta il professore. «Le parole devono imprimersi sulla carta! Non lo sa che quando scrive a mano il suo cervello attiva tutte le regioni della creatività e dell'immaginazione?»

Teo sorride. Sfiora la copertina del taccuino. E poi chiede al professore: «Quindi era per questo che stava venendo a casa mia, prima?».

«Diciamo di sì.»

«Grazie. Grazie davvero. Ma...» osserva Teo, aprendolo di nuovo.

«Ma...?»

«Ci sono già delle pagine scritte qua in fondo.»

«Fa niente. Vada su quelle vuote!» conclude Bove, girandole lui con un gesto un po' brusco. Teo annusa la carta del taccuino e l'odore gli ricorda certi pomeriggi in biblioteca con Peach. E, con la sua grafia migliore, scrive una parola e poi la mostra al professore: *Grazie!*

«Non c'è di che», risponde lui.

«Ma alla fine di tutto, però, non mi ha detto che domanda le ha fatto Ludovica.»

«Ah, non era *una* domanda. Era *la* domanda.»

«Cioè?»

«Erano... credo le otto e mezzo del mattino, stavamo parlando di Hegel, se non ricordo male, e lei alzò la sua manina e mi chiese: "Mi scusi prof, ma qual è il senso di tutto questo?".»

Teo aggrotta le sopracciglia, confuso: «Eh?».

«Anch'io ammetto di essere rimasto un po' spiazzato. Non capivo bene cosa mi stesse chiedendo.»

«E cos'era? Il senso di studiare filosofia? Era quella la domanda?»

«È quello che pensai anch'io, ma poi lei spiegò che voleva sapere proprio che senso avesse *tutto questo*», racconta Bove, indicando gli oggetti intorno a lui. «Questo tavolino, il bicchiere, i vestiti, la strada, le macchine: tutto. Ludovica mi stava chiedendo, alle otto e mezzo di un mattino qualunque, qual era il senso di tutto.»

«Oh, cazz... ehm, cacchio!» sbotta Teo, incuriosito. «E lei? Che cosa le ha detto?»

«Mi sono seduto, ci ho pensato un po'. Un *bel* po', se devo essere sincero. Anzi, quel giorno passò tutta l'ora così, con me alla cattedra e una mano a sostenere la fronte, cercando di trovare una risposta plausibile, fino a che non suonò la campanella.»

«Mi sta dicendo che quel giorno in pratica alla fine non ha neanche fatto lezione?!»

«Avrebbe dovuto sentire cosa mi dissero i genitori di Ludovica, per quell'episodio. "Nullafacente!" "Rubastipendio!" In realtà io volevo solo comportarmi da filosofo: pensarci bene, pensarci tanto, prima di rispondere.»

Entrambi sorridono ora, anche se si vede che Bove lo fa in modo un po' più amaro. E così Teo torna alla carica.

«Ci credo. Io ci starei pensando ancora adesso. Ma poi alla fine che è successo? Le ha risposto?»

«Secondo me lei sa già com'è andata poi.»

Teo ci pensa su, termina con un sorso il suo latte e poi azzarda: «La volta dopo è entrato in classe e si è inventato una delle sue mitiche morali!».

«Bravo, mio caro Teo! Vedo che ha imparato a conoscermi!»

«Non era difficile. E cosa fece?»

Il professore beve un altro po' di vino, e risponde: «Portai tutta la classe fuori in cortile, e raccontai loro del mito di Sisifo».

Teo si gratta la testa, poi con la mano fa il segno della pistola indicando il professore: «Non era quel tizio che doveva trascinare un masso, ma poi il masso cascava sempre giù?».

«Complimenti, era proprio lui! Sisifo era un re che aveva osato sfidare Thanatos e...» comincia a raccontare, ma pronuncia *Thanatos* alla greca e Teo ormai ci ha preso gusto a fare la parte dello storpianomi dell'antica Grecia, e lo ferma subito.

«Chi?! Xanax?!»

Bove sorride, sta al gioco.

«No, Thanatos. Era il nome del terribile dio della morte. Era venuto a prenderlo, a casa sua, e Sisifo l'aveva fatto ubriacare e poi l'aveva incatenato a una sedia.»

«Un figo, il tipo! Già mi piace, quasi quasi lo ribattezzo *Sisifigo*!»

«Zeus, però, se ne accorse perché nel mondo non moriva più nessuno e Ares, il dio della guerra, non ne era per niente contento. Così, scoprirono dove si nascondeva Sisifo e lo trascinarono nel Tartaro. Zeus gli inflisse una pena davvero crudele: come ha detto lei, avrebbe dovuto trascinare un enorme masso dalla base fino alla cima di un monte, ma una volta arrivato in vetta il masso sarebbe poi caduto giù, e Sisifo avrebbe dovuto ricominciare la sua fatica da capo. Per sempre!»

«Che fregatura. Forse era meglio lasciar stare Xanax e morire senza far troppo casino, eh?»

«Eh, ma in fondo chiunque di noi almeno una volta ha avuto il desiderio di truffare la morte e vivere per sempre, no?»

«Credo di sì.»

«E allora gli dei decisero per Sisifo la pena perfetta rispetto alla sua colpa: morire infinite volte, sperimentare la morte per l'eternità.»

Teo butta la testa all'indietro, chiude gli occhi strizzandoli, a esprimere la confusione che comincia ad avere.

«Qui non la seguo più, prof, mi scusi. E poi fa un certo caldo, che cavolo c'entra un sasso con la morte?! E poi coso, *Sisifigo* là, non era già morto?!»

Bove, invece di rispondere, si alza e si mette a camminare

senza proferire parola. Ormai Teo è abituato alle sue stranezze, e così lo segue.

«Dove andiamo?» gli chiede, ma Bove non apre bocca. Cammina sul marciapiede, il rumore dei passi scandito da quello del bastone che tocca terra.

«Professore? Si sente bene?» lo incalza Teo, che avrebbe voluto chiedergli se *ci* sente bene, in realtà. E poi, alla prima curva, il professore si ferma e torna indietro sui suoi passi, di nuovo verso il bar.

«Abbiamo sbagliato strada?»

Ma ancora niente, nessuna risposta. Anzi, una volta raggiunto il bar, si volta ancora e torna di nuovo indietro.

“Okay, è ufficialmente andato, come zia Ma”, conclude Teo, seguendolo un po' spazientito e un po' incuriosito, e mentre gli sta dietro gli viene naturale distrarsi, come sempre, e guardare un vaso di fiori alla finestra, ascoltare la musica che esce da un'altra – musica classica si direbbe, che inconsueto –, e poi butta gli occhi a terra e nota che a qualcuno è caduta una pallina di gelato alla stracciatella, e Teo pensa *chissà quel povero bambino o bambina*, e si ricorda di quando è successo a lui una volta, al mare, avrà avuto sei anni o giù di lì, e quanto ci era rimasto male.

La scena, intanto, si ripete tre volte: il professore va, arriva alla curva, torna indietro. Poi giunto all'altezza del bar si volta e di nuovo sui suoi passi fino alla curva. Così.

Ormai Teo ha capito: sta cercando di dimostrare qualcosa, come fa sempre. Infatti, dopo la terza volta in cui torna all'altezza del bar, si siede al tavolo di poco fa, dove il cameriere non ha ancora sparecchiato, e dice: «Si è accorto di quello che è appena successo?».

«Che abbiamo camminato avanti e indietro sotto il sole come due cretini?»

«Vero a metà, Teo, vero a metà! Abbiamo camminato avanti e indietro, sotto il sole, sì, glielo concedo. Ma non come due cretini.»

«Come due persone con seri problemi mentali, allora?»

«Ah ah! No, mio caro. Come due normalissimi, semplicissimi, esseri umani. E infatti i greci non chiamavano mai gli uomini *uomini*, lo sa?»

«E come li chiamavano?»

«Mortali. Noi siamo prima di tutto "i mortali": tutta la nostra vita è in questi pochi metri che abbiamo percorso insieme, avanti e indietro. Noi nasciamo, inseguendo ognuno un senso che non troviamo mai, trasciniamo il nostro sasso dalla base fino alla cima del monte, come Sisifo, già sapendo che quando saremo su il sasso poi rotolerà giù, come lei a un certo punto ha capito che arrivati alla curva saremmo tornati indietro e si è sentito un cretino, giusto?»

«Sì, ecco, esatto. Tanto valeva restare qui seduti, no?»

«Dice?»

«Dico dico!» risponde Teo, asciugandosi il sudore.

«E allora adesso prenda il taccuino che le ho dato e, per favore, mi descriva quello che ha visto, da qua alla curva, mentre facevamo su e giù. Tutto quello che ha pensato, tutto quello che ha sentito.»

Teo alza un sopracciglio come a dire: *Devo proprio?*, e il professore usa il bastone per bussare sulle pagine del taccuino, come a dire: *Avanti, scriva.*

Teo comincia controvoglia, ma poi diventa divertente annotarsi tutto quello che ha visto, i fiori, la musica classica, la pallina di gelato, e una volta che lo ha scritto gli arrivano altre parole, e gli viene da raccontare di quella volta a sei anni, di suo papà che non aveva voluto comprargli un altro gelato, di sua mamma che aveva discusso con lui, e poi avevano litigato. La mano gli parte da sola fino a che si rende conto che sta parlando di cose personali e allora si ferma. Cancella con vigorosi colpi di penna l'ultima parte e avvicina con la punta delle dita il taccuino al professore.

«Ecco, fatto!» esclama. E poi chiede: «Voto?».

«Ah ah! Ho smesso di dare voti da anni!» risponde il professore. «Ma le do il massimo se mi dice perché le ho fatto descrivere che cosa ha visto.»

Teo sbuffa, poi azzarda un'ipotesi: «Boh... forse per farmi capire che non è stato del tutto inutile andare su e giù?».

«Complimenti Teo, giusto al primo colpo!»

«Grazie, grazie.»

Bove legge con curiosità gli appunti di Teo e il suo occhio sembra soffermarsi soprattutto sulla parte cancellata, come cercasse di leggere attraverso i segnacci. Alla fine, commenta: «Sa, un grande scrittore di nome Albert Camus disse: "Anche la lotta verso la cima basta a riempire il cuore di un uomo. Bisogna immaginare Sisifo felice"».

«Felicissimo, immagino! Specie quando il sassone cascava giù!»

«Già, ha ragione lei. Ma noi possiamo essere dei Sisifo felici, non crede?»

«Lei dice?»

«Il nostro problema sa qual è? Che ci focalizziamo tutti sempre sull'*arrivo*. Sulla meta. E confondiamo quello con il senso. È per questo che ci sono tante persone insoddisfatte, arrabbiate, e tristi. Credono che il senso della vita sia portare un sasso in cima a una montagna, e quando arrivano su convinti di trovare la felicità rimangono fatalmente delusi, ogni volta; si sentono traditi, come se la natura fosse in qualche modo stata maligna con loro, con noi, come se ci volesse imbrogliare, illudere sapendo già che ci deluderà, e non ci rendiamo conto che il senso vero e proprio è nel viaggio che ci sta in mezzo. Che il senso della vita è proprio lì, a un passo, in tutto quel che provi mentre vivi.»

«Posso scrivermela questa e spacciarla per mia?» dice Teo, prendendo la penna in mano, per scherzo. Ma il professore quasi non lo ascolta e prosegue: «Quando troverà la cosa che vuole fare nella vita, mio caro Teo, non faccia mai, mai, l'errore di pensare che la deve fare per "ottenere qualcosa". E se scrivere è davvero quello che vuole, non scriva per ricevere l'approvazione degli altri, o per avere successo, non lo faccia per vendere tanti libri o per guadagnare la considerazione della gente. Non cada nell'errore in cui sono caduti in molti, di scrivere per accrescere il suo prestigio e poter dire di essere uno scrittore. E questo vale per qualsiasi cosa scelga di fare nella vita!».

Teo lo guarda perplesso.

«Ma... mi sta dicendo che è un male avere successo in quello che si fa?»

«No, anzi, io le auguro di averne tantissimo, di scrivere romanzi che facciano innamorare la gente della sua scrittura! Ma se scrive pensando a quello, smetta subito, adesso, perché vuol dire che è altro ciò che sta cercando. Che ciò di cui ha fame non è scrivere, ma di essere riconosciuto in qualche modo.»

Teo scarabocchia dei cerchi sul taccuino e una brutta sensazione si affaccia, ora: perché tutti questi discorsi? E quante lezioni gli ha fatto il professore finora? Sono già arrivati a nove? Bove però intanto prosegue.

«Se lo ricordi, un giorno potrebbe comunque perdere il senso di quello che fa, specie se diventa davvero il suo lavoro: le scadenze, le aspettative delle persone potrebbero toglierle la pura e semplice gioia di scrivere. Potrebbe accadere che lei continui a farlo perché è bravo, perché lo sa fare, ma non per l'unico vero motivo per cui dovrebbe farlo.»

«E sarebbe?»

«Lo faccia perché non può fare altrimenti. Qualsiasi cosa sia, scrivere o altro – le ripeto: lo faccia perché se glielo tolgono è come se le togliessero il respiro, come se d'un tratto non avesse più da mangiare. Lo faccia perché le sale da dentro come un urlo, perché le esce dall'anima come un razzo, perché il solo fatto di appoggiare la penna su un foglio le regala una luce negli occhi che altrimenti non appare mai, lo faccia perché sente di aver qualcosa da dire, qualcosa di suo, di unico, e che se lo tiene dentro potrebbe andarne della sua stessa vita, lo faccia perché altrimenti è come un'ossessione che le bracca ogni pensiero e la sua famosa *Cosa* ritorna a diventare una nemica, quella che le fa venir voglia di spaccare il mondo, lo faccia perché se anche il mondo finisse domani scrivere è quello che farebbe, l'unica cosa che saprebbe renderla felice.»

Una macchina identica a quella di suo padre passa davanti al bar. A Teo batte forte il cuore, è quasi tentato di nascondersi sotto il tavolino, ma per fortuna la targa è diversa.

«E… Ludovica?» chiede poi. «Che le è successo alla fine? E cosa c'entra lei con…»

«Con il mio ritiro?»

«Sì, esatto.»

Il volto del professore si rabbuia, diventa molto più serio. «Quella di Ludovica non era una domanda, bensì una richiesta d'aiuto.»

«Richiesta d'aiuto?»

«Quel giorno in cortile mi disse che secondo lei non era questo gran divertimento, sollevare un masso fino in cima a una montagna. Che per lei vivere era proprio come sollevare quel masso.»

«Cioè?» chiede Teo

Il professore guarda in basso, e risponde: «Non mi dimenticherò mai quello che mi chiese poi. La sua mano un po' tremolante si alzò e lei…». Bove non riesce a finire la frase: il respiro ora ha accelerato, la voce si è fatta quasi impercettibile.

«Cos'è che le chiese, professore?»

Bove prende un respiro e quando sembra stia per rispondere, dalla strada arriva prima il suono di una macchina che inchioda e poi quello di un clacson.

Teo si volta verso quel suono, perché gli sembra di riconoscerlo, e capisce di essere nei guai.

È suo padre, fermo con la macchina accesa, e lo guarda malissimo.

È sera.

Il *cri cri* dei grilli fuori dalle zanzariere è una colonna sonora costante. E assomiglia al rumore che fanno i pensieri di Teo.

Suo padre sta mangiando, da solo, nell'altra stanza.

Non gli ha rivolto mezza parola da quando lo ha fatto salire in macchina. Oggi doppia razione di delusioni, per lui: prima scoprire che Teo aveva letto le sue e-mail a Jóhanna, poi trovarlo col professore dopo che aveva promesso di non vederlo più.

«Lo sai che non potrò più fidarmi di te?» gli ha detto, tornando.

Ci sono parole che non sono parole, ma hanno la stessa consistenza di una lama. Bisognerebbe usarle con molta più cautela, pensa Teo mentre il rumore dentro la sua testa è sempre più forte.

Il professore e il suo racconto lasciato a metà.

Sua mamma che non ha ancora risposto al messaggio con dentro le lettere di suo papà.

E, soprattutto, Peach.

Non averla sentita per un giorno intero è una cosa nuova, strana. Avrebbe voluto scriverle almeno una dozzina di volte in momenti diversi, oggi, e ha anche iniziato, digitando due letterine, Oi, senza punti senza niente, ma poi non ha inviato il messaggio. Non poteva.

Sofia gli sta mandando un vocale dietro l'altro e ascoltare la sua voce gli dà un brivido di emozione, un misto di incredulità ed eccitazione, ma al tempo stesso ha preso posto nel suo stomaco un peso, una tristezza – non una malinconia – perché non può condividere tutto questo con la sua migliore amica, perché non può sfogarsi con lei e parlare male di suo papà, o provare a fare congetture su come sia finita la storia del professore e di quella sua studentessa.

Si alza, va a cercare il taccuino. Forse scrivere un po' lo può aiutare. Solo che aprendolo e sfogliandolo, l'occhio gli cade sull'ultima pagina, quella su cui c'erano già alcuni appunti presi dal professore.

Teo scopre che non erano appunti, e che il taccuino non era un regalo casuale.

Quelle poche parole sono indirizzate proprio a lui, perché le prime due sono: *Caro Teo.*

Caro Teo,
come le dicevo un giorno, è arrivato il momento.

Quella di oggi è stata la nostra nona lezione, l'ultima.
Mi aveva chiesto il perché del numero nove: nella numerologia è simbolo di compimento e perfezione, perché è tre volte tre, il numero perfetto.
In ogni caso, ora ho bisogno di trascorrere un po' di tempo da solo. Le chiedo il favore, come da nostri accordi, di non cercarmi più, di non chiamarmi e di non venire a casa mia.
La saluto e le auguro ogni bene.
Francesco Bove

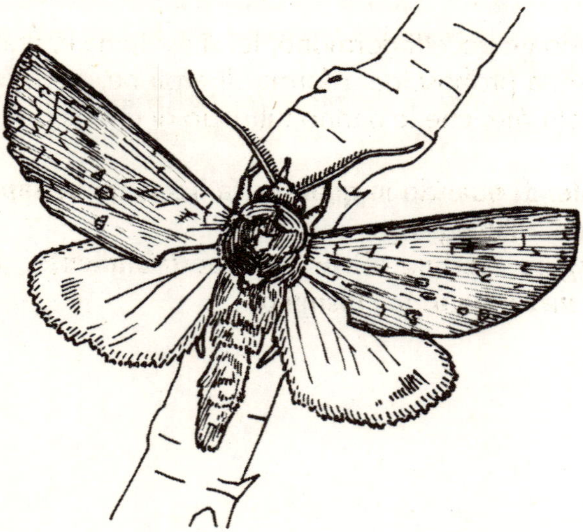

La Falena del Madagascar, o *Hemiceratoides hieroglyphica*, è una farfalla che ha una dieta un po' strana: si nutre di lacrime (lacrifagia).

Quando gli uccelli dormono, lei si avvicina e, grazie a una lunghissima proboscide a forma di arpione, beve le loro lacrime notturne, che le danno tutto ciò di cui ha bisogno.

Morale: di quando in quando, fa bene anche saper essere Falena del Madagascar.

Asciugare lacrime altrui, insospettabilmente, può darti tutta la forza di cui hai bisogno.

10.
SOLO

Teo suona il campanello per la sesta volta, ma non risponde nessuno.

«Mi dici cosa ci facciamo qui?» gli chiede Sofia.

«Niente, vorrei parlare con una persona.»

La casa davanti a loro è quella del professor Bove, ma le finestre sono sbarrate e, dentro, non sembra esserci anima viva.

«Fai tanto il misterioso...» lo prende in giro, e intanto si appoggia a lui da dietro e gli bacia il collo, nel punto appena sotto l'orecchio. Un brivido gli fa rizzare i peli, lo fa voltare e trasformare quella schermaglia in un bacio vero, proprio di fronte a casa del professor Bove.

Mentre Teo bacia Sofia, se lo immagina con il suo sguardo beffardo che gli rivolge un occhiolino dei suoi.

«Scusa, i capelli», fa lei staccandosi. Si sono mescolati a quelli di Teo.

«No, scusa tu», fa lui.

«Mai pensato di tagliarli? Staresti bene!» gli dice, spostandogli il ciuffo da davanti al viso, un gesto che a lui non piace molto, ma poi pensa che lei è Sofia Della Libera, quindi può fare quello che vuole. Poi dà un ultimo colpo al campanello, ma non risponde ancora nessuno.

«È un professore amico mio», le confessa, quando si staccano.

«Allora sarà in vacanza, no?»

Sì, in effetti ha ragione lei. E chissà quando tornerà. Teo sa che gli è stato chiesto di non farsi sentire, ma vorrebbe almeno salutarlo come si deve. In caso, anche chiedergli di finire quella storia lasciata a metà.

«Andiamo? Gli altri ci aspettano!» gli ricorda lei, incamminandosi. Teo la segue, ma in realtà sperava di non dover raggiungere subito i suoi amici, primo perché non sono esattamente la rappresentazione della simpatia – tutti così sicuri di loro, ben vestiti e curati che Teo si sente un pesce che ha sbagliato acquario – e, secondo, perché sperava di poter stare un po' solo con lei, magari seduti su una panchina.

È successo tutto così in fretta che alla fine non hanno fatto in tempo a conoscersi davvero. Ne hanno trascorso quasi di più a baciarsi che a parlare. Non che gli faccia schifo, eh: però sente che c'è qualcosa che stride.

«Ti va se ci sediamo un attimo qui?» le fa, e lei sospira ma acconsente. Dopodiché prova ad avvicinarsi, ma Sofia guarda dall'altra parte. La sente strana.

«Tutto okay?» chiede.

«Sì», risponde lei, ma non è la voce di una ragazza per cui è tutto okay. Teo ha imparato che, in questi casi, bisogna dire: «Sicura?».

In risposta, gli arriva dritta in fronte una domanda che non era mai stata calcolata prima: «Io e te cos'è che siamo?».

«Eh? Come?»

E lei, rapida come se se la fosse preparata a casa: «Hai presente le app?».

«Le app?»

«Sai che le app hanno la settimana di prova, no?»

«Ehm… sì, credo di sì.»

«Penso che sia finita la settimana di prova, caro Toc Toc.»

Da quando escono insieme, Sofia non chiama Teo, Teo. Lo chiama Toc Toc. Lui, invece, la chiama solo Sofia.

«E quindi?» insiste lei. «Cos'è che siamo io e te?»

Okay, forse ora sta cominciando a capire quello che vuole dirgli: se vuole sbloccare la situazione e riavere i suoi baci, bisogna fare quel passo.

«Siamo… non so, ragazzo e ragazza?»

«Intendi dire *insieme.* Che stiamo insieme», precisa lei.

A Teo viene in mente solo ora che aveva promesso a Peach – anzi: giurato – di andare a dirlo prima a lei, quando e se avesse deciso per Sofia. Solo che ora la ragazza seduta di fianco a lui lo sta guardando con due occhi che non sembrano molto propensi a tollerare una qualche esitazione, per cui alla fine risponde: «Sì, ecco, quello!», ma balbettando un po' troppo, in un modo che Sofia coglie subito come sospetto. Così, come possedesse poteri magici di lettura del pensiero, se ne esce con una domanda: «E Peach?».

«Peach cosa?»

«Scusa se te lo dico, ma avrei bisogno di capire cosa c'è fra voi due.»

«Al momento niente di niente. Non ci parliamo da giorni.»

«E come mai?» ribatte lei un po' preoccupata ma anche un po' sollevata, come se fosse una buona notizia.

«Così», risponde lui, laconico, abbassando lo sguardo ma rialzandolo subito, perché la mano di Sofia gli solleva leggermente il mento e poi le sue labbra gli appoggiano prima un bacio sulla guancia, per poi spostarsi a piccoli passi sulla sua bocca, con un trasporto nuovo, diverso dal solito, quasi eccitato.

«Che bello, non vedo l'ora di dirlo alle mie amiche!» fa, un secondo dopo. Teo si schiarisce la voce e sorridendo accenna: «Ma perché sbandierarlo subito ai quattro venti?».

«Hai ragione, teniamolo per noi per un po'», fa lei e infine, in una pausa fra un bacio e l'altro, lo guarda negli occhi e se ne esce con questa esatta frase qui, talmente bella e perfetta da sembrare irreale: «Sai… stasera i miei partono per un weekend al mare».

«Ma dove penso di andare?»

Teo è davanti allo specchio. È la sesta maglietta che si cambia. Nessuna gli sembra quella giusta.

Fra esattamente un'ora deve essere a casa di Sofia. Il programma ufficiale è quello di ordinare qualcosa da mangiare e guardare un film, ma l'assenza dei genitori di lei è un chiaro segnale che quel programma potrebbe non essere seguito proprio alla lettera.

Teo sospira, il cuore gli rimbalza in gola e nemmeno i Pinguini riescono a calmarlo. Si sistema i capelli, prova a tirarseli indietro, come piacerebbe a lei, ma l'effetto poi non piace a lui. E soprattutto gli cade l'occhio sul braccialetto che ha al polso, identico a quello di Peach. Quello che hanno comprato al mare quando erano bambini e che entrambi hanno ancora lì, più resistente di una fede nuziale.

«Non è che ho fatto la cazzata?» si chiede, guardandosi allo specchio.

Già. Non ha trovato il coraggio di andare da Peach a dirle che ha scelto Sofia. Gliel'aveva perfino giurato, eppure non ce l'ha fatta: avrebbe significato perderla. Se Peach prende una decisione è quella, non la schiodi da lì. E lui non vuole che lei schiodi da lui, mai.

Il problema è che è un po' improbabile che Sofia non l'abbia detto a nessuno, che ora stanno insieme, e allo stesso modo è improbabile che il qualcuno a cui l'ha detto abbia poi tenuto la bocca chiusa.

«E se Peach lo viene a sapere da qualcun altro, quanto si può arrabbiare?» si chiede.

Teo guarda il braccialetto. Chissà che cosa sta facendo, ora. Chissà cosa direbbe se sapesse quello che sta per accadere a casa di Sofia, coi suoi genitori lontani: tratterrebbe le lacrime e poi gli direbbe "Vai, divertiti", probabilmente. E mentre cammina nervoso per la stanza immerso in questi chissà, arriva una vibrazione dal telefono. È Sofia: Okay, sono appena usciti. Puoi venire

Del film non hanno visto neanche dieci minuti.

Già ai titoli di testa hanno iniziato a baciarsi e ora sono lì, in salotto, e il film sta andando avanti a volume bassissimo.

Sofia è a cavalcioni sopra Teo e lui tiene prudentemente le mani sui fianchi di lei. Sa cosa dovrebbe fare, o almeno sa quello che succede in certi video che ha visto, ma non sa come e quando farlo, fino a che non è proprio Sofia a prendere la sua mano destra e a mettersela sul seno, per ora solo sopra la maglietta, ma tanto basta a farle chiudere gli occhi e sospirare e a far sentire lui un perfetto imbranato.

Mentre la tocca, infatti, è come se vedesse sé stesso toccarla e per questo si sofferma più del dovuto a osservare la scena, tanto che lei a un certo punto si ferma e gli dice: «Tutto bene?».

«Oh sì, bene, grazie», risponde lui, dandosi da solo del cretino per quel "grazie" e accorgendosi che la sua voce ha qualcosa di strano, come se fosse diventata improvvisamente roca. Ma che gli succede?

Non c'è tempo per tante elucubrazioni, perché lei prima lo bacia e poi la maglietta se la toglie proprio, regalando a Teo la scoperta di un reggiseno nero di quelli che finora ha visto solo nelle vetrine di Intimissimi e, appunto, in certi video.

«Puoi baciarle se vuoi», gli dice lei, abbassandosi, e lui non trova di meglio che rispondere: «Ma... magari più tardi», sempre con quella vocina stramba mezza roca.

Dopodiché lei fa togliere la maglietta anche a Teo, lo bacia sul petto, sul collo, provocandogli un'eccitazione dolorosa sotto i jeans. Infine, Sofia, da quella posizione scende sempre più giù, fino a sbottonargli i pantaloni.

Ed è lì che succede. Cioè che *non* succede.

«Tutto okay, Teo?» gli fa lei, dopo un po' di tentativi andati male.

«Sì, credo di sì… è solo che…»

Sofia torna su e si siede di fianco a lui. «Non mi sembra», dice.

Teo non ha la più pallida idea di cosa fare, ora, perché il suo cervello gli dice che vorrebbe tanto proseguire ma il suo corpo non sta collaborando.

«Non ti preoccupare», fa lei, rimettendosi la maglietta, «a volte succede.»

Teo vorrebbe avere una macchina del tempo, qui, ora, per andare dal sé stesso di qualche mese fa e dirgli: «Sai, una sera sarai a casa di Sofia Della Libera, i suoi genitori saranno via per il weekend, metterete su un film a caso ma già dopo dieci minuti del film non ve ne fregherà niente perché sarete impegnati a baciarvi e toccarvi dappertutto, e in più lei avrà un reggiseno nero di quelli super-belli che ti fanno venire pensieri strani anche solo a passare davanti alle vetrine in centro e ti bacerà sul collo e poi sul petto e poi sempre più giù ma, quando arriverà proprio lì e inizierà a baciarti anche lì, a te non funzionerà più niente». Giusto per vedere che faccia farebbe. Probabilmente non crederebbe a una sola parola.

Fatto sta che ora sono lì, in silenzio, divisi da un imbarazzo che si può toccare e respirare.

«Forse è meglio che vada», dice lui, che improvvisamente si sente uno stupido di proporzioni cosmiche. A Frodo di sicuro non sarà mai successa una cosa del genere.

«Ma no, resta pure. Finiamo il film», dice lei. Teo scuote la testa, non se la sente proprio. Si riveste in fretta, le dà un bacio sulla guancia e se ne va.

Cammina a testa bassa, con i jeans ancora mezzi slacciati e i capelli tutti strani, e gli viene voglia di piangere. Di piangere e di chiamare Peach per raccontarle cosa è appena successo, di dirle che è proprio da stupidi stare così lontani, ma sa che non può.

E poi, quando imbocca la strada di casa, Peach se la vede proprio di fronte.

È lei, in salopette da lavoro, che cammina sul marciapiede opposto. Solo in quel momento Teo si accorge che è come se portasse al collo un cartello con su scritto HO APPENA FATTO SESSO.

Le fa un cenno con la testa per salutarla, ma lei non risponde. Si volta dall'altra parte e rientra in casa.

Quando Teo arriva alla sua, sulla maniglia, appeso, c'è il braccialetto di Peach. Tagliato proprio al centro.

È tutta la mattina che prova a chiamarla.

«Il telefono della persona chiamata non è al momento raggiungibile.»

Le scrive, allora – Oi – ma il messaggio rimane non letto. Anzi, proprio non recapitato.

«Che ti succede, Peach?» sussurra Teo, facendosi aria con una mano. Fa un caldo bestiale e il Gildo ha avuto l'idea geniale di assegnargli il compito di trasportare chili e chili di ramaglie a mano, da dove sono ammonticchiate fino all'Apecar parcheggiata sul vialetto. Teo si asciuga il sudore dalla fronte con il braccio e poi ci riprova.

«Il telefono della persona chiamata non è al momento raggiungibile.»

Peach non spegne mai il telefono, neanche quando è in officina col padre, per cui si insinua in lui un pensiero atroce anche più del caldo che fa: *E se mi avesse bloccato?*

Dopo il braccialetto tagliato, questa è la prova definitiva: lei sa tutto.

Che stupido che sono stato. Perché non gliel'ho detto?!

«Pensi di essere qui per telefonare o per lavorare?!» lo rimprovera il Gildo, ponendo stavolta a inizio e fine frase le sue fantasiose imprecazioni.

«Mi scusi!» replica Teo, ricominciando a fare su e giù dal mucchio di rami all'Apecar del Gildo, che sta ascoltando per la sesta volta *El Diablo* e sta divorando un panino con la mortadella grande quasi quanto il suo macinino.

Lavora tutto il giorno col respiro bloccato dai brutti pensieri più che dall'afa. E, quando ormai conosce testo e musica di *El Diablo* meglio di Ghigo Renzulli, finalmente il Gildo si decide a cambiare canzone e ne fa partire una dal suono molto più morbido, con la voce di Piero Pelù che canta piano «*ho sete, ho sete di te che non sei qui…*» e Teo pensa che sia stata scritta apposta per lui.

«Che musica, ah?!» gli fa il Gildo, avvicinandosi per dargli una mano. Quando infila i guanti da lavoro, Teo nota che prima si toglie la fede e la mette in tasca. E così gli esce spontanea una domanda.

«Lei è sposato?»

«Sì, porca troia!» risponde lui. «E tu non fare mai la stessa cazzata!» gli intima, buttando un mazzo di rami secchi nel cassone posteriore e producendosi in una lunga lista di angherie sofferte a causa della decisione di convolare a nozze con la Nicoletta, quindici anni fa.

Il Gildo e la Nicoletta. Gli pare di vederli. Per un secondo Teo è stato anche tentato di approfondire il discorso, forse addirittura chiedergli qualche consiglio, ma non sembra questo l'argomento prediletto, per il Gildo.

«Dai, ti ho fatto sgobbare oggi, prenditi dieci minuti!» gli concede quando il cassone è pieno. Teo approfitta per andare a sedersi sull'unica panchina libera all'ombra. Quando è lì, con ancora un po' di fiatone per la fatica, non può fare a meno di guardare lo spazio vuoto di fianco a lui.

Gli ci vorrebbe proprio qualche parola del professore, ora. Lo aiuterebbe a capire cosa è giusto fare: andare a casa di Peach? Rispettare il suo bisogno di stare da sola? Mentire e dirle che ha scelto Sofia, facendole credere che non ha deciso già da un po'? Sì, ma se poi lei sa già, che figura ci farebbe?

Mentre Teo è immerso in questi dubbi e la luce del sole filtra tra le foglie, è il suo telefono a vibrare. E sul display appare proprio lei.

È Peach.

«Ehi!» risponde. «È tutto il giorno che provo a…»

«Non ti sto chiamando per fare conversazione», lo interrompe lei, perentoria.

«Sei arrabbiata?»

«Secondo te?»

Okay, è evidente che è successo l'irreparabile.

Teo, col cuore a mille che si ritrova, perde lucidità e opta per la tattica più sbagliata che ci sia: far finta di non sapere. «Posso sapere cosa ho fatto?» azzarda, con la voce che gli trema.

«Ah, non lo sai?»

Peach, quando è arrabbiata con lui, usa sempre la stessa strategia: non gli spiega il motivo per cui lo è, ma aspetta che sia lui a capirlo da solo. Di solito Teo ci mette secoli ad arrivarci, ma in questo caso la faccenda è ancora più ardua perché in realtà lui sa benissimo dove ha sbagliato.

«Non è che puoi darmi... qualche indizio?» chiede, ma la voce non riesce a tenere bene il ruolo, e lei se ne accorge.

«Perfetto. Ora mi prendi anche per il culo. Benone!» esclama, e lui si sente un po' morire. Tutte le parolacce del Gildo non sono niente in confronto a quelle che ora Teo sta rivolgendo a sé stesso, così tante da non riuscire più a parlare.

«Il tuo silenzio mi sembra piuttosto eloquente», fa lei.

«No, è che...» ma non riesce nemmeno a finire la frase.

«Vaffanculo, Teo. Non so come ci sei riuscito, ma hai rovinato tutto. Grande, i miei complimenti!» esclama, e poi mette giù la chiamata.

Teo resta qualche secondo a fissare il cellulare come fosse ghiacciato, nonostante il caldo del sole. Poi gli cade l'occhio sul braccialetto e con un colpo secco della mano lo spezza, ritrovandoselo in mano.

Stavolta è finita davvero.

«Ehi, ciao ma'…»

«Che faccia! Cosa è successo?»

Il volto di sua mamma appare finalmente sullo schermo del computer.

«No, niente», mugugna lui.

«Seh, a chi la racconti. C'entra qualcosa quel professore?» gli chiede, alzando un sopracciglio come quando da piccolo lo rimproverava per qualcosa che aveva fatto.

«No, macché… perché adesso ce l'hai anche tu con lui?!»

«Non è che ce l'ho con lui. Però, io e tuo papà non crediamo ti faccia bene una persona così, adesso. Non lo stai vedendo più, vero?»

Teo sospira. Magari lo potesse vedere, ora. Eppure, tutti a dirgli di non farlo. Ma cosa può essere successo di così brutto? Se solo non ci fossero tutti questi problemi da risolvere con Sofia e con Peach, Teo vorrebbe tanto andare a fondo di questa storia.

«No, no… ma tu piuttosto: perché non ti fai sentire da due giorni?»

Sua madre dà uno sguardo alla porta, come per controllare che nessuno la senta, poi si avvicina allo schermo e inizia a parlare a bassa voce.

«Eh, storia lunga. Siamo usciti per un weekend, io e Steve da soli, senza bambini.»

«Ah. Bene… ma perché parli pia…»

«No, bene neanche un po'. Abbiamo litigato per tutto il tempo!»

«Ah, e come mai?»

«Lo sai come mai.»
«Perché Steve è un insopportabile presuntuoso?» fa lui, alzando la voce apposta.
«Ssst! No, non per quello.»
«C'entrano qualcosa le e-mail che ti ho fatto leggere?»
Sua madre si alza, va a chiudere la porta e poi torna davanti allo schermo.
«Tu sei un cretino, lo sai?» gli fa.
«Ehm… perché?»
«Io e Steve abbiamo un rapporto molto sincero, non abbiamo segreti. E quando hai mandato quei messaggi io stavo facendo la doccia!»
«Ah.»
«Ecco, ora hai capito?»
Teo si schiarisce la voce. Ha combinato un altro guaio e non sa cosa dire. Allora, tenta di sdrammatizzare: «Forse era meglio se qualche segreto ce lo avevate, no?». Ma non funziona, perché sua mamma gli mostra il pugno e poi esclama, col suo accento mezzo nordico mezzo meridionale che fa sempre molto ridere: «Mannaggia a te!».
Teo ora vorrebbe sprofondare, ma sa che deve dire qualcosa: «Ehm… è tanto arrabbiato?».
«Arrabbiato non è niente! Ed è andato a sfogarsi con la sua ex moglie!»
«In che senso a sfogarsi?»
«Sono rimasti in buoni rapporti, e ora che c'è questo pasticcio si sono riavvicinati ancora di più!»
Non credeva di averla fatta così grossa, Teo, ma forse in tutto questo c'è un possibile risvolto positivo, per cui è il momento di fare a sua mamma la domanda che rimanda da giorni: «Okay, però tu cosa hai pensato quando hai letto quelle e-mail?».
Il volto di lei tradisce un sorriso che Teo non le ha visto tanto spesso. Un sorriso da ragazzina, gli viene da pensare, e sua mamma starebbe anche per rispondere, quando madre e figlio vengono interrotti da un lato dall'irruzione di uno dei gemellini malefici, dall'altro dal bussare alla porta della camera di Teo.

«Scusa, ne parliamo poi!» gli fa lei col bambino in braccio, per poi chiudere bruscamente la chiamata. Teo sente la porta cigolare leggermente e aprirsi prima ancora di rispondere "avanti".

È suo padre, che gli dice una parola che Teo e forse anima viva non gli ha ancora mai sentito dire: «Scusa».

Sono in salotto, ora.

Mario Limiti ha in mano una lattina di birra, e ne offre una anche a Teo. Gliela apre proprio, poi gliela passa. Il suono del gas che fuoriesce dalla linguetta, le gocce di schiuma che lambiscono l'orlo.

«Ma... io non potrei bere...» protesta, però lo sguardo di suo padre è piuttosto eloquente e significa: *Pensi che sia così scemo da credere che non hai mai bevuto prima?*

Teo ne prende un sorso. Ha il sapore dell'esser diventato improvvisamente grande, in un minuto, proprio: cavolo, sta bevendo una birra in salotto con suo padre e sono uno di fronte all'altro e lui non lo sta guardando come lo guarda sempre – quello sguardo là che hanno spesso i grandi, quello che vuol dire "tu hai sedici anni, sta' al tuo posto!" – è uno sguardo diverso, alla pari gli verrebbe da dire, senza dislivelli, senza alto e basso.

Mario Limiti alza la lattina e lo invita al brindisi.

Poi attacca, così, senza preavviso: «Il 27 luglio 1995, al Városi Stadion, in Ungheria. Alle 18.01!».

«Eh?! Cosa?!» ribatte Teo, quasi sputando fuori la birra.

«Mi hai chiesto quando è successo. Quando ho capito che tua madre era... *lei*. Il 27 luglio 1995, al Városi Stadion, in Ungheria.»

Teo ci pensa su un attimo, quel nome gli dice qualcosa.

«Ma non è quando sei andato agli Europei di atletica?»

«Sì. Esatto. E so l'ora precisa perché alle sei iniziavano le gare di qualificazione, per tua mamma. E io un minuto dopo avevo già deciso che era lei. Mi voltai verso un mio compagno di squadra e dissi: "Io questa me la sposo!".»

Mario Limiti beve un lungo sorso di birra. Teo lo imita, ma bevendone meno e sempre facendo un po' finta che sia una delle prime volte.

«Come mai me lo hai chiesto, Teo?» gli chiede poi, dopo un buon mezzo minuto di silenzio. E l'alcol, benché poco, gli è andato dritto in testa e gli dà coraggio abbastanza da ribattere: «E tu come mai mi rispondi, adesso?».

Mario Limiti sorride, fa schioccare la latta premendola con un dito e poi ammette: «Sono stato uno stronzo. Tutto qua».

Prima le scuse e ora questa ammissione. Teo non sa come gestire così tanta roba inedita tutta in una volta. Poi sente un leggero senso di colpa per il suo atto di vendetta, aver spedito a sua mamma le foto delle lettere. Se suo padre lo scoprisse potrebbe anche scordarsi quell'improvvisa gentilezza e umanità.

«A ogni modo», prosegue il padre, «che succede? Problemi di donne?»

«Boh, chiamarle donne mi fa un po' ridere, sinceramente», risponde Teo sorseggiando la birra e ora gustandosene proprio il sapore, «ma diciamo di sì, problemi di donne.»

Suo padre si avvicina con la carrozzina. Sorride. E poi mette in mano a Teo una vecchia bandana rossa. «Non ho avuto bisogno di capire che lei era *lei*», dice.

«In che senso?»

«Lo sapevo e basta. Quando parlavamo, quando camminavamo mano nella mano. Lo sapevo. Ma se mi chiedi di dirti il momento in cui proprio l'ho capito-capito, cioè quando sono stato sicuro al mille per cento...» racconta, e nel farlo indica con il mento la bandana, «è stato quando lei era in Islanda e io qui. Non quando c'era, ma quando *non* c'era.»

«Perché ti... mancava?»

«No, non è che mi mancava. Stavo tutto il tempo ad annusare la bandana che hai in mano. E mi accorsi che non mi mancava lei, mi... mancavo io.»

«Ah.»

Suo padre finisce la birra in un sorso, volta la carrozzina e fa per uscire dalla stanza. Ma prima dice un'ultima cosa: «Di donne non ho mai capito niente, ma una cosa sì: capisci che è quella giusta non quando c'è, ma quando non c'è».

Ehi Lollo,
ho capito, sai?

Il problema sono i silenzi.
Sì, i silenzi.
Stare in silenzio con Sofia è diverso che stare in silenzio con Peach.
Sono proprio silenzi diversi capisci Lollo: cioè per esempio l'altra sera io e Sofia siamo stati al telefono otto minuti e quarantasette secondi me lo ricordo perché ho visto il display del telefono alla fine e ho sorriso perché le telefonate serali con Peach non durano mai meno di mezz'ora anzi spesso anche più di un'ora ed è proprio come mi ha detto lei un giorno: capisci che una persona è speciale quando riesci a starci in silenzio insieme senza sentirti a disagio; e capisci che una persona è proprio la tua persona quando ci riesci anche al telefono.
Quando sono al telefono con Sofia e stiamo zitti anche solo per cinque secondi il disagio arriva subito e uno di noi due sente il bisogno di parlare.
Con Peach possiamo anche stare cinque minuti senza dire niente solo respirare e a nessuno dei due viene in mente di parlare per interrompere il silenzio.
Conosco Peach da quando siamo nati e saranno un milione i momenti che abbiamo passato in silenzio anzi forse sono stati più quelli in silenzio che gli altri eppure Lollo io te lo devo dire anche quando siamo in silenzio non è mai davvero silenzio perché in realtà io e lei parliamo sempre: anche quando stiamo zitti: anche quando siamo lontani.
Forse dovrei fare una lista delle cose che mi piacciono di Sofia.

Be' vediamo è simpatica; è bellissima; ha visto un sacco di posti.
Le labbra.
Già: le labbra di Sofia sono qualcosa di incredibile: dovrebbero creare una sezione apposita in un museo tipo il Louvre e poi anche una per le sue gambe e una per la sua voce.
Li fanno i musei con le voci Lollo?
Mi sa di no.

Okay, ora vediamo Peach.

Come lei suona il piano: accidenti che cos'è Peach quando suona il piano.
Ridere con lei.
Giocare con il carrello della spesa, spingerlo con lei dentro.
I suoi occhi quando mi guardano storto.
Tu non sei normale grazie del complimento.
Ballare insieme in posti strani tipo farmacie.
Ricordi insieme mangiare insieme dormire insieme studiare insieme prendersi a parolacce insieme lavare macchina e lavarsi insieme andare in bici con lei sul tubo insieme stare sul suo terrazzo a bere latte insieme.
Raccontarle le cose che mi succedono quando lei non c'è.
Ecco, sì, questo.
Sai qual è la cosa che mi ha fatto più male in questi giorni?
Questo: non poterle raccontare le cose.
Giuro.
Cioè mi fa ridere ma mi sono accorto che già mentre le vivo le cose io sono lì che penso a quando le racconterò a lei e alla fine vivere le cose e non avere qualcuno a cui raccontarle è un po' come viverle un po' meno.
Vero?
Mio papà Lollo dice che è quando una persona non c'è che capisci tutto e io in queste settimane senza Peach ho capito che senza Peach non ci voglio stare anzi che non ci posso stare.
Una x *fuori dal mio cerchio: mi sa che questo è Sofia.*
Una x *che non potrà mai stare fuori dal mio cerchio: questo è Peach.*
E io glielo devo dire.

«Ciao Sofia.»
«Che ci fai qui?»
«Sì hai ragione, scusa l'improvvisata.»
«Ti direi di entrare, ma ci sono i miei...»
«No, tranquilla, va bene anche qui.»
«Va bene anche qui... cosa?»
«Niente. È che...»
«Non starai mica parlando dell'altra sera spero! Ti ho già detto mille volte che è tutto okay, che è normalissimo quello che è successo!»
«Davvero?»
«Sì, Toc Toc, davvero!»
«Cioè, è capitato anche a Frodo?»
«A Edo, vuoi dire?»
«Sì, dai, a lui.»
«No, a lui no. Ma insomma, so che è una cosa normale, o così almeno mi hanno detto!»
«Okay, va bene. Comunque, non sono qui per questo.»
«E per cosa allora?»
«Veramente sono qui perché... insomma ti devo parlare.»

«Ciao Peach lo so che odi i vocali... ma questo non è un vocale di quelli perfettini che si fanno per evitare di parlare al telefono come dici tu, lo faccio solo perché sono giorni che ti chiamo e non mi rispondi e quindi siccome queste cose te le voglio dire eccomi qua.

«Mandalo pure a doppia velocità se vuoi anzi quasi quasi parlo piano apposta così non lo puoi rallentare.

«Adesso sono al parco a lavorare e fa anche oggi un caldo assurdo e l'ultima volta che ti ho vista è stato qualche giorno fa quando non mi hai salutato, ricordi?

«Sono andato da Sofia. Ho rotto con lei. Cioè in realtà non so nemmeno se siamo stati davvero insieme... o meglio sì, ma per quanto? Tre giorni?

«Ti giuro non lo sto dicendo per farti credere che non ho sbagliato, io lo so che ho sbagliato, sono stato uno stronzo soprattutto perché lo dovevo sapere che per te certe cose sono importanti, e non voglio giustificarmi né niente, solo dirti le cose come stanno, anche se forse è troppo tardi ora.

«Mi credi, vero?

«Non sai quante volte avrei voluto sentirti in questi giorni. Almeno quindici al giorno secondo me. Sai perché?

«Perché sono giorni che lo faccio solo nella mia testa ma nella realtà non posso.

«Perché ci sono le nuvole che sembrano di zucchero filato ma non te lo posso raccontare, Peach.

«Perché ieri al tramonto c'era il sole che sembrava un'arancia che si stava per spremere all'orizzonte. E nemmeno questo te lo potevo raccontare, Peach.

«Perché ci sono i bambini che fanno tremare le catene delle altalene al parchetto, due ragazzi che impennano con le bici, tre fiori bianchi calpestati su un marciapiede, un libro aperto con le pagine ingiallite su una panchina, c'è una carta da gioco sulle scale che portano al bar del parco, è un asso di picche. Ci sono voci di ragazze che parlano e ridono, c'è una lettera dell'insegna della gelateria che lampeggia e va e viene, quella dove vendono il pistacchio con i pezzetti, quello che piace a te.

«Perché c'è che il professore è sparito, a casa sua non c'è più nessuno, nemmeno la figlia, e non mi ha mai finito di raccontare la sua storia e perché ha smesso di insegnare e che cosa c'entra quella ragazza di cui mi ha parlato.

«Perché c'è mio papà che da un po' di giorni è un altro e l'altro ieri l'ho sentito che parlava al telefono con mamma e non aveva il solito tono di voce di quando si sentono al telefono.

«C'è un mondo di cose, Peach. Che io non posso raccontarti.

«E se non te lo posso raccontare, quel mondo, me lo spieghi che cosa ci sta lì a fare?

«Non lo so, abbiamo sedici anni, forse incontreremo persone, un giorno, magari vivremo lontani e ci innamoreremo di qualcuno, non lo so, ti giuro, che cosa succederà però una cosa la so e cioè che io ti aldilà e che io proverò sempre questo per te: aldilà.»

Teo lascia andare il dito dal telefono e fa partire il vocale che è di cinque minuti e ventuno secondi.

Due minuti e undici secondi dopo, sul suo telefono appare un messaggio.

– Oi, dice.

– Oi, risponde lui.

– Girati

Teo si volta. Davanti a lui, una ragazza in salopette da lavoro e con le mani sporche.

«Scusa, Peach.»
«Vaffanculo.»
«Davvero, scusa.»
«Non farlo mai più.»
«Non lo faccio mai più, giuro.»
«No, non giurare. Non voglio che giuri. Se giuri un'altra volta, mi ricorderò che hai giurato e poi hai mentito e quindi non ti crederò. Per cui non giurare.»
«Okay, non lo giuro, ma non lo faccio mai più.»
«Non raccontarmi mai più una bugia.»
«Non lo farò.»
«Se lo farai, prima ti verrò a trovare con la mia chiave da diciotto, poi ti farò molto male e infine non ti parlerò mai più in tutta la vita.»
«D'accordo. Ma non stiamo più così lontani. Per favore, Peach.»
«Io non voglio starti lontana. Ma tu non devi fare lo stronzo.»
«Hai ragione.»
«Lo so che ho ragione. E adesso abbracciami.»
«Adesso? Sono tutto sudato, faccio schifo!»
«Fai schifo anche quando non sei sudato.»
«Okay, vieni qui.»
«Okay, vengo lì.»
«E ora stai qui.»
«Sto qui.»
«Sto bene quando tu stai qui.»
«Anch'io.»

«E ora?»
«Ora cosa?»
«Ora che succede?»
«Non lo so, ma intanto ti do una mano a capire che cosa è successo al tuo amato professore.»

Il Tardigrado, o *Tardigrada*, è un animaletto minuscolo dalle dimensioni che vanno da 0,1 a 1,5 millimetri. Il suo nome significa letteralmente «cammina piano».

Questo invertebrato è unico al mondo, perché può sopportare condizioni esterne impossibili: freddo a -270 °C? Lui sopravvive. Caldo a 150 °C? Sopravvive. Ma come fa?

Azzera l'attività metabolica. In pratica muore un pochino, e poi resuscita quando le condizioni tornano favorevoli.

Morale: quando attorno a te diventa tutto insostenibile, fai come il Tardigrado.

Morire un po', a volte, è la scelta migliore per poi ricominciare a vivere.

11.
LUDOVICA

Niente di niente.

Teo è chiuso in camera da due ore, ma senza risultato. Ripercorre perfino tutto l'ultimo discorso che gli ha fatto Bove, il mito di Sisifo e la passeggiata avanti e indietro, quasi parola per parola, in cerca di qualche indizio. Lo trascrive a penna sul taccuino che lui gli ha regalato, tipo mappa concettuale piena di frecce e cerchi e punti di domanda, il che lo fa sentire un po' come l'anziano detective Bill Hodges, protagonista di alcuni romanzi di Stephen King.

«Cioè, senza troppo girarci intorno: forse si è semplicemente stufato di insegnare, no?» dice ad alta voce, guardando gli appunti. Ma è una teoria che assomiglia più che altro a qualcosa cui Teo *vorrebbe* credere.

«È ovvio che ha tutto a che fare con Ludovica», conclude, sempre parlando da solo. Com'è che Bove l'aveva definita? «Ah sì, ragazza molto sensibile!» ricorda Teo, trascrivendo il virgolettato sugli appunti. E poi cos'è che aveva detto? «Ah sì, richiesta di aiuto!» sussurra davanti al PC. E per la prima volta gli viene in mente che Bove ha sempre parlato di lei usando *il tempo imperfetto.*

«No, non può essere!» dice

Un fatto del genere, in una città così piccola, non resta segreto: la gente ne parla *per anni.* Per sicurezza, prova anche a mettere nella chiave di ricerca su internet *Ludovica + suicidio* ma non esce niente che riconduca al professore. C'è da dire che lui non ha grandi abilità di stalker, e poi di Bove sui social si parla solo indirettamente. Fino a che, a forza di smanettare senza concludere niente, gli torna in mente una cosa che gli ha detto Peach un po' di tempo fa, di un certo commento sul professore che aveva trovato chissà dove.

Così le scrive e dopo pochi minuti Peach risponde.

– Ma sì ti ricordi! gli dice via messaggio.

– Se mi ricordassi non te lo avrei chiesto, risponde lui.

– Era una roba tipo... se succede qualcosa a... – nome di ragazza che non mi ricordo – insomma, se le succede qualcosa il professore ce l'avrà sulla coscienza!

– Ah, c'era scritto così, commenta Teo, che pensa con sempre maggior terrore a quel tempo imperfetto.

– Già, conferma lei.

– E non ti ricordi il nome?

– No ma se vuoi lo cerco

– Era tipo... Ludovica?

– Sì! Esatto! Ludovica! Bravo!

Come gli arriva questo messaggio, Teo ha un piccolo sobbalzo che gli fa urtare col gomito il taccuino del professore, e a quel punto accadono due cose: la prima è che il taccuino cade per terra, la seconda è che dal taccuino esce qualcosa.

Uno scontrino.

Corre sulla sua bicicletta, Teo.

La risposta alle sue domande è vicina, ed è per questo che ora è diretto verso la casa di riposo. Mentre pedala, gli tornano in mente tutti gli incontri che ha avuto con il professore, le cose che lui gli ha detto, e adesso appaiono in una luce diversa. Ma per capire se è la luce giusta, deve andare a parlare con zia Ma: lo scontrino stropicciato che Teo ha trovato dentro al taccuino regalatogli dal professor Bove è del bar della casa di riposo. E sul retro c'è un messaggio firmato proprio da Ludovica.

Cosa ci faceva una ragazza così giovane in quel posto, se non andare a trovare un parente? E se quel parente fosse stata proprio zia Ma, che quel giorno aveva reagito così male vedendo il professor Bove in foto?

Teo rilegge ancora una volta le poche parole scritte sul retro dello scontrino:

Addio, professore. Lei è stata l'unica persona che ci ha provato, ma anche l'unica che mi ha fatto capire che sto facendo la cosa giusta.
Ludo

Leggerle è come sentire il rintocco del martelletto di un giudice, quando pronuncia definitivamente una sentenza. Allora davvero Ludovica non c'è più: davvero lo ha fatto. E tutti devono aver dato la colpa a Bove.

Come chiavi che cerchi per tutta casa e poi scopri che ce le hai in tasca, a Teo in un attimo è tornata in mente la scena surreale di pochi giorni fa, zia Ma improvvisamente impazzita quando ha visto il volto del professore insieme a quello di Teo sul display del telefono, in quel selfie rubato al parco.

«E se non fosse stata una delle sue crisi?» sussurra fra sé e sé, unendo i puntini. Forse zia Ma era perfettamente lucida, e ha reagito così – «Mia nipote… quello lì…ci ha rovinato!» diceva. E il disegno che i puntini gli mostrano, una volta uniti, è solo uno: zia Ma è la nonna di Ludovica. O *era*, insomma.

Solo che quando Teo entra nella casa di riposo e raggiunge lo stanzone dove di solito ci sono zia Gu e zia Ma mano nella mano davanti alla TV, si trova di fronte una scena cui non era preparato: zia Gu è in lacrime, ancora in vestaglia, e un'operatrice della casa di risposo sta cercando di consolarla.

«Che è successo, zia?» chiede Teo, e lei non riesce nemmeno a rispondere. Al posto suo lo fa l'altra donna, mentre le passa un fazzoletto e sussurrando la risposta di modo che l'anziana non la senta e non stia ancora più male: «La sua migliore amica è morta stanotte».

Teo ha un colpo al cuore e abbraccia forte la zia. E, mentre la stringe, si ricorda di quel giorno al cimitero. E pensa che la risposta di tutto, l'unica rimasta, forse è proprio lì.

«Teo, scusa se te lo dico: ma tu hai letto troppi thriller!»

«E tu troppo pochi!»

Peach e Teo stanno camminando fra le lapidi del cimitero cittadino.

«Mi vuoi dire che cavolo ci facciamo qui?!» insiste lei. Ma Teo tira dritto, leggendo con attenzione tutti i nomi, tutte le date, in quel settore del cimitero che il professore aveva voluto evitare, quel giorno in cui c'era stato con lui.

Ci sono decine e decine di tombe, ma in nessuna appare il nome Ludovica né sembrano esserci ragazze morte così giovani.

«Ma, scusa: e se semplicemente qui ci fosse la tomba di un amico, o di sua moglie?» obietta Peach. «Magari non voleva passare di qui perché gli fa ancora male pensarci!»

Non ha tutti i torti, in effetti. Però gli suona lo stesso un po' strano: difficile che un marito non voglia neanche porgere un saluto alla moglie morta, no?

«Guarda questa, che strana!» gli fa Peach, cinque lapidi più in là.

«Che succede? Che hai visto?» Teo la raggiunge e ora stanno in piedi davanti alla stessa tomba. Che in effetti ha qualcosa di strano: non c'è nessun nome, nessuna data, solo un'iscrizione: ALLA NOSTRA STELLA

E, sotto, un *semplice trattino.*

«Boh, forse è una lapide recente», considera Peach, «magari la stanno preparando per qualcuno che è appena... sì, insomma, che se n'è appena andato!»

«E perché qualcuno avrebbe dovuto portare dei fiori?»

osserva Teo. Sì, in effetti ci sono delle calendule dentro il piccolo vasetto apposito, e sembrano anche fresche.

«Okay, magari sono già venuti a portarli, non mi sembra impossibile!»

Teo però si inginocchia e le indica un punto preciso del marmo, quello dove avrebbero dovuto esserci le date di nascita e morte e invece c'è solo un trattino. E poi ipotizza: «Forse è proprio qui, Ludovica. E forse il professore aveva detto anche a lei, o magari alla sua classe, quella cosa del trattino in mezzo ai numeri. Sai come sono i professori no?».

«Più o meno ma... mi vuoi spiegare?»

«Dico che magari Bove ha fatto a me una specie di lezione che faceva sempre ai suoi studenti, non è così strano!»

Peach scuote la testa e obietta: «No, però questa è l'unica cosa non-improbabile che hai detto finora!».

Teo ormai prosegue come se fosse impegnato in una specie di monologo: «...e questa ragazza potrebbe aver chiesto, non lo so, immagino ai suoi genitori, tipo ultime volontà insomma, che sulla tomba non ci fossero date, ma solo un trattino!».

Anche Peach si inginocchia, ora. Sfiora quel trattino. E poi ammette: «Sì, se io fossi un prof e facessi una lezione in cui in qualche modo trattiamo il tema del suicidio, e poi una mia studentessa si uccide davvero...» fa, e la frase però la finisce Teo: «Anch'io smetterei di insegnare, credo».

Peach si alza, ora, appoggia il gomito sulla spalla di Teo, entrambi con gli occhi fissi alla lapide. E gli chiede: «Ma perché secondo te... insomma come può essere che non se ne sia parlato per niente in giro?».

Teo ci riflette un po' su.

«Forse la famiglia ha fatto in modo che la cosa non si venisse a sapere. Non credo sia così impossibile», prova a riflettere ad alta voce.

Peach si lascia andare a un mugugno molto scettico. «Però è altamente improbabile», ribatte, e poi prosegue: «Ma mi spieghi perché non lo chiedi direttamente a lui? Non sarebbe tutto molto più semplice, invece che venire qui a fare gli esploratori di tombe?!».

«Te l'ho detto il perché: è da giorni che non c'è nessuno a casa sua.»

«E la figlia?» gli butta lì.

«La figlia di chi?» chiede Teo, facendo un passo verso la tomba.

Peach sospira. «Teo, tu hai una fantasia che potresti scrivere dodici stagioni di *Stranger Things*, e poi ti sfuggono le cose più semplici! Quelle che hai davanti agli occhi!» gli fa, sferrandogli una leggera sberla sulla nuca, e il suo tono di voce tradisce che non sta parlando solo di quello di cui stanno parlando. Ma ancora Teo non ci arriva.

«No, davvero, non ho capito di che figlia stai parlando!» risponde, grattandosi la testa.

«Penso che stia parlando di me», si sente una voce alle loro spalle, con un leggero accento francese.

È Eleonora, la figlia del professor Bove, e ha una calendula in mano.

«Mia madre si chiamava così: Stella.

«Oh, ha avuto una vita pazzesca. Non basterebbe un romanzo a raccontarla.

«Aveva i capelli di due colori, sapete? Un po' argento e un po' fucsia. Ne andava anche molto fiera.

«Non aveva più la voce. L'aveva persa per via di tutto quello che le era successo dopo che ero nata e suo padre l'aveva allontanata per colpa mia.

«Lei e il professore – mio padre – avevano avuto una storia, molti anni fa, solo che lui era di buona famiglia e lei faceva la commessa in un negozio di fiori. Il padre di lui fece di tutto per dividerli, le aveva dato anche dei soldi per sparire, solo che nel frattempo lui l'aveva messa incinta senza saperlo. E così sono arrivata io.

«Mio nonno la cacciò di casa. In quegli anni era un disonore troppo grande essere madri di una figlia non riconosciuta da nessuno. Figlie di NN, ci chiamavano.

«Mio padre mi ha cercato per anni, dappertutto, perché quando ha scoperto che c'ero, io ero già scappata di casa. E non sto neanche a raccontarvi tutti i posti in cui sono stata.

«Non ha mai avuto il coraggio di tornare da mia madre, di chiederle scusa. Questo fino a che una sua studentessa non lo ha convinto a farlo. Solo che quando si è deciso, era troppo tardi.

«Sì, esatto: Gioia, quella della fotografia che lui tiene appesa nel suo studio. È stata lei a convincerlo ad andare da mia madre.

«È riuscito a parlarle, sì, e per un paio di mesi abbiamo

anche vissuto qui, tutti e tre insieme. Però lui non sapeva una cosa, non la sapeva nessuno: mia madre era malata. Pochi giorni prima che lui la trovasse, aveva avuto un incidente, era stata investita da uno scooter. E questo non fece che peggiorare le cose.

«Per pochi mesi, solo per pochi mesi sono riusciti a stare di nuovo insieme. Ma la malattia avanzava e non c'era modo di fermarla.

«Se ne andò nel sonno, almeno, senza sentire nulla. Le ultime parole che mio padre le disse furono: *sono qui.*

«Sì, eravamo riusciti a ritrovarci, ma si capiva che era cambiato qualcosa in lui. Si stava lentamente spegnendo, capite? Come una candela al vento, ecco. Io non lo avevo conosciuto per com'era prima, ma certe cose una figlia le capisce. Si sentiva tanto in colpa per quello che aveva fatto, anche se in fondo non era stata davvero così tanto colpa sua. Per questo non riesce a venire qui, su questa tomba. Però è stato lui a volere che ci scrivessimo sopra *La nostra Stella* e che, al posto delle date, ci fosse solo il trattino.

«Sì, proprio come una candela al vento.

«Solo la scuola gli regalava ancora un sorriso, la forza di alzarsi. Per il resto, non ci credeva più, ecco. Piano piano, cominciò a fare dei discorsi che non mi piacevano per niente: non si sentiva più degno di ricoprire un ruolo come il suo. Diceva che fare l'insegnante è come fare il chirurgo: che se ti comincia a tremare la mano, è tempo di smettere. E poi la storia di quella ragazza, quella Ludovica, fu la goccia che fece traboccare il vaso.

«Sapete cosa fu a togliergli letteralmente le forze? Che non se ne era accorto. Diceva che non gli capitava mai di non accorgersi, se un suo studente stava male. Quando accadeva, lui se ne fregava del programma o dei compiti e dei voti, interrompeva tutto. Diceva che non si impara con la testa, ma col cuore: e che se il cuore soffre non si può imparare niente.

«Quel giorno era tornato a casa anche più sereno del solito: era convinto di aver fatto una lezione importante, bella. Me la raccontò, a pranzo, e mi disse che era rimasto colpito dalla sensibilità di quella ragazza, Ludovica, e di come era riuscita a esprimere pensieri molto profondi, e poi del fatto che alla fine dell'ultima ora lo aveva cercato per abbracciarlo; gli aveva fatto anche un regalo, un taccuino per scrivere tutti i suoi appunti filosofici, gli aveva detto, ed era stato un momento bello per lui, commovente, che gli stava facendo tornare la voglia di crederci davvero.

«E poi, però, quella telefonata.

«Non dimenticherò mai la sua faccia, quando glielo dissero, quando gli dissero che cosa aveva fatto lei. Corse a prendere quel taccuino, e ne uscì un biglietto scritto da lei, da Ludovica.

«Mio padre mi guardò e disse solo: "È finita".

«Quel mattino decise che non avrebbe mai più insegnato in vita sua.»

Teo e Peach sono davanti al computer, a casa di Peach.
«Sicuro che lo vogliamo fare?»
«Sì.»
Eleonora, la figlia del professor Bove, ha dato loro quello che mancava per capire. Una chiavetta. L'aveva conservata non sa nemmeno lei perché, ma se lo sentiva che un giorno sarebbe servita a qualcuno. E quel giorno è oggi, perché dentro quella chiavetta c'è un video.
Un video che Ludovica ha mandato ai suoi genitori, un minuto prima di salire sul tetto del palazzo più alto della città.

Mi chiamo Ludovica e domani non ci sarò più.

Quindi, per voi che state guardando, potete… sì insomma potete far finta che abbia detto: «Mi chiamo Ludovica e non ci sono più».

È strano ma questo pensiero è un sollievo per me. Da quando ho deciso di farlo, tutto è diventato più bello. Niente mi scalfisce. Sorrido, perfino.

Non è colpa di nessuno, giuro.

Non è una vendetta.

È una scelta. La prima volta che sento di aver scelto io qualcosa, che nessuno ha scelto per me.

È da mesi che ci penso. Ci penso tutti i giorni.

Vi siete mai sentiti come un urlo senza una voce?

Vi siete mai sentiti come un libro senza parole?

Vi siete mai sentiti come… ecco, come una bellissima luna oscurata dalle nuvole, che nessuno può vedere e nemmeno voi potete vedere, e così alla fine vi convincete che non c'è nessuna luna, dietro quelle nuvole?

Io sì, più o meno tutti i giorni.

Ho passato gli ultimi mesi a chiedere alle persone di cui mi fidavo se mi dicevano un motivo valido, uno solo, per continuare a vivere. Nessuno ha saputo darmi una risposta.

Perché non c'è, secondo me.

Lo so che farò del male ai miei amici e soprattutto ai miei genitori. Però il male che sento io è troppo grande. Troppo forte.

Non sono le persone, ho capito questo. Cioè non è perché qualcuno, perché i miei, perché la scuola. E per questo non voglio che nessuno si senta in colpa.

È proprio vivere che mi fa male. È quello.

Volevo solo dirvi grazie per tutto. E che vi ho voluto bene, sul serio.
E che sono felice, non sono più triste. Giuro.
Ora vado, un abbraccio a tutti quanti.

«Ehi, che fai qui?»

Quando Teo torna a casa, suo padre è seduto sul divano, al buio, TV spenta, in silenzio, ha qualcosa sulle ginocchia. Tira su col naso, si capisce che ha appena pianto.

«Tutto okay, papà?»

È la prima volta che lo vede piangere: la sorpresa è talmente tanta che lo spiazza, resta lì immobile sulla soglia e non sa come comportarsi.

"Ma i padri possono piangere?" si chiede.

Fa un passo nella stanza, quanto basta per capire cosa tiene sulle sue ginocchia: fogli. Tanti fogli.

Le lettere: sono le lettere a Lollo.

La prima reazione sarebbe di arrabbiarsi, anzi infuriarsi, ma le lacrime che impregnano ancora l'atmosfera impediscono a Teo di farlo. Con un dito Mario Limiti si tocca il naso per pulirsi, e con l'altra mano fa cenno a Teo di avvicinarsi.

«Siediti lì», gli fa. Non ci sono birre sul tavolo, ma è come se ci fossero: sembra che da quella sera in cui hanno parlato di donne sia cambiato tutto, come se si fosse aperto un cancello o qualcosa di simile.

«Perché hai...» accenna Teo, ma Mario Limiti sorride, una lacrima gli bagna l'angolo delle labbra e lo interrompe subito. «Sono stato uno stronzo.»

"Okay, prima le scuse di qualche giorno fa e ora questo. Sta per arrivare l'Apocalisse?" pensa Teo, che resta in silenzio perché intuisce che il padre ha molto altro da dire.

«Sì, un grande grande stronzo», ripete, «con te, con tua mamma, ma soprattutto con te.»

Ora Teo è combattuto perché una parte di sé gli suggerisce di ribattere con un educato "ma no, cosa dici", ma l'altra sa benissimo che non sarebbe vero per niente. Una vocina gli bisbiglia all'orecchio di riprendersi con un gesto brusco quei fogli, un'altra di lasciarli lì e di assistere allo spettacolo inedito di un padre che, per la prima volta nella vita, mette a nudo la sua fragilità. Per cui tace ancora, che così non sbaglia. E in ogni caso suo padre gli legge nel pensiero perché prosegue: «E non ti provare a dirmi cose tipo "Ma no, cosa dici!". Lo so benissimo che lo sono stato, ma adesso voglio provare a spiegarti perché!».

Teo prende un fazzoletto dalla tasca, glielo sta per porgere ma ormai il padre è partito e non osa fermarlo: «Io non sono così», sussurra, e poi continua sempre a voce molto bassa: «Io non so cosa mi sia successo. Ti ricordi che quando eri piccolo ero un po' diverso da ora? Non lo so, è stata una cosa lenta, tutti danno la colpa all'incidente, ma io non ci credo; cioè sì, è ovvio che mi abbia rovinato la vita, ma non è stato solo quello. Ci ho pensato tanto e ho capito che è stata una somma di cose: tua mamma che se n'è andata, io che non solo non l'ho fermata, ma l'ho quasi mandata via, l'ho spinta fuori di casa mentre dentro di me le urlavo di restare, l'amavo e le ho fatto credere di no e non so nemmeno io perché. Non è perché mi sono fatto male, Teo, è perché ho smesso di sognare: avevo un sogno da ragazzo e quando mi è morto fra le mani non ho più avuto il coraggio di sognare ancora, mi sono detto che nessun altro sogno sarebbe stato all'altezza del primo. È quello che ti uccide, sai, che ti spegne, che ti rende cattivo; e lo fa piano piano, gradualmente, quasi non te ne accorgi ma ogni giorno è una goccia che perde, ogni giorno si svuota. "Cosa si svuota?" mi dirai tu. Il cuore si svuota, Teo, il cuore, e più si svuota più diventa freddo, ti si ghiaccia dentro il petto come è successo a me. Io ti volevo bene e non lo facevo apposta, ma quello che stavo facendo era insegnarti a non sognare, a volare basso per non farti male, credevo che solo così ti avrei risparmiato quello che era toccato a me, ma poi ho letto queste lettere e le lacrime sono scese da sole. È un'ora che sono qui, sai, e scusa, davvero scusa, lo stronzo qui presente ti dice che tu ora prendi e fai tutto quello che puoi per scrivere, è scrivere quello che devi fare, hai un dono figlio mio, un grande cazzo di dono perché sei riuscito a farmi piangere come un bambino, scrivi non ti fermare mai, e se poi scopri che non è scrivere che vuoi non importa, intanto buttati, fallo con tutta la forza che hai. Io farò tutto quello che posso per aiutarti, sogna e sogna in grande, non ti azzardare a smettere di crederci perché sennò te la dovrai vedere con me, ci saranno tempi difficili, ti dovrai esercitare tantissimo, ma tu ora prendi una cazzo di penna e scrivi, butta fuori tutto quello che hai dentro, capito?».

Teo resta pietrificato. Solo il rumore del suo respiro nell'aria.

Suo padre gli fa cenno, ora, di passargli il fazzoletto di prima. Teo glielo mette in mano, lui ci si soffia il naso.

«Bello spettacolo il papà frignone, vero?» fa, e Teo vorrebbe rispondere che non l'ha mai visto così forte come adesso. Adesso sì, che sembra un supereroe.

«Comunque non si leggono le lettere degli altri», gli dice, sorridendo, mentre dalla tasca la vibrazione di una chiamata gli fa solletico alla coscia.

«Ha parlato l'hacker!» ribatte il padre, e a entrambi scappa da ridere. E il suono di quelle risate è quello di un muro che, finalmente, crolla.

«Peach? È successo qualcosa?»
«Sì Teo, ti devo dire una cosa importante.»
«Anch'io, sai?»
«La mia è sicuramente più importante!»
«Ho fatto pace con mio papà. Cioè: proprio pace-pace.»
«Okay, è importante anche la tua. Ma la mia è decisamente *più importante.*»
«Più importante anche di…»
«L'ho trovata.»
«In che senso l'hai trovata?»
«Nel senso che l'ho trovata.»
«Non ci credo.»
«E invece sì.»
«Ma come hai fatto?»
«Te lo dico domani. Ora devo andare.»
«Domani? Perché, cosa succede domani?»
«…»
«Peach, ci sei? Cosa succede domani?»
«…»

L'appuntamento glielo hanno dato al BarA. Ormai è diventato il bar preferito di Teo. Giovanna, tolta la scorza dura da donna tutta d'un pezzo che è meglio non far arrabbiare, si è rivelata una ragazza dolcissima. E poi Andrea, sua figlia, chiede sempre a Teo di raccontarle storie di animali, e a Teo piace la faccia di Andrea quando lui le descrive la vita delle mantidi orchidea o degli elefanti africani.

«E secondo te viene?!» esclama Teo rivolto a Peach alzando un sopracciglio come a dire: "Scordatelo".

«Mah, un tentativo che cosa ci costa?»

A passettini veloci Andrea corre verso Teo e lo abbraccia: «Teo! Mi racconti ancora del *basilico piumato*?».

«Andrea, ti ho già detto l'altra volta che si chiama *basilisco*, okay? Se non ti viene, puoi chiamarla lucertola Gesù Cristo!»

«Allora? Mi racconti?»

Teo sospira e poi le spiega tutto di questo rettile un po' strambo che cammina sulle acque come Gesù. Arrivato alla fine della spiegazione, Andrea è entusiasta e gli fa un applauso, e Peach osserva: «Se ti va male con i thriller e gli horror, potresti scrivere un libro sugli animali, no?».

Teo la guarda malissimo.

«Sai che è la peggiore idea che hai avuto in vita tua?»

«No, casomai la seconda peggiore che ho avuto in vita mia.»

«E la prima qual è?»

«Diventare amica tua!» gli dice. E ridono. Ride anche Andrea, sebbene non abbia capito perché.

E stanno ancora ridendo quando, a un certo punto, arriva una voce. «Teo?»

Lui si volta.

«Sì?»

È una ragazza poco più grande di loro. Appena sotto l'occhio destro, ha tatuato una specie di minuscola lacrima, ma che vista da vicino è in realtà un piccolo *punto e virgola.*

«Piacere, Ludovica.»

La Mantide orchidea, o *Hymenopus coronatus*, è un insetto della coorte degli esopterigoti e ha prodotto grazie all'evoluzione una caratteristica unica: si può trasformare in orchidea.

Molti animali usano il mimetismo come arma di difesa o di attacco, ma la Mantide orchidea riesce a diventare letteralmente come il fiore, e sfrutta questa sua arte per catturare farfalle e altri insetti, ma anche uccelli di piccola taglia e pipistrelli, usando avvenenti sembianze floreali che celano zampe ricoperte di aculei letali.

Morale: la vita a volte è crudele e ci porta a dover mostrare i denti e combattere. Ma lì, il modo migliore di farlo è quello della Mantide orchidea.

Colpire, se serve, ma senza mai perdere la grazia di un fiore che sboccia.

12.
PUNTO E VIRGOLA

«Sai qual è stata la cosa incredibile, Teo?

«Aspetta: ma ti chiami proprio Teo, o Teo è il diminutivo di Matteo o qualcos'altro?

«Comunque, sai qual è stata la cosa più incredibile?

«Oh, è stato assurdo, ma mi sono accorta che volevo vivere proprio in quell'istante lì.

«Ho passato letteralmente anni a chiedermi e a chiedere in giro, facendo finta che stavo scherzando, di dirmi un motivo per cui valeva la pena vivere, e nessuno mi sapeva dare una risposta soddisfacente. C'era chi mi diceva i figli, c'era chi mi diceva inseguire un sogno, e non si accorgevano che con quelle risposte mi convincevano sempre più del contrario, perché io ogni volta pensavo, ma dai, non capite? I figli possono essere la gioia più grande del mondo, o anche il tuo sogno, inseguirlo, e magari raggiungerlo, ma questo non è il lato bello, è il lato brutto, perché un giorno dovrai dire addio a tutte queste cose! Sarebbe quasi meglio non ci fosse tutta questa cazzo di bellezza nel mondo, ci hai mai pensato, Teo?

«Sono stati i miei genitori. Sono stati loro ad accusare il professore. E io li capisco, anche: hanno scaricato su qualcuno tutte le colpe, perché per loro era impossibile capire questa cosa che non era colpa di nessuno. E così sono andati a casa sua, e poi dal dirigente, erano fuori di loro. Hanno detto che era stato lui a mettermi in testa certe idee.

«Ma lui non c'entrava niente. Lui mi ha solo aiutata a tirare fuori qualcosa che avevo dentro, e non è stata colpa sua se quel qualcosa poi mi ha portata su quel tetto.

«Io ho questa cosa. Ti prego non prendermi per pazza ma io ho questa cosa.

«Sai quando trovi un libro bello, ma bello bello? Di quelli che già dopo cinque pagine capisci che sarà uno dei libri più belli che potrai mai leggere? Ecco, in quei casi lì io sai cosa faccio? Lo lascio lì. Non lo finisco. Ti giuro, non sto scherzando. E più è bello più lo lascio lì. Anzi proprio non lo comincio quasi.

«Cioè: facevo.

«Ti giuro, lo so che è da pazzi. È solo che mi prendeva una specie di paura, hai presente? Paura che alla fine non sarebbe stato poi così bello, e quindi di rovinarmi quell'impressione lì.

«Ma non solo: a volte quei libri li lasciavo proprio perché erano troppo belli e quando una cosa era troppo bella mi faceva male e giravo la testa dall'altra parte.

«Lo so lo so è da pazzi, te l'ho detto!

«Quelli con cui ho parlato, quelli che sapevano, mi dicevano tutti che ero triste, che l'avevo fatto perché non riuscivo a trovare nulla che mi piacesse abbastanza. Ma non è vero. Non erano neanche lontanissimamente vicini alla verità.

«Io mi innamoravo di tutto, è sempre stato questo il mio problema. Se così si può chiamare.

«Per dire, ci hai mai fatto caso al colore che ha il sole alle sei quando sorge, quell'arancione scuro là, e poi è così grande quando spunta in fondo alla pianura, dai, come fai a non uscire pazzo per tutta quella bellezza lì?

«E il mare? Hai mai chiuso gli occhi di notte in riva al mare, solo ad ascoltare quel rumore, con l'acqua che ti bagna i piedi che è caldissima, molto più calda che di giorno, lo hai mai ascoltato davvero quel rumore?

«Di tutto mi innamoravo. Perfino di certi momenti di noia assoluta, quelli banalissimi che nessuno ci fa caso, presente quei pomeriggi che il tempo non passa mai e te ne stai lì a guardare il soffitto ascoltando musica? Io anche di quelli mi innamoravo.

«Ed era una pena, tutto quell'amore. Giuro: mi faceva male.

«Ci hai mai pensato a quanto è ingiusto che qualcuno ci abbia dato tutta questa bellezza dicendoci già, fin dall'inizio, *mi spiace amico, un giorno la dovrai lasciare*?

«Io ci pensavo più o meno tutti i giorni.

«Ti sei mai accorto che si dice *valere la pena*? Anch'io l'ho detto prima, no? Un motivo per cui *vale la pena* vivere: ma vivere non dovrebbe essere una pena, no? Anche perché a me la parola "pena" mi fa pensare che tu hai fatto qualcosa di male e qualcuno ti mette in punizione, no? Io, noi, che cosa abbiamo fatto di male?

«Non è che l'ho deciso di botto. È stata una cosa lenta, giorno dopo giorno. Ma era una decisione mia. Per la prima volta ero *io* che sceglievo qualcosa di importante.

«Ed è lì che è successo.

«Quando sono venuti i vigili del fuoco a tirarmi giù, avevo già deciso di non farlo più. Ero rimasta lì seduta su quel tetto solo per godermi quel momento, non so come dirtelo. Perché dopo tanto che stavo cercando quel famoso motivo per cui vale la pena vivere, l'avevo trovato un attimo prima di buttarmi giù e chiuderla lì.

«Pazzesco, se ci pensi.

«Solo che ormai il video era arrivato a destinazione, e tutti hanno pensato lo stessi per fare davvero. Effettivamente, come dargli torto: una ragazza in piedi sul tetto di un palazzo che ha appena mandato un video ai suoi genitori dove dice che il giorno dopo non ci sarà più…

«Per quello abbiamo fatto di tutto perché non se ne parlasse. I miei genitori per una volta sono stati d'accordo su qualcosa, e sono stati grandi, davvero, attentissimi che nessun articolo di giornale portasse il mio nome. Solo pochissime persone sanno che ero io la ragazza che un giorno ha pensato di buttarsi dal palazzo più alto che c'è in questa città.

«Ah, tu vuoi sapere qual è quel motivo?

«Certo che te lo posso dire, anzi sono felice di farlo. Perché magari un giorno potrà capitare anche a te, a tutti capita *quel momento*.

«Sì, dai, quel momento: quei due secondi in cui ti dici che non ce la fai, che te ne vuoi andare. Secondo me tutti prima o poi lo attraversano, chi a sedici anni come me chi a trenta chi a… boh!

«Okay, in effetti il mio è durato un po' più di due secondi, hai ragione. Ma arriva, prima o poi arriva.

«Per cui sì, certo, va bene, te lo dico.

«Adesso ti dico cosa ho pensato, guardando i miei piedi in bilico sul cornicione. Che cosa mi ha fatto dire che col cazzo, io volevo vivere ogni secondo che la vita mi avrebbe dato.

«Sei pronto, Teo?»

«Professore?»

Bove risponde al citofono, ma poi mette giù. Teo allora insiste e insiste, a costo di sembrare un malintenzionato ai passanti che lo vedono schiacciare il campanello decine di volte. Alla fine, però, sente dall'interfono il rumore della cornetta alzata.

«Che cosa vuole, Teo?»

«Niente, solo parlare.»

«Mi spiace, ma ora non posso.»

«Non può o non vuole?»

La cornetta viene messa di nuovo giù. Teo starebbe anche per rinunciare e andarsene con un'alzata di spalle, quando la porta di ingresso di casa del professore si apre: «Venga, venga dentro».

Dentro, la casa di Bove è proprio come se l'era immaginata. Finora l'ha vista solo da fuori, perché oltre il giardino non è andato, ma ora che si trova all'interno Teo si complimenta con sé stesso perché è come se ci fosse già stato: libri ovunque, odore di tè, perfino un vecchio giradischi.

«Non sono mai riuscito, in tutta la mia vita, a vedervi come "studenti"», comincia il professore. «Per me siete dei nomi, delle storie, degli sguardi, delle domande in cerca di risposta: questo siete, prima di tutto. Siete esattamente come noi, solo al massimo della vostra fragilità. E per maneggiare qualcosa di così fragile, ci vogliono calma, mano ferma e tantissimo coraggio. Lo so che, visto da fuori, può sembrare che io la stia facendo più tragica di quella che è. Ma una ragazza stava per buttarsi dall'ultimo piano e succede molto più spesso di quanto se ne senta parlare.»

Il professore fa una pausa e beve un sorso di tè. L'unico rumore nella stanza è il rintocco di un grande orologio a pendolo.

Poi ricomincia: «Il mestiere dell'insegnante non c'entra niente con i voti, le verifiche, le interrogazioni, sa? O meglio: c'entra, ma è prima di tutto un'altra cosa. È prendersi cura. È essere presenti, mettere in gioco l'anima perfino, senza tirarsi indietro, senza lasciare il cuore a casa, senza chiamarsi fuori, perché è questo che fate voi studenti, tutto il tempo: chiamate. Noi facciamo l'appello e voi rispondete "presente", ma siete voi che ci chiamate a essere presenti. E io non ci riuscivo più.»

«Perché?» chiede Teo, con un filo di voce.

«Perché insegnare ai ragazzi della sua età, caro Teo, è sapere che a volte dovrai calarti negli inferni di qualcun altro, e che se non stai attento potrai essere tu stesso l'inferno, per quel qualcuno.»

«È stato così anche con me?»

«No. Quando l'ho conosciuta, non so cosa è successo: mi è venuto, è nato tutto in modo spontaneo. Forse, una parte di me mi suggeriva che non c'era pericolo, che non le avrei potuto fare alcun male. Ma quando mi ha chiesto di Ludovica, proprio mentre le raccontavo cos'era accaduto, mi sono reso conto che invece sì, anche con lei correvo lo stesso pericolo.»

«Quale pericolo?»

«Quello di condizionarla. Quello di spingerla troppo oltre. Di farla salire in alto troppo presto, con ali ancora troppo fragili, proprio come nel mito di Icaro che le ho raccontato. Non me lo sarei mai perdonato, capisce?»

Passano due minuti buoni prima che qualcuno dica qualcosa. Dopodiché, Teo, proprio come in classe, alza il dito per chiedere la parola: «Posso?».

Il professore sospira, e poi annuisce: «Prego, mi dica, però poi le chiederò di andare, se non le spiace».

«Certo certo, sarò breve.»

«Avanti, mi dica pure», acconsente Bove. E Teo, con un sorriso molto simile a quelli che gli dedica sempre il professore, dice una parola sola: «No».

Il professore tossisce per lo stupore: «Prego?».

«Sì, ha capito bene: no! Ha presente l'avverbio di negazione no?»

«Certo che sì, ma cosa sta cercando di…»

«Sto cercando di dirle che non le permetterò di mollare!»

«Ah.»

«Sì, caro il mio professore! Prima mi dice che bisogna volare alti, anche a rischio di farsi male. Okay, capisco che qui il rischio è stato tanto grande, però porca miseria…»

«Porca miseria…?»

«Voglio dire… Lei è nato per insegnare, quella è la sua

Cosa, cristosanto! Cavolo io non dico mai *cristosanto* ma lei me lo vuole proprio cavare di bocca!»

«Io in realtà...» azzarda il professore, ma ormai Teo è partito.

«Che senso ha smettere di fare la cosa per cui sei nato, quella che potrebbe aiutare tantissime persone? Glielo dico io, che senso ha! È perché lei se la fa addosso, mio caro professore!»

«Teo, per favore.»

«No professore, non me ne vado. E mi scusi, ma così è troppo facile.»

«Troppo facile?»

«Sì, bella la sua filosofia, a volar troppo bassi si muore... e bla bla bla... e poi lei alla prima caduta cosa fa? Molla tutto? No, mi spiace, ma no! Lei è nato per aiutare gli sfigati come me e come Ludovica a trovare un cacchio di senso nella loro vita, e non me ne frega proprio niente se poi trovando quel senso ci facciamo del male. Preferisco di gran lunga farmi male che non farmi niente, quindi adesso io me ne vado, okay, e non mi faccio neanche più vedere se vuole, ma prima lei deve ascoltare questa cosa, va bene?» dice, tutto d'un fiato, e tirando fuori di tasca il telefono. Quello che è appena uscito dalle sue labbra, potrebbe essere il discorso più lungo che Teo abbia mai fatto in vita sua a un adulto. E si stupisce di non aver neanche sbagliato un verbo, o almeno crede.

«Questa cosa... cosa?» chiede il professore, puntando il telefono.

Teo alza le spalle e risponde: «Niente, una cosa che ho registrato».

Bove lo guarda storto.

«Non ci sto capendo niente, lo sa vero?» gli chiede.

«Sì, lo so, ma dopo che avrà ascoltato questo capirà tutto.»

Sì, certo che puoi registrarmi, se vuoi.

Se questa cosa può essere di aiuto a qualcuno… come no!

Comunque… sei pronto?

Adesso ti dico cosa ho pensato, guardando i miei piedi in bilico sul cornicione. Che cosa mi ha fatto dire che col cazzo, io volevo vivere ogni secondo che la vita mi avrebbe dato.

Dicevo: sei pronto?

Il punto e virgola.

Sì, hai capito bene: a me, mi ha salvato la vita il punto e virgola.

Alla prima lezione di filosofia della terza il professor Bove è entrato in classe, ti giuro me lo ricordo come se fosse adesso, ha preso il gesso e ha disegnato alla lavagna solo questo: un grande punto e virgola.

Niente ciao, buongiorno, niente. Entra, e disegna 'sto cazzo di punto e virgola alla lavagna col gesso, come si faceva mille anni fa!

Tu non ce l'hai avuto come professore, ma devi sapere che lui non usava praticamente mai la lavagna multimediale e quelle cose lì: le sue lezioni erano solo libri, gesso, roba che si portava da casa o cose che gli saltavano in mente sul momento. Ed erano le uniche dove stavo davvero attenta.

Comunque, dicevo: un punto e virgola. Ed era il primo giorno in cui lo conoscevamo. Era un venerdì, la seconda lezione ce l'avremmo avuta il lunedì dopo.

«Che cosa vedete?» ci fa.

E noi: «Boh, un punto e virgola!», «Una faccina a cui manca un pezzo!», «Boh, prof, cos'è?! Perché lo ha messo lì?!».

E poi, mi credi? Esce dalla classe! Ti giuro, non sto scherzando:

esce dalla classe e non torna più! L'abbiamo rivisto solo il lunedì dopo!

Oh, ma tu dovevi vedere che cosa aveva fatto. Il lunedì dopo, in classe, silenzio totale. Un silenzio che non si era mai visto in classe nostra, un'attenzione: tutti volevamo sapere che cosa stava lì a dirci quello stupido punto e virgola.

E lui: «Lo studio della filosofia è proprio questo: cercare di trovare un senso a ciò che sembra non avere alcun senso. Adesso, voglio che ciascuno di voi mi dica che cosa ha pensato, che senso ha dato a questo punto e virgola, e che cerchiamo di capire se un senso ce l'ha davvero».

Ne abbiamo parlato per due ore, quel giorno, mi credi? Due ore a parlare di uno stupido punto e virgola! E alla fine, insieme, siamo riusciti a capire, a trovargli un senso.

O almeno, io ho trovato il senso che aveva, per me.

Guardalo, qui sotto il mio occhio: è un punto, ma anche una virgola. Non è solo uno stupido segno di punteggiatura, è un simbolo che ti dice che qualcosa è finito, ma che non tutto finisce. Sta lì proprio a dirti che okay, il passato è passato, è lì, è un fatto. Ma che c'è ancora tantissimo da fare. Da vedere. Da vivere.

Quello stupido punto e virgola mi ha salvato la vita. Per questo poi me lo sono tatuata proprio qui, così ogni volta che mi guardo allo specchio sono costretta a vederlo e a ricordarmi cosa mi ha trattenuto i piedi, quel giorno.

La curiosità.

Quante cose mi sarei persa, se non fossi andata a vedere cosa c'era dopo la virgola?

Ero lì che guardavo tutto dall'alto e forse solo in quel momento mi sono accorta di quanto tutto fosse bello.

Sì, è stata lei: la curiosità. È lei che mi ha parlato. La curiosità di andare a vedere come finiva la frase dopo il punto e virgola. Mi ha fatto stare bene, sapere che c'era tutto quel mondo ancora da vedere. Quante cose avrei buttato via, buttandomi?

No, non sto dicendo: quante cose belle. Non era quello il mio discorso: proprio quante cose, belle e brutte, quanti giorni, quante lacrime, quanti baci, quante pizze, quante canzoni ancora non uscite, quante serie TV, *quante lune piene, quanti abbracci, quanti viaggi, quante litigate e quante paci fatte facendo l'amore eccetera.*

All'improvviso ho capito cosa stavo facendo: stavo lasciando un libro dopo cinque pagine. Era proprio lo stesso, identico. E mi sono detta: ma che cavolo stai facendo?

Sì, lo so che quel libro prima o poi lo devi lasciare lo stesso, non sto dicendo questo, lo so che un giorno arriva per tutti un punto-punto. Ma prima di quel punto, però?

Punto, e virgola.

In un attimo, mi sono immaginata tutte le pagine dopo, quanta roba ci sarebbe stata, e io se fossi saltata da quel tetto non l'avrei mai vista, non avrei mai letto un libro che già dalle prime pagine era bellissimo, anche quando faceva un sacco piangere, anche quando faceva arrabbiare. Te l'ho detto, io mi innamoravo di tutto, anche della tristezza, ed è per questo che arrivata lì ho detto proprio così, ti giuro, ho detto così: col cazzo.

Io non salto. Io voglio andare a vedere che cosa c'è dopo.

Punto, e virgola.

Io voglio vivere. E non me ne frega niente se poi la vita è tipo un libro che ogni pagina che leggi sparisce e non torna più, voglio leggerlo lo stesso.

Questo ho detto, quando la gente sotto ha iniziato ad accorgersi che ero lì e ha chiamato i soccorsi e tutto quanto. Ma io avevo già deciso: volevo andare a vedere.

Quindi sì, il professore non lo sa tutto questo, perché i miei non mi hanno più permesso di parlare con lui, però alla fine è stato grazie a lui se non sono saltata giù. O insomma, la cosa che mi ha fermato è stato ricordare la sua primissima lezione con noi.

Io ho vent'anni e se ripenso a quel periodo mi viene da dire che ero pazza a pensare certe cose, però sento anche che senza quel periodo adesso non sarei qui, insomma non sarei la persona che sono adesso.

Punto, e virgola.

E tu, Teo?

Sì, tu: cosa c'è dopo la virgola, per te?

14.
DUE MESI DOPO

Ultimo giorno di lavoro, per Teo.

Il Gildo gli ha dato una sonora pacca sulle spalle, e poi è partito con la sua Apecar, non prima di aver aggiunto una serie delle sue fantasiose imprecazioni. Teo non è tornato a casa: ha camminato un po', e ora si è seduto sulla panchina.

Quella panchina.

È già occupata. C'è una ragazza con una macchina fotografica attorno al collo seduta lì, ma ci si siede lo stesso.

In fondo, tutto è cominciato da qui. Ci vuole una specie di saluto, no?

Ripensa al professore. E ora che gli viene in mente, si rende conto che non gli ha mai più rivelato che cosa significava quel simbolo, quella roba insomma che disegnava per terra col bastone all'inizio dell'estate, facendogli fare doppio lavoro. Com'era? Ah sì.

Teo la disegna per terra con la scarpa e la guarda ancora una volta cercando un qualche significato, ma niente. Finché la voce della ragazza di fianco a lui, quella con la macchina fotografica, non interrompe i suoi pensieri: «È al contrario».

«Eh?»

Ha i capelli rossi ed è un po' più grande di Teo, avrà ventidue anni o giù di lì.

«Se è quello che penso io, il disegno, è al contrario», ripete. Poi lo traccia a sua volta con il suo piede destro, ma viene fuori così:

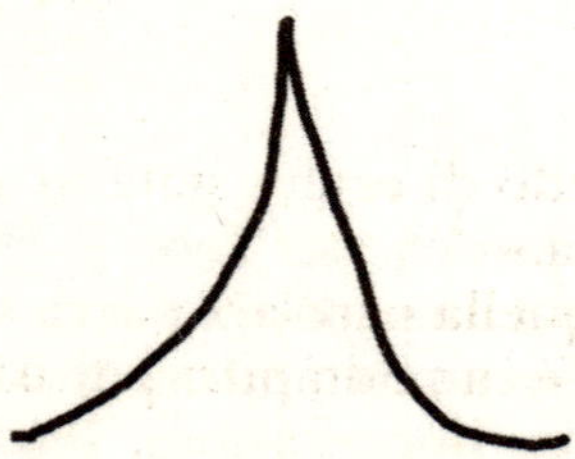

Dopodiché la ragazza dai capelli rossi si presenta: «Piacere, Gioia».

«Sai, in realtà credo di essere stata io a insegnare al professore quella parola.»

«In che senso… quella parola?»

«Sì, quel disegno è in realtà una parola. Giapponese, per essere precisi.»

Lei si chiama Gioia Spada. Si è presentata a Teo, e così ha scoperto che è proprio lei quella della foto incorniciata, quella dei *Prigioni* di Michelangelo. Teo le ha raccontato come si sono conosciuti e perché porta quel gilet, e lei gli ha spiegato che conosce quella parola perché le piace collezionare parole di altre lingue intraducibili in italiano.

«Che tipo, vero?» le dice.

«Puoi dirlo forte. Se non ci fosse stato lui, non avrei mai trovato il coraggio di andare a Firenze.»

Teo osserva ancora il disegno per terra.

«Ma che parola è alla fine quella lì?»

«Si pronuncia *hito*, o almeno credo», risponde Gioia, «io queste parole le cerco e me le scrivo, ma non sempre so come si dicono.»

«E cosa vuol dire?»

«*Hito*? Significa "persona".»

Teo sbotta: «Eh? Solo questo? Cioè mi stai dicendo che il professore mi ha riempito il parco di questa parola che alla fine vuol dire solo… persona?!».

«Sì, ma non è quello il fatto: è che il suo vero significato è intraducibile in italiano, come ti dicevo.»

«E quale sarebbe?»

Gioia indica col dito il disegno. «Le vedi quelle due linee? Una sostiene l'altra, curvandosi. Vuol dire che non esiste persona senza il sostegno di un'altra persona, cioè degli altri in generale. Insomma, tu sei tu, okay, ma sei anche tutte le persone che fanno parte della tua vita.»

«Ah», esclama Teo.

«Capisci che è un casino da tradurre?»

«In effetti...»

«Ma, dimmi, adesso: il professore come sta? Ho provato a chiamarlo, qualche giorno fa, ma non rispondeva nessuno.»

Teo sorride, e le risponde.

Caro Lollo

In questi giorni sono successe un milione di cose e mi fa sorridere che tutte sono cominciate quando ti ho scritto la prima volta; per cui ho pensato che dovevo scriverti per chiudere un po' il cerchio.
Ho conosciuto una ragazza più grande: si chiama Gioia e ha un cognome secondo me spettacolare: Spada.
Mi ha spiegato che cosa voleva dire quel segno strano che il professore faceva nel parco vuol dire persona in giapponese e da quel giorno anch'io lo scarabocchio ovunque e più lo scarabocchio più ci vedo cose dentro: per esempio che quelle due linee curve sono come una salita con dopo una discesa e che quindi anche le persone sono salite con dopo delle discese.
Mio padre, mia madre, il professore, Peach, io: salite, con dopo delle discese.
(visto? Sto imparando a usare anche la virgola)

Ecco, a questo proposito: la vita è tanto strana. È da anni che a scuola mi dicono che non so usare il punto e virgola che uso troppo il punto e virgola ma io vedi Lollo sentivo che dentro il punto e virgola c'era qualcosa; qualcosa che ancora non vedevo ma sapevo che c'era me lo sentivo.
E poi mi è successo di incontrare una ragazza che mi ha detto che un punto e virgola le ha salvato la vita.

Sì: è proprio strana la vita.

In tre mesi ho cambiato idea su così tante cose.

Per esempio: ricordi quando ti dicevo tutte quelle cose brutte sulla scuola?
Mi rimangio tutto, Lollo.
Cioè okay non proprio tutto tutto: ci sono ancora tantissime cose che secondo me non vanno però in questi mesi ho conosciuto un professore che sembra vecchio fuori ma in realtà non è così vecchio e che mi ha fatto capire tante cose.
Cosa?

Che la scuola non serve a insegnarti cose: serve a insegnarti a trovartele da solo.
Che studiare non serve a buttare roba dentro la tua testa, ma a tirarla fuori da lì.
Che è un po' come con le sculture: il modo migliore per aggiungere è togliere.
E, infine, ho capito che se hai la fortuna di incontrare un insegnante che ci tiene a te, ma che ci tiene davvero, be' questo può cambiarti letteralmente la vita.
A me è successo: e sono anche abbastanza fiero di dire che pure io l'ho un po' cambiata a lui.
Sai cosa fa, adesso?
Ha aperto lui una sua scuola: o meglio: una specie.
È più una cosa informale credo lo faccia anche gratis: lui recluta in giro studenti che la scuola l'hanno mollata e gli fa lezione così, a cielo aperto, senza voti pagelle compiti in classe promosso bocciato.
Dovresti vederli: sono bellissimi. A volte si fermano anche persone che non c'entrano niente, così, solo a guardarli.
Alla fine la scuola può essere davvero un posto che ti tira fuori qualcosa. A me ha tirato fuori un sogno: non è una roba da tutti i giorni se ci pensi.

Poi vediamo: che altro.

Mamma ha lasciato Steve. Lui è tornato con la ex: la mamma dei gemelli del male. Fra qualche giorno viene a trovarci. Mia mamma, non quella dei gemelli. E so che non ha neanche prenotato l'albergo, il che vuol dire che dormirà qui.

Già: hai capito bene.
Mario si è deciso alla fine: mi ha chiesto di accompagnarlo al campo di atletica e mentre io passeggiavo sul tartan lui parlava con dei tizi e alla fine si sono stretti la mano e adesso allena la squadra giovanile di salto in alto. Fra un mese ci sono già le prime gare e dovresti vedere il suo sorriso: è proprio quello che aveva in quelle foto sui giornali dentro l'Album.
Almeno una volta a settimana ci facciamo una birra insieme e io la bevo sempre piano piano perché vorrei non finisse mai.

Poi aspetta: ah sì.
Il Gildo. Ci credi che mi ha abbracciato quando ci siamo salutati? Mi stava per stritolare con quelle sue braccione pelose. E mi ha regalato un CD *dei Litfiba. Peccato che non ho neanche un lettore* CD *in casa.*
Ma forse tu non vuoi sapere di lui.
Okay.

Sofia e Frodo.
Si sono rimessi di nuovo insieme.
Lei non mi ha salutato per un sacco di tempo quando mi vedeva in giro ma l'altro giorno mi ha scritto Toc Toc *e io le ho risposto* Avanti.
E Peach, tu dirai?
Vuoi sapere troppe cose adesso, amico mio.

Ora ti saluto, perché lei sta venendo qui.

Ciao Lollo
Il tuo
Teo

15.
FINALE

C'è una ragazza di sedici anni che si sta truccando davanti allo specchio. Si chiama Sofia, e sul letto di camera sua c'è un ragazzo che gioca con il cellulare. Lui è bellissimo, sembra un modello: si chiama Edoardo e a un certo punto la abbraccia da dietro e le bacia una guancia.

C'è una donna dall'accento francese che appoggia dei fiori su una lapide su cui non ci sono date, solo un trattino, e poi le dà un bacio. Le scende una lacrima, ma è una lacrima di gratitudine.

C'è un uomo sulla sedia a rotelle, nell'area arrivi dell'aeroporto di Venezia. Ha in mano due cose: una vecchia bandana e un mazzo di fiori, e nel mazzo di fiori un biglietto che comincia così: *Giovy, amore mio.*

C'è una ragazza di vent'anni, che per puro caso è proprio nello stesso aeroporto, solo alle partenze: ha un piccolo punto e virgola tatuato sotto l'occhio destro, sembra una lacrima ma non lo è. Nel telefono ha un biglietto per la Nuova Zelanda, in borsa un libro bellissimo che ha appena iniziato e non vede l'ora di continuare. Si chiama Ludovica e la sua voglia di vivere fa più rumore degli aerei quando prendono il volo.

C'è un vecchio professore, in giacca di lino marrone, seduto su una panchina del parco cittadino.

Attorno a lui, una decina di ragazzi che avevano deciso di

abbandonare la scuola, e che lui ha reclutato per formare una specie di classe a cielo aperto, libera e senza voti e senza promossi o bocciati.

Loro ascoltano, fanno domande, parlano, scrivono. E lui ogni tanto appoggia le mani sul suo bastone, lo usa per alzarsi, e poi dice: «Venite con me».

C'è un ragazzo di sedici anni, sopra una bicicletta: sta andando a casa della sua migliore amica e, quando arriva, lei esce di corsa e si abbracciano e poi si baciano sulla bocca. Lei ha le mani sporche di grasso e nello sfiorargli la guancia gliela sporca tutta.

«Ti aldilà», gli dice lei.

«Ti aldilà», le dice lui.

Al polso, hanno ciascuno un braccialetto da due soldi. Identico.

Sottobraccio, quel ragazzo ha un plico di fogli: dentro c'è una specie di libro che ha scritto insieme a un professore suo amico, così, per gioco. Il ragazzo gli parlava degli animali più strani e affascinanti che conosceva, e il professore lo aiutava a trovare una specie di insegnamento, o qualcosa del genere, nel loro comportamento. L'idea gli è venuta grazie a una ragazzina, in un bar, quasi per caso. E adesso è diventata carta e inchiostro. Qualcosa che si può toccare, che ha un odore. E lui quasi non ci crede.

La sua migliore amica monta sul telaio della bicicletta, lui sale e inizia a pedalare mentre lei tiene il manubrio e il plico di fogli. Le loro guance ogni tanto si sfiorano, e a lui piace il profumo dei capelli di lei. Lo fa sentire a casa. Un pesce dentro l'acqua.

Mentre vanno verso il parco a trovare il professore, c'è una piccola salita prima di una discesa, e lui pensa a tutte le cose che ha da dire e da fare e da scrivere e da vivere, e sorride e gli fa anche un po' paura allo stesso tempo perché sono così tante, ma così tante, che una vita non basta.

Dear Teo

I read your letter.
It's not that usual for me to answer the mail, but I was really impressed by yours, even if it is in italian (maybe I decided to write back because I love your language!).
I'm sorry, but your questions are so hard, I don't know the answers: I'm sure you will find out on your own, anyway.
Thank you very much for your kind words, I really appreciate it.

PS: by the way, never thought of becoming a writer yourself?

SK

Sì, è vero: manca il capitolo 13.

Ma credo che tu, lettore o lettrice, abbia tutti gli indizi per capire perché.

Una sera di qualche mese fa, dopo un incontro in un palazzetto con qualche centinaio di ragazzi e ragazze, mi si è avvicinato un giovane alto e con gli occhiali. Molto timidamente mi ha chiesto se, una volta finito di firmare le copie, avessi qualche minuto da dedicargli. «Perché le dovrei chiedere una cosa in privato», mi ha detto. «Ok, certo», gli ho risposto. La cosa che doveva chiedermi doveva essere parecchio importante perché, per parlarmi, ha aspettato quasi un'ora.

Alla fine ci siamo ritrovati io e lui ma, siccome la confusione era ancora tanta, ci siamo spostati nello spogliatoio del palazzetto. E così, fra vestiti appesi e scarpe puzzolenti c'eravamo io e questo ragazzo sconosciuto. «Mi chiamo Ismaele», mi ha detto, e già con questo incipit avrei dovuto capire che c'era aria di romanzo.

Balbettava, quasi. Ora che mi aveva lì, quella famosa domanda non riusciva a formularla bene. Mi parlava del fatto che a scuola andava male, che voleva lasciare. Si era appassionato ai sistemi di sicurezza informatici, ma a scuola gli veniva chiesto solo di eseguire compiti e, quando provava a proporre qualcosa di diverso, gli veniva puntualmente risposto di attenersi alle consegne. Mi chiedeva continuamente come avrebbe dovuto fare per ritrovare la motivazione nello studio, ma si sentiva che c'era dell'altro, che il problema era un po' più giù. E, alla fine, quella domanda è riuscito a farmela.

«Perché», mi ha chiesto, «mi sento di avere qualcosa di

speciale, ma mi sembra sempre che a scuola mi vogliano trasformare in uno normale?»

Sbam!

Sedici anni di lui. Occhiali. Mai visto in vita mia. Ed è riuscito a smuovermi qualcosa. Anzi, a trovare le parole che stavo cercando da tempo. Una sensazione che percepivo da anni: che a scuola – anche fuori, eh, ma soprattutto a scuola – molti ragazzi li perdiamo perché hanno qualcosa di speciale e noi li vogliamo a tutti i costi trasformare in "normali". Entrano pieni di gioia, entusiasmo, fuoco: e noi piano piano li spegniamo.

Faceva male, quella domanda, e nel suo far male faceva bene.

Questo libro è nato quella sera, anche se ancora io non potevo saperlo. Perché quella domanda ha continuato a ronzarmi in testa per giorni, fino a prendere corpo e diventare un ragazzo di sedici anni con la passione per Stephen King, gli animali e il punto e virgola.

Questo libro è la risposta che avrei voluto dare a Ismaele, quella sera, se solo avessi avuto il tempo e le parole. Quindi, per una volta, il mio grazie va a una persona sola: a lui.

A lui, e a tutti quelli che sentono di avere qualcosa di speciale e che non ci stanno a farsi trasformare in "normali".

A quelli e quelle che se si sentono dire: «Sei strano», o «Sei strana» rispondono: «Grazie del complimento!».